Rich
BASTARD

L. J. SHEN

Rich BASTARD

ROMAN

Traduit de l'anglais (États-Unis) par
TIPHAINE SCHEUER

Titre original :
THE DEVIL WEARS BLACK

Ce livre est publié avec l'aimable autorisation de Brower Literary Agency.

HARPERCOLLINS FRANCE
83-85, boulevard Vincent-Auriol, 75646 PARIS CEDEX 13.

www.harlequin.fr

ISBN 978-2-2804-6096-5 — ISSN 2271-0256

À Lin et Lilian. Les filles, vous êtes mes book club ladies préférées.

« Deux choses que le diable et le noir ont en commun ?
Ils sont ténébreux et ne se démodent jamais. »

CHASE BLACK, DG de *Black & Co.*

Playlist

Trevor Daniel, *Falling*

Healy, *Reckless*

Kasabian, *Fire*

The Waterboys, *Fisherman's Blues*

MAX feat. Quinn XCII, *Love Me Less*

The Cars, *Drive*

The Rolling Stones, *Sympathy for the Devil*

1

Maddie

10 octobre 1998

Chère Maddie,

Tu as cinq ans et tu adores la couleur jaune. Hier, tu m'as même demandé si tu pouvais l'épouser. J'espère que tu la portes toujours aussi souvent.

(Et j'espère aussi que tu as trouvé quelqu'un qui convient un peu mieux au mariage.)

Anecdote du jour : quand les explorateurs espagnols sont arrivés en Amérique, ils pensaient que les tournesols étaient composés d'or.

Le cerveau humain a tellement d'imagination !

Garde toujours ta créativité.

Je t'aime,

Maman

C'était officiel. Je faisais une attaque.

Tous les indices allaient dans ce sens, et à ce stade j'étais certaine d'avoir suffisamment regardé *Grey's Anatomy* pour établir mon propre diagnostic :

Confusion ? Check.

Engourdissement général ? Check.

Maux de tête soudains ? Troubles visuels ? Difficulté à marcher ? Check, check, check.

La bonne nouvelle, c'était que je voyais un médecin. Littéralement. J'étais en train de rentrer chez moi avec lui lorsque les symptômes se sont manifestés. J'avais au moins le luxe de bénéficier d'examens médicaux immédiats en cas de besoin.

J'enfonçai les poings dans ma veste à paillettes jaune à pois violets (ma préférée), redressai les épaules et plissai les yeux vers l'homme dont l'imposante silhouette était assise au sommet des marches du perron de mon immeuble, cherchant à le faire disparaître de ma vue.

Il ne bougea pas. Les traits de son visage étaient illuminés par l'éclat bleuté de son téléphone. L'air de l'été dansait autour de lui et crépitait comme des feux d'artifice. La lumière couleur whisky des réverbères soulignait son profil, comme s'il était sur scène et réclamait l'attention générale. Une vague de panique me submergea. Je ne connaissais qu'un seul être capable de faire danser l'univers autour de lui comme une ronde d'Hawaïennes.

J'écartai à contrecœur l'éventualité d'une attaque.

Non. Il n'aurait pas osé se pointer ici. Pas après la façon dont j'avais tout arrêté.

— … et là, mon petit patient se penche en avant et me

dit : « Je peux vous confier un secret ? » et moi : « Oui, oui », en pensant qu'il va me raconter que ses parents vont divorcer. Mais il dit seulement… tiens-toi bien, Maddie.

Ethan, mon rencard, lève une main, se plie en deux et pose l'autre sur son genou, surestimant clairement le potentiel comique de son histoire.

— « Ma maman a glissé un iPad neuf sous mon oreiller le jour où j'ai perdu ma première dent. C'est elle, la petite souris. Je suis le garçon le plus chanceux du monde ! »

Ethan rejeta la tête en arrière pour rire, inconscient de mon abattement. C'était un bel homme, dont les cheveux, yeux et mocassins étaient presque de la même teinte de brun, avec un corps athlétique de coureur et une cravate Scooby-Doo. D'accord, ce n'était pas le Docteur de Rêve. Plutôt Docteur Réalité. Eh oui, il m'avait raconté douze anecdotes sur ses jeunes patients au cours de notre repas éthiopien, en s'écroulant presque de rire à chaque fois qu'il relatait leurs remarques perspicaces. Mais Ethan Goodman était le genre de type dont j'avais besoin dans ma vie.

L'homme assis sur mon perron était précisément celui qui m'avait appris cette douloureuse leçon.

— La vérité sort de la bouche des enfants. (Je jouai avec ma boucle d'oreille en forme de tournesol.) Cette innocence me manque. S'il y avait une chose que je pourrais garder de mon enfance, ce serait ça.

L'invité-surprise se leva et nous fit face. Son regard quitta l'écran de son téléphone et croisa le mien. Mon cœur se dégonfla comme un ballon et effectua des cercles erratiques avant de retomber en tas flasque au creux de mon ventre.

C'était bien lui.

Lui et son mètre quatre-vingt-sept d'angles ciselés et de sex-appeal impitoyable. Vêtu d'une chemise noire dont les manches retroussées exposaient ses avant-bras épais comme mes cuisses, gonflés de veines et de muscles. Layla, mon amie d'enfance devenue ma voisine, le voyait comme un Gaston du monde réel. « Agréable à regarder, mais qu'on a envie de jeter d'une falaise. »

Il fronçait les sourcils, comme s'il ne savait pas lui-même ce qu'il faisait là.

Avec ses cheveux noirs ébouriffés.

Ses yeux bleu-gris aux paupières légèrement tombantes, évoquant un personnage de manga.

Ses pommettes de dieu grec, qui pousseraient au crime tant on meurt d'envie de passer nos dents sur sa mâchoire, comme un animal.

Mais je savais qu'il n'était ni M. de Rêve, ni M. Réalité.

Chase Black était le diable. Mon diable à moi. Toujours vêtu de noir, toujours une remarque cruelle au bout de la langue, avec des intentions aussi vicieuses que son petit sourire. Et moi ? On ne m'avait pas surnommée Maddie Martyre sans raison. J'étais incapable de la moindre méchanceté même si ma vie en dépendait. Ce qui, heureusement, n'était pas le cas.

— Vraiment ? Si je pouvais garder une seule chose de mon enfance, ce serait ma première dent de lait. Mon chien l'a avalée. Enfin bon, conclut Ethan avec enthousiasme, et je tournai de nouveau la tête vers lui, ça arrive tout le temps, les accidents avec les chiens. Comme cette fois où un autre de mes patients – mon Dieu, écoute un peu ça – est entré dans ma clinique pédiatrique à cause d'une rougeur suspecte…

— Ethan ?

Je m'arrêtai au milieu des marches, incapable de me concentrer sur une nouvelle anecdote. Non pas qu'elles n'étaient pas fascinantes, mais la catastrophe frappait presque littéralement à ma porte, prête à anéantir ma vie entière.

— Oui, Maddie ?

— Je suis vraiment désolée, mais je ne me sens pas très bien. (Ce n'était pas vraiment un mensonge.) Tu crois qu'on peut en rester là pour ce soir ?

— Oh non ! Tu crois que c'est à cause du tere siga ? demanda Ethan, les sourcils froncés, avec une expression de chiot qui me brisa le cœur.

Heureusement, il était trop occupé à me casser les oreilles avec son bavardage pour remarquer le géant qui se tenait sur mon perron.

— Non, ça fait déjà plusieurs heures que je couve quelque chose.

Je jetai un regard à Chase, derrière Ethan, en déglutissant péniblement.

— Tu es sûre que ça va aller ?

— Positif.

Je lissai sa cravate Scooby-Doo sur son torse avec un sourire.

— J'aime la positivité. Ça rend le monde meilleur.

Les yeux d'Ethan s'illuminèrent. Il se pencha pour déposer

un baiser sur mon front. Il avait des fossettes. Ses fossettes étaient craquantes. Ethan aussi était craquant. Alors pourquoi étais-je pressée de le quitter pour pouvoir assassiner mon invité intempestif avec la rue entière pour témoin ?

Oh ! bien sûr : parce que Chase Black avait ruiné ma vie et m'avait laissée en morceaux, blessée par chaque éclat de notre relation brisée.

Les détails dans une seconde.

Je devais seulement dire au revoir à mon parfait Dr Réalité qui m'avait presque sauvée d'une attaque.

En grimpant les marches, le cœur battant contre mes côtes comme un poisson hors de l'eau, je fantasmais sur les nombreuses manières dont j'allais accueillir Chase. Dans chacune d'elles, j'avais l'air blasé, je faisais dix centimètres de plus et je portais des Louboutin de femme fatale au lieu de mes Babette vertes.

« C'est marrant, je ne me souviens pas d'avoir laissé les poubelles dehors. Permettez-moi de vous escorter jusqu'au bac de recyclage, monsieur Black. »

« Oh ! tu veux présenter tes excuses ? Peux-tu préciser pour quoi ? La partie où tu me trompes, la partie humiliante où j'ai dû faire un dépistage de MST, ou simplement pour me faire perdre mon temps ? »

« Tu es perdu, chéri ? Tu veux que je te raccompagne au bordel où tu te rendais, de toute évidence ? »

Il allait sans dire que Chase Black ne faisait pas ressortir Maddie Martyre chez moi.

Je m'arrêtai à trois marches de lui. Mes nerfs étaient dans un état aussi lamentable que ma robe à motifs pêches, et je maudis la sensation d'excitation qui fit palpiter ma poitrine. Elle me rappelait combien j'avais pu être stupide avec lui, soumise et accommodante.

— Madison.

On aurait dit un ordre plutôt qu'un salut. Chase dressa le menton et m'examina de haut. Le pli condescendant de ses sourcils n'était pas très engageant.

— Qu'est-ce que tu fais là ? demandai-je.

— Tu me laisses entrer ?

Il rangea son téléphone dans sa poche avant. Droit au but. Pas de *Est-ce que je peux.* Pas de *Comment vas-tu ?* Ou de *Désolé d'avoir réduit ton cœur en cendres* ou même de *Comment va Daisy, l'aussiedoodle que je t'ai offerte pour Noël alors que tu m'avais prévenue au moins trois fois que tu étais allergique aux chiens, et que tes amis appellent maintenant Pipidoodle à cause de sa tendance à pisser sur les chaussures des gens ?*

J'agrippai les revers de ma fine veste d'été, maudissant mes doigts de trembler.

— Je ne préfère pas. Si c'est une étape dans ton défi Je-me-tape-tout-New York, tu t'es trompé d'adresse. Tu peux rayer mon nom.

La chaleur estivale remontait du bitume et s'enroulait autour de mes pieds comme de la fumée. L'heure tardive ne suffisait pas à rafraîchir la température. Manhattan était poisseux, bouffi de canicule et d'hormones. La rue grouillait de couples et de meutes de touristes, de collègues chahuteurs et d'étudiants louches. Je ne voulais pas faire de scène en public, mais je voulais encore moins le faire entrer chez moi. Vous connaissez l'expression « Si tout le monde peut l'avoir, je n'en veux pas » ?

Elle s'appliquait à son corps. Après notre rupture, il m'avait fallu des semaines pour débarrasser mes draps de la singulière odeur de Chase Black. Elle m'avait suivie partout, comme un nuage noir gorgé de pluie. Je sentais encore de grosses larmes monter sous mes paupières quand je pensais à lui.

— Écoute, je sais que tu es contrariée, commença-t-il d'un ton prudent, comme s'il entamait une négociation avec un ratel sauvage.

Je le coupai d'une voix tremblante, surprise par ma propre assurance :

— Contrariée ? Je suis contrariée quand mon lave-linge tombe en panne. Quand mon chiot mâchouille le poncho en crochet bleu que j'ai acheté l'hiver dernier, ou quand je dois attendre la prochaine saison de *The Masked Singer*.

Il ouvrit la bouche, sans doute pour protester, mais je levai la main et l'agitai avant d'ajouter :

— Ce que tu m'as fait ne m'a pas contrariée, Chase. Ça m'a *dévastée*. Je me fiche de l'avouer maintenant, parce que je n'en ai tellement plus rien à faire de toi, que j'ai même oublié ce que ça faisait d'être *entre tes mains*. (Je pris à peine le temps de respirer avant de cracher un reste de lave volcanique.) Non, tu ne monteras pas. Quoi que tu aies à me dire, tu devras me le dire ici.

Il passa une main dans ses cheveux soyeux et me regarda comme si j'étais une bombe à retardement qu'il devait désamorcer. Je n'aurais su dire s'il était énervé, honteux ou exaspéré. Sûrement un mélange des trois. Je n'ai jamais compris ce qu'il ressentait, même quand il était enfoui en moi. J'étais allongée, plongée dans ses yeux, et je voyais mon propre reflet qui me dévisageait.

Je croisai les bras en me demandant ce qui avait pu le pousser à venir ici. Je n'avais eu aucune nouvelle de lui depuis notre rupture six mois plus tôt. Mais j'avais entendu parler par Sven, mon patron, des femmes qui avaient défilé dans son penthouse. Ils vivaient tous les deux dans le même immeuble luxueux de Park Avenue. Apparemment, il n'avait pas été rongé par la culpabilité.

— *S'il te plaît.*

Les mots semblaient lui irriter la gorge, comme s'ils étaient des gravillons. Chase Black n'avait pas l'habitude de demander quoi que ce soit gentiment.

— C'est un sujet assez personnel, poursuivit-il. J'apprécierais de ne pas avoir toute ta rue pour témoin.

Je cherchai mes clés dans ma petite pochette, lui passant devant. Il était toujours sur la première marche et je sentais son regard creuser un trou dans mon dos. Pour une fois qu'il ne me toisait pas d'un air glacial, j'étais complètement immunisée. Je poussai la porte d'entrée sans tenir compte de sa requête. C'est drôle, j'avais toujours cru que ça me ferait un bien fou de le rejeter comme il m'avait rejetée. Mais à cet instant, mes émotions tourbillonnaient entre la peine, la colère et la confusion. Aucun sentiment de triomphe, la jubilation était à des années-lumière. J'avais presque passé le seuil lorsque ses paroles m'arrêtèrent net.

— Tu as trop peur de m'accorder dix minutes de ton temps ?

me nargua-t-il, et son ironie me fit l'effet d'un coup de poignard dans le dos.

Je me figeai. *Maintenant,* je le reconnaissais. Froid, calculateur. Malicieusement impitoyable.

— Si tu n'en as plus rien à faire de moi et que tu n'es pas du tout tentée de te retrouver *entre mes mains*, tu pourras retourner à ta merveilleuse petite vie une fois que je t'aurai dit ce que j'ai à te dire, non ?

Peur ? Il croyait que j'avais *peur ?* Si j'avais été complètement indifférente à son charme à ce moment-là, je lui aurais carrément vomi dessus.

Je fis volte-face, pris la pose et lui souris poliment.

— Un peu prétentieux, non ?

— Juste de quoi obtenir ton attention, répondit-il d'un ton pince-sans-rire, avec l'air de vouloir être partout sauf ici.

Qu'est-ce qu'il fabrique ici, d'ailleurs ?

— Tu as cinq minutes, et tu as intérêt à te tenir, dis-je en pointant ma pochette vers lui.

— Croix de bois, croix de fer, si je mens, je vais en enfer.

Il posa la main sur sa poitrine d'un geste moqueur.

— Au moins, nos espoirs se rejoignent.

Ma remarque lui arracha un gloussement. Je grimpai jusqu'à mon appartement situé au premier étage sans prendre la peine de regarder derrière moi pour vérifier qu'il me suivait. J'essayais de passer en revue les raisons de sa présence. Il sortait peut-être tout juste de cure de désintox pour régler son problème d'addiction sexuelle. On n'était sortis ensemble que six mois, mais pendant cette période Chase était incapable de s'arrêter dans nos ébats avant de m'avoir brûlé le dos sur le tapis, et fait en sorte que je marche de travers le lendemain. Je ne m'en plaignais pas à l'époque, le sexe était un aspect de notre relation qui fonctionnait bien, mais c'était un insatiable queutard.

Oui, ce devait être ça. Il s'agissait probablement de l'une des douze étapes de son processus de guérison. Se racheter auprès de ceux qu'il avait blessés. Il allait présenter ses excuses et partir, et on pourrait enfin tous les deux tourner la page. Une purification, disons. Ce qui serait bénéfique pour ma relation naissante avec Ethan.

— Je peux pratiquement t'entendre réfléchir, grommela Chase en montant derrière moi.

Bizarre, il ne semblait pas du tout désolé. Simplement le connard habituel.

— Je peux pratiquement sentir tes yeux sur mon cul, répliquai-je du tac au tac.

— Tu pourrais aussi sentir d'autres parties de moi, si tu le voulais.

Ne le poignarde pas à coups de couteau à beurre, Maddie. Il ne vaut pas la peine d'aller en prison.

— C'est qui, le type ? demanda-t-il en bâillant d'un air provoquant.

Il y avait toujours une connotation diabolique dans ses paroles. Tout ce qui sortait de sa bouche était empreint d'un ton moqueur, pour bien vous rappeler qu'il valait mieux que vous.

— Seigneur. Pfff.

Je secouai la tête en soufflant. Il avait du culot de parler d'Ethan.

— Seigneur Pfff ? C'est un nom de scène ? Il aurait besoin d'un relooking. Parle-lui du Club Black & Co. On fait une remise de quinze pour cent sur les services d'un styliste personnel.

Je lui adressai un doigt d'honneur sans même me retourner ni prêter attention à son gloussement cruel.

On s'arrêta devant ma porte. Layla habitait de l'autre côté du couloir, dans un studio qui avait été aménagé lorsque la propriétaire avait divisé son bien en plusieurs appartements. Layla avait été la première à s'installer à New York après notre diplôme. Quand elle m'avait appris que son couple de voisins partait vivre à Singapour, et que le propriétaire cherchait un locataire ordonné et qui payait dans les temps, j'avais sauté sur l'occasion. Layla était institutrice en école maternelle le jour, et baby-sitter le soir pour compléter ses revenus. J'avais du mal à me souvenir l'avoir vue sans un bambin dans les bras ou occupée à autre chose que découper des chiffres et des lettres pour sa classe du lendemain. Layla affichait chaque matin sur sa porte un « mot du jour ». C'était un bon moyen pour elle de communiquer avec moi quand on ne se voyait pas de la journée. Au fil des ans, je m'étais attachée à ses mots quotidiens. C'étaient de petits compagnons, des signes, en quelque sorte. Des prédictions concernant ma journée à venir. Dans ma hâte de partir au travail ce matin, j'avais oublié de le regarder.

J'y jetai un œil distrait en enfonçant ma clé dans la serrure.

Danger : exposition à une possibilité de blessure, douleur, dommage ou perte.

Une sensation désagréable s'empara de moi. Je la sentais à la base de ma colonne, générant une pression persistante.

— Tu n'es pas ici pour t'excuser, si ? dis-je sans quitter ma porte des yeux.

— M'excuser ?

Son bras surgit derrière moi pour se poser au-dessus de ma tête. Son souffle chaud effleura ma nuque et me fit dresser les poils. *L'effet Chase.*

— Pour quoi donc ?

J'ouvris ma porte et le laissai pénétrer dans mon appartement. Mon domaine. Ma *vie.* J'étais consciente que, la dernière fois qu'il avait débarqué dans mon royaume, il l'avait ravagé.

2

Maddie

2 juillet 1999

Chère Maddie,

Aujourd'hui, on a glissé ensemble les marguerites fanées de Mme Hunnam dans tes vieux livres. Tu as dit que tu voulais leur donner un enterrement convenable parce que tu avais de la peine pour elles. Ton empathie m'a noué la gorge. C'est pour ça que je suis sortie de la pièce. Pas à cause du pollen. Bien sûr que non. Seigneur, je suis fleuriste, quand même !

Anecdote : les marguerites symbolisent la pureté, les nouveaux départs.

J'espère que tu as toujours autant de compassion, que tu as toujours aussi bon cœur, et que tu te souviens que chaque jour est un nouveau départ.

Je t'aime,

Pour toujours,

Maman

Je retirai mes chaussures contre le mur. Daisy[1] bondit de son panier sur le rebord de la fenêtre en remuant la queue et se mit à me lécher entre les orteils en guise d'accueil. Ce n'était pas son habitude la plus distinguée, mais c'était l'une des moins destructrices.

— À quoi dois-je le déplaisir de ta visite, monsieur Black ? demandai-je en retirant ma veste jaune.

— On a un problème.

Chase donna une caresse à Daisy avant de pénétrer dans mon studio. Il me semblait injuste, voire tordu, d'avoir versé autant de larmes et passé autant de nuits sans sommeil, essayant de me faire à l'idée qu'il ne se tiendrait plus jamais nonchalamment dans ma cuisine, tout ça pour… eh bien, le voir se tenir de nouveau dans ma cuisine, et avec sa putain de nonchalance. Comme si rien n'avait changé. Mais ce n'était pas vrai. Moi, j'avais changé.

Chase ouvrit le frigo et en sortit une canette de Coca light – *mon* Coca light – qu'il ouvrit avant d'en boire une gorgée, appuyé contre le comptoir.

Je le toisai, me demandant si ce n'était pas finalement lui qui était victime d'une attaque. Il avisait mon minuscule espace de vie surchargé, certainement pour faire l'inventaire des changements que j'avais effectués depuis sa dernière visite. Un nouveau papier peint Anthropologie, une nouvelle parure de draps, et (moins perceptible, mais néanmoins présente) la nouvelle entaille dans mon cœur de la forme de son poing

1. *Daisy* : marguerite. (Toutes les notes sont de la traductrice.)

de fer. Il alluma les lumières – un ensemble illuminant tout l'appartement – et siffla tout bas.

Sous l'éclat impitoyable des LED, je remarquai qu'il paraissait débraillé et mal rasé. Il avait les yeux injectés de sang, et la chemise légèrement froissée. Sa coupe à 200 dollars aurait bien eu besoin d'un rafraîchissement. On était loin du débauché impeccable et élégant qu'il se targuait d'être. Comme si l'Univers avait enfin décidé de peser de tout son poids sur ses glorieuses épaules.

— Il semblerait que ma famille se soit prise d'affection pour toi, dit-il froidement, comme si cette idée était à peu près aussi improbable que l'existence des licornes.

Je m'approchai de lui et lui arrachai la canette de Coca light des mains. Je bus une gorgée par principe et la posai sur le comptoir entre nous.

— Et ?

— Ma mère n'arrête pas de parler du *banana bread* que tu lui as promis, ma sœur rêve de devenir ta BFF depuis que tu lui as tricoté ce bonnet, et mon père jure que tu es la femme dont tous les hommes rêvent.

— Il se trouve que j'ai aussi beaucoup d'estime pour ta famille, répondis-je.

C'était la vérité. Les Black n'avaient rien à voir avec leur fils, progéniture improbable. Ils étaient gentils, charitables et accueillants. Toujours souriants et, par-dessus tout, ils m'offraient fréquemment un verre de vin.

— Mais pas pour moi, ajouta-t-il avec un sourire railleur et hédoniste, qui suggérerait qu'il prenait plaisir à être détesté.

Comme s'il avait atteint son but. Passé un niveau dans un jeu vidéo.

— Pas pour toi, confirmai-je avec un bref hochement de tête. C'est pour ça que la flatterie ne te mènera à rien.

— Je n'essaie pas de t'influencer, m'assura-t-il en gonflant la poitrine.

Une trace de son odeur – boisée et masculine, avec une touche d'après-rasage – vint flotter sous mes narines et me fit frémir.

— Ce n'est pas ce que tu crois.

— Viens-en au fait, Chase, soupirai-je en baissant les yeux vers mes pieds.

Je voulais qu'il parte d'ici pour pouvoir me glisser sous ma couette et enchaîner les épisodes de *Supernatural*. La seule chose qui pouvait sauver ma soirée était une bonne dose de Jensen Ackles associée à de grosses quantités de chocolat et d'achats compulsifs sur Internet. Et du vin. Pour une bouteille, j'aurais pu tuer – de préférence l'homme qui se tenait devant moi.

— Il y a un problème, déclara-t-il.

Il y en avait toujours, avec lui. Je le dévisageais d'un regard vide pour qu'il poursuive. C'est alors qu'il eut la plus étrange des réactions. Le grand Chase Black sembla… tressaillir ?

— Il se pourrait que j'aie oublié de leur notifier qu'on avait rompu, dit-il avec prudence, en détournant les yeux vers Daisy, qui était en train de se frotter aux pieds du canapé avec un enthousiasme canin.

— Pardon ? (Je relevai subitement la tête en faisant claquer mes dents.) Ça fait six mois. (Et trois jours. Et vingt et une heures. Non pas que je tienne le compte.) Qu'est-ce qui t'a pris ?

Il se frotta la barbe sans quitter des yeux mon petit chien.

— Franchement, je pensais que tu te rendrais compte que tu avais exagéré et que tu reviendrais.

Si j'avais été un personnage de cartoon, ma mâchoire serait alors tombée par terre et ma langue se serait déroulée comme un tapis rouge pour aller heurter la porte d'entrée, à travers laquelle j'aurais ensuite projeté Chase, qui aurait laissé un trou de la forme de son corps.

Je pressai mes doigts sur mes paupières en prenant une inspiration.

— Tu plaisantes. Dis-moi que tu plaisantes.

— Mon sens de l'humour vaut mieux que ça.

— Eh bien, j'espère que ta détermination vaut mieux que ça aussi, car tu vas devoir retourner voir ta famille et leur dire que c'est définitivement terminé.

Je m'approchai de la porte d'un pas résolu, l'ouvris et lui fis signe de sortir d'un signe de la tête.

— Ce n'est pas fini, poursuivit Chase en restant appuyé contre mon comptoir, les mains enfoncées dans ses poches.

Il avait ainsi des pauses distinctives qui étaient imprimées sous mes paupières et conservées pour les jours pluvieux de vibromassage.

Chase qui appuie nonchalamment sa hanche contre un objet inanimé.

Chase qui pose la main en haut du chambranle de la porte, les biceps et les triceps bandés sous son T-shirt à manches courtes.

Chase, avec une main enfoncée dans sa poche avant, me déshabillant lentement de son regard sensuel.

En gros, j'avais tout un catalogue d'images de mon ex capables à elles seules de provoquer chez moi des orgasmes. Ce qui, il fallait l'admettre, approchait un niveau de pathétique qui aurait mérité une nouvelle qualification.

— J'allais leur annoncer que c'était terminé il y a deux semaines, mais mon père m'a devancé dans le domaine des mauvaises nouvelles.

— Oh mince. Son yacht est en panne ?

Je posai une main sur mon cœur pour feindre l'inquiétude. Ronan Black, propriétaire de Black & Co, le grand magasin le plus fréquenté de Manhattan, menait une vie composée de vacances, de jets privés et de réunions de famille grandioses. Malgré tout, dire du mal d'une personne qui m'avait si bien accueillie me laissait un goût amer.

— Il a un cancer de stade quatre. De la prostate. Il se propage dans ses os. Dans ses reins, dans son sang. Il n'a pas fait de test de dépistage. Ma mère le suppliait d'en passer depuis des années, mais il ne voulait pas s'imposer cette épreuve, il faut croire. Inutile de préciser qu'il est incurable. Il lui reste trois mois à vivre. (Il marqua une pause.) En étant optimiste.

Il m'annonçait la nouvelle d'un ton neutre, sans expression. Il n'avait pas quitté Daisy des yeux, qui avait abandonné le canapé pour s'allonger à ses pieds dans l'espoir de se faire gratter le ventre. Il se pencha et la caressa d'un air distrait, le temps que j'assimile la nouvelle. Ses paroles m'imprégnaient comme un poison mortel qui se répandait lentement. Elles touchèrent un endroit profondément enfoui en moi, cette boule d'angoisse que je sentais dans mon ventre. La boule de ma mère. Je savais que Chase et son père étaient proches. Je savais également que Chase était un homme fier et qu'il ne verserait jamais de larme, surtout en face d'une personne qui le détestait. Mes genoux se mirent à trembler et l'air se bloquait dans ma gorge, incapable de parvenir à mes poumons.

Je résistai à mon envie de le serrer dans mes bras. Il prendrait ce geste chaleureux pour de la pitié, et je n'avais pas pitié de lui. J'étais anéantie pour lui étant donné que ma mère était décédée d'un cancer du sein quand j'avais seize ans, après un combat en dents de scie avec la maladie. J'étais bien placée pour savoir qu'il était toujours trop tôt pour voir un parent partir. Voir quelqu'un qu'on aimait dépérir, c'était aussi douloureux qu'un coup de poignard dans sa propre chair.

— Je suis vraiment désolée, Chase.

Les mots finirent par sortir, maladroits, inconsistants. Je me souvenais combien mon père détestait les entendre. « *Qu'est-ce que ça peut me faire, qu'ils soient désolés ? Ce n'est pas ce qui aidera Iris à aller mieux.* » Je repensai aux lettres de ma mère. Je débutais généralement mes journées en lisant l'une d'elles avec un café fort, mais ce matin, j'en avais lu deux. J'avais eu le pressentiment que cette journée allait être éprouvante. Je ne m'étais pas trompée.

« *J'espère que tu as toujours autant de compassion et aussi bon cœur.* »

Que penserait-elle de mon surnom, Maddie Martyre ? Toujours prête à venir en aide.

Le regard voilé de Chase finit par croiser le mien. Il était terriblement vide.

— Merci.

— Si je peux faire quelque chose…

— Tu peux.

Il se redressa rapidement en époussetant les poils de Daisy.

Je penchai la tête d'un air interrogateur.

— Dans les jours qui ont suivi l'annonce de mon père, ma famille était dévastée. Katie n'est pas allée travailler. Ma mère n'a pas quitté son lit et mon père courait de l'une à l'autre pour tâcher de les réconforter, au lieu de prendre soin de lui. C'était un véritable bordel. Et ça continue.

Je savais que Lori Black s'était déjà battue contre la dépression, pas par le biais de Chase, mais par celui d'une interview détaillée qu'elle avait accordée à *Vogue* quelques années plus tôt. Elle avait évoqué avec franchise ses passages à vide pendant qu'elle faisait la promotion d'une association à but non lucratif pour laquelle elle était bénévole. Katie, la sœur de Chase, était responsable marketing chez Black & Co et était accro au shopping. C'était moins mignon et excentrique que ça en avait l'air. Katie souffrait de vilaines crises d'angoisse. Ses crises la poussaient à faire des achats compulsifs et incontrôlés pour étouffer ce qui la rendait nerveuse. Ces achats irréfléchis l'aidaient à respirer un peu mieux, mais elle se détestait toujours après coup. De la boulimie émotionnelle, mais avec des vêtements de créateurs. C'était le diagnostic qui avait été posé. Six ans plus tôt, elle s'était laissée aller à une folie dépensière après que son petit ami avait rompu avec elle. Elle avait dépensé 250 000 dollars en moins de quarante-huit heures, dépassé le plafond autorisé de trois cartes de crédit, et Chase l'avait retrouvée dans son dressing, enfouie sous une véritable montagne de boîtes de chaussures et de vêtements, en train de pleurer sur une bouteille de champagne.

Chase dut lire dans mes pensées car il soutenait intensément mon regard.

— Compte tenu des antécédents de ma mère, il ne serait pas déraisonnable de penser qu'elle prend tout droit le chemin de Dépressionville. Quand je suis allé voir Katie, sa porte était bloquée par des colis Amazon. Il me fallait un agneau sacrificiel.

— Chase.

Ma voix se brisa. J'avais la sensation d'être le pauvre animal qu'on s'apprêtait à jeter dans le fumoir. Son visage était dénué d'expression, sa voix mesurée.

— J'ai dû réagir dans l'urgence. Alors j'ai fait une annonce à mon tour.

Il récupéra la canette et but une gorgée sans me quitter des yeux. En silence. Mon cœur tournoyait comme un hamster sur sa roue. Le bout de mes doigts se mit à fourmiller. La panique me noua la gorge.

— Je leur ai dit qu'on s'était fiancés.

Je ne répondis pas.

Pas tout de suite, en tout cas.

Je pris la canette de Coca light et la jetai violemment contre le mur, où elle explosa en projetant son contenu comme un tableau d'avant-garde. Qui faisait une chose pareille ? Comment pouvait-il dire à sa famille qu'il était fiancé à son ex-petite amie qu'il avait trompée ? Et voilà qu'il revenait chez moi, pas le moins du monde désolé et toujours le même gros connard, pour m'annoncer la nouvelle avec désinvolture.

— Espèce de fils de…

— Il y a pire, me coupa-t-il en levant la paume, avant de détourner les yeux vers la banquette sous ma fenêtre, occupée par des pots de fleurs de toutes les couleurs et le panier de Daisy. L'annonce des fiançailles était exactement ce qu'avait conseillé le médecin. La famille est un principe divin, pour les Black. Elle a procuré beaucoup de joie à ma mère et a détourné mon père de ses idées noires liées à sa maladie. Il semblerait donc que toi et moi, on organise une fête de fiançailles ce week-end dans les Hamptons.

— Une fête de fiançailles ? répétai-je en clignant des yeux.

Je sentis que j'avais le mal de mer. Comme si le sol sous mes pieds oscillait au rythme de mon pouls. Chase hocha brièvement la tête.

— On devra y assister tous les deux, évidemment.

— La seule chose qui soit évidente, dis-je lentement, l'esprit embrouillé, c'est que tu délires. La réponse à ta requête tacite est non.

— Non ?

Encore un mot auquel il n'était pas habitué.

— Non, confirmai-je. Je ne t'accompagnerai pas à ta fausse fête de fiançailles.

— Pourquoi ?

Il semblait sincèrement perplexe. Je me rendis compte que Chase, malgré ses trente-deux années d'existence, avait une expérience très limitée du rejet. Il était séduisant, intelligent, tellement riche qu'il n'aurait pu dépenser tout son argent même s'il avait dédié sa vie entière à cette cause, et d'ascendance enviable. Sur le papier, il était trop beau pour être vrai. En réalité, il était si toxique qu'il était néfaste de respirer le même air que lui.

— Parce que je ne veux pas prendre part à ton imposture et tromper des dizaines de personnes. Et parce que te rendre service figure très bas sur ma liste de souhaits, quelque part entre m'arracher les cils à la pince à épiler et chercher la bagarre à un Père Noël bourré dans le métro.

Je tenais toujours la porte ouverte, mais je tremblais. Je n'arrêtais pas de penser à Ronan Black. À la douleur de Katie et Lori. À la lettre de ma mère qui me disait de faire preuve de compassion. Elle n'avait sûrement pas pensé à cette situation.

— Je te ferai renvoyer, déclara-t-il tout de go.

— Je te ferai un procès, répliquai-je avec la même nonchalance, bien plus paniquée que je ne le laissais entendre.

J'adorais mon boulot. En plus, il savait parfaitement que je n'avais pas d'argent de côté et que je ne survivrais pas à la moindre période de chômage.

Pas étonnant que son nom soit Black. Son cœur avait la couleur des ténèbres.

— L'argent se fait rare, Miss Goldbloom ? demanda-t-il d'une voix implacable en haussant un sourcil.

— Tu connais la réponse, répondis-je en montrant les dents.

Un appartement à Manhattan, si petit soit-il, coûtait une fortune.

— Parfait. Rends-moi ce service, et je te dédommagerai pour le temps et l'effort.

Il passait du bâton à la carotte en un claquement de doigts.

— C'est le prix du sang.

Il haussa les épaules, l'air agacé par mon comportement.

— Du sang ? Non. Quelques égratignures probablement, c'est tout.

— Es-tu en train de me proposer de me payer pour ma compagnie ? (J'ignorai la palpitation sous ma paupière.) Parce que ça porte un nom. La prostitution.

— Je ne te paie pas pour coucher avec moi.

— Non, inutile. Puisque, bêtement, j'ai fait ça gratuit.

— Je n'ai pas entendu la moindre plainte à l'époque. Écoute, Mad…

— Chase, dis-je en imitant son ton d'avertissement, le maudissant d'utiliser le surnom qu'il me donnait – pas Maddie, ni Mads, seulement Mad – et me maudissant d'éprouver encore des papillons dans le ventre en l'entendant.

— On sait tous les deux que tu le feras, dit-il avec l'exaspération à peine voilée d'un adulte qui explique à un enfant pourquoi il doit prendre son médicament. Épargne-nous ce petit numéro. Il est tard, j'ai une réunion du conseil d'administration demain matin et je suis sûr que tu meurs d'envie de raconter à tes amies ton petit rencard avec Scoobidiot.

— Vraiment ? le défiai-je, avec un regard menaçant de le réduire en cendres par le simple pouvoir de répulsion.

Je ne relevai même pas sa dernière pique. C'était simplement

Chase qui faisait son Chase, et battait son propre record du plus grand connard du monde.

— Oui. Parce que tu es Maddie Martyre et que c'est la bonne chose à faire. Tu es altruiste, attentionnée et charitable.

Il listait ces traits de caractère d'un ton détaché, comme s'ils n'avaient rien de positif à ses yeux. Il détourna le regard vers le mur derrière moi, sur lequel j'avais épinglé des dizaines de carrés de tissu. Mousseline, soie, organza. Des matières blanches et crème du monde entier, à côté de croquis de robes de mariée au crayon. Je secouai la tête, sachant pertinemment à quoi il pensait.

— Mets-toi bien ça dans le crâne, Casanova de mes deux. Je ne t'épouserai jamais.

— C'est une bonne nouvelle pour tout le monde.

— Vraiment ? Parce qu'il me semble que tu viens de me demander d'être ta fiancée.

— Fausse fiancée. Ce n'est pas ta main que je demande.

— Qu'est-ce que tu demandes, alors ?

— D'avoir l'obligeance de ne pas briser le cœur de mon père.

— Chase…

— Si tu ne viens pas… Mad, ça va le dévaster.

Il passa une main tremblante dans ses cheveux.

— Ça risque de faire boule de neige, me défendis-je.

Mes doigts tremblaient si fort qu'ils semblaient danser.

— Je ferai en sorte que non. (Il soutint mon regard. Pas un muscle ne bougeait sur son visage.) Je ne veux pas te récupérer, Madison, dit-il et, pour une raison inconnue, ces mots créèrent une entaille sanguinolente au fond de moi.

Je l'avais toujours soupçonné de n'avoir jamais voulu de moi, même à l'époque où on était ensemble. J'étais comme une balle antistress. Un objet à manipuler distraitement pendant que ses pensées dérivaient. Je me souvenais me sentir parfaitement invisible quand il me regardait. Sa façon de souffler quand il avisait mes robes excentriques. Ses regards en coin qui me donnaient l'impression d'être encore moins attirante qu'un singe de cirque.

— Je ne veux pas que mon père quitte ce monde dans le chaos. Ma mère. Katie. Moi. C'est trop. Tu peux me comprendre, non ?

Maman.

Le lit d'hôpital.

Les lettres éparpillées.

Mon cœur vide et déchiré qui ne s'était jamais vraiment remis de sa disparition.

Je sentis ma détermination s'effriter, fissure après fissure, jusqu'à ce que, pour finir, la couche de glace dans laquelle je m'étais barricadée en laissant Chase pénétrer dans mon appartement tombe dans un bruit mat, comme une armure dont se débarrasse un guerrier. Il se souvenait de notre conversation qui datait de plusieurs mois, quand je lui avais dit que ma mère était morte peu après que mon père eu déclaré leur entreprise en faillite, Iris Golden Blooms, et que j'eu échoué à mon semestre. Elle avait quitté ce monde dans l'angoisse, inquiète pour ses proches.

Savoir qu'elle n'était pas partie en paix continuait de me ronger chaque nuit.

J'avais fini par obtenir mon diplôme avec mention et obtenu une bourse partielle pour l'université, mon père par remettre notre boutique de fleurs sur pied et la faire prospérer, mais ça n'avait plus d'importance. C'était comme si Iris Goldbloom était coincée dans les limbes au moment de cette période cauchemardesque, et qu'elle attendrait pour l'éternité de voir si on s'en sortirait.

Même si je détestais Chase Black pour ce qu'il m'avait fait, je n'avais pas l'intention d'imposer de nouveaux malheurs à sa famille en annulant une fête de fiançailles. Mais je n'avais pas non plus l'intention de jouer selon ses règles.

— Où ta famille pensait-elle que j'étais passée pendant les six derniers mois ? Elle n'a pas trouvé bizarre de ne plus me voir ?

Chase haussa les épaules, imperturbable.

— Je dirige une entreprise qui est plus riche que certains pays. Je leur ai dit qu'on ne se voyait que le soir.

— Et ils ont marché ?

Il m'adressa un sourire sinistre. Bien sûr que oui. Chase aurait été capable de vendre de la glace à un Esquimau.

Je grognai.

— Très bien. Qu'est-ce qui se passera quand on finira par se séparer ?

— Laisse-moi m'occuper de ça.

— Tu es sûr d'avoir bien réfléchi ?

Ce plan semblait épouvantable. Un scénario tout droit sorti d'une comédie romantique qui finit direct sur le câble. Mais je savais que Chase était quelqu'un de sérieux. Il hocha la tête.

— Ma mère et ma sœur seront déçues, mais pas anéanties.

Mon père veut que je sois heureux. Mais surtout… je veux que lui soit heureux. À n'importe quel prix.

Je ne pouvais pas aller à l'encontre de ce raisonnement et franchement, c'était grâce à ça que Chase me tenait, grâce à ma compassion.

— Je viendrai ce week-end, mais ça s'arrêtera là. (Je levai l'index en guise d'avertissement.) Un week-end, Chase. Ensuite tu pourras leur dire que je suis occupée. Et quoi qu'il arrive, cette histoire de fausses fiançailles devra rester top secret. Je ne veux pas que ça se retourne contre moi au travail. En parlant de ça… quand on aura annulé notre soi-disant mariage, je garderai mon boulot.

— Parole de scout.

Mais il ne leva qu'un doigt. Plus précisément le majeur.

— Tu n'as jamais fait partie des scouts, fis-je en plissant les yeux.

— Ça ne se retournera pas contre toi. En revanche, si tu veux, je peux te retourner contre moi, ce ne sera pas la première fois.

Un sourire s'afficha lentement sur son visage.

Je lui désignai la porte en sentant mon visage et mon cou rougir au souvenir de nos ébats.

— Dehors.

Chase fourra sa main dans sa poche arrière. Une sensation d'effroi s'enroula autour de ma gorge comme un foulard serré lorsqu'il sortit un petit écrin de la bijouterie Black & Co et me le lança.

— Je passe te prendre vendredi à 6 heures. Tenue de

randonnée obligatoire. Vêtements sages en option mais très appréciés quand même.

— Je te déteste, dis-je tout bas en m'écorchant la gorge, l'écrin au lettrage doré entre mes doigts tremblants.

Je le détestais. Vraiment. Je faisais ça pour Ronan, Lori et Katie, pas pour lui. D'une certaine manière, ma décision en devenait plus supportable.

Il me sourit d'un air de pitié.

— Tu es une bonne petite, Mad.

Bonne petite. Encore et toujours cette condescendance. Qu'il aille se faire voir.

Chase se dirigea vers la porte et s'arrêta à quelques centimètres de moi. Il fronça les sourcils en avisant la canette de soda à mes pieds.

— Tu vas devoir nettoyer ça, dit-il en désignant le Coca répandu sur mon mur.

Il leva la main et passa son pouce sur mon front, à l'endroit précis où Ethan m'avait déposé un baiser, comme pour effacer toute trace.

— Le laisser-aller, ça fait mauvais genre, surtout chez la fiancée de Chase Black.

3

Maddie

10 août 2002

Chère Maddie,

Anecdote : le muguet a une signification biblique. Il est sorti des yeux d'Ève après son exil du Jardin d'Éden. Sa fleur est considérée comme l'une des plus belles et insaisissables de la nature, la préférée des mariages royaux !

Elle est aussi mortellement toxique.

Toutes les belles choses ne sont pas bonnes pour toi. Je suis désolée que Ryan et toi ayez rompu. Si tu veux mon avis, ce n'était pas le bon. Tu mérites ce qu'il y a de mieux au monde. Ne te contente jamais de moins que ça.

Avec tout mon amour (et un peu de soulagement),

Maman

Je planifiais le jour de mon mariage depuis mes cinq ans. Mon père adorait raconter l'histoire du jour précédant mon entrée à l'école primaire, quand on m'avait vue courir après Jacob Kelly dans notre impasse avec un bouquet de fleurs du jardin, racines et boue comprises, en lui criant de venir m'épouser. Finalement, avec l'aide de nombreux pots-de-vin, j'avais obtenu ce que je voulais. Jacob avait l'air passablement horrifié pendant la cérémonie, réalisée avec minutie en présence de mes amies, Layla et Tara. Il avait refusé d'embrasser la mariée – ce qui me convenait très bien – et avait choisi de passer notre lune de miel à jeter des pommes de pin sur les écureuils et à se plaindre de ne pas avoir pu goûter la célèbre tarte aux cerises de ma mère.

Je ne m'étais pas arrêtée à Jacob Kelly. À onze ans, j'avais épousé Taylor Kirschner, Milo Lopez, Aston Giudice, Josh Payne et Luis Hough. Tous vivaient encore dans la ville dans laquelle j'avais grandi en Pennsylvanie et continuaient de m'envoyer des cartes de Noël, en me taquinant parce que j'étais encore célibataire.

Ce n'était pas la romance qui me fascinait. Mon intérêt pour les garçons se bornait à une curiosité malsaine quant à ce qui les rendait aussi sales, grossiers et portés sur les blagues crado. Ce qui me faisait rêver, c'était la partie mariage. Les papillons dans le ventre, les festivités, les invités, la pièce montée, les fleurs. Et par-dessus tout... la robe.

Les simulations de mariage me donnaient une raison de porter la robe blanche bouffante que ma cousine Coraline m'avait offerte à l'occasion de ses noces. J'étais sa demoiselle d'honneur. Je m'étais entêtée à la porter pendant les cinq années suivantes, jusqu'à devoir me rendre à l'évidence ; elle était devenue trop petite pour moi, malgré ma taille minuscule.

Depuis cette expérience, j'étais obsédée par les robes de mariage. Fanatique, même. Je suppliais mes parents de m'emmener aux mariages. J'allais même jusqu'à me faufiler dans les cérémonies d'inconnus à l'église du quartier rien que pour pouvoir admirer la robe. Circonstance qui empirait mon obsession, ma mère était fleuriste et m'autorisait souvent à l'accompagner quand elle livrait des fleurs dans des lieux somptueux.

Devenir créatrice de robe de mariée, c'était une vocation, pas un choix de carrière. Quand on se marie, on doit être au mieux de son apparence. En fait, c'est même le seul jour où le choix de la tenue, quel que soit le coût, l'extravagance ou le luxe, est légitime. On me demandait souvent s'il n'était pas frustrant de se limiter à un seul type de tenue. Honnêtement, je ne voyais pas pourquoi un créateur préférerait se focaliser sur les vêtements normaux du quotidien. Créer des robes de mariée, c'était manger chaque jour du dessert au petit déjeuner, au déjeuner et au dîner. C'était comme de recevoir ses cadeaux de Noël tous en même temps.

Peut-être était-ce pour cette raison que j'étais toujours la dernière à partir du bureau. Celle qui éteignait les lumières et souhaitait une bonne nuit à son dernier croquis en lui soufflant un baiser. Mais pas ce vendredi.

Cette fois, j'avais des projets.

— J'y vais. Bon week-end, tout le monde !

J'enfilai mes chaussures à talon roses et éteignis la lumière individuelle chez Croquis.

Mon coin de travail était un petit paradis. Conçu pour répondre à mes besoins. Ma table à dessin était équipée de casiers argentés que je remplissais de crayons, de gommes de formes rigolotes, de marqueurs indélébiles, de pinceaux et de fusain. Je mettais un point d'honneur à installer un bouquet de fleurs fraîches dans mon vase chaque semaine. C'était une façon de garder ma mère près de moi, de m'assurer qu'elle veillait sur moi.

Je donnai une petite caresse aux fleurs dans le vase – un mélange de lavande et de fleurs blanches – et les arrosai en prévision du week-end.

— Soyez sages. (J'agitai les doigts dans leur direction.) Mlle Magda prendra soin de vous en mon absence. Ne me regardez pas comme ça. Je serai de retour lundi.

Ceux qui disaient que les fleurs n'avaient pas de visage ne les avaient à l'évidence jamais vues se faner. D'habitude, je les emportais chez moi et les posais sur le rebord de la fenêtre pour prendre le soleil à côté de Daisy, mais ce week-end, j'accompagnais Satan dans les Hamptons et Daisy passait la nuit chez Layla.

— Tu parles encore à tes plantes. Cool. Tout à fait normal, entendis-je murmurer à l'autre bout du studio.

C'était Nina, ma collègue. Elle avait mon âge, mais c'était une stagiaire. Elle avait le physique d'une top-modèle. Élancée comme un cygne, avec un nez retroussé et le teint d'une poupée Bratz. La seule chose que j'avais à lui reprocher, c'était qu'elle me détestait sans raison apparente, autre que ma capacité à respirer. Littéralement. Elle m'avait surnommée « la Bouffeuse d'oxygène ».

— Allez, circule, lança-t-elle en agitant la main sans quitter son écran des yeux. Si ta plante fait pipi, je lui changerai sa couche. Du moment que tu sors de ma vue.

Préférant opter pour la voie de la sagesse, je me retournai sans lui prêter attention et me dirigeai vers l'ascenseur. Je tombai sur Sven. Il planta les mains sur ses hanches, se pencha en avant et me tapota le bout du nez. Mon patron et presque ami avait une petite quarantaine et portait du noir de la tête aux pieds. Ses cheveux étaient si blonds qu'ils frôlaient le blanc, ses yeux étaient si clairs qu'on voyait presque à travers. Il portait toujours une touche de gloss et marchait en balançant ses hanches, à la Sam Smith. Chef de service chez Croquis, une entreprise de robes de mariée partenaire de Black & Co qui vendait ses collections en exclusivité dans leurs magasins, c'était lui qui faisait la loi et qui assistait aux réunions avec le conseil d'administration. Sven m'avait prise sous son aile à ma sortie des Beaux-Arts et proposé un stage qui avait débouché sur un poste en CDI. Quatre ans plus tard, je ne me voyais pas travailler pour quelqu'un d'autre.

— Tu vas où ? demanda-t-il en penchant la tête.

Je hissai mon sac messager sur mon épaule et m'approchai des ascenseurs.

— À la maison. Où veux-tu que j'aille ?

— Que Lorde me soit témoin, heureusement que tu dessines mieux que tu mens.

Il faisait référence à la chanteuse, pas au Tout-Puissant. Sven fit le signe de croix et m'emboîta le pas. Son accent suédois faisait monter l'intonation sur les dernières syllabes ; il n'apparaissait que brièvement, lorsqu'il était excité ou bourré.

— Tu ne pars jamais à l'heure. Qu'est-ce qui se passe ?

Mon regard s'embrasa. Chase avait-il dit quelque chose ? Sven le connaissait et ils assistaient souvent aux mêmes réunions. Ça n'aurait rien d'étonnant. Rien n'était impossible avec lui, sauf peut-être de provoquer une troisième guerre mondiale. Un pareil engagement l'aurait fait flipper ; une guerre pouvait durer des mois, voire des années. Il n'aurait pas l'énergie d'aller au bout.

J'appelai l'ascenseur et pris deux chewing-gums.

— Rien du tout. Pourquoi tu me demandes ça ?

Sven pencha la tête sur le côté, comme si, en me regardant suffisamment longtemps, le secret sortirait tout seul de ma bouche.

— Tu vas bien ?

Je laissai échapper un rire haut perché. Sven et moi étions proches, mais toujours professionnels. J'aimais penser que s'il n'avait pas été mon patron, on aurait probablement été les meilleurs amis. Mais on savait tous les deux que, pour l'instant, il y avait certaines limites, certains sujets qu'on ne pouvait pas aborder.

— Mieux que jamais.

Que quelqu'un me sorte de là.

L'ascenseur arriva. Sven se glissa devant moi pour me bloquer le passage.

— Est-ce que c'est à propos de… lui ?

Je dus retenir ma mâchoire, qui menaçait de tomber.

— *Lui* peut aller rôtir en enfer, et ce n'est pas moi qui cracherais sur les flammes pour les éteindre, pestai-je. Je n'arrive pas à croire que tu parles de lui.

Si j'avais reçu un centime chaque fois que Sven m'avait surprise en train de pleurer à cause de Chase dans la kitchenette, à mon poste, dans la salle de pause ou n'importe où au bureau, je n'aurais plus besoin de travailler ici. Je n'aurais plus besoin de travailler du tout, d'ailleurs. Je ne savais même pas pourquoi. Au cours des six mois qu'avait duré notre relation, je n'avais rencontré la famille de Chase que quelques fois, je n'avais même jamais vu son frousin (frère-cousin) et sa femme, dont il était proche. Il n'avait pas rencontré ma famille – seulement Layla et, évidemment, Sven. Même avec de l'imagination, la relation n'avait rien eu de sérieux.

— Tu y vas fort. Qu'est-ce qu'il a fait, ce pauvre garçon ? Tu ne le vois que depuis trois semaines. (Il se tapota la lèvre en fronçant les sourcils.) Il s'appelle comment, déjà ? Henry ? Éric ? Je me souviens d'un truc typiquement américain.

Ethan. Bien sûr qu'il parlait d'Ethan. Mon rythme cardiaque ralentit, jusqu'à s'arrêter presque complètement. La crise était évitée. Les portes se refermèrent et je gratifiai Sven d'une moue en rappuyant sur le bouton. Quelqu'un avait déjà appelé l'ascenseur d'en bas. Mince.

— La patience est mère de toutes les vertus, dis-je.

— Ou le signe très clair qu'il est de l'autre bord. (Sven ajusta le col de ma blouse à motifs bleus.) Expérience personnelle, sœurette. J'avais une petite amie au lycée, Vera. Sa vertu est restée intacte jusqu'à ce qu'elle parte à la fac aux États-Unis, où elle a probablement été déchiquetée par une meute d'étudiants de fraternité pour rattraper le temps perdu.

— Pauvre Vera.

Je me léchai le pouce et essuyai une trace de café au coin de ses lèvres.

— Pauvre de moi, répliqua-t-il en chassant ma main. J'étais tellement occupé à essayer d'être l'homme que mes parents voulaient que je sois, d'après moi, que j'ai complètement raté mes années de débauche. Ne laisse pas une chose pareille t'arriver, Maddie. Autorise-toi à être cette débauchée qu'on rêve tous d'être.

— Je crois que tu fais un transfert, répliquai-je avec une grimace.

— Et toi, tu rates quelque chose, rétorqua-t-il en me donnant un petit coup dans le sternum. Ça fait des mois que tu as rompu avec Chase. Il est temps de tourner la page. Pour de vrai.

— C'est fait. Enfin, presque. C'est en cours.

J'appuyai trois fois de suite sur le bouton de l'ascenseur. Clic clic clic.

— Oh ! regarde, un message de Layla.

Sven me brandit son téléphone sous le nez. Oh ! j'avais oublié de préciser que, puisque Sven et moi ne pouvions pas être meilleurs amis, ma meilleure amie était devenue sa meilleure amie. Ça mettait vraiment le bazar dans mon équilibre travail-vie privée, et je mentirais si je disais que ça ne m'ennuyait pas, de temps à autre. Comme maintenant.

— Laisse-moi te le lire : « Dis à ton employée de profiter de ce week-end pour s'amuser. Force-la à s'amuser. À faire des erreurs. À coucher avec l'homme de ses rêves. »

— Je ne…, commençai-je, mais il secoua la tête, se retourna en agitant la main et repartit d'un pas sautillant dans le studio, puis se pencha par-dessus l'épaule de Nina pour voir sur quoi elle travaillait.

Les portes de l'ascenseur s'ouvrirent enfin. Je pénétrai à l'intérieur en secouant la tête.

— Plutôt mourir.

Une demi-heure avant que Chase soit censé passer me prendre, je frappai à la porte de Layla. Elle ouvrit en calant une mèche de cheveux vert émeraude derrière son oreille, un petit garçon de quatre ans en train de hurler et de se débattre dans ses bras. Layla était une fille pulpeuse qui assumait ses formes et possédait la plus enviable des garde-robe, composée de tenues bohèmes chic, de jupes vaporeuses et de pulls en tricot aux épaules dégagées. Elle ne semblait pas gênée par les tentatives du garçon de lui déchirer les tympans. L'argent de poche devait en valoir le coup.

— Oh ! serait-ce Maddie Martyre ? chantonna-t-elle en me serrant le bras.

Je portais toujours ma tenue de travail. Une blouse bleue avec imprimé cerises, associée à une jupe crayon grise et des chaussures roses.

— Tu ne devrais pas être avec ton ex petit-ami en ce moment même ?

— Je suis juste venue déposer mes clés.

D'accord. C'était un mensonge flagrant. Layla avait un double de mes clés pour les cas d'urgence. Je voulais seulement lui parler avant de partir.

— Merci de t'occuper de Daisy. En général, je la sors trois fois par jour, vingt minutes minimum à chaque fois. Elle aime

Abingdon Square Park. Surtout courir après un écureuil nommé Frank et aboyer sur les autres chiens. Fais attention qu'elle ne se sauve pas dans la rue. Il y a un verre doseur dans son sac de croquettes – un le matin, et un le soir. Ses vitamines sont près du tiroir à couverts, un sachet jaune. Ne t'embête pas à changer trop souvent son eau. Elle boit dans les toilettes, de toute façon. Oh ! et ne laisse rien sur le comptoir. Elle trouve toujours un moyen de manger ce qu'il y a dessus.

— On dirait moi après une soirée. (Layla sourit.) Frank, hein ? C'est sérieux entre eux ?

— Malheureusement pour lui.

Je fis la grimace. Je reconnaissais Frank grâce à la zone sans poils entre ses yeux. Daisy adorait cet écureuil, donc je lui donnais à manger chaque fois qu'on allait au parc.

— Quand elle se sera rendu compte que je suis partie, il se pourrait aussi qu'elle fasse pipi dans tes chaussures en guise de protestation, ajoutai-je.

— Bon sang, c'est pire qu'un gosse. Ce hum-hum d'ex- petit ami a vraiment fait en sorte que tu ne l'oublies pas, avec ce petit cadeau d'adieu.

Je haussai les épaules.

— J'aime encore mieux ça que le C-H-L-A-M-Y-D-I-A.

— Je sais épeler, fit le gamin en tirant la langue, ce qui lui attira deux regards incrédules.

— Merci, je te revaudrai ça, dis-je.

— Avec plaisir.

L'enfant dans ses bras lui tirait maintenant les cheveux en hurlant le nom de sa mère.

— Ici la Terre, à Maddie Martyre, tu es là ? Je t'ai demandé si Sven t'avait lu mon message, dit Layla sans prêter attention au concentré d'hystérie dans ses bras.

Je détestais ce surnom. Je me détestais aussi de continuer à le mériter en ne refusant jamais de rendre service dès qu'on me le demandait. Exemple numéro 1 : assister à ma propre fausse soirée de fiançailles dans les Hamptons ce week-end.

— Ouaip. (Je plaquai un sourire sur mon visage.) Désolée, j'étais ailleurs. Oui, il l'a fait. Tu es folle.

— Et toi, on dirait que tu es dans le couloir de la mort.

— C'est aussi l'impression que j'ai.

— Je suis désolée, chérie. Je sais à quel point c'est dur quand un beau milliardaire de bonne famille t'emmène passer le week-end dans les Hamptons après t'avoir glissé une bague de fiançailles à 450 000 dollars au doigt. Mais tu survivras.

Je tiens à souligner que ce n'était pas moi qui avais enquêté sur le prix de la bague. C'était Layla, munie d'une bouteille de vin (d'accord, un Capri Sun alcoolisé), à la seconde où Chase avait quitté l'immeuble. Je l'avais convoquée en urgence, et elle s'était ruée sur le site Internet de la bijouterie Black & Co pour en arriver à la conclusion que la bague de fiançailles était une édition limitée qui n'était plus en vente.

— Tu sais ce que ça signifie.

Elle avait fait frétiller ses sourcils, versé une dose de vodka dans un gobelet et ajouté le Capri Sun. Je l'avais coupée aussitôt.

— Oui. Ça signifie qu'il veut être sûr que sa famille sache que la bague est réglo. C'est tout.

De retour au présent, je continuais d'essayer de tempérer son optimisme avec une bonne dose de réalité.

— Vraiment, je préfère voir ça comme le kidnapping d'un menteur infidèle, d'un arrogant fils de pu... (Je jetai un œil au petit qui était devenu muet et avait écarquillé les yeux en attendant la fin de la phrase. Je me raclai la gorge.) Putois.

— Elle a dit un vilain mot, dit-il en me pointant d'un doigt potelé.

— Non, pas du tout. J'ai dit putois, protestai-je.

J'étais en train d'argumenter avec un enfant de quatre ans. Ethan aurait fait une crise cardiaque illico s'il l'avait su.

— Oh. (Le petit fit la moue en réfléchissant.) J'aime bien les putois.

— Apparemment, celui-là n'est pas très aimable, Timothy. (Layla lui caressa la tête. Elle referma imperceptiblement la porte.) Tu me promets une chose ?

— Il le faut ? fis-je en boudant.

Je savais qu'elle attendait un peu d'optimisme de ma part.

— Essaie d'en profiter un maximum. Au lieu de penser à la personne avec laquelle tu vas passer du temps, pense à *comment* tu vas passer ton temps. La propriété à 150 millions de dollars de l'avenue des Milliardaires dans laquelle tu vas, les festins de fruits de mer, les vins plus chers que ton loyer que tu vas siroter... Emporte ton carnet à dessin. Change d'air. Fais-toi des vacances de *bitch*.

— Ça veut dire quoi « bitch » ? demanda Timothy en se redressant.

— Du beach-volley, tu connais pas ?

— Ah, si, je connais.

J'adorais ma meilleure amie, mais si elle était un exemple pour les enfants, alors moi j'étais une brique de soupe. Elle n'en voulait même pas (des enfants, pas de la soupe. Layla *adorait* la soupe). Cependant, elle marquait un point. J'allais peut-être participer à ma fausse fête de fiançailles avec l'homme de mes cauchemars, mais au moins j'allais le faire avec style. Chase et moi avions passé Noël ensemble dans les Hamptons avant notre rupture. C'était le genre d'endroit qu'on ne voyait qu'à la télévision ou dans les *stories* Instagram des célébrités. Le problème, c'était que Layla était notoirement allergique à l'engagement. Ça ne lui poserait pas le moindre problème de passer du temps avec l'homme qui lui avait brisé le cœur, car son cœur n'était jamais brisé.

— Tu sais quoi ? Tu as raison. C'est ce que je vais faire. Tope là, Timothy.

Je tendis la paume de ma main au petit avec un sourire. Il me regarda d'un air vide et idiot, sans faire un geste.

— Maman dit que je ne dois pas laisser d'inconnus me toucher. Je pourrais me faire enlever.

Pas si le kidnappeur sait de quoi tes poumons sont capables.

— Bon, alors c'est réglé, dit Layla. Tu vas t'amuser, ne pas analyser chaque moment, et tu vas t'autoriser le luxe de faire une bonne petite… bise sans t'attacher.

— Hé ! Tu as dit…, commença Timothy.

— Bise. J'ai dit « bise ». Merci d'avoir assisté à ma conférence TED.

Layla me claqua la porte au nez avant que j'aie l'occasion de me plaindre encore du week-end qui s'annonçait.

C'est alors que je remarquai son mot du jour.

Anniversaire : le jour de naissance d'une personne, à l'occasion duquel on organise généralement une fête et on offre des cadeaux.

C'était l'anniversaire de Chase, le jour où il m'avait trompée.

En un claquement de doigts, mon humeur se dégrada de plus belle.

Chase avait cinq minutes de retard. C'était délibéré, aucun doute là-dessus. La ponctualité avait toujours été son point fort. Si « me mettre en rogne » avait été une discipline olympique, il aurait déjà à son actif toute une collection de médailles d'or, un contrat pour un livre et un scandale pour dopage.

Il se gara en double file devant chez moi, bloquant la circulation avec la nonchalance d'un psychopathe qui se fichait pas mal de ce que les autres pensaient de lui. Il sortit, fit le tour de la voiture et me prit ma valise des mains sans un mot avant de la jeter dans son coffre. Les gens klaxonnaient et agitaient leurs poings par la fenêtre, hurlant tout le bien qu'ils pensaient de ses piètres manières de conducteur, déclinant diverses insultes de manière assez créative, la tête hors de leur voiture. Il se réinstalla au volant et boucla sa ceinture sans se presser. J'étais toujours plantée sur le trottoir brûlant, à essayer de me faire à l'idée de le côtoyer ce week-end. Il baissa la vitre côté passager et m'adressa le sourire à peine patient dont il gratifiait ses employés, celui qui vous donnait l'impression d'être stupide au point de devoir porter un casque en intérieur.

— T'as le trac, *mon amour* ?

Il avait prononcé le mot *amour* comme s'il s'agissait d'une obscénité.

Je me forçai à me rappeler que ses petits jeux psychologiques n'avaient aucune incidence. L'important, c'était son père, Ronan Black, sa mère et sa sœur. Leur cœur. Ma conscience.

— Bien sûr, répliquai-je avec sarcasme. Je ne voudrais pas que ma fausse belle-famille pense que leur fausse future belle-fille n'est pas aussi charmante qu'ils le pensaient au départ.

— Tu as déjà entendu l'expression « Fais semblant, le reste suivra » ?

— Je suis sûre que les femmes dans ta vie la connaissent très bien.

Il sourit avec ironie.

— Notre relation était peut-être fausse, mais pas nos orgasmes.

Les voitures derrière lui klaxonnaient désormais sans interruption. Le son se mit à résonner dans ma tête. Je voulais que Chase sache que je n'allais pas être une de ces femmes qui disent oui à tout et qui se plient au moindre de ses caprices, même si j'avais accepté de l'aider.

— Monte, Mad. À moins que tu veuilles que je me batte avec la moitié de la rue.

— C'est tentant.

Ça l'était *vraiment*.

Il ricana, complètement inconscient du chaos qui grondait derrière lui. Ça ne me ressemblait pas de faire attendre les gens, mais mon besoin de bien me faire comprendre prenait le pas sur la politesse. Il fallait qu'il sache que j'étais sérieuse.

— Si tu sens que tu deviens nerveuse, imagine tout le monde à poil.

— Très bien, dis-je en baissant mon regard sur son corps autant que je le pouvais de mon angle de vue. Vous avez froid,monsieur Black ?

Il rit. Il savourait cet échange.

— Je ne me souvenais pas que tu étais aussi fougueuse.

— Je ne me souvenais pas que tu étais aussi insupportable, rétorquai-je.

Je pris conscience que c'était vrai. À l'époque où on sortait ensemble, il me semblait plus poli et fermé, et moi j'étais… eh bien, moins *moi-même.*

Je grimpai dans sa voiture et décidai de garder les yeux rivés vers la fenêtre pendant tout le trajet, d'observer les gratte-ciel de Manhattan filer au ralenti. Le paysage ne cessait de changer, et les vitres d'une propreté impeccable me donnaient l'impression de feuilleter les pages en papier glacé d'un magazine. Toute la nervosité que j'avais tant bien que mal réussi à enfouir sous un amas de travail pendant la semaine revenait à la surface à mesure qu'on quittait la ville. Comment étais-je censée dissimuler l'aversion réelle que j'avais pour cet homme ? Je ne pouvais pas l'embrasser ou lui tenir la main. Seigneur, je venais de me rendre compte que j'allais devoir partager une chambre avec lui. Hors de question.

Il avait déjà été suffisamment difficile d'expliquer la situation à Ethan, deux jours après avoir accepté ce simulacre. Je lui avais exposé la situation, sans oublier l'infidélité de Chase, la maladie de son père, et ma propre expérience du deuil de ma mère. Puis je lui avais parlé du surnom dont Sven et Layla m'avaient affublée. *Maddie Martyre.*

— Tu es sûr que ça ne te pose pas de problème ? avais-je demandé à Ethan pour la millième fois autour d'un *xiao long bao* et de bières chinoises.

J'avançais prudemment. Je comprenais à quel point ça paraissait fou. Ethan et moi n'avions jamais évoqué l'exclusivité. On sortait ensemble occasionnellement, on n'avait pas encore couché ensemble, encore moins posé de nom sur notre relation. On avait échangé quelques baisers, rien de plus. Je voulais qu'il s'affirme et me dise que cette idée le mettait mal à l'aise. Ça m'aurait fourni l'excuse parfaite. Mais Ethan, qui voyait le bien partout – y compris, je le soupçonnais, chez les tueurs en série –, s'était contenté de hocher la tête en saisissant un autre ravioli avec ses baguettes.

— Si je suis sûr ? Je suis plus que sûr. Je suis honoré de sortir avec quelqu'un comme toi. La seule chose que ce week-end dans les Hamptons va prouver, c'est que tu es quelqu'un d'épatant, avait-il dit en me pointant avec sa baguette. Chase Black est un idiot de t'avoir trompée, et tu continues de l'aider. Tu es formidable.

Je l'observais, prête au pire.

— En plus, ça n'est pas vraiment exclusif entre nous, si ? (Il s'était frotté la nuque en rougissant.) On n'a même pas encore… tu sais quoi.

Je savais.

— Donc, avait-il ajouté avec un haussement d'épaules, ce n'est pas comme si j'avais le droit de… ce que je veux dire, c'est que ça me va. Vraiment.

Sa réaction m'avait décontenancée. J'aurais voulu qu'il soit au moins un peu perturbé par l'idée que j'allais passer le week-end avec mon ex. Ce qui était totalement irrationnel, étant donné que je n'étais absolument pas possessive envers Ethan, et parce qu'il avait raison ; lui et moi, on n'était pas exclusifs.

Chase me ramena dans l'instant présent :

— Il a un nom ?

Il semblait lire dans mes pensées, les yeux toujours rivés sur le bouchon duquel on approchait. Le monde entier semblait aller dans les Hamptons. Un embouteillage de camions, de Prius et de décapotables se profilait, interminable.

— Ne commence pas, l'avertis-je.

Il fit claquer sa langue.

— Sujet sensible. Je serais comme toi si mon partenaire était suffisamment bête pour m'envoyer en week-end dans les Hamptons avec quelqu'un qui m'a déjà sautée et donné trois orgasmes consécutifs en moins de vingt minutes.

— Tu ne voudrais pas redescendre un peu ? fis-je en tournant la tête vers lui pour le fusiller du regard.

— Comment veux-tu que je redescende ? Je suis trop bien monté.

À l'époque, ma rupture avec Chase m'avait tout de même apporté un certain soulagement. Au bout de six mois de relation, j'étais toujours aussi nerveuse, toujours en train de me blâmer de sortir des idioties en sa présence. Ma voix était trop aiguë et je filtrais mes paroles, voire mes *pensées*, pour essayer d'être la femme que je pensais que le *grand* Chase Black voulait à ses côtés. Il semblait trop bien pour moi, si bien que je marchais sur des œufs et devais me concentrer pour limiter mes faux pas. Je me sentais constamment en position d'infériorité. Moins séduisante, moins classe, moins intelligente. Il était largement plus facile de le détester aujourd'hui que d'essayer de me frayer un chemin dans son cœur amer, comme c'était le cas quand on sortait ensemble.

— Donc. Son nom, insista-t-il, revenant au sujet qui l'intéressait.

— En quoi ça te regarde ?

Je me mis à gratter mon vernis à ongles pour me retenir de l'étrangler.

— Ça me regarde, de savoir qui ma fiancée se tape, répondit-il d'un ton imperturbable.

Je me figeai en plein geste et tirai sur la partie délicate autour d'un ongle jusqu'à déchirer la peau morte.

— *Fausse* fiancée, rectifiai-je.

— Et *vraie* emmerdeuse.

— Mince alors, Chase, comment se fait-il que tu sois célibataire ? Tu es l'homme le plus charmant que j'ai jamais rencontré.

— Je *choisis* d'être célibataire, lança-t-il avec un sourire condescendant. Tout comme tu choisis de sortir avec tout ce qui bouge, uniquement pour ne pas être toute seule.

Aïe. Un silence gênant emplit la voiture. C'était bien beau de se chambrer, mais quand on commençait à se dire des vérités, ça allait trop loin. Non pas que je sortais avec tout ce qui bougeait, mais j'étais sûre que Chase pensait vraiment ce qu'il disait. Je décidai de me prêter au jeu. Ce n'était pas comme si j'avais quelque chose à cacher. J'étais fière d'Ethan.

— Ethan. Ethan Goodman.

— *Goodman*, répéta Chase en sifflant tout bas.

— Joli, Chase. Je ne savais pas que ce mot figurait dans ton vocabulaire. Quel effet ça fait ?

— Ça m'inspire une vie avec 2,3 enfants, un prêt immobilier pour une maison à Westchester que tu détestes, et une crise de la quarantaine avec abus d'alcool à la clé. (Il ne quittait pas la route des yeux.) Qu'est-ce qu'il fait dans la vie, Ethan Goodman ?

— Médecin.

Je restai vague, sentant la chaleur me monter aux joues.

— Hmm. Je vais éliminer la chirurgie esthétique parce que c'est trop sexy – en fait, tout type de chirurgie ; il ne m'a pas l'air d'avoir la main sûre – et je dirais dentiste. (Il s'interrompit et fronça les sourcils vers la file de voitures devant lui.) Non. Ça, ce serait rentable. J'ai changé d'avis. Ethan Goodman est pédiatre.

Il fit pivoter sa tête et m'adressa un petit sourire suffisant, tellement sinistre que je le sentis ramper sur ma peau.

— Tu dis ça comme si c'était négatif. (Je plissai les yeux.) Il sauve des vies.

— C'est un libéral. (Il m'ignora, tapant dans le mille une fois de plus.) Donc, techniquement, il remplit des courbes de croissance avec une écriture que personne ne peut déchiffrer et il examine des érythèmes fessiers. Laisse-moi deviner… il est parti faire du bénévolat quelque part. Prendre du recul. L'Amérique du Sud ? L'Asie ? Non… (Il marqua une pause avec un sourire tellement large que je fus tentée de lui mettre mon poing dans la figure.) L'Afrique. Entièrement dévoué à son cliché.

— Ouais, le cliché qui consiste à sauver des vies et aider les autres. (Sérieusement, j'avais le visage tellement chaud que j'étais à deux doigts d'exploser.) C'est un type bien.

— Manifestement. C'est dans son putain de nom. Et tu es là parce qu'Ethan le type bien a quelques problèmes d'engagement de son côté aussi.

— Excuse-moi ?

— Pourquoi serait-il d'accord avec notre arrangement, sinon ? Il veut voir comment ça se passe entre toi et moi.

— Il n'y a *pas* de toi et moi. Ethan et moi, on s'est rencontrés sur CélibataireSérieuxUniquement.com, révélai-je impulsivement, ce que je regrettai aussitôt.

Ce n'était pas un détail dont je cherchais à me vanter, mais Chase devait savoir qu'il se fourvoyait au moins sur une chose. Enfin, à l'évidence, son existence était un fourvoiement à de multiples niveaux, mais je parlais spécifiquement d'Ethan.

— Tu pourrais l'avoir rencontré sur le site J'épouserai-NimporteQuiEnÉchangeD'unePipe.com que je penserais la même chose. Il n'est pas plus attaché à toi que tu ne l'es à moi, et vous êtes en train de vous imposer cette merde l'un à l'autre alors que vous n'avez aucune alchimie, uniquement parce que vous ne voulez pas être seuls. Laisse-le tomber. Tu me remercieras plus tard.

— Tu peux parler, murmurai-je en me concentrant de nouveau sur mon vernis à ongles.

C'était une mauvaise habitude dont j'essayais de me débarrasser, mais mon besoin de souiller sa précieuse Tesla avec des rognures de Nuits Marocaines rose était trop forte.

— Je peux faire plus que parler, marmonna-t-il.

— Aussi tentant que ce soit de te rabattre ton clapet, non merci.

Je tournai de nouveau la tête vers l'extérieur, vers la sécurité que me procurait l'observation des autres personnes dans leurs voitures, pour essayer de calmer mon rythme cardiaque. Je pensais que la conversation s'arrêterait là. Je l'espérais, en tout cas. Lorsqu'il reprit…

— J'espère que tu es partante pour cinquante ans de missionnaire lumière éteinte, de petits déjeuners aux flocons d'avoine et d'animaux de compagnie nommés d'après les célébrités de télé-réalité préférées de vos gamins.

Il ne cessait de me tourmenter. J'avais envie de quitter mon enveloppe charnelle et de sauter par la fenêtre, mais je redoutais les choses impies que Chase risquerait de faire avec le corps que je laisserais sur le siège.

Je posai la main sur mon cœur pour feindre le choc.

— Le cauchemar d'une vie tranquille avec un homme honnête, des animaux domestiques et des enfants me hantera pour l'éternité. Je t'en supplie, arrête.

Il me jeta un regard en biais.

— Le sarcasme te va bien.

J'attendis le coup suivant. Chase ne me déçut pas.

— Malheureusement, c'est la seule chose que tu portes qui ne soit pas ridicule.

— Tu ne peux pas la fermer ? C'est déjà suffisamment pénible d'avoir été forcée de venir. Tu peux garder tes remarques désobligeantes pour toi et arrêter d'analyser ma relation actuelle. Je veux seulement quelqu'un de gentil et normal.

J'avais du mal à admettre que maintenant j'étais encore plus nerveuse à l'idée de coucher avec Ethan. S'il ne m'arrachait pas mes vêtements pour me prendre contre le mur d'un cachot BDSM, j'allais être déçue, et ce uniquement parce que Chase avait vu juste sur à peu près tout le reste à son sujet.

Non, me réprimandai-je. *Ethan n'a aucun doute quant à notre relation.* On sortait ensemble depuis trois semaines et on n'avait toujours pas eu de relation sexuelle. Il était évident qu'il voulait du long terme.

Je voyais Chase secouer la tête à la périphérie de mon champ de vision et glousser dans sa barbe.

— Tu ne veux pas ce que veulent les gens normaux, Mad.

— Tu ne sais rien de ce que je veux.

Un nouveau silence. Mon âme se cognait la tête contre le tableau de bord d'allure futuriste. Pourquoi tenais-je à aider des personnes que je connaissais si mal ? Comment avais-je pu croire que c'était une bonne idée ? Je n'avais jamais pu refuser les petits actes de gentillesse. C'était pour ça que je ne balançais pas Nina au travail pour son harcèlement. Je savais que les stages dans le milieu de la mode étaient difficiles à trouver, alors je prenais sur moi pendant que Nina abusait de moi verbalement au quotidien. J'avais toujours une barre chocolatée dans mon sac au cas où *quelqu'un d'autre* se sentirait mal dans le métro et aurait besoin de sucre. C'était un trait que j'avais hérité d'Iris Goldbloom.

— Petit rappel amical : tu dois faire semblant de bien m'aimer, reprit Chase au bout d'un moment en tapotant le volant de ses longs doigts parfaits.

Je fermai les yeux et respirai longuement.

— Je sais.

— Et être *convaincante.*

— Je peux être convaincante.

— Laisse-moi en douter. Il est possible qu'un contact physique soit requis. De légères caresses à des endroits non stratégiques, et cetera.

Il ne quittait pas la route des yeux.

— Tu as perdu la tête ? lançai-je.

— Là tout de suite, oui, d'où la raison de ta présence ici. Résultat, on va devoir jouer les couples amoureux.

— On le fera. Maintenant, s'il te plaît, *par pitié*, tu peux te taire ? Je te rends service. Un énorme service. Ne me fais pas le regretter, finis-je par aboyer, à deux doigts de perdre mon sang-froid.

J'avais le visage brûlant, les yeux humides, et l'impression qu'on m'avait donné un coup dans le nez de l'intérieur.

À ma grande surprise, il la boucla.

On passa devant Long Island. Le bourdonnement de la Tesla constituait le seul bruit accompagnant notre trajet. Je fermai les yeux et j'avalai péniblement ma salive.

Je rêvais d'une trêve. Que Chase se mette en retrait et me laisse ramasser mon amour-propre à la petite cuillère et mes nerfs en pelote. Qu'il me donne l'impression que j'avais pris la bonne décision et que ce n'était pas un choix destructeur pour mon cœur comme pour sa famille.

Par-dessus tout, je rêvais de m'enfuir. Loin, quelque part où il ne pourrait pas refermer ses griffes toxiques autour de mon cœur pour le dévorer.

Voyez-vous, j'avais un secret que je n'avais partagé avec personne. Pas même Layla.

Parfois, la nuit, je sentais les griffes de Chase glisser sur mon cœur, acérées comme des lames de rasoir. Je n'avais pas tourné la page. Pas vraiment. Je ne pensais pas qu'il s'agissait d'amour – il n'y avait rien, dans la personnalité de Chase, que j'appréciais particulièrement.

J'étais obsédée.

Consumée.

Complètement éprise.

Le problème, c'était que je savais qu'Ethan le Missionnaire épargnerait davantage mon cœur que Chase Cow-girl inversée.

4

Chase

La première chose que j'avais remarquée chez Madison Goldbloom, quand je l'avais croisée dans l'ascenseur de chez Croquis ? Ses magnifiques yeux noisette.

Bon. D'accord. C'étaient ses nibards. Et alors ?

Pour tout le monde, c'étaient probablement des nibards dans la moyenne, agréables à regarder. Ils étaient même modestement couverts par un col roulé blanc parfaitement convenable, quoique agressif pour les yeux, avec des motifs de rouge à lèvres ringards. Mais ils étaient tellement guillerets – si fichtrement dressés et ronds – que je ne pus m'empêcher de remarquer qu'ils avaient la taille parfaite pour mes mains.

Afin de tester cette théorie, il fallait d'abord que je l'emmène boire un verre et dîner. Puisque la nature me forçait à lui courir après, j'emmenai Madison dans l'un des meilleurs restaurants de Manhattan le soir même sans regarder à la dépense – ou aux compliments – pour le seul bénéfice de ma recherche sur le ratio paume/nibards.

(Qui s'avéra un succès. La science, bébé. C'est infaillible.)

Madison était plus petite que l'être humain moyen, ce qui était préférable, étant donné que je détestais les gens ; moins il y avait de matière, mieux ça valait. Hélas, cette personne en particulier était à elle seule un guet-apens. Puisque les centimètres lui faisaient défaut, elle compensait avec un excès d'enthousiasme. Elle était joviale et généreuse, et elle parlait des choses qui la passionnaient jusqu'à l'essoufflement. Elle s'extasiait devant les bébés, caressait les chiens dans la rue et croisait le regard des inconnus dans le métro. Elle était débordante de vie, et sa spontanéité n'était pas une chose à laquelle j'étais habitué ni avec laquelle j'étais à l'aise, et ça ne me convenait pas vraiment.

Quant à ses vêtements… une partie de moi avait envie de les lui arracher parce qu'ils étaient affreux, et ça n'avait rien à voir avec le sexe.

Entre nous, ce n'était pas censé aller au-delà d'une brève liaison. Il ne m'avait pas traversé l'esprit qu'on puisse durer plus d'une semaine. Mes relations se coordonnaient généralement avec les dates de péremption de mes briques de lait au frigo. Au cours de mes trente et une années d'existence, je n'avais eu qu'une seule petite amie avant elle, et la relation s'était terminée dans une mascarade qui m'avait rappelé que les humains, en tant que concept, étaient bourrés de défauts et imprévisibles. Même si on ne pouvait les éviter, mieux valait les tenir à distance.

C'est alors qu'était arrivée Madison Goldbloom. *Paf !* La petite amie numéro 2 avait fait son entrée. Pour être un peu plus précis, elle n'avait pas gagné ce titre. Elle l'avait *volé*.

Mad et moi étions sortis ensemble le soir de notre rencontre (la règle déontologique de non-fraternisation ne s'appliquait pas, étant donné que, techniquement, on ne travaillait pas dans la même société). Elle avait de très grands yeux marron-vert-je-ne-sais-quoi bordés de petites taches brunes et dorées, une coupe pixie qui lui donnait un air dramatique, un air de Daisy Buchanan qui disait « Je vais finir par te voler ton cœur si tu ne fais pas gaffe », et des lèvres tellement douces et charnelles que j'avais une demi-molle chaque fois qu'elles remuaient.

C'est-à-dire chaque fois qu'elle parlait.

C'est-à-dire *sans arrêt*.

Après avoir couché ensemble dès le premier rencard, on s'envoyait des messages. Elle me disait qu'elle ne couchait généralement pas le premier soir et qu'elle aurait voulu y aller doucement. Ce qui, évidemment, me donna envie de coucher de nouveau avec elle presque immédiatement. Ce que je fis. La troisième fois qu'on s'écrivit, elle balança ses principes et commença à jouer selon mes règles. Avant que je m'en rende compte, on s'installait dans une confortable routine de dîners avec du sexe au dessert. Cette routine se produisait souvent pendant la semaine. *Trop* souvent, avec le recul. C'étaient ses nibards, et le fait que sous ses vêtements absolument abominables (je n'insisterai jamais assez là-dessus) elle portait des nuisettes sexy et de la lingerie assortie.

J'avais peut-être mes torts concernant le ton que je voulais donner à notre aventure prolongée. À un moment donné, je fis une erreur stratégique. C'était logique sur le plan logistique que Madison finisse par avoir accès à mon appartement. C'était pratique de l'avoir à ma disposition, car devoir sans arrêt l'appeler me tapait sur les nerfs. Aucune émotion ne fut impliquée lorsque je pris la décision de donner un double de clés à Mad. Ma femme de ménage et mon assistant personnel en possédaient aussi, et je ne risquais pas de les demander en mariage ni l'un ni l'autre. En fait, je changeais d'assistant aussi souvent que de sous-vêtements.

Et pour qu'il n'y ait pas de malentendu, j'étais quelqu'un de très hygiénique.

Quant aux sorties occasionnelles au cinéma, j'avais véritablement envie de voir le film qu'on allait voir. J'étais fan de Guillermo del Toro et Tarantino, oui, et alors ? Ce n'était pas comme si on se blottissait l'un contre l'autre dans la salle ni même qu'on partageait du pop-corn (elle avait versé un sachet de M&Ms dans son seau de pop-corn lors de notre première sortie au cinéma. J'aurais dû y voir le premier indice que cette femme avait été élevée dans une contrée sauvage.)

Il me fallut cinq mois pour comprendre que j'étais en couple. Ce fut Mad qui me le fit remarquer. D'une manière sournoise et adorable. Un peu comme un Bisounours armé d'un couteau de boucher. Elle m'annonça que son père passait en ville deux semaines plus tard et me demanda si je voulais le rencontrer.

— Pourquoi je voudrais le rencontrer ? lui demandai-je sur le ton de la conversation.

Pourquoi, bordel ? Sa réponse m'avait fait avaler mon whisky de travers. Le même single malt écossais que j'avais siroté à la soirée d'un ami à laquelle je l'avais emmenée, non *pas* parce qu'on sortait ensemble, mais parce que c'était moins galère que de faire le trajet jusque chez elle en repartant.

— Eh bien, parce que tu es mon petit copain.

Elle battit des cils en tenant tendrement son cosmo, comme une touriste qui essayait de jouer les Carrie Bradshaw.

(Note pour moi-même : elle *était* une touriste. Elle avait grandi en Pennsylvanie. J'aurais dû vérifier que je pouvais l'y renvoyer, bien qu'à ce stade on avait largement dépassé les quatorze jours ouvrables.)

C'était à ce moment crucial que je réalisai que je ne m'étais tapé personne d'autre depuis que j'avais rencontré Madison, et je n'avais aucun désir de le faire dans un avenir proche (le pouvoir du vagin). Et qu'on parlait régulièrement au téléphone (même quand on n'avait techniquement rien de spécial à se dire). Et qu'on s'envoyait en l'air tout le temps (j'étais rattaché à une queue ; pas besoin de faire un dessin). Et que je l'incluais naturellement dans mes projets du week-end (là encore, j'étais rattaché à une queue).

C'était ainsi, en plus du fait de l'avoir ramenée chez mes parents à Noël, que les choses avaient commencé à devenir sérieuses et plus du tout passagères.

Plus précisément : qu'elles étaient parties en vrille, réduisant en cendres toute ma philosophie de vie. J'étais à présent officiellement casé, avec une petite amie, deux choses que je m'étais promis de ne plus jamais laisser arriver. Je fis donc ce qu'il fallait pour éliminer Madison Goldbloom de ma vie. Me débarrasser d'elle de la manière dont on arrache un pansement, une bonne fois pour toutes.

Je pensais que c'était terminé.

Pour de bon.

Je *voulais* en avoir terminé avec la petite femme bavarde qui s'envoyait en l'air dans ses atroces chaussures Babette et qui trouvait mignon – plutôt qu'absurde – de porter des jupons à vingt-six ans.

Puis mon père m'avait pondu cet imprévu et voilà pourquoi je me retrouvais à passer du temps avec Madison. À faire précisément ce que je m'étais juré de ne pas reproduire.

— Vous êtes là !

Ma mère se jeta sur le pare-brise comme un kangourou déchaîné lorsque je garai la Tesla devant la propriété des Hamptons. Madison sortit d'un coup de sa léthargie en sursautant à côté de moi. Elle se tapota le menton pour vérifier qu'elle n'avait pas de bave – elle en avait – et se redressa en réajustant son bandeau en perles.

Plutôt que de lui accorder quelques secondes pour se préparer, je fis ce que n'importe quel autre connard de renommée mondiale aurait fait et j'ouvris ma portière pour contourner la voiture et embrasser ma mère.

— Pas trop de bouchons ?

Ma mère enfonça ses ongles manucurés dans mes épaules. Elle couvrit mon visage de baisers, sans trop prendre la peine de dissimuler ses coups d'œil avides vers l'intérieur de la voiture. Elle frémissait d'une excitation à peine contenue.

— On a survécu.

— J'espère que les embouteillages n'ont pas ennuyé Madison.

— Madison adore les embouteillages. C'est son passe-temps préféré.

Juste après prendre d'innocents garçon au piège dans des relations sérieuses.

De toute façon, depuis quand Madison était-elle au-dessus de désagréments insignifiants tels que des embouteillages ? Voilà ce qui se passait quand on ne ramenait jamais personne à la maison. La première soi-disant partenaire qui pointait son nez, mes parents la traitaient comme le Second Avènement de Jésus.

J'ouvris la portière de Madison et l'aidai à descendre, ou plutôt je la jetai tout droit dans les bras de la réalité. Elle lissa sa jupe crayon en essayant de faire une sortie gracieuse.

Ma mère fit un plaquage à Madison, tel un *linebacker* professionnel, contre la voiture. Il fallait reconnaître que Mad jouait le rôle de l'heureuse fiancée de manière semi-convaincante. Après qu'elles eurent couiné réciproquement, ma mère examina sa bague de fiançailles sous tous les angles, en émettant des « ooh » et des « aah » comme si c'était la première fois qu'elle voyait un diamant de sa vie. C'était une belle pièce de la collection exclusive de Black & Co. J'avais demandé la bague la plus ridiculement chère et générique qu'ils avaient. Quelque chose qui disait *le fiancé est riche* mais aussi *et il ne connaît rien à la future mariée.* Quelque chose de parfait pour nous deux.

— J'espère que ça ne te dérange pas, mais ce sera une petite cérémonie. Nous n'avons pas vraiment eu le temps de nous préparer, puisque Ronan…

Ma mère s'interrompit en s'excusant auprès de Madison.

Cette dernière secoua la tête d'un geste qui frôlait l'hystérie.

— Non, non, je comprends tout à fait. Le fait d'organiser quelque chose, déjà, compte tenu des circonstances, c'est… (elle regarda autour d'elle) Formidable, vraiment.

— Ne t'inquiète pas. Tu seras la reine du bal malgré tout.

Je tapotai l'épaule de Madison en la regardant avec la chaleur d'un couteau à beurre. Il se pouvait que j'aie regardé quelques téléfilms afin de parfaire mon imitation du fiancé amoureux. Tout en courant sur mon tapis de course. Sans rire, le cardio était la seule chose qui m'avait permis de ne pas m'endormir devant ce déluge de conneries.

— Tu es trop gentil.

Madison posa la main sur la mienne sur son épaule et la serra dans l'espoir de briser quelques os.

Je réprimai un ricanement.

— Jamais trop pour toi.

— Oh ! arrête un peu. (Elle eut un sourire tendu.) *Vraiment*, insista-t-elle.

Ma mère nous regarda l'un après l'autre en se délectant de ce à quoi elle pensait assister, et joignit ses mains.

— Regardez-vous, tous les deux !

Bien que Madison ne fasse ouvertement rien de mal pour foutre les choses en l'air, elle était loin de mériter un oscar dans son rôle de fiancée amoureuse. Elle baissait la tête chaque fois qu'on lui posait une question qui nécessitait un mensonge en guise de réponse. Elle avait les joues tellement écarlates que je craignais que sa tête finisse par exploser. Et elle me regardait avec un enthousiasme poli et feint, comme si j'étais un objet en macaroni fait par un enfant particulièrement distrait.

— Katie meurt d'envie de te voir, et je ne crois pas que tu connaisses encore Julian, le grand frère de Chase, et sa femme Amber. Ils n'étaient pas là au Noël dernier. Ils l'ont passé dans la famille d'Amber dans le Wisconsin, déballa ma mère en prenant Madison par la main pour l'emmener à l'intérieur au bout de dix douloureuses minutes. Leur fille, Clementine, est un vrai petit ange et je peux vous dire qu'elle a la pêche.

— Très fruité, tout ça, couina Mad en se laissant entraîner par ma mère sans m'accorder un regard.

« Très fruité, tout ça. » Elle avait osé dire ça. J'avais été à l'intérieur de cette femme, à un moment donné. Qu'est-ce qui avait bien pu me prendre, bordel ?

Deux employés en uniforme sortirent de l'entrée et se hâtèrent de récupérer la valise de Madison. Je leur indiquai la chambre qu'on allait partager – oui, *partager* - en regardant le caddie de golf à côté de la Tesla. J'envisageai de me rendre tout droit sur le terrain de golf pour interrompre Julian et mon père, puis je me ravisai. Je n'étais pas un préado hystérique qui suppliait pour qu'on l'inclue dans la partie. En plus, il fallait que je monte et que j'amadoue un peu Madison. Que je la prépare avant qu'elle rencontre le reste du clan Black.

Mon père n'était pas du genre à se laisser abuser ; il possédait une troublante capacité à analyser les situations et les dynamiques. Il n'y aurait rien d'étonnant à ce qu'il m'interpelle au sujet de ces fiançailles s'il remarquait que ma future femme caressait l'idée de m'assassiner avec un couteau à viande. Oui, les conneries avec Julian pouvaient attendre. Ce n'était pas comme si on allait se sauter à la gorge en présence de mon père, de toute façon.

Je pris à contrecœur la direction de notre chambre dans l'aile gauche de la propriété. Celle qui était réservée à la famille proche. Julian et sa famille étaient installés dans l'aile droite. La raison officielle, c'était qu'ils avaient besoin de plus d'espace. Trois ans plus tôt, j'y aurais cru. Mais plus maintenant. Maintenant, Julian me faisait l'effet d'un complet étranger.

Je trouvai Madison en pleine conversation rasoir avec Katie et ma mère dans notre chambre. Amber devait probablement prendre un bain moussant quelque part dans la maison et tester le dernier soin à la mode. Une crème au sang de koala ou à la merde de tortue ou je ne sais quoi dont elle se tartinait le visage pour paraître plus jeune. Les femmes de ma famille tenaient toujours la main de Madison en otage à tour de rôle, en s'extasiant devant la bague de fiançailles comme s'il s'agissait d'un nouveau-né. Je me raclai la gorge, pénétrai dans la pièce et passai un bras autour de ses épaules.

Ce geste ne m'était ni familier ni agréable. Je ne l'avais jamais fait auparavant, même à l'époque où on se fréquentait. Madison avait de petites épaules étroites, ce que je n'avais jamais vraiment remarqué jusque-là. Le poids de mon bras entier sur cette femme paraissait trop lourd. Les autres hommes n'avaient évidemment pas de partenaires de la taille de Mad, ou alors ils les enseveliraient complètement. Comment j'avais pu me retrouver sur cette fille plusieurs fois par semaine, c'était un mystère pour moi. À cet instant, elle paraissait tellement fragile à côté de moi. Je décidai de ne pas poser le poids entier de mon bras sur ses épaules ; résultat, mon bras était comme suspendu en l'air à un centimètre de son corps. Ce n'était pas pratique, mais elle était minuscule.

Tellement minuscule qu'elle ne pouvait vraisemblablement pas compter pour une personne entière.

Techniquement, je n'avais qu'une *demie* ex-petite amie.

Admets que tu avais une putain de petite amie, espèce de trouduc grand format.

— Je demandais à Maddie pourquoi on ne l'avait pas vue depuis si longtemps.

Katie se tourna vers moi en jouant avec les perles autour de son cou. Elle était grande, pour une femme, avec de longs cheveux noirs et une silhouette impeccablement sous-alimentée qu'elle aimait revêtir de robes élégantes. C'était le genre de personne à se fondre avec les meubles et à occuper aussi peu d'espace que possible. L'opposé du moulin à paroles de petite taille et à la peau mate qu'était Madison.

— Vous lui faisiez passer un interrogatoire serré, tu veux dire, rectifiai-je.

Je ne voulais pas que ma fausse fiancée soit passée à la loupe. Ses compétences de menteuse devaient être aussi médiocres que son sens de la mode. Katie tressaillit, insultée par ma remarque, et je me sentis bête. Malgré toute mon hostilité envers les relations amoureuses, j'étais généralement un être humain décent avec ma famille.

— Merci, Chase. Je peux me débrouiller toute seule, intervint Madison avec un sourire tendu.

Et tu en auras sûrement besoin avec le crétin asexué avec qui tu sors.

— Tu as raison, ma chérie. Je sais d'expérience combien tu es douée pour ça.

Je haussai un sourcil d'un air suggestif, faisant référence à l'arsenal de *sex-toys* que j'avais trouvé un jour dans un tiroir de sa cuisine alors que je cherchais une cuillère à café. « Je rentabilise l'espace, d'accord ? avait-elle hurlé. C'est un studio ! »

Comme prévu, Madison devint aussitôt écarlate.

— C'est important de savoir prendre soin de soi, dit-elle en regardant le plafond, à deux doigts de prendre feu.

— Bien dit, sœurette, soupira Katie, sans comprendre nos allusions. J'envisage de reprendre ma thérapie, maintenant qu'on a appris pour papa.

Le regard de Maddie se posa de nouveau sur Katie, et son expression passa de l'horreur à la tristesse.

— Oh ! ma chérie. (Elle toucha le bras de ma sœur.) Tu dois faire ce qu'il faut pour te mettre dans les meilleures dispositions. Je trouve que c'est une excellente idée.

— Tu en as fait une, toi ? Pendant… ? Après… ? demanda Katie avec espoir.

Ma sœur était un peu plus âgée que Madison et pourtant dix fois plus naïve. Je mettais ça sur le compte de son enfance surprotégée, associée au luxe de n'avoir jamais connu l'adversité.

— Eh bien, je n'en avais pas vraiment les moyens. (Madison plissa le nez, et Katie écarquilla les yeux d'effroi. Ouais. Elle avait oublié que les psys n'étaient pas un luxe que tout le monde pouvait s'offrir.) Mais j'avais mon père. Et puis beaucoup de proches de la famille, donc…

Elle haussa les épaules.

Il y eut une pause gênée pendant laquelle Katie eut sûrement envie de mourir, où j'eus envie de tuer quelqu'un, et Madison… qui diable savait ce qu'elle ressentait à cet instant ?

— Bon… (Ma mère frappa dans ses mains avec un sourire enjoué, nous tirant tous de nos réflexions.) Laissons les amoureux s'installer. On prendra un en-cas un peu tardif vers 22 heures. Rien de formel, juste un peu de nourriture et une petite discussion. On serait ravis de vous voir, si tu n'es pas trop fatiguée.

Ma mère serra une dernière fois la main de Madison avant d'entraîner ma sœur dans le couloir et de refermer la porte.

Je retirai mon bras des épaules de Mad au moment même où elle faisait volte-face vers moi et m'écrasait le pied de toutes ses forces. Il me fallut une seconde pour me rendre compte qu'elle avait posé le pied sur le mien. Elle ne pesait rien du tout. C'était principalement du tissu et des accessoires qu'elle avait sûrement trouvés parmi les articles soldés chez Claire's.

— On ne dormira *pas* dans la même chambre.

Elle agita son doigt sous mon nez. Je commençai à dénouer ma cravate et m'approchai du dressing, dans lequel m'attendait une garde-robe complète, appropriée à chaque saison. Je savais qu'elle me suivrait.

— Vérifie tes infos, Madison, parce qu'il semblerait bien que si.

— Il doit y avoir trois cents chambres dans cette maison.

Elle était sur mes talons et agitait le bras.

— Douze, corrigeai-je en ouvrant le tiroir à montres.

Rolex ou Cartier ? La bonne réponse, c'était la moins lourde, au cas où il faudrait encore poser des bras sur des épaules. Je savais que j'allais au moins devoir faire semblant de l'apprécier devant mon vieux, et le contact faisait malheureusement partie de la mascarade. S'il était à moitié aussi heureux que ma mère et Katie de la voir, ma place au paradis était assurée.

Seigneur, j'espère qu'ils servent de l'alcool là-haut.

— C'est suffisant pour que je dorme ailleurs.

À la périphérie de mon champ de vision, je vis Madison appuyer sa hanche contre les étagères. Une taille fine. Des hanches larges. Pas de manière disproportionnée, comme cette famille de clones humains de la télé-réalité. Elle était délicieusement féminine. Tout chez elle était délicat, petit et rond. Je me demandai si ce Dr Sainte-Nitouche savait apprécier ça chez elle.

— Pourquoi deux amoureux dormiraient dans des chambres séparées ?

Je refermai le tiroir et commençai à me déshabiller. Mad pouvait bien se tourner si ma nudité partielle l'incommodait. Même si elle avait déjà vu tout ça avant. *De près.*

— Pour de nombreuses raisons, répondit-elle, le souffle court, en claquant des doigts. L'abstinence. Faisons comme si je me préservais pour le mariage.

— Chérie, tu as fait des vocalises dans l'office, dans le jacuzzi, dans trois des chambres *et* dans la piscine quand on est venus à Noël dernier. Ta virginité ne pourrait pas retrouver le chemin de ton corps même avec une carte, une boussole et un GPS.

— Ils nous ont entendus ?

Elle écarquilla les yeux et rougit de plus belle. Il fallait reconnaître qu'elle était jolie quand elle rougissait. Elle avait des joues naturellement roses et une courbe douce de la mâchoire. Dommage qu'elle ait eu également la capacité à m'attirer dans une relation contre ma volonté.

— Oui, ma famille nous a entendus. Tout comme l'ensemble des habitants du Maine.

— Seigneur Jésus.

— Dis donc, on célébrait peut-être la naissance de J-C, mais c'est moi qui ai fait tout le travail.

— Je ne me souviens pas que tu t'en sois plaint.

— Ça aurait été difficile, étant donné que ma bouche était stratégiquement placée entre tes jambes.

Elle donna une tape sur mon torse nu avant de se retourner et de faire les cent pas. Elle joignit les doigts sur sa nuque pendant que je me mettais en caleçon en étirant tous les muscles de mon corps. Je ne rougissais pas de ma vanité. (Je ne rougissais pas de grand-chose, en réalité.)

— Je ne partagerai pas mon lit. (Elle secoua la tête, s'arrêta, et pointa le sol du doigt.) Je te présente le tapis.

Résistant à l'envie de lui demander si elle voulait remettre ça sur celui qu'elle pointait du doigt, je penchai la tête.

— Je ne sais pas si tu es au courant, Mad, mais il est possible pour deux personnes de dormir dans le même lit sans coucher ensemble. Cette situation s'est déjà produite dans l'histoire de l'humanité.

— Pas si tu es impliqué.

Elle me jeta un regard de dégoût sans prêter attention à ma nudité. Un point pour elle.

Je n'avais pas l'habitude qu'elle mène le jeu, ni qu'elle me rejette en général. À l'époque où on sortait ensemble, Madison suivait le mouvement et se pliait à mes exigences.

Ce n'était plus du tout le cas à présent, et je ne savais pas comment réagir.

J'étais sur le point de me lancer dans un nouveau contre-argument lorsqu'elle se mit à ouvrir sa valise et en jeter les vêtements qu'elle contenait. Ils atterrirent sur le sol en tas de tissus à motifs. Parfait pour commencer un bon feu.

— Tu ne me convaincras pas du contraire, Chase, alors je te suggère de te mettre à l'aise par terre avec un oreiller et une couverture. Je n'hésiterai pas à rentrer chez moi si tu refuses de respecter mes limites.

— Avec quelle voiture, exactement ?

— En Uber, s'il le faut. Ne me pousse pas, Chase. Je ne suis pas ta prisonnière.

— Pas plus que je n'étais le tien, murmurai-je.

— Je te demande pardon ? fit-elle en relevant vivement la tête.

— C'est marrant, je ne savais pas que c'était ton truc.

— Quel truc ?

— Le respect des limites.

— Quand est-ce que je n'ai pas respecté tes limites ?

Elle avait les yeux si grands ouverts que je pouvais y voir mon reflet tout entier.

Quand tu as fait de moi ton petit ami sans mon consentement.

Je me rendis compte, en le disant dans ma tête, à quel point j'étais minable. J'aurais pu mettre un terme à ma relation avec Madison à n'importe quel moment. J'avais choisi de rester. J'avais choisi ses compétences culinaires supérieures, la baise mémorable et la délivrance de pouvoir effacer mes applications de rencontre au détriment de mes principes.

J'avais aussi choisi de tout faire foirer.

J'avais fait un calcul grossier : si je la trompais, elle s'en irait, puis elle finirait par revenir (elles le faisaient toutes), et cette fois-ci, on se fréquenterait de manière plus occasionnelle sans le moindre attachement. Je n'étais pas un porc non plus. Je l'aurais installée dans un endroit plus sympa, je lui aurais acheté des choses chouettes. Ce que je ne voulais pas, c'était me poser. Se poser, c'était se contenter de quelque chose. Ce simple terme me dérangeait. On se contentait d'une voiture moche parce qu'elle suffisait à assurer la sécurité de sa famille. On se contentait d'un rencard barbant, histoire de pouvoir se taper la fille à la fin de la soirée. Mais quand il s'agissait de son existence tout entière, on ne pouvait pas se contenter de quelque chose.

Le problème, c'était que Mad n'était jamais revenue. Elle avait fait une scène, elle avait rompu avec moi et était partie pour de bon. Elle avait bien fini par m'envoyer un cadeau d'anniversaire, cela dit, sous la forme d'un sachet contenant les poils de Daisy et la dernière facture du véto (que j'avais été assez gentil, je tenais à ce que ça se sache, pour payer). Je me souvenais encore du mot qu'elle avait joint à la facture.

Chase,

J'ai fait stériliser Daisy. Je pense qu'on est tous les deux d'accord pour dire que rien de ce qui vient de toi ne devrait être en capacité de se reproduire. N'hésite pas à la régler le plus tôt qu'il te conviendra.

Madison

De retour à la réalité – dans notre chambre commune – je sentis ma mâchoire se crisper. Je répondis à Madison sans desserrer les dents.

— Très bien. Si tu as si peur que ça de te frotter les fesses contre mon entrejambe dans la nuit, je dormirai par terre.

— Merci.

Elle pinça les lèvres. Je me rendis compte qu'elle retenait un sourire. Pourquoi aurait-elle voulu sourire ? Je remarquai que j'avais les oreilles brûlantes. Je dus me retenir de les toucher. Je ne rougissais pas. C'était un fait. Je ne rougissais jamais.

— Arrête de me regarder, dis-je.

Je plissai les yeux en jetant une serviette de bain sur mon épaule.

— Alors arrête de me pointer comme ça, répliqua-t-elle.

Elle se remit à jeter ses horribles robes hors de sa valise en réprimant un sourire. La « pointer » ? Elle était devenue folle ?

Je baissai les yeux.

Oh.

Oh.

Je me retournai en réajustant mon anatomie dans mon caleçon Armani, en pensant : *C'est dur.*

— Oui, j'ai vu ça, dit-elle en soupirant.

J'avais parlé à voix haute ? Qu'est-ce qui n'allait pas chez moi, nom de Dieu ?

— Va te rendre présentable, murmurai-je en me dirigeant d'un pas lourd vers la douche avant de faire un autre truc de fille. (Comme rougir de nouveau, ou peut-être carrément m'évanouir dans ses putain de bras.)

— Et, pour l'amour du ciel, essaie d'éviter les tenues à motifs.

Mad était couverte de motifs de la tête aux pieds.

Des talons noirs à imprimés croix blanches, une robe à fleurs et un bandeau à carreaux sur la tête. Elle avait fait ce truc que j'adorais avec ses cheveux. Sa frange était bien lisse, mais le reste de ses mèches courtes étaient en bataille, ondulées, et retombaient autour de son visage et sur sa nuque comme une cascade.

Son style me faisait penser à son appartement. Un bordel aux couleurs discordantes, comme si une piñata remplie de meubles d'occasion et de mauvaises décisions avait explosé à l'intérieur. Bien qu'elle ne fût pas une accumulatrice compulsive à proprement parler, son intérieur n'était pas beau à voir. Il était possible que Madison Goldbloom soit la personne la plus sentimentale de la planète Terre. Elle gardait tout, y compris – et sans se limiter à ça – pots de fleurs, tissus, dessins, cartes postales, invitations de mariage, élastiques pour les cheveux, babioles pour touristes, un mannequin en forme de caniche fait uniquement de bouchons de bouteilles de vin, et même un Chia Pet de Prince.

Foutoir. Foutoir. Foutoir.

Je n'avais aucune idée de ce que j'avais trouvé attirant chez cette fille, autre que son talent pour offenser tous les yeux clairvoyants dans un rayon de trois cents kilomètres. Les robes de mariée qu'elle dessinait pour une prestigieuse entreprise étaient loin d'être moches. Je le savais très bien, puisque leurs modèles se vendaient comme des petits pains ; c'était pour cette raison qu'on était en partenariat. Sven disait que c'était son employée la plus précieuse. Je n'en avais pas douté à l'époque où on sortait ensemble.

J'aurais dû.

Mad descendit l'escalier tandis que le reste d'entre nous avions pris place dans la salle à manger. Le personnel s'activa à la seconde où elle se fut assise à côté de moi, adressant un sourire et un salut à tout le monde.

— Désolée, je ne savais pas que vous m'attendiez.

Madison avait cette capacité à incarner à la fois la grande timide qui fait tapisserie dans le monde et la nymphe dans la chambre à coucher. Je rapprochai sa chaise avec mon pied pour que nos bras et nos jambes se touchent. Elle couina bruyamment sur le marbre et tout le monde gloussa.

— Tu lui manques déjà. C'est tellement mignon, fit Katie en posant une main sur sa poitrine, la voix chargée d'émotion.

Madison laissa échapper un rire nerveux et hystérique. Je serrai les dents en silence.

Ne fais pas tout foirer, Goldbloom.

— Porc d'élevage de Mecox rôti à la Caja China, croquettes de lard, salade de chou au babeurre, cébette sur lit de bretzels, annonça l'une des hôtesses à Madison en désignant les différents plats sur la table.

Pour un en-cas du soir, il s'agissait d'un véritable festin. Mes parents ne pouvaient pas s'en empêcher. J'étais contrarié de devoir annoncer d'ici quelque temps à ma mère et Katie que Madison et moi n'étions plus ensemble, même si ce moment n'arriverait qu'après que mon père… après mon père.

Je n'arrivais pas à digérer cette phrase.

Mon père était mourant, et il n'y avait rien que je puisse faire pour l'aider. Je m'étais tellement habitué à pouvoir régler mes problèmes avec de l'argent… l'idée d'être impuissant face à une chose aussi profonde, qui altérerait ma vie d'une manière aussi radicale, me plongeait dans une colère irrationnelle.

Madison sourit et hocha consciencieusement la tête aux moments appropriés. Elle se pencha vers la longue table pour s'adresser à mon père, qui paraissait plus petit qu'avant la découverte de sa maladie.

— Merci infiniment pour votre invitation, monsieur Black.

— Eh bien, je ne sais pas vraiment combien de temps il me reste pour apprendre à te connaître.

Il la gratifia de l'un de ses rares véritables sourires. Je la vis déglutir.

— Chase et toi devez vraiment être épris l'un de l'autre. Le mariage est une décision importante après moins d'un an de vie commune, et avec vos emplois du temps, ça ne nous a pas permis de vraiment te connaître.

Je commençais à me sentir légèrement désolé pour Madison.

Ma famille avait une de ces façons de lui faire subir des interrogatoires, et tout le monde semblait jouer le rôle du méchant flic.

— Puis-je vous dire combien je suis désolée que votre… enfin, que vous soyez…, commença Mad.

— En train de mourir ? acheva-t-il à sa place d'un ton sec. Oui, ma chérie, ça ne m'enchante pas plus que ça non plus.

Elle rougit et baissa les yeux.

— Je suis désolée. Dans des moments comme ça, les mots me manquent.

— Ce n'est pas ta faute.

Il but une gorgée de son whisky d'un geste lent et mesuré. C'était une version plus âgée de moi-même, avec le crâne blanc, une grande silhouette et des yeux d'un bleu polaire.

— Je ne pense pas que quiconque sache parler à un mourant de son état. Je sais au moins que Chase a quelqu'un pour le soutenir. Il n'est pas aussi dur qu'il en a l'air, tu sais.

Il haussa un sourcil.

— Et il est juste là, aussi. (Je pointai ma tête du doigt, conscient qu'il trouverait mon agacement amusant). Et il participe à cette conversation.

— Croyez-moi, je sais que Chase à un côté fragile.

Madison me tapota l'épaule sans cesser de sourire à mon père. Une bonne petite pique à mon intention. Un-zéro pour l'équipe des visiteurs.

— Fragile est un petit peu exagéré, fis-je en souriant avec bonhomie.

— Délicat, alors ?

Elle tourna la tête vers moi en clignant des yeux avec un grand sourire.

Deux-zéro.

— C'est « tendu », le mot que tu cherches, intervint Julian en faisant claquer sa langue, un grand sourire digne du chat de Cheshire sur le visage, au même moment où ma mère laissait échapper un petit grognement rieur.

— Enchanté de te rencontrer. Je suis Julian.

Il tendit la main par-dessus la table. Mad la serra. Une soudaine envie de tout renverser s'empara de moi.

— Tendu. (Mad répéta le mot comme pour le goûter en souriant à mon cousin.) Ça me plaît. Un peu comme une dinde la veille de Noël.

Katie, ma mère, mon père, Julian et Amber éclatèrent de rire. C'était un moment familial tellement normal que je ne fus même pas ouvertement irrité que Madison se moque de moi, ni par l'existence de Julian. C'était le premier qu'on expérimentait avec un peu de légèreté depuis qu'on avait appris pour mon père, et la première fois depuis des années que je voyais Julian heureux.

Tout le monde se servit à manger. À l'exception d'Amber, mais pour elle, sauter un repas en faveur de l'alcool, c'était la routine. Mad se rapetissa sur sa chaise et but sa flûte de champagne comme si c'était de l'eau. Au début, je ne fis pas vraiment attention à elle. Je n'avais pas mangé depuis le petit déjeuner. Mais au bout de dix minutes, constatant que son assiette était toujours vide, je sentis mes dents grincer d'agacement.

— Qu'est-ce qui ne va pas ? soufflai-je en coin.

La nourriture était bonne. Plus que bonne. C'était un prodige culinaire avec une étoile au Michelin qui l'avait préparée, et non pas un connard de sous-chef qui avait fait le chemin depuis Brooklyn pour se faire du fric facile.

— Rien, répondit-elle, au moment-même où son estomac se mit à gronder.

Ce n'était pas très féminin, comme grondement, d'ailleurs. On aurait dit que ses intestins livraient bataille au reste de son corps.

Je me penchai vers elle et effleurai son oreille de mes lèvres de manière que ça ressemble à une conversation intime, une conversation qui n'incluait pas le sujet de son estomac qui faisait des bruits dignes de Freddy Krueger.

— Tu mens très mal et je suis un connard impatient. Crache le morceau, Madison.

— Je n'ai rien compris à ce qu'a dit l'hôtesse, murmura-t-elle tout bas, ses rougeurs faisant une nouvelle apparition. Je n'arrive même pas à identifier la moitié de ces choses. Je suis désolée, Chase, mais croquettes de lard, ça ressemble à un truc qui devrait être interdit dans les cinquante États.

Je pinçai les lèvres pour réprimer un gloussement. Je lui pris son assiette et commençai à la remplir de nourriture, sachant que ça me vaudrait des bons points dans le rôle du faux fiancé. Ma mère rayonna en silence lorsque je reposai l'assiette devant Madison en lui souriant avec chaleur, du moins je l'espérais (source d'inspiration : Jesse Metcalfe dans *Amour Versus Glamour*.)

— Ça, ça va te plaire… *(Ne dis pas* chérie. *Ne sois pas si cliché.)* Bébé.

Bébé ? Est-ce que j'aurais pu avoir l'air encore plus crétin ?

— Comment tu peux en être sûr… (Elle hésita, elle aussi, consciente de tous les regards posés sur elle.) Mon chéri ?

Amber faillit recracher son vin en riant.

— Je connais tes goûts.

— J'en doute.

— Fais-moi confiance, lançai-je avec un sourire figé.

— Jamais, murmura-t-elle.

Elle saisit malgré tout ses couverts et poignarda ses choux de Bruxelles sautés recouverts de chapelure, d'herbes et de crème. Ses yeux roulèrent à la troisième bouchée. Le son guttural qui suivit fit tressaillir ma queue en signe d'appréciation.

— Maintenant je comprends.

Elle soupira. Je voulais lui montrer d'autres choses. L'attirer dans mon côté obscur un petit moment, avant de la recracher dans son existence ensoleillée.

— Alors, Madison…, ronronna Amber à l'autre bout de la table en faisant glisser son ongle long et pointu sur sa flûte d'une manière comiquement méchante.

Je me préparai. Amber représentait sans aucun doute le plus grand danger autour de cette table.

— Comment notre Chase a-t-il fait sa demande ?

Notre Chase. Comme si j'étais un putain de vase. Dans ses rêves.

Amber avait des ongles en acrylique de sorcière, suffisamment d'extensions capillaires pour fabriquer trois perruques, des faux cils et un décolleté qui ne laissait aucune place à l'imagination. La suffisance flottait autour d'elle comme un nuage de parfum. Elle avait mon âge – trente-deux ans – et ses passions se limitaient à la chirurgie esthétique, au nouveaux exercices physiques et régimes à la mode chez les célébrités, et aux scènes en public avec son mari. Julian passa son bras autour des épaules de sa femme en faisant frétiller ses sourcils, comme pour dire que le spectacle pouvait commencer.

Prépare-toi pour une performance digne d'un oscar, couz'.

— Comment il a fait sa demande ? répéta Mad avec un sourire plus figé encore que le front d'Amber.

Tous les regards étaient rivés sur elle. Je supposai que Madison cherchait quelque chose d'un peu plus charmant que les circonstances de notre rencontre. Un matin, on était montés dans le même ascenseur, celui qui était commun à Black & Co et Croquis, et plutôt que de continuer jusqu'au dernier étage de notre gratte-ciel – à savoir l'étage de la direction – j'étais descendu à son étage, je l'avais suivie, m'étais appuyé contre sa table à dessin et lui avais demandé ce qu'il faudrait faire pour la mettre dans mon lit, mais avec moins de mots. Madison vida sa deuxième flûte de champagne avant de la reposer et de croiser le regard d'Amber.

— En fait, sa demande était très romantique, dit-elle, le souffle court.

Elle est bourrée ? Il fallait qu'elle reste sobre. Elle nageait au milieu des requins et saignait ouvertement dans l'eau. Non, elle jouait seulement sa Nouvelle Maddie encore une fois, ce qui voulait dire qu'elle n'allait pas me rater.

— Vraiment ? lança Julian, les yeux sceptiques.

Je n'aimais pas le regard qu'il posait sur elle. Laissez-moi reformuler : je ne l'aimais pas tout court. Mais je n'aimais tout particulièrement pas sa façon de regarder Madison. Il y avait quelque chose de sinistre dans la teinte d'obsidienne que prenait son regard. Je n'étais pas du genre possessif, mais s'il continuait de fixer Madison comme ça, mon poing se retrouverait inévitablement dans sa tronche. Il semblait hésiter entre l'envie de coucher avec elle, de se moquer de son manque de savoir-vivre en société, ou d'enchaîner les deux.

— Oui. (Mad se mordilla le coin de la lèvre en me jetant des regards. Bordel de merde.) On était sur la promenade de Brooklyn Heights, à profiter de la vue…

— Chase est allé à Brooklyn ? l'interrompit Amber en haussant un sourcil extra fin.

Erreur de débutante. Tout le monde savait que tout ce qui se trouvait au sud de l'East Village et au nord de Washington Heights n'existait pas pour moi. Merde, je considérais Inwood comme l'étranger.

Madison fit un mm-hmm avant de boire une nouvelle gorgée de champagne. Elle ressemblait à un animal pris au piège, acculé et effrayé. Mais il aurait été suspect de lui venir en aide. J'avais l'impression d'être une maman tortue qui regardait sa progéniture chancelante en train de flageoler vers le large, sachant qu'elle avait cinq pour cent de chance de survie.

Puis, ô surprise, un miracle de Noël en juillet se produisit. Madison se racla la gorge, redressa les épaules et retrouva sa voix.

— J'étais appuyée contre la rambarde, à jouer les touristes. Et avant que je comprenne ce qui se passait, il était agenouillé devant moi, et train de bredouiller en transpirant. Je pensais qu'il faisait une attaque. Il était tellement nerveux ! Mais alors, il a dit une chose adorable. Tu te souviens de ce que tu m'as dit, mon chéri ?

Elle se tourna vers moi en clignant des yeux d'un air angélique. Je lui adressai un sourire sec. Elle voulait un truc dans la veine de « Tu es l'amour de ma vie, tu es ma lune et mes étoiles » ou « Je ne peux pas vivre sans toi et franchement je ne vois même pas l'intérêt d'essayer » ou même {insérer n'importe quel autre cliché de téléfilm que j'ai écouté pendant mes recherches et qui a déclenché un réflexe nauséeux}.

— Bien sûr.

Je lui pris la main, portai ses doigts à mes lèvres et effleurai sa peau. Je vis la chair de poule couvrir son bras et je souris contre le dos de sa main, conscient qu'il y avait toujours suffisamment de tension sexuelle pour faire exploser la maison.

— Je t'ai dit que tu avais une moustache de moutarde et j'ai essuyé ton joli minois.

Le sourire de Mad s'envola. Amber laissa échapper un gloussement métallique. Mes parents et Katie sourirent. Julian plissa les yeux en nous regardant tour à tour.

— Continue.

Il posa son menton sur ses doigts. Julian avait une décennie de plus que votre humble serviteur. Un type qui ressemblait à Saturne. Grand, entouré d'anneaux de graisse, avec une tête chauve et brillante qui vous donnait envie de la frotter pour voir si un génie sortirait de son oreille.

Mad alterna son regard entre nous deux et sembla capter les vibrations meurtrières.

— Il m'a aidée à nettoyer ma, heu, tache de moutarde, puis il m'a dit qu'à l'origine, il voulait attendre un peu plus longtemps – un an, ce n'est rien dans le grand ordre des choses – mais que son amour pour moi était trop intense. Que j'étais son univers. Je crois qu'il a employé le mot obsession. Puis il s'est mis à s'épancher. C'était un peu gênant, en fait. (Elle m'écrasa le pied sous la table, me mettant au défi de contester son récit.) Vraiment, il se donnait à fond. Au point qu'il s'est mis à larmoyer…

— Chase ? Larmoyer ?

Amber plissa le nez, manifestement atterrée. Mad allait beaucoup trop loin et j'avais hâte de la ramener dans notre chambre pour lui mettre une fessée pour chaque mensonge qu'elle avait débité au dîner.

— Je n'irais pas jusqu'à dire pleurer, mais…

Madison se tourna vers moi et me redonna cette petite tape sur le bras, avec le regard de l'équipe des visiteurs qui mène trois à zéro. Je ne pouvais pas contredire sa version de l'histoire. Pas en public, en tout cas, alors qu'on était censés se vendre comme un couple amoureux. Cela dit, j'allais me venger de ses petites manœuvres.

— C'était émouvant, conclus-je en buvant une petite gorgée de mon whisky. Même si, pour être franc, la buée dans mes yeux était principalement due à ta robe à carreaux verts et marrons avec les pois bleus, ma chérie. C'était beaucoup pour un seul homme.

— Mais un plaisir à retirer, j'imagine.

Julian me tourmentait, un sourire froid aux lèvres.

Mon père posa ses couverts sur son assiette et se racla

délibérément la gorge. Julian releva les yeux et agita la main pour dissiper le malaise. Parfois, son envie de chercher à m'énerver surpassait les règles de la décence en société. C'était une nouveauté, une nouveauté qui ne me plaisait pas du tout.

— C'était totalement déplacé de ma part. Je te présente mes excuses, Madison. Les chamailleries fraternelles sont allées un peu trop loin.

Fraternelles, mon cul. Je ne lui aurais pas confié une cuillère en plastique.

— Je t'en prie, appelle-moi Maddie, répondit-elle en inclinant la tête.

— Maddie, répéta mon père en se radossant.

Je notai mentalement de rappeler à Julian que j'étais capable de le balancer par la fenêtre s'il avait l'intention de harceler sexuellement ma fausse fiancée.

— Je dois admettre qu'on avait quelques doutes, étant donné qu'on ne vous a pas vue depuis Noël. On pensait que Chase s'était peut-être dégonflé, pépia mon père en me clouant sur place d'un regard.

— Il n'y a rien de dégonflé chez cet homme.

Madison gratifia mon père d'un grand sourire en me pinçant la joue. Seigneur, heureusement que tout ça serait terminé dans deux jours. Cette femme allait me mener tout droit à l'alcoolisme.

— L'homme le plus gonflé que j'ai jamais rencontré.

Elle avait prononcé la phrase avant de réaliser ce qu'elle disait. Je tournai la tête et la fixai avec un regard satisfait. Ses joues rougirent. Son cou et ses oreilles ne tardèrent pas à suivre.

— Merci d'épouser cet homme primitif, dit mon père avec un sourire.

— Vous me revaudrez ça, plaisanta-t-elle.

Tout le monde rit. Encore une fois.

La conversation se poursuivit sur le même ton plaisant tandis que les plats s'enchaînaient. Une demi-heure plus tard, Katie se redressa et fronça les sourcils.

— Où est Clementine ?

Elle piqua un fruit rouge dans son soda avec un cure-dent et le fourra dans sa bouche. J'espérais que l'absence d'alcool dans son verre était un indicateur qu'elle reprenait son traitement. C'était encourageant. Les angoisses de Katie repoussaient tout le reste au second plan et, même si elle était très douée dans ce qu'elle faisait, je savais qu'elle voulait rencontrer un type bien et se poser. Et ça n'arriverait pas tant qu'elle serait fragile mentalement.

— Elle dort à l'étage. (Amber secoua ses cheveux blond platine et me jetant un regard appuyé.) Elle n'a même pas pu voir son oncle préféré.

— Elle le verra demain, répondis-je sèchement.

— Merci de dégager un peu de temps dans ton emploi du temps pour la voir. Je sais à quel point tu es occupé.

Encore du sarcasme.

Je levai mon verre pour faire mine de porter un toast.

— Je ferais n'importe quoi pour ma nièce.

Et rien pour ses parents.

— Maddie, j'imagine que tu ne seras pas d'humeur à jouer au Monopoly avec nous après ? Tu dois être épuisée, déclara ma mère, qui se tourna vers ma fausse fiancée en battant des cils. (Elle en faisait des tonnes.) C'est une tradition chez les femmes Black chaque fois qu'on est dans les Hamptons.

Mad s'illumina.

— Vraiment ? Je ne me souviens pas qu'on y ait joué à Noël.

C'est parce que ma mère vient d'inventer cette tradition, me retins-je de dire. Ma famille était gaga de cette femme, et je ne comprenais pas vraiment pourquoi.

— Nous voulions vous laisser un peu de, heu, temps, à Chase et toi, en tant que nouveau couple.

Je constatai avec inquiétude que ma mère était plus investie auprès de Madison que moi dans le marché boursier. Peut-être qu'elle aimait simplement l'idée que je ne meure pas en vieux solitaire grincheux. Madison était la seule femme que j'avais ramenée à la maison depuis Celle-Qu'on-Ne-Devait-Pas-Nommer.

— J'en serais ravie, s'exclama Mad d'un air enjoué.

Je ne remettais pas en doute son enthousiasme. Je savais qu'elle aurait préféré prendre un bain dans une friteuse brûlante que de passer une seconde seule avec moi.

Katie et ma mère échangèrent un regard. Le genre de regard qu'elles échangeaient quand elles regardaient *Orgueil et Préjugés* et que Colin Firth bredouillait quelque chose de charmant à l'écran.

Je poignardai mon steak comme s'il avait cherché la bagarre et le regardai juter copieusement dans mon assiette. J'avais l'impression qu'une catastrophe imminente me pendait au-dessus de la tête.

Mad enfonçait ses racines colorées à motifs odieux dans la

famille Black, et mes parents et ma sœur succombaient vite et fort.

Contrairement à moi. J'étais le seul Black immunisé contre ses charmes. Ses sourires. Son cœur.

Je m'en étais fait la promesse.

5

Maddie

1er mars 2001

Chère Maddie,

Aujourd'hui, ce n'était pas un bon jour. Je sais que tu étais contrariée quand on t'a annoncé qu'on n'avait pas les moyens de te payer ton voyage scolaire à la statue de la Liberté. Avec ton père, on rencontre des difficultés financières ; ce n'est pas un secret, même si j'aurais préféré. J'aurais aimé qu'on puisse t'épargner cette réalité, avoir les moyens de te payer tout ce que tu veux.

Je voudrais te donner tant de choses, mais je ne peux pas. Mes traitements coûtent de plus en plus cher et, depuis que ton père a dû embaucher un assistant pour la boutique pendant mes périodes de traitement ou de rétablissement, nous traitons les choses qu'on prenait pour acquises comme des luxes.

Ce qui m'a brisé le cœur, aujourd'hui, ce n'était même pas que tu étais triste pour le voyage, mais le fait que tu aies essayé de le cacher. Tu avais les yeux et le nez rouges après être sortie de ta chambre, mais tu souriais comme si de rien n'était.

Anecdote du jour : en Inde, on appelle le jasmin « la reine de la nuit » à cause de son parfum plus fort après le coucher du soleil. J'en ai mis dans ta chambre. C'est ma façon de m'excuser. N'oublie pas de t'en occuper. On apprend beaucoup sur le sens des responsabilités d'une personne et sur son dévouement à la manière dont elle s'occupe de ses fleurs.

Merci de prendre soin de nous, même lorsqu'on n'est pas en mesure de t'épauler dans tous les aspects de ta vie.

Je t'aime,

Maman

— Pour être honnête, je pensais que tu ne nous aimais pas beaucoup, lança Katie en déplaçant son pion sur le plateau du Monopoly, les sourcils froncés avec concentration.

Le salon était baigné d'une lumière dorée. Les luxueux tapis posés sur le parquet, la cheminée sortie tout droit d'un catalogue et les jetés bleu et crème faits main me donnaient l'impression d'être dans le cocon de ces films avec Jen Aniston où tout paraissait toujours parfait.

Au cours des deux dernières heures, Katie avait acquis les quatre gares du plateau et était en train d'acheter trois maisons pour le groupe de rues orange. La dernière fois que j'y avais prêté attention, elle nous avait totalement dépouillées, Lori et moi, ne nous laissant que de malheureuses petites rues dans le mauvais quartier de la ville et nos vêtements sur le dos. Heureusement, Lori et moi partagions une bouteille de vin et des ragots sur la famille royale, pour laquelle il s'avéra qu'on avait toutes les deux une obsession malsaine. On avait passé la dernière heure à disséquer la robe de mariée de Kate Middleton avant de passer au sujet plus grave de la tiare de mariée de Meghan.

— Tu plaisantes ?

Je posai mon verre de vin contre ma joue brûlante et savourai la sensation de fraîcheur. Je devais probablement mal articuler. Les quatre flûtes de champagne et le verre de vin sur un estomac presque vide, ce n'était pas une bonne idée, mais il fallait que j'atténue toute la « chasitude » qui m'entourait. Il fallait vraiment se la coltiner.

— Je vous adore, tous. Ronan est carrément une icône de la mode, Lori est la mère que j'aimerais encore avoir, et toi… Katie, tu es…

Je marquai une pause en fixant des yeux le plateau de Monopoly. Je détestais l'idée qu'ils pensent que c'était à cause d'eux qu'on ne se voyait plus. Je détestais Chase de leur avoir caché la vérité et, du même coup, de m'avoir « vilainisée ».

— Tu es véritablement quelqu'un dont je pourrais devenir très proche. La première fois qu'on s'est rencontrées, à Noël, j'avais déchiré ma robe au niveau des fesses. Tu n'as pas hésité, tu m'as emmenée dans ta chambre et m'as prêté une tenue.

Une tenue de chez Prada, pour être exacte. Il m'avait fallu faire appel à toute ma force de volonté pour la renvoyer avec un mot de remerciement.

— Tu es formidable, Katie. Vraiment formidable.

Je me penchai en avant et posai la main sur son bras. Dans le brouillard de l'ivresse, je n'arrivais pas à déterminer si c'était un moment de tendresse ou un moment gênant.

Elle ne me quittait pas des yeux.

— Vraiment ? Parce que je pensais que c'était peut-être à cause de moi.

— Pourquoi tu penserais ça ? fis-je en écarquillant les yeux.

— Je ne sais pas, répondit Katie avec une telle timidité qu'on aurait dit une enfant, alors même qu'elle était plus âgée que moi.

— Non, tu es parfaite. (J'eus un hoquet.) Je t'aime.

Est-ce que je venais de déclarer ma flamme à une semi-étrangère ? C'était le signe pour moi qu'il fallait me retirer avant que Maddie Martyre ne se transforme en Maddie Flippante et ne s'évanouisse sur le plateau du Monopoly.

— Je crois que je ferais mieux d'aller me coucher. Qui a gagné ?

Je louchai sur le plateau. Il était flou, et les petits pions flottaient dans l'air. J'eus un nouveau hoquet.

— Moi ? tentai-je.

— En fait, tu me dois 2 000 dollars et une maison sur Tennessee Avenue[1], fit Katie en riant.

Puis elle commença à retirer le scottish-terrier, le chapeau haut de forme et le dé à coudre du plateau. Je bâillais et mes paupières se fermaient, tandis que je faisais des sommes d'une seconde entre chaque clignement d'yeux. Quelque part au fond de mon cerveau, je pris conscience que j'étais dans un état lamentable, loin de la fiancée responsable et brillante que

1. L'équivalent de la case « Boulevard Saint-Michel » dans la version française.

Chase voulait me voir incarner. Qu'il aille se faire voir. Je ne lui devais rien. Du moment que sa famille s'amusait.

— J'espère que tu aimes les maisons à rénover et que tu acceptes les bons, Katie, parce que je suis grave fauchée, grognai-je.

— Ne t'inquiète pas. Ce n'est qu'un jeu.

Katie replia le plateau et le rangea dans la boîte en fredonnant tout bas. Elle était tellement agréable, et conciliante. L'opposé de son grand frère. À croire qu'il s'était accaparé chaque goutte de férocité de leur patrimoine génétique avant sa naissance.

— Oui, eh bien, je suis carrément fauchée dans la vraie vie aussi, ricanai-je.

Il est temps d'aller au lit, Miss La Ramasse.

Je me dressai sur mes jambes flageolantes. J'avais les genoux en compote et je sentais une étrange pression derrière mes yeux. Savoir que j'allais me retrouver face à face avec Chase me donnait de l'urticaire. J'avais essayé de repousser nos retrouvailles autant que possible, en espérant – en priant, en réalité – qu'il se soit endormi avant que je remonte dans la chambre.

— Plus pour longtemps, précisa Lori en riant.

Je ris aussi. Puis je m'arrêtai. Puis je fronçai les sourcils.

— Attendez, qu'est-ce que vous voulez dire ?

— Eh bien… (Lori me serra contre elle par une épaule en retirant une peluche imaginaire sur son pantalon, tandis que Katie rangeait la boîte du Monopoly.) Tu vas épouser Chase, ma chérie. Et Chase est… bien pourvu.

Katie s'étouffa avec son soda tandis que je dus faire appel à tout mon sang-froid pour ne pas exploser de rire.

— Oh ! Lori, vous n'avez pas idée, dis-je.

Katie gloussa ouvertement. Il fallait le voir. La beauté svelte aux cheveux sombres sagement retenus en arrière se lâcha et éclata de rire. Je souris. Je me demandai quand elle s'était véritablement amusée pour la dernière fois. Puis je dus résister à l'envie de l'inviter à sortir un soir avec Layla et moi. Maddie Martyre devait se déconnecter pour le week-end, afin de ne pas compliquer les choses.

Lori n'avait pas tort. Chase était milliardaire. À ce niveau de richesse, c'était lunette de toilettes en or et jets privés avec balançoires érotiques. Un niveau de richesse où on brûlait les billets juste pour voir si on ressentait quelque chose. Le genre de fortune effrayante et insensée qui semblait totalement hors de portée, de mon point de vue.

Je fus frappée alors de me rendre compte que je n'avais jamais envisagé l'argent de Chase comme un facteur quand on était réellement ensemble. Sa fortune était une toile de fond de notre relation, comme un énorme meuble dans le décor, que j'avais appris à oublier. Quand il m'avait demandé ce que je voulais pour Noël, je lui avais dit que j'avais besoin d'une nouvelle chaufferette. Ça coûtait vingt-cinq dollars sur Amazon, disponible sur Prime, avec option papier-cadeau inclue pour un petit coût supplémentaire. Chase avait ri et m'avait offert une paire de boucles d'oreilles à 10 000 dollars à la place. Il n'avait pas compris pourquoi je n'étais pas emballée par ce cadeau somptueux. La vérité, c'était que j'étais fauchée après Noël et que je comptais vraiment sur cette bouillotte.

Je ne voulais pas quelque chose de cher et d'inutile. Je voulais quelque chose de pas très cher et d'utile.

La remarque de Lori me dégrisa momentanément. Je hochai la tête et je repris mon rôle de fiancée enchantée.

— Oh oui. Bien sûr. Mais je serai très responsable avec son argent. Enfin, notre argent. L'argent en général. (*La ferme, la ferme, la ferme.*) Je ne suis pas très dépensière.

— Eh bien, on sait tous que j'ai le problème inverse, fit Katie en regardant ses pieds.

Cherchant désespérément à changer de sujet, je frappai dans mes mains et me plantai au milieu de la pièce.

— Où est Amber, au fait ? J'aurais bien voulu apprendre à la connaître.

Et par « bien voulu », je voulais dire *pas voulu*, mais c'était une phrase qui semblait appropriée.

Katie et Lori échangèrent un regard. J'étais ivre mais pas stupide, et je savais qu'elles communiquaient avec les yeux comme mes parents avaient l'habitude de le faire, du vivant de ma mère, pour décider d'une chose que je n'étais pas supposée savoir.

— Elle était fatiguée, répondit Katie, en même temps que Lori murmura :

— Je crois qu'elle ne s'est pas sentie très bien.

Hum.

Donc, Amber ne m'aimait pas. Sans raison apparente, pour ce que j'en savais.

— C'est dommage, dis-je.

— Très, murmura Lori d'un ton qui signifiait qu'elle pensait le contraire.

Puis il me vint à l'esprit que je n'avais pas vu Lori et Amber communiquer réellement au cours du dîner. En y repensant, Amber était soit occupée sur son téléphone, soit occupée à nous fusiller simultanément du regard, Chase et moi, dans l'espoir que l'un de nous succombe à une combustion spontanée.

J'embrassai Lori et Katie sur les joues pour leur souhaiter bonne nuit et me dirigeai vers la porte. Je me promis de ne pas tirer de conclusion à la réaction d'Amber vis-à-vis de moi. Je n'avais rien fait de mal.

Hormis tromper la famille Black tout entière, me rappela une petite voix dans ma tête. Mais Amber n'était pas au courant, si ? Elle n'avait pas semblé gober mon histoire de demande en mariage à Brooklyn. Son mari non plus. Je m'inquiétais d'avoir tout fait foirer. Si Ronan apprenait que Chase et moi lui mentions, il serait dévasté et je ne pouvais pas vivre avec ça sur la conscience.

Je montai l'escalier pieds nus. Le tapis de velours s'enfonçait voluptueusement entre mes doigts de pied. Tout était de couleur crème, bleu marine ou bleu pastel. Un rustique nautique, avec des meubles imposants et du bois peint en blanc. Je ne me sentais pas à ma place, ici. Comme si j'avais usurpé mon droit d'entrée. Ce qui était un peu le cas, d'une certaine manière.

J'arrivai à l'étage en me cramponnant à la rampe, toujours pompette. Je passai les portes en zigzaguant. L'une d'elles était entrouverte. C'était une double porte.

Un grognement rocailleux filtra par l'entrebâillement.

— Il faudra me passer sur le corps.

Je me figeai en reconnaissant la voix diabolique de Chase. Il semblait prêt à assassiner celui qui se trouvait avec lui dans la pièce, et je n'avais pas envie d'être là quand ça arriverait.

Avance, me murmura une voix dans ma tête. *Il n'y a rien à voir. Ce ne sont pas tes affaires, ce n'est pas ton combat.*

Je consultai l'heure sur mon téléphone. Une heure du matin. Qu'est-ce qu'il pouvait bien fabriquer à cette heure-là, et avec qui se disputait-il ? La curiosité l'emporta. Je m'appuyai contre le mur et je retins mon souffle pour ne pas me faire prendre.

— S'il faut en arriver là, dit une voix traînante, sardonique.

Je reconnus l'autre voix. Il avait de faibles traces d'accent écossais quand il prononçait certains mots. La famille de Ronan Black était originaire d'Édimbourg. Julian, le fils de la défunte sœur de Ronan, était venu d'Écosse quand il avait six ans, pour vivre avec la famille après le décès de ses parents dans un tragique accident de voiture le jour de Noël. Le couple Black, Lori et Ronan, avaient déclaré un jour, lors d'une interview, que Julian était le plus beau cadeau de Noël qu'ils avaient jamais reçu. Je l'avais lu sur la page Wikipédia de la famille Black lorsque j'étais obnubilée par Chase pendant le premier mois de notre relation. Julian et Chase avaient grandi comme des frères et, d'après Wikipédia, ils étaient proches. Celui ou celle qui avait rédigé cette page devait être défoncé, parce qu'au cours des six mois que j'avais passés avec Chase, il n'avait que rarement mentionné son cousin et n'avait jamais fait les présentations. Maintenant que Julian était là, Chase et lui se comportaient comme des ennemis jurés.

— Ne confonds pas mon dévouement pour mon père avec de la faiblesse. Je me concentre sur sa santé et son bien-être. S'il lui arrive quelque chose…

Chase ne finit pas sa phrase.

Je collai le nez dans l'entrebâillement pour voir à l'intérieur. Ils se tenaient dans une bibliothèque sombre. C'était une pièce magnifique, remplie du sol au plafond de rayonnages contenant des milliers de livres qui semblaient être rangés par la couleur de leur tranche. Chase était penché derrière un imposant bureau en chêne, les doigts appuyés sur le bois. Julian se tenait devant lui, grand mais pas autant que Chase, et l'ombre de mon faux fiancé se projetait sur lui comme une tour obscure.

Julian jeta ses bras en l'air, exaspéré.

— Il va lui arriver quelque chose. Il est mourant, et tu n'es pas le meilleur pour le remplacer. Trente-deux ans et à peine sorti des couches de l'entreprise. Tu vas faire peur aux actionnaires et repousser les investisseurs.

— Je suis le DG, tonna Chase.

C'était la première fois que je l'entendais hausser le ton devant qui que ce soit. Il était toujours d'un calme mortel et parfaitement maître de lui.

— Tu es un putain de voleur, voilà ce que tu es, répliqua Julian. Tu l'as prouvé il y a trois ans, et je n'ai toujours pas oublié.

Il y a trois ans ? Que s'était-il passé trois ans plus tôt ? Je ne me voyais pas entrer là-dedans pour poser la question. C'est l'un des principaux inconvénients de l'espionnage.

— C'est moi qu'il a choisi comme successeur. Toi, il t'a choisi comme directeur informatique. Fais avec, aboya Chase.

— Il a fait le mauvais choix, répliqua Julian, impassible.

— Tu as du culot de venir me parler de ces conneries pendant le week-end consacré à mes fiançailles.

Chase se redressa, ouvrit un tiroir et en sortit un cigare. Plutôt que de l'allumer, il le brisa en deux et joua avec ce qu'il contenait.

Je compris qu'il essayait de ne pas perdre son sang-froid.

— À ce propos. (Julian s'assit sur une chaise et croisa les jambes.) Dès que j'ai rencontré la petite Louisa Clark, j'ai compris que quelque chose clochait.

— Louisa Clark ? fit Chase, les sourcils froncés.

— Dans le film *Avant toi*. Je l'ai regardé avec Amber. Elle a beaucoup pleuré.

— Je pleurerais aussi si je devais baiser avec toi au quotidien, murmura Chase. Il y a une conclusion à ta petite histoire ?

— Ta fiancée. C'est Louisa Clark. Tu ne t'attends pas à ce qu'on croie vraiment que tu vas épouser cette… cette…

— Cette ?

Chase cessa de triturer le tabac entre ses mains et haussa un sourcil comme pour le mettre au défi de terminer sa phrase. Je déglutis. Mon cœur cognait de manière incontrôlable contre mes côtes. Je n'avais pas envie d'entendre la suite, mais je n'arrivais pas à me décoller de ma place.

— Allez, ricana Julian. Avant qu'on soit ennemis, on était frères. Je te connais. Cette nana excentrique, qui se la joue artiste, décalée mais pleine de profondeur, ce n'est pas ton genre. Tu les aimes sévèrement sous-alimentées et sans personnalité. Ton genre porte des vêtements de créateur et ne se soûle pas aux réunions de famille. Je te connais, Chase. Tu veux prouver à Ronan que tu es prêt. Prêt à te poser, à avoir des enfants, et tout le bazar. Et avec une fille normale et moyenne, rien que ça. C'est ce que tu es maintenant, frérot ? Cartésien ? Fiable ? Un type bien sous tous rapports ? (Julian rejeta la tête en arrière pour rire. Il se leva et secoua la tête.) Je ne marche pas dans ces fiançailles soudaines, et je ne gobe pas ta relation. Tu ne fais que concourir pour le poste de P-DG pour te venger de moi en jouant aux tout-puissants. Tu peux jouer à la dînette avec une 6 sur 10, mais je ne crois pas une seule seconde que tu épouserais autre chose que la perfection.

Une fille moyenne. Je me sentis prise de nausée, à tel point que je faillis bien vomir. J'avais envie de gifler Julian. Comment osait-il me donner une note ? Et comment Chase pouvait-il rester là, à écouter ça ? J'étais sa fausse fiancée. En fait, non, merde. J'étais son ex-petite amie. Un être humain. Il ne pouvait pas laisser Julian parler de cette manière.

— Tu penses que je veux devenir P-DG pour me venger de toi ? railla Chase, amusé.

— Pourquoi, sinon ? Le boulot ne t'intéressait même pas, quand tu as eu ton diplôme.

— Oh ! va te faire foutre, Julian.

— Pas si je te baise le premier.

— Bon. (Chase esquissa un sourire tellement glacial que mes entrailles se nouèrent douloureusement.) En l'occurrence, la place du P-DG n'est pas disponible pour l'instant, alors tu vas devoir attendre gentiment et regarder comment évoluent mes supposées fausses fiançailles.

Évoluent ?

Évoluent en quoi ?

J'avais bien prévenu Chase que c'était à titre exceptionnel. Je n'avais pas l'intention de jouer le rôle de la fiancée dévouée comme dans une comédie romantique avec Kate Hudson. Il savait pertinemment que m'emmener dans les Hamptons allait déjà au-delà de mes limites. Ça les explosait, même.

Il sait aussi que tu es Maddie Martyre et que rien ne t'arrêtera pour faire plaisir aux autres, n'importe quels autres, quoi que tu éprouves pour eux.

Il me fallut quelques secondes pour me rendre compte que Chase s'approchait de la porte. Je me redressai subitement avant de foncer dans notre chambre en trébuchant. Une fois à l'intérieur, je renversai un vase dans ma hâte de refermer la porte. Ne voulant pas être surprise, je laissai le verre brisé par terre et me ruai dans la salle de bains. Je verrouillai derrière moi et m'appuyai contre la porte, le souffle court.

Quelques secondes plus tard, j'entendis la porte s'ouvrir, puis le verre écrasé sous ses pas. Le vase contenait des fleurs de jasmin. Leur parfum imprégnait l'air de leur douceur et s'infiltra sous la porte de la salle de bains. J'avais de la peine pour les fleurs, piétinées par les pieds de Chase. Mon cœur avait un jour subi le même sort qu'elles.

— Madison ! rugit-il dans le silence.

Sa voix transperça l'air.

Je fis la grimace. Je me fichais de ce qu'il pensait, mais je ne voulais pas que tout le monde sache que j'étais pompette ce soir et que Julian lui avait jeté ça à la figure.

— Je sais que tu es là-dedans.

Sa voix se rapprochait. Mon dîner remonta dans ma gorge en suppliant pour se purger. Sachant que la porte était bien verrouillée, je me jetai sur les toilettes, remontai la lunette et me pliai en deux. Mon corps entier fut pris de convulsions tandis que mon estomac rejetait le peu que j'avais mangé ce soir.

— J'aurais dû engager une fille de sororité pour le rôle, murmura-t-il dans sa barbe de l'autre côté de la porte en secouant fermement la poignée. Au moins, elles ont l'alcool joyeux.

L'alcool joyeux n'est pas envisageable quand il y un con comme toi dans les parages.

Je continuai de vomir. Les larmes coulaient sur mes joues moites et le sel imprégnait mes lèvres. Je ne me soûlais jamais. Je devais être plus nerveuse que je le pensais.

Nous étions censés faire une balade en famille le lendemain à 10 heures. Je doutais être en forme pour sortir du lit, si seulement j'arrivais à m'y mettre et que je ne finissais pas aux urgences dès ce soir.

— Madison !

— Laisse-moi tranquille !

Je voulus me laver les dents. Une fois devant le lavabo, je tombai à la renverse. La pression dans ma tête m'empêchait d'ouvrir les yeux. Les paroles de Julian tournoyaient dans ma tête comme des vêtements dans un lave-linge. Un 6 sur 10. J'étais effroyablement moyenne et je n'étais pas du tout à la hauteur, ici.

Je faisais une deuxième tentative pour me hisser au-dessus du lavabo et me laver les dents lorsque Chase donna un coup de pied dans la porte. Elle se dégonda et tomba au sol avec un bruit sourd. Heureusement, la salle de bains partagée était plus spacieuse que mon studio, et la porte atterrit loin de moi. Je relevai la tête et clignai des yeux, bouche bée.

Ce connard a enfoncé la porte.

— Espèce de… de… stupide…

Je plissai les yeux, en essayant de trouver les bons mots. En vain. Il s'approcha d'une grande enjambée, me ramassa et me redressa contre le lavabo. Il tourna le robinet et se mit à me laver le visage en passant sa grande paume sur mon nez et ma bouche. Il me tenait par la taille pour m'empêcher de tomber.

— Termine ta phrase, Mad. J'ai le sentiment qu'elle va être amusante, dit-il d'une voix inexpressive en récupérant ma brosse à dents dans le verre argenté à côté du lavabo, et y déposa une dose généreuse de dentifrice.

— Prétentieux… arrogant… égoïste…

— Ah non. Tu ne dois pas utiliser de synonymes. C'est de la triche.

— Enfoiré ! éructai-je.

— Voilà, ça devient intéressant.

Il me fourra ma brosse à dents dans la bouche et appliqua une légère pression en commençant à brosser à ma place. C'était un brosseur rigoureux. Bien sûr.

— Tu as autre chose ?

— Stupide…

— Tu l'as déjà dit.

— D'accord, débile…

— Et si on continuait demain matin ? me coupa-t-il. Je te

promets d'être offensé comme il faut et de pleurer dans mon oreiller à la seconde où tu auras terminé.

Il acheva de me brosser les dents, passa la brosse sous l'eau et remplit un verre pour que je me rince la bouche.

J'étais trop désorientée pour faire semblant d'être indifférente au fait qu'il s'occupait de moi. Pendant les six mois de notre relation, j'avais fait bien attention à ne pas lui montrer le moindre aspect de mon côté le moins glamour. Je me brossais les dents avant qu'il se réveille pour le préserver de l'haleine du matin, je faisais la grosse commission pendant que la douche coulait pour qu'il n'entende rien (ce qui m'avait forcée à prendre souvent des douches chez lui), et je faisais comme si je n'avais jamais mes règles, lui épargnant toute mention de la visite de Mère Nature dans mon corps. Et voilà qu'aujourd'hui, je le laissais nettoyer les traces de mon vomi directement dans ma bouche, avec sa bague à mon doigt. Oh ! le destin avait vraiment un sens de l'humour tordu.

Je me gargarisai avec l'eau qu'il m'aida à boire avant de cracher dans l'évier en le regardant de travers.

— Tu n'es pas mon patron.

— Putain, encore heureux, tu serais un cauchemar à discipliner.

Il ne m'accorda pas un regard, récupéra ma trousse de toilette rose et en sortit deux lingettes démaquillantes. Il se mit à me frotter les yeux, probablement inquiet à l'idée que mon mascara waterproof à 5 dollars puisse tâcher ses draps à 5 000 dollars.

— Et tu ferais un vrai tyran, marmonnai-je.

Il gloussa, jeta les lingettes, me souleva à la manière d'une jeune mariée et m'emporta dans la chambre.

J'essayai toujours de trouver des insultes créatives, refusant de céder à la tentation de passer mes bras autour de son cou. J'avais encore le goût de vomi dans la gorge, mais je n'avais curieusement aucun scrupule à lui souffler en plein visage.

— Tu n'es même pas si beau que ça, murmurai-je d'un air de confrontation lorsqu'il me posa sur le lit.

Il retira mes chaussures, puis chercha la fermeture dissimulée à l'arrière de ma jupe crayon, et la baissa. Il me déshabillait. C'était trop agréable de me débarrasser de cette tenue pour que je m'en préoccupe. De toute façon, il n'y avait rien de nouveau à voir. Et on ne pouvait pas dire qu'on était en phase de séduction. J'étais à moitié ivre morte et il avait simplement reconnu ma médiocrité auprès de Julian en ne prenant pas ma défense.

Ah, et aussi… je le détestais.

— Et tu es froid, et sarcastique, et tu n'as pas la moindre empathie, dis-je pour continuer la liste de ses défauts. Ce n'est pas parce que tu m'aides maintenant que j'oublie qui tu es. Le diable incarné. Tu es loin du prince charmant. D'abord, tu es grossier. Et pas du genre à sauver la princesse. Tu serais capable d'envoyer quelqu'un pour la sauver à ta place. Et puis tu aurais l'air ridicule sur un cheval.

Je m'en voulais presque de ne plus avoir envie de vomir. Le vomi aurait constitué une insulte plus efficace que ce qui sortait de ma bouche. On était en pleine cour de récré.

— Permission de retirer ton soutif ? demanda-t-il d'une voix rauque.

— Accordée, soufflai-je.

Il dégrafa mon soutien-gorge d'une main, puis sortit un T-shirt de Yale du tiroir de sa table de nuit. Il me l'enfila par la tête, puis s'arrêta pour regarder mes seins pendant plusieurs secondes.

— Prends une photo. Ce sera plus durable.

Il baissa le T-shirt d'un seul geste en avalant sa salive. Le tissu était doux, chaud. Il sentait Chase.

— Et qu'est-ce que c'est que ce nom, d'abord, Chase Black ? (Je laissai échapper un grognement peu séduisant.) On dirait que c'est inventé.

— Désolé de te l'apprendre, mais il est aussi authentique que la gueule de bois que tu vas avoir demain matin. Je te conseille de boire ça.

Il ôta le bouchon d'une bouteille d'Évian posée sur la table de nuit et me la tendit. Il releva les manches de sa chemise, dévoilant ses avant-bras tellement musclés que j'étais surprise de ne pas m'y être frottée des mois plus tôt, quand j'en avais encore l'occasion.

— Je vais te chercher de l'Advil.

— Attends ! le rappelai-je alors qu'il arrivait à la porte.

Il s'arrêta mais ne se retourna pas. Son dos était si délicieusement sculpté sous sa chemise que je m'en voulais presque de ne jamais avoir échangé de photos de nu avec lui quand on était encore ensemble.

— Ramasse le jasmin et remets-le dans un vase avec de l'eau fraîche. Il ne mérite pas de mourir, grommelai-je. S'il te plaît.

Il grogna en secouant la tête comme si j'étais une cause perdue.

La dernière chose dont je me souvins avant de m'évanouir, c'était d'avaler les deux Advil que Chase posa dans ma bouche.

Je me réveillai le lendemain matin avec de violent maux de tête. Le réveil sur la table de nuit indiquait 11 heures. C'était officiel ; le week-end avait commencé sur un spectaculaire raté de la part de la charmante fiancée. Premièrement, je m'étais accidentellement soûlée ; puis j'avais manqué la balade familiale des Black. La chambre était vide, à l'exception d'un plateau chargé de bacon, d'œufs et de pain frais grillé avec du beurre, et une tasse de café fumante. Il y avait un nouveau vase rempli de jasmin légèrement fané sur la commode près de la porte. Une couverture soigneusement pliée et un oreiller étaient posés par terre l'un sur l'autre.

Un mot m'attendait sur la table de nuit.

M,

Je suis parti me promener. Le jasmin est en vie. En supposant que tu l'es aussi, éponge tout l'alcool avec le petit déjeuner que je t'ai laissé.

P-S :

J'aurais un look d'enfer sur un cheval. #FaitApprouvé.

– C

Je passai le reste du week-end à faire de mon mieux pour me racheter aux yeux des Black.

Au déjeuner, je restai collée à Katie et Lori en m'appliquant à entretenir une conversation plaisante, puis j'aidai Lori à repriser une couture déchirée de sa robe vintage préférée. Ensuite, je retroussai mes manches et préparai des scones pour toute la famille en plaisantant avec la pâtissière (car quel genre de famille n'avait pas de pâtissière à son service ?). Katie ne participa pas à la préparation mais fut ravie de me parler du semi-marathon pour lequel elle s'entraînait, assise sur le comptoir.

— C'est la seule chose dans laquelle je m'épanouisse. Mon père m'a donné un travail et a injecté suffisamment d'argent dans mon éducation, mais la course ? Personne ne le fait à ma place. Ce n'est que moi.

Lorsque tout le monde partit faire une dégustation de vin, je décidai de rester en arrière, étant donné que j'avais bu mon poids en alcool la veille et que je craignais que la seule odeur ne me retourne l'estomac. Je dessinai et regardai le coucher de soleil sur Foster Memorial Beach avec l'écume des vagues qui me chatouillait les doigts de pied. L'air était chargé d'iode et de pureté. Mon cœur se serra. Ma mère aurait adoré cette plage.

Un tintement annonça l'arrivée d'un nouveau message sur mon téléphone.

Layla : Alooooooooors ?

Maddie : Aloooooooooors ?

Layla : Qu'est-ce qui se passe ? Ah aussi, je pense que Sven se doute de quelque chose. Il sait que les Black sont dans les Hamptons ce week-end. Comme par hasard, il est passé chez toi tout à l'heure et j'ai dû lui dire que tu étais sortie. Bref, dois-je m'inquiéter pour le cœur de guimauve d'Ethan ?

Maddie : Non. Chase est aussi grossier que d'habitude.

Layla : Carrément grossier. Grossier du genre « J'ai envie de porter ses bébés sociopathes », hein ?

Maddie : Premièrement : je n'arrive pas à croire qu'on te laisse travailler avec des enfants. Deuxièmement : je te l'ai dit. C'est un traître infidèle et on ne va pas se laisser attendrir (on = mon corps et moi).

Layla : On dirait bien que tu essaies de te convaincre toi-même.

Layla : Et aussi, je veux seulement souligner que j'ai été élue institutrice du mois en juillet dernier. Donc HA.

Maddie : Tu veux dire pendant les vacances, quand les enfants ne sont pas à l'école ?

Layla : Ciao, rabat-joie. Salue les toiles d'araignée dans ta culotte de ma part.

J'avais dû me laisser absorber par mon dessin, car à mon retour dans la demeure des Black, la porte de notre salle de bains privée était de nouveau sur ses gonds, contrairement à votre humble servante. Chase avait déjà pris sa douche, s'était habillé et ressemblait au milliard de dollars qu'il valait, prêt pour le dîner. J'avais réussi à l'éviter toute la journée en passant du temps avec sa famille. Je refusai de le remercier pour s'être occupé de moi la veille au soir ; partant du principe qu'il m'avait trompée et qu'il était toujours le même crétin, je décidai de ne pas tenir compte de ses bonnes actions. Chase me demanda s'il pouvait compter sur moi pour ne pas vomir à table. Je lui fis un doigt d'honneur et me dirigeai vers la douche toujours fumante. Il descendit au rez-de-chaussée passer du temps avec son père et sa nièce pendant que je jetais trois bombes de bain dans le jacuzzi et que je m'y prélassai jusqu'à ce que ma peau se fripe, puis je choisis ma tenue pour la soirée ; une robe trapèze noire avec des oreilles de chat sur les épaules, associée à un cardigan orange et des talons bleus.

Je ne bus pas une goutte d'alcool de tout le dîner et ignorai poliment les regards noirs d'Amber. Sa beauté sans tache, associée au fait que son mari me trouvait au-dessous de la moyenne, ébranlait quelque chose en moi dont je n'avais pas eu conscience auparavant. Heureusement, leur fille Clementine, qui devait avoir dans les neuf ans, s'avéra contre toute attente être un véritable amour. Je m'entendis tout de suite avec la petite rouquine. On parla des plus belles robes de princesses (Cendrillon et Belle, haut la main), puis de nos superhéroïnes préférées. (C'est là que nos opinons différaient. Clementine clama que son premier choix était Wonderwoman, tandis que pour moi la réponse évidente était Hermione Granger. Ce qui nous mena à un autre débat pour savoir si Hermione était une superhéroïne ou non.)

(Elle l'était *sans le moindre doute*.)

Clementine était géniale. Ouverte, brillante, pleine d'humour. Heureusement, elle ne ressemblait en rien à son sinistre père et à sa mère en papier glacé. C'était une entité toute fraîche, avec un teint différent, une constellation de taches de rousseur sur le nez, et des dents irrégulières.

Je me couchai tôt en évitant toute conversation avec mon faux fiancé, et je fus ravie, le lendemain matin, de me réveiller en pleine forme mais également de constater que Chase dormait de nouveau par terre. Je pris un moment pour observer le froncement de ses sourcils épais pendant qu'il dormait. Une sensation de chaleur hors de propos se déploya dans ma poitrine.

Une beauté diabolique.

Je lui tournai le dos et me rendormis, mais pas avant de lui avoir écrit un mot et de l'avoir posé à l'endroit précis où il avait laissé le sien, sur la table de nuit.

C,

Merci de m'avoir brossé les dents vendredi soir.

La prochaine fois, ne prends pas toute l'eau chaude.

P-S :

Tu aurais l'air ridicule sur un cheval.

– M

6

Chase

Je froissai le mot de Madison pendant qu'elle était sous la douche, avant de le jeter à la poubelle comme on marque un panier de basket. Je griffonnai un nouveau mot avant qu'elle sorte.

M,

Je n'ai pas pu m'empêcher de remarquer que tu n'as fait aucun commentaire au sujet du jasmin. Pas étonnant qu'on ait rompu. Tu as toujours été ingrate (les diamants de Noël me reviennent à l'esprit).

P-S :

Encore cette histoire d'allure sur un cheval ? Est-ce que ça sent le pari ?

— C

J'avais du mal à me faire à l'idée que ma timide et docile ex-petite amie se soit transformée en guerrière fougueuse et pas commode.

On frappa à la porte.

— Entrez.

Je reposai le stylo. Je m'attendais à voir mon père. On n'avait pas parlé seul à seul au cours du week-end, et je me demandais s'il avait capté la tension qu'il y avait entre Jul et moi. Au cours des trois dernières années, il y avait eu peu de réunions de famille sur un week-end complet. Et il n'y en avait pas eu depuis que mon père avait annoncé que je deviendrais le DG de Black & Co, donc son second. Il avait accordé à Julien le poste de directeur des systèmes informatiques, et le message était clair : c'était moi qui allais hériter du poste de P-DG quand l'heure serait venue pour mon père de prendre sa retraite.

Julian était aigri depuis ce jour. Il considérait, en tant qu'« aîné », qu'il serait le successeur naturel. Sauf qu'il n'avait plus trop la sensation d'être un fils désormais et avait choisi de ne plus assister aux réunions de famille ces temps-ci. En fait, j'étais surpris qu'il vienne dans les Hamptons. Mais, bien sûr, il voulait jauger Madison, découvrir quel genre de femme j'avais décidé d'épouser.

Je relevai les yeux vers la porte ouverte. Ce n'était pas mon père. C'était Amber.

Maudite Amber.

Elle portait un pantalon en cuir plus serré qu'une capote et une blouse qu'elle avait commodément oublié de boutonner sur son généreux pare-chocs chirurgicalement amélioré. Ses cheveux blonds décolorés étaient fraîchement séchés et son visage parfaitement maquillé, y compris ses sourcils dessinés, qui lui donnaient un air de Bert de *Sesame Street*. Je fis un geste du menton en guise de salut sans m'arrêter de fourrer les vêtements de Mad dans sa valise. L'irresponsabilité de ma fausse fiancée m'excédait. Son sens de l'organisation était inexistant. Je ne pouvais pas compter sur elle pour être prête à l'heure, et je voulais partir d'ici avant les bouchons. Encore une raison pour laquelle on n'était pas faits pour être ensemble.

Et en voici une autre, au cas où j'aurais été tenté de reprendre un peu de Maddie au dessert : c'était une épouvantable ivrogne. Sur une échelle de 1 à Charlie Sheen, elle était un bon Mel Gibson. Quelqu'un à qui il était gênant d'être associé. Je me félicitai tout de même d'avoir été aimable et d'un vrai soutien quand elle était à deux doigts de s'évanouir. Je n'avais pas le choix. C'était ma fausse fiancée et il aurait été un peu cruel de la jeter dans une autre chambre pour la laisser se débrouiller toute seule, même selon mes normes.

— Tu es seul ? demanda Amber en croisant les bras sur sa poitrine pour la faire ressortir.

La classe incarnée.

— Madison est sous la douche, répondis-je sans relever les yeux.

Elle prit ça pour une invitation à entrer et posa son cul au bord du lit sur lequel la valise était ouverte. Je continuai d'y entasser des vêtements bons à brûler en me demandant qui pouvait bien créer les trucs étranges que Madison achetait avec tant d'enthousiasme. Je tentai de lire les étiquettes, mais il n'y en avait pas. Très prometteur.

— Clementine voulait te dire au revoir.

Amber se pencha vers moi en pressant sa poitrine encore

davantage. Je ne voulais pas qu'elle explose. Ça retarderait mon retour à New York d'au moins quelques heures.

— Je vais venir la voir avant de partir, essayai-je de dire d'une voix sèche, mais c'était plus fort que moi ; quand il s'agissait de Crotte de Nez, ma voix était plus douce que prévu.

— Il faut qu'on parle d'elle.

Elle posa la main sur mon bras. Si elle pensait que ça m'empêcherait de bouger, elle se trompait royalement.

— Crotte de Nez ou Madison ?

— Je préférerais que tu ne l'appelles pas comme ça, dit Amber en soupirant.

— Pareil, répliquai-je, impassible.

J'en voulais à Julian et Amber d'avoir donné à leur fille un nom sans aucun potentiel de surnom. Clemmy ressemblait à un diminutif de chlamydia, et Titine me faisait penser à une tétine. Je l'appelais donc Crotte de Nez, même si ça faisait bien longtemps qu'elle n'en avait plus. À sa naissance, Amber m'avait demandé ce que je pensais de ce prénom. J'avais répondu que je n'aimais pas. J'étais certain que c'était pour cette raison qu'elle l'avait choisi.

— Très bien. J'ai compris. Commençons par ta fiancée. C'est pour de vrai ? demanda-t-elle avec un regard noir.

Je fermai la valise pleine à craquer de Mad sans un mot. Qu'est-ce que c'était que cette question ?

— C'est une excentrique.

Amber retira sa paume de mon bras et décrivit distraitement des petits cercles sur sa cuisse.

— Elle me convient.

Sauf que non, et on le savait tous les deux. Je n'avais pas réfléchi au fait que Madison n'était pas mon choix évident à l'époque où je sortais avec elle, tout simplement parce que je ne pensais pas qu'il y avait quoi que ce soit à considérer. Elle était censée n'être qu'une aventure. Rien de plus. Maintenant que Julian et Amber l'avaient souligné, je devais reconnaître qu'ils n'avaient pas tort. J'aimais les femmes de la même manière que j'aimais mon intérieur : pas pratiques, d'un coût d'entretien exorbitant, sans la moindre personnalité et avec de fréquentes rénovations à prévoir.

— À propos de Clementine…

Amber cessa de tracer des cercles sur sa cuisse et enfonça ses ongles dans le tissu. Elle était nerveuse.

— Non, la coupai-je en relevant les yeux. (Elle rejeta la tête en arrière comme si je l'avais giflée.) On a en déjà discuté, et mes exigences étaient claires. Soit tu les acceptes, soit tu la boucles.

— Ce sont mes seules options ?

— C'est ton seul *ultimatum.*

Mon regard se tourna vers la porte fermée de la salle de bains. Le flot d'eau s'arrêta et la porte en verre s'ouvrit en grinçant. Pour une raison que je n'avais pas envie d'étudier, je ne voulais pas que Madison entende cette putain de conversation.

— Tu penses que je te mentirais ? demanda Amber, et ses yeux émeraude s'embrasèrent.

Elle eut le culot de porter la main à son cou et de feindre un petit hoquet délicat.

— Je pense que tu serais capable de tout, à part peut-être

vendre Crotte de Nez au cirque, pour obtenir ce que tu veux, confirmai-je nonchalamment.

Elle se leva, les poings serrés, sans doute prête à cracher quelque chose. Un autre mensonge. La porte de la salle de bains couina. On tourna les yeux tous les deux, Amber toujours bouche grande ouverte.

— Dehors, lui dis-je.

— Mais…

— *Tout de suite.*

Amber se dirigea vers moi et approcha son visage si près du mien que j'aurais pu gratter chaque tache de rousseur sous les trois kilos de fond de teint. Sa poitrine effleura mon torse. Ils étaient gros et durs, et pas naturels. Rien à voir avec la petite poitrine douce de Mad.

Ne pense pas à ses nibards que tu as vus vendredi soir, quand tu lui as enfilé ton T-shirt.

Oups. Trop tard.

— Ce n'est pas terminé, Chase. Ce ne sera jamais terminé.

Mon père m'avait dit un jour : « Si tu veux vraiment connaître quelqu'un, rends-le furieux. La façon dont il réagira sera un indicateur de sa personnalité. » Amber faisait de gros efforts pour m'irriter. Elle était loin de se douter que j'en avais rien à foutre et je réservais mon attention à ma famille proche et à mes véritables amis.

— C'était terminé avant même d'avoir commencé, lançai-je avec un rictus. Avant même que je pose un doigt sur toi, *Amb.*

Elle se rua vers la porte de la chambre et la claqua dans un grand vacarme. Elle voulait que Madison sache, qu'elle me demande ce qu'il s'était passé, planter en elle la graine du doute. Ma fausse fiancée ouvrit largement la porte de la salle de bains, en peignoir, en frottant ses cheveux courts. Curieux *timing*. Je la regardai d'un air soupçonneux.

— C'était la porte ?

Elle pencha la tête sur le côté en laissant tomber la serviette. Elle s'approcha du lit, ouvrit sa valise et – voyez-vous donc – se mit à *ressortir* tout ce que j'avais rangé pour trouver ses vêtements. Elle soulevait ses fringues une à la fois, les examinait, puis les jetait par-dessus son épaule à la recherche d'une autre tenue.

— Qu'est-ce que tu fabriques, bon sang ? demandai-je d'un ton plus interrogateur qu'énervé.

Son excentricité me prenait toujours au dépourvu.

— Je cherche des vêtements, chantonna-t-elle. Pourquoi je serais en peignoir sinon, à la sortie de la douche ?

Pour me sucer.

— Alors ? insista-t-elle. C'était qui ? Je t'ai entendu parler à quelqu'un.

— Amber, grommelai-je en suivant avidement les courbes de son corps sous le peignoir.

Je me maudissais d'avoir envie de la pilonner comme un morceau de viande. (Madison, pas Amber. Je n'aurais pas touché pas à Amber même si ça pouvait ramener la paix dans le monde.)

— Je devine que vous êtes proches, tous les deux, dit-elle en continuant à farfouiller dans les vêtements.

Elle avait un ton neutre, détaché.

— Tu devines mal, répliquai-je.

— Mais vous avez tellement en commun…

— On respire tous les deux. C'est la seule chose qu'on ait en commun.

— Vous êtes aussi tous les deux insupportablement amers.

Il y eut un silence, pendant lequel je songeai combien il serait inutile d'expliquer à Madison à quel point Amber et moi étions *différents*.

— De rien, au fait, grognai-je.

— Tu parles du tri que tu as fait dans mes affaires sans ma permission ? (Elle se tourna vers moi, toujours toute mielleuse.) C'était extrêmement généreux de ta part.

— Tu sais, je ne me souviens pas que tu étais aussi ergoteuse quand tu avais ta dose régulière de vitamine D.

Je plissai les yeux en espérant que ma semi-érection ne grossirait pas maintenant qu'on était de nouveau sur le point de se confronter. C'était vrai ; Madison avait pris un virage à 180 degrés avec moi depuis que je m'étais planté sur son perron pour lui demander de m'accompagner dans les Hamptons. Cette nouvelle version d'elle était en fait sa *véritable* personnalité, et ça me foutait en rogne de me rendre compte que je n'étais jamais arrivé à la connaître.

Ça me foutait en rogne de voir qu'en réalité, elle était drôle.

Et sarcastique.

Et qu'elle était pénible, d'une manière étrangement attirante.

Mais, par-dessus tout, ça me foutait en rogne qu'elle ait *menti* sur sa personnalité.

— Je voulais faire bonne impression, à l'époque. De l'eau a coulé sous les ponts.

— Dis plutôt que le putain de pont s'est effondré.

— Eh bien… (Elle haussa les épaules en serrant contre elle une robe rouge et violet qu'elle avait élue pour la journée.) C'est toi qui l'as détruit à coups de bulldozer. Ne l'oublie pas, Chase.

Je souris en serrant les dents et descendis au rez-de-chaussée pour casser quelque chose de cher. La briser, elle, n'était plus au programme. Elle était différente. Plus forte.

Encore quelques heures et je n'aurais plus jamais à la revoir.

Nous étions dans l'entrée. Le personnel rangeait nos bagages dans le coffre de la Tesla, lorsque Julian plaça son premier pion. Je l'avais anticipé tout le week-end en essayant de voir clair dans son jeu, de comprendre ce qu'il faisait ici. Je ne me plaignais pas, cela dit : Julian et Amber étaient des catastrophes ambulantes, mais j'étais toujours ravi de passer du temps avec Crotte de Nez.

Julian racontait des conneries en parlant d'un 6 sur 10. Madison était un bon 12, dans ses pires jours. Elle n'avait pas seulement une beauté très saine, elle était aussi sexy, à la façon dont l'étaient les femmes qui ne s'inquiétaient pas trop de l'être. Ce qui l'agaçait, c'était qu'elle était indifférente au nombre de zéros sur son compte en banque et à ses costumes Armani. Elle était ce qu'il qualifiait de post- féministe. Une fille avec une mentalité volontaire qui s'était frayé son propre chemin dans la vie. Lui, de son côté, avait plutôt une mentalité à laisser faire le majordome. Évidemment qu'ils étaient diamétralement opposés. Mais s'il pensait que j'allais péter un câble parce qu'il l'avait traitée de 6, il allait avoir une surprise. Il n'était pas envisageable de le laisser m'ébranler.

Quand j'étais petit et que Julian revenait de l'internat ou de la fac, on jouait toujours aux échecs. Aucun de nous n'était un grand fan de ce jeu, mais il y avait toujours cette compétition latente entre nous. Tout était bon pour s'affronter. De nos réussites sportives – on était tous les deux rameurs dans les équipes du lycée et de la fac – jusqu'aux repas de Thanksgiving où c'était à celui qui s'empiffrerait le plus. Malgré ça, Julian et moi étions proches. Suffisamment proches pour se parler régulièrement au téléphone quand il était loin, et pour passer plus de temps ensemble que l'auraient habituellement fait deux frères de dix ans d'écart quand il était à la maison. On avait notre manière bien à nous de jouer aux échecs. On laissait le plateau dans le salon et on déplaçait nos pions tout au long de la journée. C'était un défi supplémentaire qu'on se lançait, parce qu'il fallait toujours se souvenir dans quel état on avait laissé la partie avant de quitter la pièce. Aucun roi, aucune reine, aucun fou ni aucun pion ne s'égarait du droit chemin. On surveillait notre jeu de près.

C'était une leçon de ténacité, de planification, et de patience. Jusqu'à ce jour, chaque fois que Julian et moi nous retrouvions chez mes parents, on jouait.

La plupart du temps, je gagnais.

Quatre-vingt-neuf pour cent du temps, pour être exact (oui, je gardais le compte.)

Malgré tout, Julian était toujours un adversaire retors.

Mais on n'était plus proches à présent, et je doutais que ni lui ni moi n'allions nous soumettre aux règles tacites de notre nouveau jeu.

— Maddie, Chase, attendez.

Julian frappa deux fois dans ses mains comme si on était ses serviteurs. Madison s'arrêta la première et je fus bien forcé de l'imiter.

Mes parents et Katie nous rejoignirent. Mon père portait Clementine dans ses bras. Il l'aimait plus que tout au monde. À neuf ans, Clementine était presque une pré-ado, pourtant il la tenait encore comme une petite fille.

C'était le truc de mon père. Il avait l'étrange capacité à être le meilleur père et le meilleur grand-père du monde – le meilleur mari, aussi, d'après ce que je pouvais en voir – et le plus gros *enfoiré* quand il s'agissait des affaires. Nous avions un rendez-vous hebdomadaire qui consistait à boire de la bière, regarder le football et dire du mal de nos concurrents. Après quoi il emmenait ma mère au restaurant et lui faisait la lecture une fois de retour à la maison. Il pouvait emmener Crotte de Nez au zoo le matin et racheter un concurrent le soir pour le détruire. Il avait tout. Pendant un temps, je pensais que je suivrais ses traces.

L'homme d'affaires avisé.

Le mari parfait.

Parfait en tout.

Mais il était arrivé une chose qui avait changé tout ce que je croyais savoir au sujet de ma famille. Au sujet des femmes.

Je me rendais compte que j'allais jusqu'à faire des trucs bizarres et invraisemblables pour apaiser mon père. Je n'étais pas idiot. Personne ne simulait des fiançailles en dehors des films de Ryan Reynold. Pour comprendre mon sacrifice, il fallait savoir… les failles que l'on voit dans les familles, la dégradation des liens causés par la promiscuité pendant les vacances d'été, les vacances de Noël et les jours fériés ? La tension, l'amertume latente, les points sensibles sur lesquels nos proches appuyaient quand ils voulaient vous faire craquer ? Les Black ne connaissaient pas tout ça. Ma famille nucléaire, dans sa majeure partie, restait une unité intouchable sans la moindre fissure. Aucune dispute, aucune méchanceté. Aucun passif hostile entre frères et sœurs. Aucune infidélité, aucun problème d'argent, aucun antécédent obscur. Je m'étais rendu compte avec le temps que presque toutes les familles du monde composaient avec les traits de caractère déplaisants de leurs membres. Il n'y avait rien de ça avec la mienne. Je n'avais pas à *tolérer* ma famille. J'en *adorais* chaque membre.

Enfin, trois sur les quatre, disons.

Mad se retourna et adressa à Julian un sourire patient et bienveillant. Elle ne lui faisait pas confiance, mais elle ne voulait pas paraître impolie.

— Oui, Julian ?

— Je pensais…

Il s'approcha de nous en faisant tourner le liquide épais du whisky dans son verre.

— C'est déjà un bon début, intervins-je, impassible.

Les gens ricanèrent avec gêne autour de nous. Je ne plaisantais pas, mais bon, bref.

— On n'a pas vraiment eu le temps d'apprendre à te connaître. Vendredi, tu étais… *indisposée.*

Il prononça ce mot comme si elle avait vomi des seaux entiers à la table du dîner, alors qu'elle avait simplement eu du mal à articuler lorsqu'elle s'était retirée dans le salon avec ma mère et ma sœur.

— Et samedi, tu ne t'es pas jointe à nous pour la promenade ni pour la dégustation de vin. Difficile de te mettre la main dessus, hein ?

Elle ouvrit la bouche pour répondre, mais il reprit son petit discours sans se soucier une seconde de ce qu'elle avait à dire.

— On n'a pas pu apprendre à te *connaître*, et tu vas faire partie du clan Black. Tu seras quasiment ma belle-sœur.

— Pas quasiment. (Je passai mon bras autour des épaules de Madison.) On n'est pas frères, ce que tu sembles oublier quand ça t'arrange.

— Chase ! s'écria ma mère, en même temps que mon père fronçait les sourcils en nous regardant.

Julian recula d'un pas en faisant claquer sa langue.

— Inutile de prendre ombrage pour moi. Il n'y a pas que Chase qui joue au frère rebelle. En tout cas, Amber et moi serions ravis de vous inviter – ainsi que Ronan, Lori et Katie, bien sûr – pour des petites réjouissances de fiançailles. Disons... vendredi ? À moins, bien sûr, que Maddie soit de nouveau occupée pendant les six prochains mois.

Le sale enfoiré.

Le jeu de la dame. Il avait lancé notre partie d'échecs mentale avec l'ouverture la plus classique, en faisant mine d'offrir un pion. En l'occurrence, Madison. Elle était bonne à jeter une seconde plus tôt, mais maintenant, puisque Julian essayait de prouver quelque chose, elle devenait la reine. La pièce la plus importance de mon jeu.

Je souris et lui attrapai l'épaule avec bonhomie de ma main libre.

— Quelle gentille proposition. On accepte. (Je sentis les épaules de Mad se raidir sous mon bras. Elle leva vivement les yeux vers moi, surprise. Je ne lui prêtai aucune attention et soutins le regard de Julian.) Qu'est-ce qu'on amène ?

— Le *banana bread* de Maddie, suggéra Katie.

Ma sœur n'avait pas mangé de gâteau depuis au moins cinq ans, et je ne voyais pas pourquoi elle choisissait le dessert.

— Elle nous a dit qu'elle faisait un *banana bread* fameux, hier.

— Sensas', fit Amber en levant les yeux.

Le regard de Maddie allait et venait entre tout le monde. Elle ne disait rien ; elle avait probablement besoin de toute son énergie pour se retenir de m'estropier.

Aussitôt qu'on eut bouclé nos ceintures dans la voiture, elle ouvrit la bouche. Elle ressemblait à un petit pivert. Joliment agaçant et prêt à me donner des maux de tête. J'étais certain d'aimer la Vraie Maddie encore moins que j'aimais Maddie la Petite Amie, qui essayait continuellement de me faire plaisir. Malheureusement, j'allais devoir faire avec la Vraie Maddie, parce que ma famille semblait l'idolâtrer et parce que la nouvelle mission de Julian dans la vie était de démasquer notre fausse relation.

— Je n'irai pas.

— Oh ! que si.

Je me targuais d'être un habile négociateur. Je savais aussi que, en tout logique, commencer les négociations d'une position dogmatique et agressive ne pouvait mener à rien. Mais dès que ça concernait Madison Goldbloom, je ne pouvais pas m'en empêcher. Elle faisait ressortir le sale gosse de quatre ans chez moi. Et il arrivait en courant, prêt à en découdre.

Elle croisa les bras sur sa poitrine.

— Je t'ai dit que c'était à titre exceptionnel. C'est *non.*

— Je te paierai ton loyer. Douze mois d'avance.

J'agrippai fermement le volant entre mes mains.

— Tu es sourd ?

Et toi ? Je t'offre un putain de loyer gratuit pour faire une chose pour laquelle la plupart des femmes seraient prêtes à donner un rein.

J'eus le bon sens de garder cette réflexion pour moi.

— Tu veux un appartement plus grand ? demandai-je, disposé à me mettre en quatre pour arriver à mes fins.

Il ne s'agissait même plus de mon père. Plus entièrement, disons. Mon père paraissait suffisamment convaincu que Madison et moi étions en couple. Mais j'allais tuer Julian s'il découvrait la vérité. Littéralement.

— Il y en a un de libre dans mon immeuble. Trois chambres, deux salles de bains, une vue de dingue. Est-ce que ton copain de chez Croquis n'habite pas là ? Steve ?

— Sven, grogna-t-elle. Et c'est mon patron.

Je savais qui était Sven. On faisait des affaires ensemble. Je voulais simplement exploiter l'angle de « l'amitié » et lui rappeler qu'elle aurait pu aimer vivre à côté de quelqu'un qu'elle trouvait sympa.

— Vous pourriez être voisins. Daisy aurait plein de meubles à détériorer.

Et moi, apparemment, j'étais prêt à ne jamais récupérer son

dépôt de garantie et à casquer près de 750 000 dollars pour le plaisir de l'emmener dîner avec moi.

— Daisy se satisfait de s'en prendre à des pots de fleurs à 1 dollar, répondit Maddie, tout sourires, en ouvrant son petit miroir de poche pour remettre du gloss.

J'aimais le fait qu'elle ne se peignait pas le visage au point de ressembler à quelqu'un d'autre. Elle se contentait généralement de rouge à lèvres et de mascara.

— De l'argent ? Du prestige ? Des parts de Black & Co ?

J'étais officiellement le pire négociateur de l'histoire. Si mes professeurs de Yale m'entendaient, ils me retireraient mon diplôme, le rouleraient en cône et s'en serviraient pour me donner la fessée. Je conduisais lentement pour prolonger la négociation. Il n'était pas exclu que je l'enlève si ça ne fonctionnait pas.

Elle secoua la tête sans détourner son regard du paysage. Elle m'embrouillait et m'exaspérait. Son impressionnante simplicité – sa volonté de ne pas faire une chose qui ne lui convenait pas – était à la fois rafraîchissante et frustrante. D'après mon expérience, tout le monde avait un prix et ne se faisait pas prier pour le donner. Pas cette nana, apparemment.

— Qu'est-ce que tu voudrais ? grommelai-je, tentant une autre tactique.

La balle était dans son camp. Je *détestais* son camp. Je voulais l'acheter, y verser de l'essence et le brûler. Pour la première fois de ma vie, quelqu'un d'autre avait la main. Et quelqu'un d'improbable. Et tout ça parce que mon idiot de frère-cousin (qu'était-il pour moi, d'ailleurs ?) bandait à l'idée de me voir échouer. Tous les autres membres de ma famille avaient gobé notre histoire d'amour et en redemandaient. Katie avait même voulu savoir qui organisait l'enterrement de vie de jeune fille de Mad. Elle voulait emmener sa future fausse belle-sœur à Saint-Bart, pour l'amour du ciel !

Le pire, c'était que Julian faisait fausse route. Je me fichais pas mal du trône de P-DG Enfin non, je le voulais, mais je savais également que ma place en tant que successeur de mon père était assurée. Pour la première fois de ma vie, je faisais quelque chose pour une raison entièrement désintéressée. Ceux qui disaient que donner valait mieux que recevoir fumaient trop : je ne retirais absolument aucune joie de faire dans l'humanitaire.

Malgré tout, si mon père découvrait que j'avais menti au sujet de Madison, il aurait le cœur brisé et ce n'était pas un risque que je voulais prendre.

— N'importe quoi ? (Madison se tapota les lèvres d'un air songeur.) Tu ferais *n'importe quoi ?*

Tiens-tiens, voyez-vous ça. J'avais enfin trouvé quelque chose qu'elle aimait, autre que de se faire brouter, étalée sur mon îlot de cuisine en granit : me casser les couilles.

J'acquiesçai brièvement.

— Et n'oublie pas, ce que tu m'accorderas ne te vaudra qu'*un seul dîner* avec moi, m'avertit-elle.

— Tu m'anéantis, raillai-je – encore une fois, aucune maîtrise de moi-même. Balance, Mad.

Elle se mordit la lèvre du bas, concentrée. Elle allait sûrement essayer d'infliger autant de dégâts que possible. Nous avions affaire à une personne qui préférait une bouillote à une paire de boucles d'oreilles de chez Tiffany. Un spécimen extrêmement imprévisible. Elle m'aurait castré si elle l'avait pu.

Madison finit par claquer des doigts.

— Je sais ! Ça fait un moment que je rêve de faire une grasse matinée. Mais depuis que tu m'as offert Daisy – béni sois-tu – je dois la sortir à 6 heures du matin. Sinon, elle se met à gratter à la porte, à pleurer et à faire pipi dans mes chaussures. Si je t'accompagne à ce dîner, tu devras la sortir tous les matins pendant une semaine. Week-end compris.

— J'habite sur Park Avenue, et toi à Greenwich, répliquai-je en tournant la tête vers elle pour lui montrer l'horreur que m'inspirait cette idée.

— Et alors ?

Elle referma son miroir de poche et le rangea dans son sac. Elle soutint mon regard pendant tout le feu rouge. Je sentis ma mâchoire se crisper au risque de me briser les dents. Un klaxon retentit derrière nous et nous obligea à détourner le regard.

— Et alors rien, murmurai-je, préférant éviter que la veine qui palpitait dans mon front n'explose sur les sièges en cuir. Marché conclu.

Elle rit avec délectation, et sa voix rauque et sexy qui emplit l'habitacle me donna une demi-molle très inconfortable.

— Seigneur, je n'arrive pas à croire que je sois sortie avec toi, dit-elle.

Je n'arrive pas à croire que tu aies choisi cette connerie plutôt qu'un appartement neuf sur Park Avenue.

— Je ne sais pas ce qui nous est passé par la tête, admis-je gravement.

On ne sortait pas ensemble. Tu sortais avec moi à mon insu. Si je ne m'étais pas réveillé à temps, on serait probablement mariés et tu serais enceinte à l'heure qu'il est.

Mon érection durcit de plus belle.

— Ce n'était que pour le sexe, non ? Et les films. Et les dîners. On n'a jamais eu de vraie conversation, murmura-t-elle en posant la tête contre l'appuie-tête, le regard voilé.

C'était à peu près ça. On avait très peu parlé pendant les mois qu'on avait passés ensemble. Madison avait semblé très intimidée par moi, et je n'avais pas pris la peine de corriger ça, étant donné que ça rendait notre routine manger-baiser-dormir merveilleusement confortable pour moi.

— Si ça peut t'aider à te sentir mieux, ma politique de non-engagement s'applique à tous les humains, pas seulement aux petites amies, précisai-je.

— Ça ne m'aide pas à me sentir mieux. Tout ce temps, je pensais que tu me trouvais stupide, accusa-t-elle.

— Pas stupide. (Je secouai la tête.) Pas ouvertement brillante non plus, mais suffisamment qualifiée.

Ne disait-on pas que la vérité était libératrice ? Alors pourquoi je me sentais enchaîné dans ce moment gênant ?

— Waouh. Tu es le jumeau maléfique de M. Darcy, le charme en moins.

— Donc, en gros, un connard ? grommelai-je.

— À peu près.

Je me garai en double file devant chez elle. Mister Pédiatre était avachi sur les marches. Ses rotules, ses oreilles et sa pomme d'Adam semblaient appartenir à une personne qui aurait dû faire deux fois sa taille. Il était dégingandé à la manière d'un ado pas fini, avec la cage thoracique enfoncée vers l'intérieur. Il portait des lunettes et avait un nez intelligent que je soupçonnais les femmes comme Madison de trouver séduisant. Il lisait un livre de poche corné, la joue posée sur ses articulations, tel un homme des cavernes. Un vrai livre, avec des pages et tout. Je pariais qu'il était du genre à aller faire ses courses directement au supermarché et qu'il allait chercher ses plats à emporter plutôt que de les commander sur Uber Eats. Voilà le genre de sauvage avec lequel elle s'acoquinait ces temps-ci.

Il devait même lui écrire des lettres d'amour où il ne faisait pas mention de son pare-chocs ou de son cul. *Trouduc.*

Elle lui jeta un regard, puis se tourna vers moi, puis vers lui de nouveau. Comment il s'appelait ? Je me souvenais que c'était un prénom générique, comme le reste de sa personne. Brian ? Justin ? Il avait une tête de Conrad. Ou un prénom synonyme de *Crétin.*

— Ethan est là, annonça-t-elle.

Ethan. J'étais pas loin.

— Je dois lui parler de ce stupide dîner. Tu as toujours mon mail ? Tu m'enverras les détails.

Elle sauta à bas de la voiture sans se retourner. Je sortis ses valises comme un fichu groom. Histoire de sauvegarder ce qu'il me restait de dignité, je les laissai en plan au pied de son immeuble sans même leur accorder un regard, à elle et son espèce de phallocrate, ou leur proposer de les monter. Que le Dr Trouduc s'en charge lui-même.

Je remontai dans ma voiture et matai son cul dans sa ridicule robe trapèze tandis qu'elle approchait d'Ethan, passait ses bras sur ses épaules et l'embrassait sur la joue. *La joue.* Il se passa quelque chose dans ma poitrine quand je pris conscience qu'ils n'avaient certainement pas couché ensemble. *Pas encore.*

Je respirai par le nez en lançant une petite prière pour qu'Ethan ne se tape pas ma fausse fiancée ce soir, et je sortis mon téléphone.

Il y avait un mot posé sur le siège passager. Rédigé sur le papier à en-tête de ma famille. Elle l'avait posé là quand j'avais le dos tourné. La sournoise.

C,

Tu as sauvé ce jasmin parce que c'est un être vivant, pas parce que je te l'ai demandé.

Aussi : On a rompu parce que tu es un traître infidèle qui m'a trompée.

Aussi n°2 : Qu'est-ce qui se passe avec Julian ?

P-S :

Re : Tu sens une odeur étrange. C'est peut-être le moment de faire ton dépistage de MST bimensuel.

– M

7

Maddie

3 juin 1999

Chère Maddie,

Anecdote du jour : les coquelicots se sont épanouis étonnement bien sur les champs de bataille, écrasés par les bottes et les chars, lors de la première guerre industrielle que le monde ait connue. C'est un symbole de commémoration en Grande-Bretagne.

Les coquelicots sont forts, résistants et impossibles à dompter. Sois un coquelicot. Toujours.

Je t'aime,

Maman

Objectivement parlant, cette matinée était particulièrement magnifique. Le genre de matinées sur lesquelles Cat Stevens écrivait des chansons. Je me réveillai à 8 h 30 sans l'aide de mon réveil. Layla avait laissé entrer Chase à l'aube, alors que je dormais profondément et qu'elle disait au revoir à l'une de ses nombreuses aventures. J'avais réussi à prévenir ma meilleure amie de mon petit arrangement avec Chase par messages. Il avait emmené Daisy faire une longue promenade. J'étais toujours dans le coma lorsqu'il l'avait ramenée. Je m'étais réveillée en l'entendant pousser la porte et jurer tout bas. Il se plaignait auprès de Daisy de ne pas avoir courtisé un peu sa jambe avant d'essayer de se la taper, avant de lui verser de l'eau dans sa gamelle et de la gronder de boire dans les toilettes. (« Tu ne gagnes aucun point de séduction, là, Daze. ») Je souris et m'étirai paresseusement dans mon lit en songeant au désagrément qu'avait dû lui causer le trajet jusqu'à chez moi. En allant ouvrir le frigo pour en sortir du jus d'orange, je trouvai un mot collé sur la porte.

M,

Tout ce qui est vivant ne vaut pas la peine d'être sauvé. Mon frère-cousin, Julian, en est un excellent exemple (ne me demande pas ce qu'il représente pour moi, ça change d'un jour à l'autre).

Aussi : Admettons que je t'ai trompée. Tu n'as pas été très honnête non plus. Tu m'as servi ta personnalité édulcorée, me faisant croire que tu étais saine d'esprit. CE QUE TU N'ES PAS.

Aussi n° 2 : Oui, les majuscules étaient nécessaires.

Aussi n° 3 : Tu as ta réponse sur le sujet Julian ci-dessus.

P-S (techniquement, Aussi n°4 – ça fait trop de

calcul pour toi ?*) *: Ci-joint une photo de moi sur un cheval à six ans, adorable comme tu peux le voir.

PP-S :

J'ai remarqué que Nathan n'avait pas dormi chez toi. Dois-je comprendre par là qu'il est toujours puceau ?

— C

Quelque chose s'échappa du la feuille pliée en deux. Une photo. Je la ramassai et la retournai. C'était la version enfantine de Chase, qui souriait à l'objectif – aucune trace de ses deux dents de devant – assis sur un poney. Il avait une frange noire soigneusement coiffée et un sourire tellement éclatant qu'il semblait jaillir de la photo. Je devais reconnaître, à contrecœur et seulement pour moi-même, qu'il avait raison. Il avait belle allure sur un cheval. Rien à voir avec le type de la pub pour Old Spice, mais tout de même adorable.

Et qu'entendait-il par : « Faisons comme si je t'avais trompée ? » Il m'avait *bel et bien* trompée. Je l'avais vu de mes propres yeux. En quelque sorte. Enfin, ça laissait peu de place à l'interprétation. Quoi qu'il en soit, je ne comptais pas rouvrir la boîte de Pandore. J'étais avec Ethan aujourd'hui. Le gentil, le merveilleux, le fiable Ethan.

Une sensation d'humidité sur mes orteils m'arracha à mes réflexions et je me rendis compte que je versais du jus d'orange dans un verre débordant depuis un bonne minute. Je fis un bond en arrière. Puis j'essuyai d'une main le liquide pulpeux sur mes pieds tandis que, de l'autre, je rédigeai une réponse à Chase.

C,

Les fleurs symbolisent la vie. Je ne ferai jamais confiance à quelqu'un qui ne s'occupe pas de ses fleurs.

Et aussi, je concède que tu étais mignon sur ton cheval. À une certaine (très lointaine) époque.

P-S :

Merci de ne plus toucher à mes affaires (stylos, mots, VALISES, etc.)

PP-S :

C'est Ethan, pas Nathan. En réalité, on a baisé comme des fous toute la nuit. Il a dû partir pour une urgence.

— M

Oui, je mentais. Ce n'avait pas grande importance. À Manhattan, on s'attendait à ce que toute personne majeure ait des rapports sexuels au bout de trois rencards. C'est pourquoi la Pennsylvanie me manquait.

J'allais rendre ce service à Chase, lui rendre sa bague et lui dire au revoir.

Pour de bon, cette fois-ci.

Terminé, les négociations.

Terminé, le marchandage.

Terminé, les maux de tête.

Je retrouvai Ethan dans un nouveau restaurant italien le soir même. Il avait vingt minutes de retard. Malgré tous les défauts de Chase (et ils étaient nombreux, j'aurais pu écrire un pavé de la taille de *Guerre et Paix* sur eux), il accordait de la valeur au temps et ne me laissait jamais attendre. Il n'était jamais en retard et, quand il l'était, il m'écrivait toujours avec une explication valable.

Mais Chase ne sauve pas des enfants à longueur de journée, me réprimandai-je intérieurement. *Fiche-lui un peu la paix.*

Je passai le temps en lisant un article sur une femme qui avait confectionné une robe de mariée avec du papier toilette et du tissu recyclé parce qu'elle n'avait pas les moyens d'en acheter ou d'en louer une jolie. Je dénichai son profil Facebook et lui envoyai un message pour lui demander son adresse et sa taille. Il me restait encore quelques robes, qui dataient de l'époque où j'étais étudiante et dont je pouvais me débarrasser. Mon instinct de Maddie Martyre refaisait surface. J'envoyai également un rapide message à Layla pour la remercier d'avoir laissé Chase entrer ce matin, puis je lui fis suivre une photo du restaurant italien dans lequel je me trouvais, avec la légende : « Le moment parfait est peut-être pour ce soir ? » accompagnée d'un émoticône clin d'œil. Ce n'était pas nécessairement une possibilité qui m'enchantait, mais j'essayais de me chauffer un peu. La réponse de Layla arriva aussitôt.

Layla : Rien de plus romantique que du pain à l'ail et un homme qui a vingt minutes de retard.

Maddie : Sois heureuse pour moi.

Layla : Je suis honnête avec toi. C'est tellement plus important chez une bonne amie.

Maddie : Il pourrait être le bon.

Layla : Je croise les doigts pour toi. Mais, chérie, ne sors pas avec lui uniquement parce que tu as peur de tous les Chase de ce monde.

Ça m'agaçait de voir Chase et Layla me chanter la même rengaine, mais je choisis d'enfouir cette inquiétude au fond de mon cerveau.

Ethan arriva débraillé, un peu transpirant et ébouriffé. Il portait une tenue décontractée – un jean et en T-shirt délavé – au lieu de sa tenue de travail habituelle. Il m'embrassa sur la joue. Son haleine était inhabituellement sucrée. Il s'installa devant moi en se tapotant comme s'il avait oublié quelque chose.

— Alors ? Comment c'était ? lança-t-il.

Il allait à l'essentiel. Il était venu me voir la veille au soir, mais seulement pour me prêter un bouquin que j'avais prétendu vouloir lire, au sujet du traitement des maladies infectieuses en maternelles. Il me vint à l'esprit que je commettais la même erreur qu'avec Chase, quand je sortais avec lui. Je faisais semblant d'être une personne que je n'étais pas pour paraître plus attirante aux yeux de celui que je fréquentais. Je n'étais pas complètement différente non plus, mais j'arrondissais quelque peu les angles.

Ce que m'avait dit Chase après notre retour des Hamptons avait touché une corde sensible, quand je m'étais rendu compte, ce matin, que je n'avais ni l'envie ni l'intention de lire un manuel médical pour faire plaisir à Ethan. Chase s'était senti dupé, et même si je n'étais plus du tout #TeamChase, je comprenais ce qu'il voulait dire. Je décidai d'être plus honnête avec Ethan pour éviter ça. Pour lui montrer le véritable moi.

— Quoi, les Hamptons ? (Je bus une gorgée d'eau pour

gagner un peu de temps.) C'était bizarre, comme on pouvait s'y attendre. Je me suis soûlée au dîner de famille. Chase a dormi par terre. On se disputait à chaque fois que sa famille avait le dos tourné. Dans l'ensemble, on semblait plus près du divorce que d'un heureux mariage.

Ethan s'empara d'un gressin et le mordilla en disant gentiment :

— Pauvre chérie.

— Puis son frère-cousin – je ne sais pas vraiment ce qu'ils représentent l'un pour l'autre ; biologiquement, ils sont cousins, mais ils ont été élevés comme des frères – nous a invités… ou plutôt, il nous a mis *au défi* de venir dîner chez lui pour fêter nos fiançailles. Il y a une étrange rivalité entre Chase et lui. Donc, j'ai en quelque sorte accepté.

Je clignai des yeux, impatiente de voir sa réaction. Il posa son gressin, fronça les sourcils, puis me regarda de nouveau avec son aimable sourire.

— Bien sûr. Après tout, c'est toujours sans prise de tête entre nous, non ?

— Exactement. (Je hochai la tête.) Bien sûr. Sans prise de tête. C'est comme ça que tu envisages notre relation ?

— Pour l'instant. Oui.

Je commençais à détester cette expression avec passion. Puis quelque chose me vint à l'esprit.

— Tu ne venais pas du travail, si ?

Ethan secoua la tête en saisissant un autre gressin. Ce fut son tour d'esquiver. Je ne le quittai pas des yeux jusqu'à ce qu'il soit forcé d'étoffer sa médiocre réponse.

— Non. J'étais chez… une amie.

Il se frotta la nuque, l'air mal assuré.

— Tu prends des douches chez tes amies ? demandai-je en haussant un sourcil.

— Une amie proche, ajouta-t-il en baissant le menton, les joues rouges.

Mon esprit court-circuita une brève seconde. Il couchait avec quelqu'un d'autre ?

— Je vois.

Franchement, je ne voyais rien du tout. J'étais prise de court et contrariée, mais, curieusement, cette nouvelle n'était pas douloureuse pour moi.

— Ce n'est rien de sérieux. Je veux être franc et honnête avec toi, puisque ton dernier petit ami ne l'était pas. Cette liaison avec Natalie s'arrêtera dès que toi et moi on sera plus avancés. Mais je me suis dit, puisqu'on n'était pas encore intimes, et que tu participais à ce truc de fausses fiançailles…

Ethan s'interrompit. L'extrémité de ses oreilles était tellement rouge qu'elle rutilait.

Je décidai d'accepter sans sourciller. Ethan n'était pas Chase. Il ne me laisserait jamais croire que notre relation était exclusive, avant d'aller s'envoyer quelqu'un d'autre. Il ne m'avait pas donné de clé de chez lui ou invitée à des fêtes, ou offert de petit être vivant. C'était encore le début. On ne s'était embrassés que deux fois. Quel droit avais-je de me monter la tête pour ça ? J'avais passé le week-end à porter la bague de fiançailles de mon ex-petit ami et son T-shirt de Yale. Certes, on n'avait rien fait ensemble, mais c'était loin d'être un comportement digne de la petite amie de l'année.

Et, encore une fois : le fait qu'Ethan ait couché avec quelqu'un ce soir ne me dérangeait pas suffisamment pour mettre en péril notre relation, même si je sentais bien que ça aurait dû être le cas.

Une serveuse vint prendre notre commande. Après son départ, je m'adossai à ma chaise et le fixai avec un étrange mélange de sidération et de confusion.

— Où est-ce que tu voudrais vivre quand tu seras grand ? lâchai-je tout de go.

C'était vraiment une question bizarre au bout de trois semaines de fréquentation. Mais je m'inquiétais à l'idée que Chase puisse avoir raison quand il disait qu'Ethan était tout ce que je pensais désirer, mais pas ce que je désirais *réellement*. Je ne voulais pas lui faire de la peine ou nous entraîner tous les deux dans une histoire qui était vouée à l'échec dès le commencement.

— Je *suis* grand, répondit Ethan, l'air perplexe, avant de se resservir des gressins.

— Tu vois ce que je veux dire. Quand tu auras une famille.

— Oh ! fit-il en regardant distraitement autour de lui comme si je venais de lui demander s'il voulait changer ma couche d'adulte.

Réponds Brooklyn. Réponds Hempstead. Mince, tu peux même répondre Long Island, pour ce que j'en ai à faire.

— Westchester, j'imagine. Il y a de super écoles, c'est propre et sécurisé…

Barbant. Mais après tout, qu'est-ce que ça pouvait faire ? Beaucoup de jeunes actifs vivant à New York finissaient à

Westchester une fois qu'ils commençaient à se reproduire. Monica et Chandler de *Friends* l'avaient bien fait.

« Peut-être, mais tu es une Rachel, pas une Monica », entendis-je Layla me dire dans ma tête.

« Oui, et c'est une sitcom, pas la vraie vie. » Maintenant, c'était la voix de Chase qui me taquinait.

— Je peux te poser une autre question ?

Je retirai l'anneau de la serviette. Ethan but une gorgée de son vin en hochant la tête. Il ne comprenait pas vraiment ce jeu. Moi non plus. J'essayais seulement de savoir si Chase avait bien analysé Ethan.

— Tout ce que vous voulez, milady.

— Qu'est-ce que tu as mangé au petit déjeuner ?

— Des œufs et des toasts, répondit-il sans hésitation.

Je soupirai de soulagement, comme s'il s'agissait de la preuve qu'il me fallait que Chase se trompait. Ce n'étaient pas des flocons d'avoine. Ethan détestait probablement les flocons d'avoine.

— À mon tour, dit Ethan. La meilleure manière de commencer une journée ?

— Café, beignet, et un coup de téléphone à mon père. Principalement pour recueillir les potins de sa petite ville.

J'étais sur le point de lui répondre : « Un jogging et une barre de céréales en écoutant un podcast sur le changement climatique », avant de me souvenir que je m'étais promis d'être honnête, cette fois-ci. Je lui donnai donc la vraie réponse. Ethan fronça le nez.

— Quoi ? demandai-je, prête à entendre sa déception.

— Rien. Seulement… les potins ne m'intéressent pas. Et je

ne bois pas de caféine non plus. Ça me provoque des tremblements terribles.

— D'accord.

Au point où j'en étais, entre le Coca light, le café et les boissons énergisantes, la caféine était probablement incrustée dans mon groupe sanguin. Mais ça n'avait pas grande importance. Ethan et moi n'étions pas forcés d'être compatibles en *tout*.

— Chaîne de télé préférée ? demandai-je avec un grand sourire. À trois.

— Un…

— Deux…

— Trois…

— HBO, répondis-je tandis qu'il disait : « National Geographic. »

On rit en secouant la tête.

— Parfum préféré ?

Ses yeux s'illuminèrent tandis que ses pâtes et ma pizza étaient servies. Son plat était chargé de légumes, fruits de mer et champignons, tandis que j'avais commandé une pizza pepperoni, bacon et supplément fromage. On compta de nouveau jusqu'à trois. Je répondis coquelicots. Il répondit vanille.

Je répète : la *vanille.* Aussi neutre que le sexe que m'avait prédit Chase avec lui.

Ethan et moi poursuivîmes notre petit tango tout le reste de la soirée, amusés par nos différences radicales. C'était un excellent moyen de briser la glace. Si je n'avais pas appris qu'il avait couché avec quelqu'un d'autre à peine quelques heures plus tôt – sans compter que j'allais sortir une deuxième fois vendredi soir avec mon ex –, j'aurais dit que la soirée nous avait rapprochés.

Ethan me raccompagna chez moi et eut le bon sens de ne pas m'embrasser sur la bouche pour me dire au revoir. Il déposa de nouveau un baiser sur ma joue en souriant timidement, les yeux baissés.

— Je te proposerais bien de monter, mais…, commençai-je en même temps qu'il ouvrait la bouche.

— Ce truc avec Natalie…

On s'interrompit tous les deux.

— Vas-y.

J'avais les joues en feu.

— Elle vient de rompre avec quelqu'un, c'était une longue relation et, elle et moi, on a un truc quand on est tous les deux célibataires. Je suis vraiment intéressé par toi. Je ne suis pas le genre de mec à coucher à droite à gauche. Honnêtement, je voulais me prouver que ça ne me posait pas de problème que tu sortes avec ton ex. (Il se frotta la tempe.) Ce qui est le cas, plus ou moins.

— J'ai compris, répondis-je calmement.

Même si ce n'était pas entièrement vrai. J'aurais préféré qu'Ethan me dise la vérité avant qu'on compromette tous les deux le début de notre relation. Mais on ne pouvait changer ce qu'elle était, à présent ; le tir hasardeux d'un Cupidon aveugle et sous l'emprise de la drogue.

— Il vaut peut-être mieux qu'on ne couche pas ensemble jusqu'à ce que cette histoire avec Chase soit finie. Je ne suis pas totalement libre pour notre relation, suggérai-je.

Ethan hocha la tête.

— C'est équitable. Et je te promets de mettre un terme à ma relation avec Natalie après ton dernier rencard avec lui. Tu le vois vendredi, c'est ça ?

— Pour la deuxième et dernière fois, confirmai-je.

Je poussai la porte de mon immeuble et m'y adossai après l'avoir refermée en lâchant un profond soupir. Mon téléphone carillonna dans mon sac. Je le sortis en pensant qu'il s'agissait peut-être d'Ethan, qui voulait réduire l'impact de nos adieux avec un petit mot doux ou taquin.

Inconnu : N'oublie pas le banana bread pour vendredi. C'est Chase, au fait.

Maddie : Comment tu savais que j'avais effacé ton numéro ?

Inconnu : Par les froides nuits d'hiver, le souvenir d'un ex devient souvent plus vif. Tu me parais du genre à te préserver.

Maddie : Tu me parais du genre idiot et prétentieux.

Inconnu : Il se peut que ce soit vrai, mais tu viens d'admettre que tu avais effacé mon numéro.

Maddie : Je peux te poser une question ?

Inconnu : Dix-huit centimètres.

Maddie : Ah. Ah.

Maddie : Où est-ce que tu voudrais vivre quand tu te « poseras » ?

Inconnu : Je ne me « poserai » jamais.

Maddie : Joue le jeu, ducon.

Inconnu : D'accord. Je resterai à Manhattan. Et toi ?

J'ouvris la porte de mon appartement. Daisy me sauta dessus avec enthousiasme et chercha à me déposer sa balle de tennis humide dans la main. Je jetai un coup d'œil à l'horloge au-dessus de mon frigo. Presque 11 heures. Chase viendrait la sortir dans sept heures. La perspective de le savoir chez moi me fit tourner la tête. Je l'ajoutai à mes contacts à des fins purement logistiques. Je l'effacerais samedi matin, après notre dîner de fausses fiançailles.

Maddie : Je ne sais pas. Peut-être Brooklyn. Qu'est-ce que tu as pris au petit déjeuner ?

Chase : Je crois qu'elle s'appelait Tiffany.

Maddie : Seigneur, tu cherches vraiment à être détestable.

Chase : Relax. Un bol de protéines.

Chase : NON, je t'arrête tout de suite, pas un bol de sperme.

Maddie : Ta chaîne télé préférée ?

Chase : C'est une vraie question ? Est-ce qu'il y a une autre réponse que HBO ?

Maddie : La meilleure manière de commencer la journée ?

Chase : Toi assise sur mon visage.

Maddie : Merci.

Chase : Pour l'image fascinante ?

Maddie : Pour me rappeler pourquoi on a rompu.

Chase : À ton service.

Maddie : 🖕

Je n'aurais pas dû aller me coucher avec ce sourire aux lèvres, et pourtant.

Chase Black était le diable. Une créature froide et sinistre qui parvenait malgré tout à s'infiltrer dans mes veines. Et quoi qu'il fût… je me sentais vivante en sa présence.

Le mardi, je me réveillai sans petit mot de la part de Chase. Étant donné que je lui avais spécifiquement demandé de ne pas toucher à mes affaires, j'aurais dû être ravie en regardant mon frigo.

Peu importait. Au moins, je n'avais pas à nettoyer son bazar. Je profitai de l'occasion pour préparer des petits gâteaux que je pourrais apporter au bureau d'Ethan. (Ce n'était pas pour punir Chase de ne m'avoir pas laissé de mot. Ah ça, non. C'était simplement une gentille attention pour Ethan.)

Le mercredi, en revanche, la situation changea. À deux jours de notre dîner de fiançailles, je trouvai une flopée de papiers noirs collés sur mon frigo. Ils ne provenaient pas du bloc turquoise avec imprimé léopard que je posais sur le comptoir pour mes listes de courses. L'enfoiré avait apporté ses propres post-it. Il avait dû demander à son assistant de lui fournir ce dont il avait besoin pour continuer notre petite querelle par écrit. Il était impensable que Son Altesse royale soit descendue de l'Olympe en personne pour faire un tour chez Office Depot. Il s'était servi d'un stylo doré. Il avait beaucoup à dire et s'était répandu sur plusieurs papiers qu'il avait collés les uns à côté des autres.

M,

Qu'est-ce que tu comptes porter vendredi soir ? On doit s'accorder, même si je doute avoir quoi que ce soit en violet et vert avec des motifs petits cochons. Ou en paillettes, chapeaux à plume avec pompons et nœuds papillons.

Ou quoi que ce soit de grotesque, d'ailleurs.

PS :

Daisy a l'air obsédée par un écureuil en particulier. Je crains qu'ils ne créent ensemble une nouvelle espèce. Un Écuchien.

PP-S :

Tu te fiches de moi. Quelle était l'urgence de Mister Pédiatre ? Une transplantation de testostérone ?

– C

Je me ruai vers la poubelle avec frénésie pour récupérer les derniers mots qu'on s'était échangés et trouver à quoi il faisait référence dans son second P-S. La poubelle était pleine à ras bord. Je l'avisai d'un œil horrifié avant de la renverser en fermant les yeux et en respirant par la bouche.

Les détritus se répandirent par terre. Je me mis à farfouiller pendant que Daisy reniflait les peaux de banane et les emballages de bâtons de fromage en remuant la queue, jusqu'à dégager les derniers mots. Je les lissai par terre et les lus. Chase m'avait raillée en prétendant qu'Ethan était puceau. Je lui avais dit qu'on avait baisé comme des fous toute la nuit après notre week-end dans les Hamptons. À l'évidence, il ne gobait pas mon mensonge.

Je jetai un regard noir à Daisy qui léchait bruyamment l'intérieur d'un récipient en plastique de salade de poulet.

— Personne ne doit savoir, Daisy. Personne.

Elle répondit par un petit aboiement. Je saisis mon stylo et je l'appuyai si fort sur le papier que les mots furent gravés sur le reste du bloc.

C,

Je n'ai pas réfléchi à ma tenue pour la soirée. Mais maintenant que tu en parles, eh bien, oui, je vais partir sur une robe violette à paillettes avec une veste verte (en velours) et des chaussures à talons marron. Pas d'imprimés cochons, mais je pense que je porterai quelque chose à l'effigie de Michael Scott.

P-S :

Ethan est l'homme que tu ne seras jamais. Il est honnête, loyal et SYMPA.

PP-S :

Oui, l'écureuil s'appelle Frank. Laisse-les vivre leur histoire. C'est une relation compliquée, mais ils vont bien ensemble.

PPP-S :

Je constate que je suis curieusement à court de jus d'orange. Merci de ne pas te servir lorsque tu remplis ta part du marché avec Daisy.

– M

Le jeudi, ce fut le silence radio. Je ne passai *pas* mon trajet en métro jusqu'au travail à analyser cette absence de petits mots. Vraiment pas. Mais *si* j'y avais pensé (ce que je n'avais pas fait, encore une fois), l'hypothèse la plus logique serait que Chase avait oublié d'emporter son bloc noir ou son stylo doré, ou les deux.

Ce qui signifiait qu'il ne pensait pas régulièrement à notre conversation.

Ce qui, là encore, me convenait parfaitement.

La journée s'écoula à une lenteur douloureuse. J'échangeai des messages avec Ethan. Nous ne pourrions pas nous voir du reste de la semaine parce qu'il s'entraînait pour un semi-marathon – le même que celui auquel Katie m'avait dit participer dans les Hamptons – et devait se lever super tôt. Ce jour-là, Sven me dit qu'il me trouvait étonnamment inefficace. J'avais envie de croire que c'était parce que je n'allais pas voir Ethan, mais, à dire vrai, c'était plutôt Chase qui détournait mes pensées de mon travail. Dès que Sven eut disparu, Nina ajouta avec obligeance que j'étais en train de me transformer en l'une de mes plantes. « Un débordement de couleurs et d'inefficacité. » Elle fit claquer sa langue sans quitter des yeux l'écran de son Mac. Je dus emporter chez moi le dessin sur lequel je travaillais, étant donné qu'il devait être terminé le lendemain.

Puis, le vendredi, un autre mot m'attendait sur le frigo :

M,

Daisy n'aime pas ses croquettes. Je lui ai acheté quelque chose de nouveau. Le type du magasin dit que c'est l'équivalent du caviar pour les chiens. Je l'ai laissé sur le comptoir.

Elle a aussi essayé de se taper Frank ce matin. Est-ce que tu ne projetterais pas ta frustration sur ce pauvre chien ?

P-S :

Je n'arrive pas à croire qu'on te paie pour dessiner des vêtements. Tu as conscience qu'on peut affirmer son style sans agresser la rétine ?

PP-S :

Re : Le jus d'orange. Je reconnais m'être servi, mais seulement parce que j'avais soif et qu'ici il n'y a que de l'eau du robinet. Très mauvais accueil à signaler. Totalement indigne d'une fille du Sud.

Je récupérai mon téléphone pour lui répondre. D'habitude, j'étais catégoriquement contre toute communication avec lui, mais mon corps frémissait d'une rage insensée. Comment osait-il ?

Maddie : Je viens de Pennsylvanie, PAS du Sud, monsieur Satan du Démon.

Chase : Pennsylvanie = sud. Sud de New York. Révise ta géographie, Goldbloom. Savoir, c'est pouvoir.

Maddie : POURQUOI TU ES AUSSI EXASPÉRANT ? ? ?

Chase : Tout en majuscules. Cette frustration sexuelle refoulée va finir par te tuer.

Maddie : Tant mieux ! Ça m'épargnerait de passer du temps avec toi aujourd'hui.

Chase : Si tu essaies de me faire de la peine, c'est réussi.

Maddie : Vraiment ?

Chase : Non.

Maddie : Tu sais, quand je t'ai vu sur mon perron, je pensais que c'était une étape de ton traitement contre ton addiction au sexe et que tu venais présenter tes excuses.

Chase : Si j'avais une addiction au sexe, je ne chercherais pas à me guérir.

Maddie : Rappelle-moi pourquoi je t'aide ?

Chase : Parce que tu es quelqu'un de bien.

Maddie : Et pourquoi tu acceptes ?

Chase : Parce que je ne suis pas quelqu'un de bien.

Chase : N'oublie pas le banana bread.

Chase : Ça y est, tu as couché avec lui ?

Chase : J'imagine que ça veut dire non. Je m'en doutais. À ce soir.

Je résistai à l'envie de balancer mon téléphone contre le mur. J'avais le sentiment que si je prenais l'habitude de casser des choses chaque fois que Chase me mettait hors de moi, il ne resterait plus rien d'intact dans mon appartement, y compris les murs. Au lieu de ça, je m'approchai du comptoir d'un pas rageur, j'attrapai les nouvelles croquettes de Daisy et en versai dans sa gamelle. Elle se jeta dessus avec un empressement tel qu'elle faillit me mordre la main dans son élan.

Je me rassurai en songeant que tout serait fini dans moins de vingt-quatre heures.

J'essayai de me convaincre que je m'en fichais.

Mais, par-dessus tout, je songeai que Chase avait peut-être un peu raison. Peut-être qu'il me fallait un peu de sexe pour me calmer. Ça faisait six mois, après tout. J'envoyai un message à Ethan.

Maddie : On se retrouve chez moi samedi après ton marathon ? Sauf si tu penses que tu seras trop fatigué ?

Ethan : *semi-marathon.

Sérieux ? C'était tout ce qu'il retenait de mon message ? Un deuxième message arriva quelques secondes plus tard.

Ethan : Et ma performance sera à la hauteur, même après un semi-marathon. En tout cas, c'est noté.

8

Chase

— Alors, raconte-moi. Comment va mon vieux ?

Je contournai un gamin sur sa trottinette. Je faisais mon jogging matinal sur la route pour aller chez Madison, accompagné de Grant. Grant Gerwig était mon meilleur ami depuis mes quatre ans. Aujourd'hui, il était devenu un prestigieux oncologiste au physique de Colin Firth, et dirigeait une clinique dans l'Upper East Side. C'était l'un de ces enfoirés qu'on voyait dans les magazines, qui trouvait par hasard le traitement d'une maladie incurable dans un bar pendant qu'il grignotait des cacahuètes rassies en attendant son rencard Tinder. Le genre de perspicacité qui nous amenait à nous demander s'il y avait un sens secret à la vie dont on ne serait pas au courant. On faisait notre jogging ensemble chaque matin et on mettait un point d'honneur à boire un verre tous les week-ends si on était en ville tous les deux, quels que soient nos emplois du temps. Quand on avait appris la nouvelle pour mon père, j'avais traîné ce dernier jusqu'à la clinique de Grant pour avoir son avis, alors même qu'il se souvenait clairement avoir dû aider Grant « à laver ses petites affaires » quand mon meilleur ami avait eu « un accident » en regardant un film d'horreur avec moi l'année de nos cinq ans. « Je n'aime pas l'idée de demander un diagnostic à des personnes que j'ai connues avant qu'elles aillent correctement sur le pot », avait-il dit.

Jeune ou pas, Grant était du même avis que le vieux médecin que mon père avait consulté initialement. Le cancer était trop avancé, incurable. Malgré tout, je me sentais moins impuissant en sachant que mon père était suivi par mon meilleur ami.

— Tu sais que je ne suis pas autorisé à en parler.

Grant enfonça son poing dans son pantalon beige et, de sa main libre, empêcha un gamin de heurter un arbre avec sa trottinette. La mère du petit, qui courait derrière lui, le remercia.

La rue bohème et pittoresque de Mad souffrait du plus grand problème de notre nation, l'ennemi numéro 1 de New York : le touriste qui s'arrête au milieu de la rue pour prendre une putain de photo. Il y avait des gens partout. Ils prenaient des selfies sur fond de magasin de bonbons, ou faisaient la queue pour entrer dans un bar gay, ou feuilletaient des livres d'occasion sur un stand placé devant les librairies indépendantes. La fragilité de la vie n'atteignait pas cette rue. Elle était animée et éclatante de couleurs.

Savoir que ce jeune aux joues creuses, au sac à dos en nylon et au sweat à capuche ANTI SOCIAL SOCIAL CLUB, que cette promeneuse de chiens d'âge moyen en robe estivale, et même ces quatre chiens qu'elle essayait de guider, allaient survivre à mon père me rendait amer. L'homme qui avait créé Black & Co.

Qui assurait des milliers d'emplois et avait la charge d'un tiers de l'industrie textile de New York. Qui avait contribué à l'économie américaine, qui assistait religieusement à mes tournois d'aviron, qui avait aidé Jul à transformer à mains nues sa résidence de vacances à Nantucket en monstre écologique presque entièrement autonome, et qui s'était farci tous les spectacles de théâtre de Katie au lycée. *Bordel de merde,* la vie était injuste.

— Chase ? (Grant croisa mon regard. Il allait à un rencard. On s'était dit qu'on boirait une petite bière juste avant.) Tu as entendu ce que je t'ai dit ? La confidentialité médecin-patient, ça te parle ?

Je poussai un grognement en donnant un coup de pied dans un sac-poubelle mou jeté sur le trottoir. J'étais déjà agacé à l'idée de partager mon père avec Julian, Amber et Madison ce soir. Je lui avais rendu visite chaque jour, la semaine passée, alors qu'on travaillait dans le même bureau. Son état semblait s'aggraver progressivement, et quelques employés commençaient à jaser.

— Il souffre beaucoup, expliquai-je.

On aurait dit que c'était *moi* qui souffrais.

— Dis-lui de me passer un coup de fil. On peut faire quelque chose.

— C'est un sacré têtu, répliquai-je.

— Ça n'est pas un trait de famille, de toute évidence, fit Grant avec un sourire ironique.

On s'arrêta tous les deux devant le même bâtiment en grès rouge. Il haussa un sourcil. Je l'imitai.

— Bon, on se retrouve demain au golf ? demanda-t-il.

— C'est ça.

Je commençai à grimper les marches. Grant aussi. On s'arrêta de nouveau pour se dévisager.

— Oui ? demandai-je avec impatience. Tu as autre chose à me dire ?

Madison avait-elle décidé de sortir avec tous les médecins de New York ?

La porte d'entrée s'ouvrit, et Layla, l'amie de Madison encore plus folle qu'elle, avec ses cheveux verts, surgit comme une strip-teaseuse hors d'un gâteau géant.

— Grant ! Tu es là !

Elle se jeta à son cou. C'était une manière fort peu orthodoxe d'accueillir un homme qu'on n'avait pas l'intention de mettre dans son lit au cours des heures suivantes, à moins que…

À moins qu'il ait commencé à la fréquenter des semaines auparavant et qu'il n'ait pas voulu m'en parler parce que j'étais un sale crétin qui essayait d'accepter ce qui arrivait à son père.

— Layla, fis-je sèchement.

— Prince des Ténèbres, répondit-elle sur le même ton. Je prie le ciel pour que tu sois sympa avec ma meilleure amie ce soir.

— Le ciel ne peut rien pour mon infâme personne, mais merci pour le titre royal. Je vois que *toi*, tu sors avec mon meilleur ami, fis-je d'une voix traînante.

— Je couche avec lui, rectifia-t-elle. Oui.

Grant m'adressa un sourire confus.

— Tu n'étais pas vraiment dans le bon état d'esprit pour que je t'en parle, et, comme l'a dit Layla, elle impose des règles assez strictes. Ce n'est rien de sérieux et ça ne doit pas affecter vos vies, à Maddie et toi.

N'étant pas d'humeur à gober ses conneries, je levai les yeux au ciel en passant le seuil. Quand Madison et moi avions rompu, Grant n'avait été qu'un parmi d'autres à m'accabler. J'avais interdit à mon ami de rester en contact avec elle, mais Madison n'avait pas dû se gêner pour jouer les entremetteuses entre Layla et lui. C'était un des autres traits que je *méprisais* au sujet de Maddie Martyre – elle était toujours impliquée dans les affaires de tout le monde, essayait toujours de brancher les gens et de leur rendre des services, qu'il s'agisse de meubles ou d'activités de groupe.

Je lui en voulais particulièrement d'avoir branché ces deux-là ensemble, car Grant, lui, rêvait de la vie de couple avec une femme saine et une maison entourée d'une clôture blanche, et la première fois que j'avais rencontré Layla, elle s'était lancée dans un long discours pour expliquer que la monogamie était contre nature. Daisy et Frank formerait un couple plus harmonieux que ces deux-là.

Je frappai à la porte de Madison et j'entendis Daisy aboyer avec frénésie. Mad ouvrit, et je sentis mes genoux trembler et le reste durcir, parce que… *bordel !*

Madison portait une petite robe noire, bien ajustée partout où il le fallait – sans le moindre motif – ainsi que des escarpins en velours noir et un tour de cou turquoise, quelque chose entre le collier et le col clouté. Ses courts cheveux bruns étaient volontairement ébouriffés comme si elle venait de se faire sauter, elle avait les lèvres écarlates et souligné ses yeux couleur olive d'un trait d'eye-liner de femme fatale. Ma queue se dressa pour applaudir et jeter des roses imaginaires à ses pieds. Le reste se demanda ce qui avait pu me pousser à faire quoi que ce soit d'autre avec elle, à l'époque où on sortait ensemble, que nous envoyer en l'air jusqu'à épuisement.

— Tu es superbe.

Je plissai les yeux et le compliment prit un air d'accusation.

Elle attrapa son sac et ses clés en fronçant les sourcils.

— Tu n'as pas dit que tu voulais qu'on soit accordés ? J'ai le souvenir que tu aimes beaucoup le noir. Porte noire, mobilier noir, draps de satin noir…, dit-elle, listant tous les éléments de mon appartement.

— Tu as oublié les stores noirs. Voudrais-tu de nouveau visiter ma chambre ? proposai-je avec un sourire carnassier.

— Même pas en rêve.

Ce n'est pas la seule chose dont je rêve là tout de suite, chérie.

J'éprouvai l'envie irrépressible de la toucher. Caler une mèche de cheveux derrière son oreille, l'embrasser sur la joue pour lui dire bonjour, ou la poser sur mes genoux, lui écarter les fesses et la bouffer par-derrière. Avant d'avoir eu l'occasion de m'approcher d'elle (j'allais retirer une peluche sur sa manche, bien que j'aurais personnellement préféré la dévorer par voie orale), quelqu'un me tapota l'épaule.

La journée avait été remplie de mauvaises surprises, mais le Phallocrate pédiatrique, avec sa chemise habillée, sa cravate ridicule et son *legging* de course, c'était la cerise sur le tas de merde. Il sourit à Madison en levant les deux pouces pour valider sa tenue.

— Maddie ! Je venais chercher un baiser porte-bonheur avant le semi-marathon.

Il courait sur place sur le seuil derrière moi. Je me fichais pas mal que ce type soit sympa ou non. Il transpirait la crétinerie en quantité radioactive.

— Salut.

Il se tourna vers moi, la main tendue, tout sourires. Je la saisis en m'assurant de serrer assez fort pour lui faire mal. La seule raison qui m'empêcha de lui broyer les os était l'âge de ses patients ; j'avais déjà suffisamment de chances de figurer en bonne place sur la liste noire du karma. S'il avait été chirurgien esthétique, et ses clients que des femmes au foyer désœuvrées et des hommes vaniteux, sa main aurait déjà été réduite en bouillie.

— Chase Black.

— Ethan Goodman.

— Ethan est…

Mad s'interrompit pour se laisser le temps de réfléchir à ce qu'il représentait pour elle. On la regardait tous les deux patiemment. Un sourire apparut lentement sur mes lèvres. Ils n'avaient pas encore eu *cette* conversation. Leur relation était loin d'être aussi sérieuse que ce qu'elle voulait me faire croire. Mad se racla la gorge.

— On se fréquente.

Ethan hocha la tête pour confirmer, satisfait de son expression foireuse. Si j'avais été présenté autrement que comme son petit…

Va au bout de cette pensée, idiot. Mon cerveau pointa un flingue sur ma tempe de l'intérieur. *Je te mets au défi.*

— Jolie cravate. C'est la nouvelle collection de chez Brioni ?

Je pointai le menton dans sa direction, avec le plus grand sérieux. Il portait une cravate *Pat'Patrouille*. Une cravate avec Chase, plus précisément, qui portait son casque de pompier. Si je connaissais le nom du chien, c'était parce que Crotte de Nez m'avait appelé Chase le Chien pendant un moment, et je m'étais inquiété qu'elle puisse avoir eu vent de mon appétit sexuel.

Et puis, pourquoi personne ne parlait du fait qu'il portait un legging ?

— Brioni ? répéta-t-il sans cesser de courir sur place. C'est une marque de créateur ?

— Presque. Un plat italien, répondis-je, impassible.

J'avais l'impression d'être un con. Je devais sûrement en avoir l'air, aussi. Et pour la première fois depuis *très* longtemps, j'avais l'impression de dépasser une limite invisible. Le sarcasme et l'effronterie avaient toujours été mon truc, mais je n'étais jamais grossier au point de déraper. Dans le cas d'Ethan, je ne pouvais pas m'en empêcher. Je l'imaginais en train d'appuyer son entrejambe moulé dans son legging (est-ce qu'on allait sérieusement ignorer le legging ?) contre les courbes douces de Madison et l'embrasser, et franchement, ça me donnait envie de me soûler à mort, de fracasser la bouteille de whisky et le poignarder avec les tessons.

— Chase !

Madison frappa son talon par terre, talon que je n'étais pas contre l'idée de retirer avec les dents plus tard dans la soirée. Ma queue s'agitait inconfortablement dans mon caleçon chaque fois que je percevais une bouffée de son parfum. Un mélange de tarte à la citrouille, de noix de coco et de l'odeur de Daisy. Un parfum qui me faisait l'effet d'un cocon ; dans lequel je n'étais pas invité, mais un cocon malgré tout. Ethan pointa son menton vers moi, une lueur sauvage dans le regard. Une étincelle charnelle montrant qu'il savait que Madison était un sacré parti et qu'il ne comptait pas le perdre.

Elle est tout à toi, Mister Pédiatre.

— Je reconnais que je ne m'y connais pas trop en vêtements. J'espère que Maddie m'aidera dans ce domaine.

Il la gratifia d'un sourire et d'un clin d'œil. Je parcourus sa silhouette du regard pour le jauger.

— Dommage pour vous. C'est la paille et la poutre qui font du shopping. Aucune rétine ne sera épargnée.

Voilà que je les insultais tous les deux. Je m'y prenais très mal, étant donné qu'elle était sur le point de m'aider. Mais ils n'allaient pas ensemble, et elle semblait tellement ne pas s'en rendre compte que c'était plus fort que moi.

Mad leva les yeux au ciel.

—Tu vois ce que je veux dire quand je t'assure que tu n'as pas de souci à te faire ? Il est insupportable. On se voit demain, Ethan.

Elle se pencha en avant, posa la main sur son torse et lui embrassa la joue. Elle laissa ses lèvres sur sa peau un peu trop longtemps et je serrai les poings pour me retenir de l'écarter de lui.

— Bonne chance pour ton marathon.

— Semi-marathon, corrigea-t-il en la serrant contre lui.

Ne regarde pas son legging. S'il a une érection, tu seras obligé de le tuer et ton avocat est en vacances aux Maldives.

Au moment de repartir dans la rue avec Mad, mon pouls avait retrouvé son rythme normal.

— Tu sens ça ? demanda-t-elle en reniflant d'un air théâtral.

— Quoi ?

— L'urine du concours de pisse que tu as fait sur le pas de ma porte.

Je ris. La version 2.0 de Madison était considérablement plus drôle, malgré les maux de tête constants qu'elle me donnait. Je disais les choses les plus outrageantes parce que la voir rougir était l'un de mes passe-temps préférés.

— Je sais que tu es adepte des *golden showers*. Je suis ravi de te faire ce plaisir.

— *Chase !* couina-t-elle.

— Quoi ? Ça économiserait de l'eau. Je suis écolo, c'est tout.

Ça m'aurait tout de même étonné que Greta Thunberg approuve.

— Voilà… maintenant j'en suis sûre. Le diable s'habille en noir.

Elle faisait référence à ma couleur préférée et à mon nom de famille.

— Mieux vaut un diable qu'on connaît qu'un ange qui reste à connaître.

— J'ai vraiment hâte d'apprendre à mieux connaître l'ange, répliqua-t-elle.

— Je parie que l'ange ne sait pas faire ce truc avec sa langue que tu aimes tant.

— L'ange me rend heureuse, lâcha-t-elle en rougissant sous son maquillage discret.

Mad avait toujours été douée pour ça ; avoir l'air apprêtée sans ressembler à un membre du groupe Kiss.

— Fous-toi de moi. Il t'apporte seulement du confort.

— Qu'est-ce qu'il y a de mal, avec le confort ?

— Le confort n'a jamais enflammé personne.

— Peut-être que je n'ai pas envie de brûler.

— On a tous envie de brûler, Mad. Comme c'est dangereux, ça nous fait envie.

On atteignit la bouche de métro. Je savais que je ne gagnerais rien à la cuisiner au sujet de Grant et Layla à part renforcer son hostilité. Comme c'était parti, si la haine pouvait se transformer en électricité, Madison m'aurait fait exploser. On prit le métro jusqu'à l'Upper West Side. Conduire à Manhattan, c'était comme de se frotter la queue sur une râpe : c'était techniquement possible, mais pourquoi vouloir essayer ?

À la sortie du métro, Mad s'arrêta net, une expression horrifiée sur le visage.

— Qu'est-ce qu'il y a maintenant ?

— J'ai oublié le *banana bread.* (Elle plaqua sa main sur sa bouche.) Oh zut. Pourquoi tu ne me l'as pas rappelé ? J'étais tellement troublée par votre petit *battle* de danse avec Ethan que j'ai complètement oublié de le prendre.

Comme si quelqu'un en avait quelque chose à foutre. Katie et ma mère voulaient juste lui faire sentir qu'elles attendaient autre chose que sa royale présence. Sa capacité à me supporter les rendaient perplexes. Ce n'était *pas* le *banana bread* qu'elles désiraient tant. En fait, la seule chose qu'elles avaient hâte de consommer, c'était du vin ou de la mauvaise télé-réalité.

— Ce n'était pas un *battle* de danse, fis-je remarquer.

— Si, insista-t-elle. Et tu as perdu. Pour garder l'image, tu danses comme l'oncle bourré qu'on voit à tous les mariages.

— Je ne danse pas comme…

Je fermai les yeux en me massant les tempes. Je n'allais pas me rabaisser à l'intelligence d'une femme qui était capable de distinguer tous les membres du clan Kardashian par leur prénom. *Délibérément.*

— Ils se débrouilleront sans *banana bread.*

— Mais c'est le *dessert.*

— Désolé de te le dire, mais personne ne comptait sur ton gâteau. Julian et Amber ont sûrement engagé trois traiteurs différents et Gordon Ramsay en personne. Ils sont en cuisine depuis hier soir.

— J'ai promis !

Est-il seulement légal de fantasmer sur toutes les choses que je pourrais lui faire ? Elle a visiblement quinze ans dans sa tête.

— Ils ont certainement oublié.

— J'ai échangé des messages avec Katie et Lori toute la semaine. Je peux te dire qu'elles n'ont pas oublié.

Elles ont échangé des messages toute la semaine ? Est-ce que c'était pour ça que ma mère avait réussi à sortir du lit et que Katie était même allée au travail ? J'éprouvai un pincement ridicule et injustifié dans la poitrine. Je préférai ne pas y prêter attention et pris soin de garder une expression neutre.

— Il y a une pâtisserie au coin. (J'inspirai longuement.) Tu veux acheter de quoi le remplacer ou Maddie Martyre est-elle trop bien pour duper les gens ?

— C'est un peu tard pour dire ça.

Elle agita la main entre nous deux. D'accord. J'allais l'obliger à proférer un mensonge plus gros encore.

Je me rendis compte que Madison avait tout pour plaire. J'aurais dû recevoir une médaille pour ma stupidité. J'avais abandonné une baise d'enfer uniquement parce que j'avais peur de… quoi, exactement ? Qu'elle se fasse passer la bague au doigt ? Il n'y avait aucun risque.

Va dire ça à la bague de fiançailles qu'elle porte en ce moment même, bague que tu lui as donnée.

Tout à coup, je me rappelai exactement pourquoi j'étais resté avec Madison plus qu'une semaine, même si je n'avais pas eu la moindre conversation sérieuse avec elle tout au long de notre relation :

1. Le sexe était extraordinaire.
2. Ses pâtisseries étaient indécentes.
3. Elle traitait ma famille comme… eh bien, comme la famille.

En échange de quoi je l'avais trompée – c'est du moins ce qu'elle croyait – et je n'avais pas rencontré son père quand il était venu en ville. Il y avait fort à parier que je ne coucherais plus jamais avec elle à l'avenir. Mieux valait en finir le plus vite possible.

J'achetai deux *banana breads* chez Levain Bakery pendant que Mad fonçait au supermarché trouver des moules à gâteau. On se retrouva au carrefour juste devant l'immeuble de Julian. Elle me prit le *banana bread* des mains, toujours enveloppé dans son papier brun, puis saisit le sachet par un bout et se mit à le frapper violemment contre un mur. Je la dévisageai, tout comme la plupart des passants.

— Puis-je te demander ce que tu es en train de faire ? demandai-je d'un ton plus cordial que nécessaire.

Elle était en train d'agresser une viennoiserie, après tout. Publiquement.

— Aucun *banana bread* fait maison ne peut avoir l'air aussi parfait que ceux qui sortent des pâtisseries. Je lui donne seulement un aspect authentique, répondit-elle promptement en déposant les gâteaux secoués dans les moules, qu'elle recouvrit de film plastique. Elle haletait, et ses seins montaient et descendaient dans sa robe moulante.

Je détournai les yeux *sans* penser à la perfection de ses seins dans mes paumes.

— Ce serait bien que tu fasses les mêmes efforts pour faire semblant de me supporter, fis-je remarquer d'une voix amère.

— Je ne suis pas assez payée pour ça.

— Je ne te paie pas.

— Exactement.

On traversa la rue en se fusillant du regard.

— Tu sais, repris-je, je pourrais…

— Non. S'il te plaît, n'essaie pas de me soudoyer avec des appartements, des voitures ou des hélicoptères dorés. Seigneur, qu'est-ce que tu es prévisible. Je suis tellement contente d'avoir rencontré Ethan.

Un type qui portait des leggings et des cravates *Pat'Patrouille* me surpassait. Je pense que le moment était venu de mettre fin à mes jours.

Dans l'ascenseur, je baissai la tête vers elle. Je ne savais pas pourquoi. Elle ressemblait… à elle-même. Sexy dans un genre adorable et rétro-chic. Le genre sur lequel les ados se masturbaient. Ou encore, les hommes d'affaires de trente-deux ans.

— Est-ce que tu viens de me renifler ? demanda-t-elle en se tournant, les yeux écarquillés.

— Non.

Si. Merde.

— Tu n'es qu'une bête sauvage.

— Ça vaut toujours mieux qu'un chihuahua de *Pat' Patrouille*.

Elle leva les yeux au ciel, me prit la main et la posa sur sa clavicule dénudée. Je réprimai le besoin de déglutir. Elle avait la peau chaude, douce, parfaite ; il n'y avait rien de sexuel dans son geste lorsqu'elle frotta son cou délicat avec ma grosse paume, mais j'étais à peu près certain qu'une goutte de liquide pré-séminal perlait à l'extrémité de ma queue une fois qu'elle eut fini.

— Voilà. (Elle repoussa ma main.) Ça te donnera une bonne dose de mon odeur jusqu'à demain matin, et tu sentiras comme moi quand on arrivera. T'es content ?

— Avec toi ? Jamais.

Elle sourit.

Je fronçai les sourcils.

Les portes s'ouvrirent et on sortit de l'ascenseur.

Cette putain de soirée allait être longue.

Julian habitait un penthouse de cinq chambres dans l'Upper West Side, qui surplombait la ville et présentait une ressemblance troublante avec un bordel, compte tenu de son mobilier rouge et capitonné, ses lustres et son long bar équipé d'un évier. Dès notre arrivée, j'attirai mon père dans la chambre de Clementine pour avoir un peu d'intimité. Il avait les joues creusées. La vie le quittait au ralenti. Je ne savais pas vraiment à quoi je m'attendais exactement. Je savais qu'il n'existait aucun traitement au stade où en était son cancer. Grant estimait que des séances de chimio – si ses résultats sanguins le permettaient seulement – étaient peine perdue et ne feraient qu'empirer son état. Désormais, il s'agissait de lui assurer un certain confort.

Sauf qu'il était loin de paraître à son aise.

— Chase. (Mon père fronça les sourcils.) Pourquoi tu m'emmènes ici ? demanda-t-il en jetant un regard à la chambre de Crotte de Nez.

C'était le seul endroit de l'appartement où on n'avait pas l'impression de risquer d'attraper une MST en s'asseyant quelque part. Les murs et le plafond étaient roses, et les meubles blancs.

— Parce que tu ne prends pas soin de toi, éructai-je. Tu dois prendre tes médicaments.

— Je n'aime pas être sous calmants, répliqua-t-il. Je veux être en pleine possession de mes moyens.

— Je ne veux pas que tu souffres.

— Ce n'est pas à toi de décider.

Au bout de dix minutes de débat, au cours desquelles je le menaçais d'appeler Grant, sans parvenir à le convaincre, je me traînai jusqu'à la cuisine ouverte pour rejoindre le reste de la famille. Je laissai mon père dans la chambre de Clementine, trop furieux pour le regarder en face. En arrivant dans la cuisine (encore des lustres, des comptoirs crème et or, des putain de motifs floraux partout et aucune trace de la moindre véritable nourriture), je me figeai net.

Crotte de Nez était assise sur le comptoir, ses chaussures violettes se balançant joyeusement, et riait comme une folle. Mad était en train de tresser ses cheveux roux et indisciplinés tout en jacassant au sujet de princesses guerrières. Amber les regardait de travers derrière sa flûte de champagne ; elle ne faisait même pas semblant d'écouter la litanie de ma mère, qui listait toutes les boutiques en ville qui n'avaient plus les sandales qu'elle recherchait. Julian, qui se tenait debout à côté de sa femme, me jeta un regard noir en serrant sa flûte si fort qu'elle menaçait de se briser. Une pointe de jubilation mesquine me chatouilla la poitrine.

Madison ne leur donnait pas la moindre raison de soupçonner qu'on n'était pas amoureux. *Tant mieux.* À tel point que je m'obligeai à me rappeler pourquoi le fait d'avoir une petite amie, même s'il s'agissait de la sexy et habile Madison, n'était pas une bonne idée :

1. Les petites amies voulaient se marier à un moment ou un autre. Pour la plupart, en tout cas.

2. Je ne voulais pas me marier, à *aucun* moment.

3. Si je devais sortir avec Madison – ce qui, encore une fois, n'arriverait jamais – je serais méfiant et amer. Je la rendrais infiniment malheureuse. Et la perdre pour la seconde fois serait tellement embarrassant que je n'aurais d'autre choix que de me frapper en plein visage.

4. Me frapper en plein visage, de façon délibérée, ne figure pas sur ma liste de souhaits.

Je pénétrai d'un pas léger dans la pièce et déposai un baiser sur les cheveux roux et rebelles de Clementine. Puis je passai un bras autour de Madison.

— Qu'est-ce qu'il y a de bon ?

— Tout ! s'écria ma mère d'une voix perçante en se tournant vers moi. Tout est délicieux. Les *banana breads* ont l'air exquis. Merci, Maddie.

— Ils ressemblent atrocement à ceux qu'on trouve chez Levain en bas de la rue, murmura Amber dans son verre.

Sa mini robe rouge était parfaite pour un examen gynécologique ou un film porno amateur.

— Tu vas souvent à la boulangerie, Am ?

Je parcourus délibérément sa silhouette fine et tonique, histoire de rigoler.

Son teint prit la couleur de sa robe et elle plissa les yeux.

— En fait, j'ai perdu un kilo et demi. Je suis un cours de *yoga sculpt* cinq fois par semaine.

— Tes talents ne connaissent aucune limite.

— Et toi, Maddie... tu fais du sport ? demanda-t-elle en se tournant vers ma fausse fiancée avec un sourire doux.

Madison, qui faisait semblant d'ignorer l'attitude passive-agressive de son hôte, noua la tresse de Crotte de Nez avec un élastique rose.

— Pas à moins de compter les pas entre le salon et la cuisine pour aller chercher de la glace pendant la pub de *The Walking*

Dead. Il faudrait vraiment que je zappe sur AMC, mais j'ai besoin de cette activité physique. Et il y a *tellement* de pubs.

Je réprimai un sourire, enchanté par la réponse de Mad à Amber qui pâlissait, furax.

— Waouh. Je n'arrive pas à imaginer ma vie sans exercice, répliqua Amber en jouant avec son collier en diamant.

— C'est une épouvantable existence, acquiesça naturellement Maddie, mais il faut bien que quelqu'un s'y colle.

J'avais envie de l'embrasser.

De l'embrasser sauvagement.

Et le fait que ça me soit permis, techniquement, parce qu'elle était soi-disant ma fiancée, n'aidait pas les choses. Je savais que Maddie Martyre ne me giflerait pas si j'essayais de l'embrasser en public, mais je n'arrivais pas à me résoudre à passer du type grossier et bourru au pur enfoiré.

Le repas se présentait sous forme de buffet. Tous les plats étaient encore dans leurs contenants de traiteur et disposés sur l'immense table du salon en forme de U. Comme pour tout ce que faisaient Julian et sa femme, c'était merveilleusement impersonnel.

Il y avait des gâteaux de crabe glacés au miel et des fonds d'artichaut farcis à la chair de crabe, du stromaté hawaïen mariné au miso et des bouchées au concombre. Cette fois-ci, Mad goûta à la plupart des préparations. C'était Clementine qui restait immobile, horrifiée, devant son assiette, ses grands yeux verts rivés sur le tas de créatures marines mortes.

— Mais, maman, ne cessait-elle de répéter. Maman. Maman. Maman.

— Seigneur, Julian, donne-lui des Cheerios et puis c'est tout, finit par lâcher Amber lorsqu'il devint évident qu'elle ne pouvait continuer de raconter à Katie qu'on l'avait confondue avec Kate Hudson chez Saks sur la Cinquième Avenue.

— Mais je ne veux pas de Cheerios, bouda Clementine en fronçant les sourcils. J'en ai marre de manger ça tout le temps. Je veux les pancakes de mamie.

— Mamie n'a pas sa préparation spéciale.

Ma mère posa ses couverts sur son assiette avec un regard doux. Clementine passait pas mal de temps chez mes parents et ma mère s'aventurait dans la cuisine pour préparer à sa petite-fille la seule chose qu'elle savait faire toute seule sans avoir besoin de demander à la cuisinière – des pancakes à partir d'une pâte toute prête.

J'avais cru comprendre que la relation d'Amber et Julian était une série sans fin de disputes, que Julian se faisait régulièrement virer de la maison et qu'Amber s'endormait en pleurant chaque semaine. Mes parents essayaient de protéger Crotte de Nez de cette réalité du mieux possible.

Madison suivait l'échange avec une expression alarmée à peine dissimulée. Je pouvais presque voir les rouages tourner dans son cerveau. Elle ne voulait pas être impolie, mais – comme nous tous – elle n'appréciait pas la façon dont Amber traitait Crotte de Nez. Cette gamine vivait de céréales et de Pop-Tarts.

— Quelle préparation utilisez-vous d'habitude ? demanda Madison en se tournant vers ma mère, posant une main sur son poignet. Pour les pancakes ?

— Quick Wheat.

— D'accord, donc de la farine, du sucre, des œufs, de l'eau, du lait et du sel. Et des pépites de chocolat, si vous en avez. Où est le garde-manger ? demanda-t-elle à Amber en mettant son hôte au défi de refuser.

Je me sentis une nouvelle fois durcir dans mon pantalon. Y avait-il quelque chose que faisait Madison qui ne me donnait pas une intense érection ? J'essayai de réfléchir. Je n'avais pas bandé quand elle avait publiquement agressé le *banana bread*. Même s'il fallait bien avouer qu'elle restait malgré tout bandante. Elle me donnait aussi envie de l'attacher.

Amber sourit poliment.

— Elle mangera comme les autres. Chez nous, tout le monde mange le même plat ou rien du tout. C'est un truc de parent. Tu ne peux pas comprendre.

C'était un coup bas. Je tournai les yeux vers Madison, qui restait tout sourires.

J'étais d'accord avec Amber sur le principe, mais dans le cas de Clementine, c'était n'importe quoi. Crotte de Nez ne mangeait jamais comme les autres. Amber voulait simplement punir sa fille d'être aussi chaleureuse avec Madison. Seulement, Clementine n'était pas consciente de ça.

— Est-ce qu'elle n'est pas allergique aux fruits de mer ? demanda mon père avec un regard dur pour Julian.

Ce dernier tourna un regard impuissant vers sa femme. *Seigneur.* Katie écarta l'assiette de Clementine.

— Un peu. Ça lui donne des éruptions.

— Le médecin dit qu'elle développera une immunité si

elle en mange régulièrement, répliqua Amber en rougissant sous son maquillage.

J'avais presque pitié d'elle. Elle n'était pas une mère négligente, mais elle possédait l'instinct maternel d'un sachet de chips. Crotte de Nez avait des professeurs particuliers et Amber l'emmenait prendre des cours de danse, lui avait appris à nager, à faire du vélo et des roulades. Elle l'avait même inscrite à des cours de français. L'implication de Julian dans la vie de son enfant, en revanche, était minimale et se limitait à des tapes sur la tête quand il rentrait le soir comme si elle était un labrador. Ma théorie était qu'Amber avait perdu son âme le jour où elle avait choisi Julian Black comme époux. Bien entendu, étant à la tête du club J'exècre Julian depuis trois ans, mon jugement était légèrement biaisé. En tout cas, à en juger par son interaction avec le couple, j'avais le sentiment que Mad pourrait devenir un nouveau membre.

— Est-ce qu'il ne faudrait pas commencer avec de petites quantités ? demanda Katie à Amber.

— J'ai faiiiiiiim, chouina Clementine en rejetant la tête en arrière.

— Vraiment, il n'y a aucun souci. Ça me prendra dix minutes, commença à expliquer Madison dans la cacophonie de voix.

— Laissez-la donc avoir ses pancakes ! tonna mon père tout à coup en frappant du poing sur la table.

Le silence s'imposa. Madison bondit de sa chaise et fila dans la cuisine.

Je reportai mon attention sur mon assiette.

— Tu ne comptes pas accompagner ta fiancée ? lança Julian pour déclencher un nouveau merdier.

Je haussai les épaules.

— Elle devrait réussir à se débrouiller dans une cuisine.

— Et toi, tu crois que tu réussiras à te débrouiller dans le XXIe siècle ? C'est plutôt macho.

Je me retins de lever les yeux au plafond.

— Depuis quand c'est macho d'insinuer que ma petite amie peut préparer toute seule à manger ? Est-ce que ça ne la rend pas indépendante ? D'ailleurs, quand est-ce que tu t'es préparé tout seul quelque chose qui ne sortait pas de chez Whole Foods ?

— Petite amie ? (Julian haussa un sourcil d'un air de dire : *grillé.*) Je croyais que c'était ta fiancée.

— Chase. Julian. *Stop,* intervint ma mère. Vous contrariez votre père.

C'est lui qui a commencé, voulus-je protester. Pour d'évidentes raisons, je me retins.

De ma place, j'apercevais Madison s'affairer à son aise dans la cuisine de Julian et Amber. J'entendis le beurre grésiller dans la poêle chaude. L'odeur de sucre chaud se répandit dans l'air et j'étais persuadé que personne dans la pièce n'avait envie d'avaler du crabe fourré dans des légumes bio plutôt que ce que préparait ma fausse fiancée.

— J'aime vraiment bien Maddie, fit Crotte de Nez en aspirant sa briquette de jus de fruit bio.

— C'est gentil, ma chérie, répondit Amber en détournant les yeux de son assiette et en clignant rapidement des paupières.

— Je l'aime vraiment, *vraiment* bien, continua Clementine, qui ne gagnait décidément aucun point de tact ce soir. C'est gentil de me préparer des pancakes. J'espère que je la reverrai bientôt à la clinique.

Amber releva la tête comme un chien de garde qui venait d'entendre un craquement.

— À la *clinique* ?

— Oui. Quand je suis allée pour mon vaccin. Je voulais lui dire bonjour, mais tu étais au téléphone et tu as dit qu'on n'avait pas le temps, tu te souviens ?

Clementine la regardait, confuse, et quelque chose de sombre et glacé se déploya dans ma poitrine. Je pariai qu'Amber n'avait pas prêté attention à ce que disait Clementine ce jour-là.

— Je l'ai vue quand je suis allée voir le docteur pour mon vaccin. Maddie a fait un câlin à mon docteur. Un gros câlin. Pendant longtemps. Comme font les couples dans les films. C'était dégoûtant.

Crotte de Nez frissonna en secouant la tête d'un air écœuré.

Le silence qui suivit fut si épais que je pouvais entendre mon propre cœur battre. Tous les yeux se tournèrent lentement dans ma direction. Je n'avais rien à dire. Rien d'autre que *POURQUOI MADISON FAISAIT UN GROS CÂLIN PENDANT LONGTEMPS À CE TROU DU CUL EN CRAVATE ET LEGGING COMME FONT LES COUPLES DANS LES FILMS ?*

Le câlin mena à d'autres images, et toutes ces images assaillirent mon cerveau comme un collage, représentant Mad et Dr Legging en train de forniquer comme des lapins devant un cabinet de pédiatre. Lui qui l'attrapait par la nuque en lui fourrant sa langue dans la bouche. Je bus une gorgée d'eau en me concentrant pour ne pas renverser la table et tout ce qui se trouvait dessus. J'avais envie de faire quelque chose de radical, violent et choquant, mais je savais que ça ne jouerait pas en ma faveur.

Je ne pouvais pas me fier à ce qui risquait de sortir de ma bouche. Ni à *mes pensées*.

— C'est vrai, ma chérie ? (Julian me resservit de l'eau avec une voix sifflante de serpent.) Comment s'appelle ton pédiatre, déjà ?

— Dr Goodman, s'empressa de répondre Clementine, bêtement ravie d'obtenir l'attention de son père. Il a des super cravates, papa. Avec des personnages de dessins animés Disney. Et il me laisse le pincer quand il me fait des vaccins. Je l'aime bien, même s'il a serré Maddie tellement fort qu'il n'y avait plus de place entre eux deux. Et puis il lui a fait un bisou sur la joue. *Beurk*.

J'allais commettre un meurtre. C'était inévitable.

Amber ne me quittait pas des yeux, mais ce fut Katie qui demanda tristement :

— Chase ? Enfin… est-ce que c'est vrai ?

J'avais deux options. Faire passer Crotte de Nez pour une menteuse – ce qu'elle n'était pas – ou mettre ça sur le compte de son imagination d'enfant de neuf ans. Il y avait également une troisième option, celle d'admettre que c'était vrai et tout avouer. Mais ça voulait dire laisser Julian gagner. Trois ans plus tôt, j'aurais tiré ma révérence avec grâce.

Mais aujourd'hui, c'était la guerre.

— C'était peut-être quelqu'un qui lui ressemblait, Crotte de Nez, fis-je en caressant sa tresse.

Elle me dévisagea, avec le sérieux d'une crise cardiaque, puis se renfrogna.

— Non, pas du tout. Elle portait la même robe verte avec les petits avocats que dans les Hamptons. J'ai dit à maman que je voulais la même et elle a répondu qu'elle préférerait s'immoler plutôt que de me laisser porter ça.

Putain de bordel de merde. J'avais choisi la femme la plus reconnaissable de New York pour jouer ma chère fausse fiancée. Tout le monde me regardait attentivement. Mon père, en particulier, semblait pâle et extrêmement frêle. Il joignit ses doigts en tapotant ses index contre ses lèvres d'un air songeur. Je jetai à Julian un regard éloquent.

Il agita ses doigts vers moi avec dédain. Il s'en foutait royalement.

Mad choisit ce moment précis pour faire son grand retour avec un large sourire, des maniques et une assiette recouverte d'une pile de pancakes fumants. Elle la glissa vers Clementine et inonda les pancakes avec suffisamment de sirop d'érable pour noyer un hamster.

— Et voilà, ma chérie.

— Maddie. (Julian se vautra sur son siège, tout content de lui.) Clementine vient de nous apprendre quelque chose de très intéressant. Elle dit qu'elle t'a vue enlacer son pédiatre, le Dr Goodman, cette semaine, et qu'il t'a embrassée sur la joue. C'est vrai ?

Il haussa un sourcil pour feindre la surprise.

— Chase dit qu'elle a dû se tromper. (Amber se jeta sur l'occasion en oubliant promptement son manquement à l'alimentation de sa fille.) Mais je connais ma fille et elle est très observatrice.

Madison me jeta un regard, que je soutins. Je ne savais pas trop ce que je lui demandais, mais je savais que si elle refusait, il y avait de grandes chances que j'explose.

Tic.

Tac.

Tic.

Tac.

Depuis quand les horloges étaient-elles aussi bruyantes ? J'attendis qu'elle dise quelque chose. *N'importe quoi.* Comme la roue avait tourné… Six mois plus tôt, Madison Goldbloom se serait mise en quatre pour me faire plaisir (ou à quatre pattes – on avait essayé cette position plusieurs fois). Aujourd'hui, j'étais à sa merci.

Elle entrouvrit les lèvres et toute la pièce retint son souffle.

— Oh ! le Dr Goodman ! s'exclama-t-elle avec son grand sourire, mais je ne me laissai pas abuser. (Le dégoût mêlé à la panique dansait dans ses grands yeux marron.) Clemmy, c'est bien moi que tu as vue ! Le Dr Goodman est un vieil ami à moi. Il s'entraîne pour un semi-marathon. Je venais simplement lui déposer des sucreries parce que je passais dans le quartier pour voir un ami.

Bien sûr. Un ami. Un *ami.* Pourquoi n'avais-je pas pensé à ça ?

Parce que les seules femmes auxquelles tu adresses la parole et qui ne font pas partie de ta famille finissent dans ton lit. Tu ne saurais pas reconnaître l'amitié avec la gent féminine même si elle venait te frapper dans les couilles.

Clementine parut satisfaite et gratifia Madison de son sourire édenté comme si elle lui avait décroché les étoiles.

Julian, en revanche, ne semblait pas convaincu par l'explication. Il alternait son regard entre Mad et moi, les sourcils levés. Il s'apprêtait à dire une chose que je n'avais pas envie d'entendre, lorsqu'un bruit sourd sortit tout le monde de cette tragédie. Je tournai vivement les yeux vers le bout de la table.

Papa.

9

Chase

Je soutins mon père sur mon épaule par son bras droit tandis que Julian attrapait le gauche. On traversa le salon d'un pas chancelant. La différence de taille entre Jul et moi faisait balloter mon père entre nous comme un chiffon sur une corde à linge.

— Emmenons-le dans ma chambre, grogna Julian dont les genoux tremblaient sous le poids du malade.

On le traîna dans le couloir, ma mère et Katie sur nos talons. J'entendis Amber ouvrir une bouteille d'alcool fort et Madison demander à Clementine avec enthousiasme de lui montrer sa collection de livres.

Le couloir était interminable et je m'efforçai de repousser l'idée que mon père allait mourir dans mes bras ce soir. Les photos au mur se brouillaient. Une fois dans la chambre de Julian et Amber, on allongea mon père sur le lit. Je composai le numéro de Grant. Tant pis pour son rencard avec Layla. J'arpentai la pièce pendant que Katie essayait de verser un peu d'eau entre les lèvres sèches et pâles de mon père. Il reprit conscience, mais bon sang, il venait de tomber la tête la première dans son assiette et s'était évanoui à table à peine quelques minutes plus tôt.

Comme si elle reprenait ses esprits, ma mère se rua dans le salon pour récupérer le sac de médicaments (transporter un sac de médicaments partout, c'était devenu la norme pour elle). Un gros sac noir contenant plusieurs sortes de masques à oxygène et une série de flacons de pilules orange.

— Décroche, décroche, décroche, murmurai-je, le téléphone plaqué contre mon oreille en faisant les cent pas dans une chambre dans laquelle j'aurais voulu ne jamais me trouver.

Grant répondit à la deuxième sonnerie. Je lui exposai la situation d'une voix sèche.

— Passe-moi Ronan, s'il te plaît, dit Grant, dont le calme ne fit que m'énerver.

Le petit garçon de quatre ans en moi avait envie de lui jeter du sable dans les yeux. *Comment peux-tu être aussi calme ? Mon père est en train de mourir.*

Ma mère me tendit les médicaments. Katie adossa mon père aux oreillers, un voile de sueur sur le front. Je me dépêchai d'aller l'aider en calant le téléphone entre mon épaule et mon oreille.

— Dis-moi juste quoi faire.

— Je ne peux pas, Chase.

— Je suis ton meilleur ami, grognai-je, les dents serrées, conscient de ma puérilité.

— Tu pourrais être le pape que ça n'y changerait rien. Tu dois me passer ton père. C'est la seule personne avec qui je peux parler de son traitement, à moins d'obtenir son autorisation verbale.

On savait tous les deux que mon père ne me donnerait jamais la permission de discuter de sa santé alors qu'il était encore en état de prendre ses propres décisions. Il était d'une fierté obstinée. Je tendis le téléphone à mon père à contrecœur. Il le serra entre ses doigts tremblants. Il se mit à fouiller dans le sac posé sur ses genoux tout en émettant des *hmm-hmm* dans le téléphone. Ranitidine, morphine à libération lente, diclofénac, méthylprednisolone. Des traitements de soins palliatifs, destinés à soulager la douleur, pas à le guérir.

Katie fonça dans la salle de bains attenante et je l'entendis vomir. C'était trop pour elle. La réalité la rattrapait.

Mon père avala quelques pilules, but encore un peu d'eau et répondit à plusieurs questions que Grant lui avait posées. Je doutais que c'était la procédure normale pour un médecin en dehors de ses heures de service d'écouter pendant vingt minutes la respiration de son patient, mais c'est ce qu'il fit. Mon père mit Grant sur haut-parleur et Katie reparut dans la chambre.

— Hé, monsieur Black, vous vous souvenez quand Chase et moi on a regardé *The Shinning* un soir et que je me suis fait pipi dessus ? Et que vous m'avez aidé à me nettoyer ? Je parie que vous n'auriez jamais imaginé que les choses finiraient comme ça, hein ? fit Grant en riant.

Mon père l'imita.

Je remerciai le ciel en silence de m'avoir donné un médecin comme meilleur ami et non pas un trou du cul de courtier de Wall Street du genre de ceux avec qui j'étais allé à l'école.

— Comment pourrais-je oublier ? gloussa-t-il. Tu as parcouru un bout de chemin.

— Quelques années ont passé, oui.

Le sourire de Grant était perceptible dans sa voix.

Mon père raccrocha et me rendit mon téléphone. Sa voix stricte et paternelle me donna un coup de fouet.

— Grant va passer chez moi un peu plus tard pour s'assurer que je n'ai rien à la tête. C'est un bon ami. Assure-toi de ne pas le perdre, lui ou Madison. Ils me plaisent.

— Vraiment ? (Je haussai un sourcil.) Tu viens de perdre connaissance, et c'est de ça que tu veux parler ? Mon ami et ma petite amie ?

— Fiancée, rectifia Julian avec un sourire.

C'était vrai. Il fallait que je me le grave sur le poignet pour ne pas l'oublier. Julian était un habile joueur d'échecs. Mais également prévisible, et sa méthode préférée était de capturer les pions avant de porter le coup de grâce.

Dans ce cas, Madison était le pion, et je n'avais pas l'intention de le laisser la renverser.

— Eh oui, s'entourer des bonnes personnes, c'est la clé du bonheur. Je l'ai découvert à mes dépens. Maintenant, je ne sais pas de quoi parlait Clemmy tout à l'heure… (mon père pointa la porte) mais tu ne peux pas perdre cette femme. Elle est trop bien pour que tu la laisses partir.

— Qu'est-ce qui te fait dire ça ? demandai-je en passant une main sur ma mâchoire.

J'étais assez d'accord avec lui. Mais j'avais du mal à croire qu'on appréciait les mêmes choses chez Mad. Pour parler franchement, son cul à tomber, sa bouche bandante, ses remarques impertinentes et ses tendances excentriques.

— Elle est intelligente, pétulante, aimante et belle.

D'accord, peut-être qu'on voyait finalement les mêmes choses. Elles semblaient seulement un peu moins obscènes venant de lui.

— Elle respecte ta famille. Elle travaille dur pour obtenir ce qu'elle veut. Elle a toujours le sourire, même si je suis sûr qu'elle n'a pas la vie facile, précisa-t-il.

— Papa.

Julian s'assit au bord du lit et prit la main pâle de mon père dans la sienne. J'oubliais parfois que Julian n'était pas mon frère. Il me faisait l'*effet* d'un frère. Jusqu'au jour où mon père avait annoncé que j'étais son successeur, disons. À partir de ce moment-là, Julian avait été prompt à souligner qu'il n'était qu'un « simple » cousin. En fait, il l'appelait « oncle Ronan » quatre-vingt-dix pour cent du temps ces jours-ci, même s'il savait que ça anéantissait mon père. Julian tapota maladroitement sa main comme si elle était faite de vase gluante. Il n'aurait pas su feindre de sentiment sincère même s'il avait eu le manuel *Comment être humain pour les nuls* sous les yeux.

— Je pense qu'il est temps que tu prennes soin de toi. Que tu passes plus de temps à la maison avec Lori.

Bien sûr, maintenant, c'était *Lori.* Toutes les nuits blanches qu'elle avait passées à le câliner quand il faisait des cauchemars après la mort de ses parents. Toutes les fêtes d'anniversaire qu'elle avait organisées pour lui. Toutes les larmes qu'elle avait versées quand il souffrait.

— Il est peut-être temps de… prendre ta retraite, acheva Julian en plissant le front pour feindre la préoccupation.

— Ma retraite ?

Mon père prononçait ce mot pour la première fois. Il n'avait pas manqué un seul jour de travail en cinquante-cinq ans. Je doutais que ça lui ait un jour traversé l'esprit. Le travail le rendait heureux. Il ne savait pas quoi faire en dehors.

— Tu veux que je prenne ma retraite ?

— Personne ne veut que tu prennes ta retraite, lançai-je en fusillant Julian du regard. Tu as dû mal comprendre. C'est ce qui arrive quand les gens parlent la bouche pleine de merde.

— Chase ! hoqueta ma mère.

— Il est en difficulté, fit Julian en redressant le dos et le menton. Que se passera-t-il s'il y a une coupure de courant dans l'immeuble et qu'il est bloqué dans l'ascenseur ? Et s'il fait une chute ? Et s'il a besoin de ses médicaments et que personne n'est là pour lui donner ? Il y a tellement de choses qui peuvent mal tourner.

Pas faux. Je peux accidentellement te balancer par la fenêtre, par exemple.

— Julian, ferme-la, aboyai-je.

— Les actionnaires vont bientôt commencer à poser des questions. C'est une entreprise à 2,3 milliards de dollars, et elle est dirigée par quelqu'un qui n'est pas en bonne santé. Je suis désolé, mais je dis seulement ce que personne n'a le courage de dire. (Julian leva les mains dans un geste de reddition.) Éthiquement, c'est injuste de cacher ce genre de pathologie au conseil. Et si…

— La ferme, Jul ! s'écria Katie en éclatant en sanglots.

Ça ressemblait assez à ma sœur de pleurer. Mais ce qui ne lui ressemblait *pas*, c'était d'aller à la confrontation. Mais mon père était tombé malade et tout à coup, cette famille s'était transformée en *Sa Majesté des mouches*. Et Julian, le type classique du cadre intermédiaire – bon à rien d'autre qu'à afficher une assurance impressionnante –, était l'homme qui avait décidé de le remplacer, alors même que le rôle m'avait été promis, à *moi*. Katie me cloua sur place d'un regard.

— Je vais ramener papa et maman à la maison.

— Je vais les ramener, moi, dis-je.

Je ramassai le sac de mon père et le hissai sur mon épaule.

— Non, ils peuvent rester ici, répliqua Julian en posant la main sur le bras de mon père. Je…

On le réduisit tous les deux au silence d'un regard.

— Je vais m'en occuper, dis-je à ma sœur.

— Allez, Chase. Tu es venu en métro. J'ai ma voiture et je voulais dormir chez eux, de toute façon. C'est tout près du départ du semi-marathon.

Je hochai la tête, tiraillé entre l'envie de me joindre à eux et ramener Madison chez elle. Mais je savais que mon père ne voulait pas de toute une équipe entière – il ne se sentirait que plus vulnérable si on l'escortait tous à la maison – et en plus, je voulais conclure l'histoire avec Mad. C'était probablement la dernière fois qu'on se verrait.

« Elle est trop bien pour qu'on la laisse filer », avait dit mon père.

Dommage que je ne puisse pas la garder.

Je passai le trajet du retour à énumérer dans ma tête les raisons pour lesquelles Madison ne pouvait pas rester avec

Ethan Goodman. Je m'arrêtai à trente lorsque je réalisai qu'il en restait au moins une centaine dans mes tuyaux, et que j'étais trop fier pour lui dire quoi que ce soit, de toute façon.

Madison alterna les coups d'œil préoccupés et le mordillage de lèvre.

Il faisait une chaleur écœurante dans le métro bondé. Le moindre enfoiré de passager était soit transpirant, soit en possession d'un sachet de nourriture graisseux, ou les deux à la fois. Un bébé pleurait. Un couple d'adolescents se roulait des pelles sur le siège devant nous, en partie dissimulé par le dos de deux hommes en costume concentrés sur leurs téléphones. Je voulais sortir, emmener Madison avec moi, prendre un taxi – un Uber Copter si possible – et retourner dans mon appartement de Park Avenue, pour mettre Elliott Smith à fond et m'enfoncer dans mon ex.

Ce qu'elle était pour moi, inutile de le nier à ce stade.

Quand on finit par sortir du métro et arriver chez elle, je me rendis compte que c'était sûrement la dernière fois que je me retrouvais dans sa rue à ses côtés. Les adieux flottaient dans l'air, denses et menaçants, foutrement injustes. Mais qu'est-ce que je pouvais faire ? Elle voulait se marier. Elle était obsédée par les mariages – elle gagnait sa vie en dessinant des robes de mariée et avait des fleurs partout – et je considérais le mariage comme l'idée la plus stupide de l'humanité. Une idée étrangement populaire, exploitée sans arrêt malgré de si mauvais résultats. Le taux de divorce moyen de cinquante pour cent, ça intéressait quelqu'un ?

Nan, le mariage, ce n'était pas pour moi. Et pourtant…

Les promenades matinales avec Daisy la lubrique.

Notre arrangement.

Nos chamailleries.

Nos post-it.

J'avais fini par ne pas détester tout ça. Ce qui était plus que je n'aurais pu le dire de mes interactions avec la plupart des gens.

— Tu te sens bien ? finit par demander Mad au moment où on arriva au pied des escaliers de son immeuble.

Le trajet tout entier s'était déroulé dans le silence.

Bien sûr que je me sentais bien. Tout était parfait. La seule chose qui m'ennuyait (*vaguement*), c'était l'idée qu'Ethan puisse grimper ces marches le lendemain après son semi-marathon. Qu'il puisse la sauter. S'enfoncer dans son corps chaud et doux, qui sentait toujours la pâtisserie et les fleurs. Et *merde*. Je me mis à l'imaginer en train de faire avec lui tout ce qu'elle avait fait avec moi. La veine dans mon front menaçait d'exploser.

Mad me surprit en me prenant la main et en la serrant dans ses deux petites paumes.

— J'ai envie de te dire que ça va s'arranger, mais ce n'est pas crédible. La seule chose positive dans cette situation, c'est que connaître la mort d'un proche décuple les sens.

— Ça décuple les sens ? répétai-je d'un ton sardonique en sentant mes narines s'évaser.

J'avais un jour mangé un ortolan en me couvrant la tête avec une serviette pour décupler mes sens. Mes sens étaient déjà suffisamment exacerbés. Ils n'avaient pas besoin de stimulant.

Madison passa son pouce sur ma main, ce qui créa un frisson le long de ma colonne vertébrale.

— La mort n'est plus une notion obscure. Elle est réelle, et elle est à l'affût, donc on mord la vie à pleines dents. Quand on connaît l'horreur de voir un être aimé mourir et qu'on réussit malgré tout à se lever le lendemain matin pour avaler un petit déjeuner sans goût, pour lacer ses chaussures, on réalise que la survie surpasse la tragédie. *Toujours*. C'est un instinct primitif.

J'observai nos doigts entrelacés avec curiosité en prenant conscience qu'on ne se tenait pas la main à l'époque où on était ensemble. Madison avait essayé. Une fois, environ deux semaines après nos débuts. Je m'étais promptement dégagé à la première occasion. Elle n'avait plus jamais essayé.

Elle avait des doigts fins et bronzés. Les miens étaient longs, blancs et d'une grosseur absurde à côté des siens. Le yin et le yang.

— Comment tu as fait pour te concentrer sur autre chose que la mort de ta mère ? demandai-je d'un ton bourru.

Elle me sourit, les yeux brillant de larmes.

— Je n'ai pas réussi. J'ai fait semblant jusqu'à ce que le reste suive.

J'inclinai la tête pour poser mon front contre le sien. Je fermai les yeux. On savait tous les deux qu'il n'y avait pas un brin de romantisme dans ce moment. Le message était le suivant : la planète est dingue et la condition humaine est merdique. C'était un moment de fin du monde, et je n'aurais préféré être nulle part ailleurs.

Nos cheveux se touchèrent et je sentais les frissons se former sur nos bras partout où ils se frôlaient. Je n'avais pas envie de la laisser partir, mais chaque fibre de mon être savait qu'il le fallait.

Pour elle.

Pour moi.

Je n'aurais su dire quand précisément, mais notre moment se transforma en câlin et, avant que je comprenne ce qui se passait, elle était appuyée contre moi et je m'appuyais contre elle, et on oscillait sur place comme deux ivrognes dans une mer de lumière d'été.

Elle releva les yeux, et son sourire était tellement triste que j'eus envie de le balayer de son visage avec un baiser.

— Tu es courageux, murmura-t-elle. Je sais que tu l'es.

Elle le savait ? Sans savoir pourquoi, ça me mit en colère.

— Je voulais seulement…, commençai-je, mais les mots restèrent coincés dans ma gorge.

Te baiser une dernière fois ? Savoir si tu couches vraiment avec cet idiot ? Mettre le feu à un cabinet de pédiatre ?

Pour finir, je ne dis rien. Je me contentai de me demander pourquoi elle n'était pas comme moi. Comme Layla. Pourquoi elle ne voulait pas simplement du fun, de l'insouciance, de la simplicité.

— Au revoir, Chase.

Elle me serra la main une dernière fois. Elle oublia de me rendre la bague de fiançailles. Je ne la lui demandai pas, car : a) je me fichais pas mal de cette fichue bague, et b) je savais qu'elle allait devoir me recontacter pour pouvoir me la rendre. Malgré tous ses défauts, Madison était de loin la femme la moins intéressée par l'argent que j'avais pu rencontrer.

Je me penchai pour déposer un baiser sur sa tempe, et je laissai mes lèvres en suspens. Elle recula et rentra.

Je la regardai disparaître derrière la porte de son immeuble. Elle n'arrêtait pas de se retourner.

Je continuai de penser qu'elle allait faire demi-tour, comme dans ces films stupides qu'elle essayait toujours de me convaincre de regarder. Qu'elle viendrait se jeter dans mes bras. Qu'on s'embrasserait. Il se mettrait à pleuvoir (même si c'était l'été). Je la hisserai en l'air et elle enroulerait ses jambes autour de ma taille, puis on monterait et on ferait l'amour, fondu au noir.

Mais après m'avoir regardé pendant quelques secondes à travers la portée vitrée de l'entrée, elle secoua la tête et grimpa la seconde volée de marches.

Je me retournai et rentrai chez moi à pied en trébuchant, reniflant ma main pour essayer de sentir l'odeur qu'elle avait laissée en frottant mes doigts contre son décolleté.

Son parfum avait disparu.

10

Maddie

1er septembre 2002

Chère Maddie,

Anecdote : le pissenlit s'ouvre le matin pour accueillir le soleil et se referme le soir pour aller se coucher. C'est la seule fleur à « prendre de l'âge ». Quand tu étais petite, je t'emmenais tous les jours au parc. Tu te souviens, Maddie ? On regardait les pissenlits et on essayait de déterminer lesquels deviendraient blancs et frêles les premiers. Quand ça arrivait, on les cueillait et on soufflait dessus. Ils dansaient dans le vent comme des flocons de neige et tu les pourchassais en riant.

Je te disais qu'on pouvait cueillir les pissenlits et souffler dessus parce qu'on répandait leurs graines. Chaque pissenlit qui meurt est responsable de la naissance d'une dizaine d'autres !

Il y a une certaine beauté tordue dans la fin d'une vie. C'est un rappel doux-amer que c'est arrivé.

Saisis l'instant.

Chaque instant.

Jusqu'à ce qu'on se retrouve.

Je t'aime,

Maman

Trois jours sans Chase étaient passés.

Trois jours sans post-it.

Trois jours pendant lesquels Chase entrait, emmenait Daisy se promener et ne traînait plus dans mes pattes, exactement ce que je l'avais supplié de faire depuis qu'il était revenu dans ma vie.

Trois jours pendant lesquels Ethan et moi étions trop occupés – moi par mes dessins à terminer pour la fin de la semaine, lui par ses rituels post (semi !) marathon. Notre date de consommation était officiellement reportée, étant donné qu'Ethan devait prendre un bain de glace et écrire un article de cinq mille mots dans son blog sur leurs mérites médicàux (qu'il m'envoya ; je le lus en diagonale). J'essayais de me convaincre que ce n'était pas plus mal qu'on n'ait pas essayé de coucher ensemble le jour où ses muscles étaient endoloris et je ne cessais de repasser dans ma tête chaque minute de ce dîner avec Chase. Ce qui m'ennuyait particulièrement, c'était l'Affaire du Câlin. Je tâchais de me rassurer : pourquoi accorderait-on de l'importance au fait que deux adultes se prennent dans les bras devant une clinique pédiatrique ? Ça pouvait paraître totalement platonique, mais le fait que Chase ait eut l'air d'avoir envie d'agresser quelqu'un au couteau à beurre à table, combiné aux instincts particulièrement aiguisés de Julian, me faisaient craindre d'avoir été percée à jour. Si cela pouvait amener Ronan à perdre connaissance, Dieu seul savait ce qui se passerait s'il découvrait la vérité.

Ethan et moi étions censés nous voir le mardi. Il avait proposé d'amener les plats chinois, et moi « ma bonne humeur ». Je m'efforçai de rassembler la moindre bribe d'enthousiasme pendant ma journée de travail, en prévision de notre soirée.

Je trouvai une playlist de chansons romantiques sur iTunes, installai mes AirPods dans mes oreilles et hochai la tête en rythme sur des chansons de Peter Gabriel et Snow Patrol. Je prévoyais de passer de la musique douce sur ma vieille platine et peut-être d'éparpiller quelques pétales de fleurs dans mon appartement.

Je travaillais sur ma planche à dessin où j'esquissais les lignes d'une robe simple pour notre collection d'automne *Mère de la mariée* (je détestais travailler sur cette collection ; ça me rappelait que moi, je n'avais plus de mère), lorsque je sentis une tape sur mon épaule.

Je me retournai, m'attendant à voir le livreur de DoorDash avec mon repas à la main. Ou peut-être Nina, me faisant signe de baisser le son de mes AirPods. Je faillis tomber de ma chaise en voyant Katie Black debout devant moi, qui agitait la main avec un sourire confus.

— Salut ! m'exclamai-je trop fort en me levant sur des jambes flageolantes.

Troublée ne suffisait pas à décrire ce que je ressentais. Logiquement, je pouvais comprendre sa présence ici. Elle pensait qu'on serait bientôt belles-sœurs. Dans la pratique, je savais que mes collègues allaient poser beaucoup de questions s'ils nous voyaient ensemble. À savoir, Nina, qui regardait déjà par-dessus son épaule pour essayer de comprendre ce que Katie Black fabriquait avec moi.

J'avais réussi à garder ma relation complètement secrète avec Chase pendant six mois. Les gens s'en seraient donné à cœur joie s'ils avaient su que je couchais avec le milliardaire du dernier étage. Celui qui possédait le magasin qui faisait vivre notre entreprise. Quelle ironie de penser que j'allais peut-être me faire prendre à sortir avec un homme avec lequel j'avais en réalité rompu six mois plus tôt.

— Salut. Coucou. Hola. (Katie agita de nouveau la main en rougissant de plus belle.) J'espère que je ne te dérange pas. Je me suis dit… enfin, d'habitude j'emporte mon déjeuner au bureau, mais une de mes réunions a été annulée et j'ai pensé que ce serait une bonne idée de passer un peu de temps ensemble. Tu sais, histoire de…

Elle s'interrompit, regarda le plafond et gloussa pour elle-même, gênée.

— Oui ! m'exclamai-je gaiement, impatiente de quitter le studio le plus vite possible.

Je passai la main sur le dossier de ma chaise pour récupérer ma veste avant de me souvenir qu'il faisait mille degrés dehors et que je n'en avais pas apporté ce matin. Je l'entraînai vers l'ascenseur, la poussant littéralement dans cette direction.

— Quelle super idée, dis-je. Je meurs de faim. Où tu veux aller ?

— À La Table ?

Elle me regarda avec un mélange de surprise et d'inquiétude tout en hissant son sac Balmain sur son épaule.

La Table était un restaurant français à 300 dollars le plat situé au rez-de-chaussée de notre bâtiment. C'était uniquement sur réservation (à moins de s'appeler Black ou Murdoch), ce qui signifiait que je ne risquais pas de croiser l'un de mes collègues. Ça signifiait également que j'allais devoir débourser l'équivalent d'une semaine de loyer à cause du stupide mensonge de Chase, mais, comme pour le vétérinaire de Daisy, j'étais bien décidée à lui envoyer la note.

L'ascenseur s'ouvrit et Sven apparut. Il me regarda d'un air interrogateur.

— Salut. Pas de questions, merci. Bye.

Je poussai Katie dans l'ascenseur tandis qu'il en sortait. Katie ouvrit la bouche pour me demander ce qu'il se passait, mais je la devançai.

— Alors, c'était comment, le marathon ? demandai-je d'un ton enjoué.

— Semi-marathon, corrigea-t-elle (Ethan et elle s'entendraient bien). Et c'était très bien, figure-toi. Je me suis amusée et on a réuni beaucoup d'argent pour des associations caritatives. Je suis sûre que Chase t'a dit qu'il avait fait une donation de 300 000 dollars pour me parrainer.

Je faillis m'étouffer avec ma propre salive. Il avait fait ça ? Je n'en avais aucune idée. J'avais toujours supposé que Chase était le genre de type à soutenir la cause de la déforestation et du port de la fourrure. Il paraissait tellement inhumain ! Même à l'époque où on sortait ensemble, il avait une espèce de carapace faite d'acier et de misanthropie que je n'avais jamais réussi à digérer. Je hochai consciencieusement la tête, toujours dans mon rôle de fiancée.

— Bien sûr. Oui. Absolument.

Une seule affirmation suffit, Maddie.

On sortit de l'ascenseur. Je lui demandai comment allait Ronan (mal), puis la félicitai pour le semi-marathon. Elle m'annonça qu'elle prévoyait de courir un marathon complet l'année suivante. Puis elle me demanda pourquoi je ne portais pas ma bague de fiançailles.

— Je préfère ne pas en faire tout un foin.

Je me sentis rougir. Disons qu'en plus de ça, il y avait le fait de ne pas être réellement fiancée à son frère. Au choix. Des alertes de panique se déclenchèrent dans mon corps. J'avais honte de mentir aussi effrontément.

— Pourquoi ? Ce n'est pas ton patron, techniquement. Tu le sais, n'est-ce pas ?

— Oui, oui. (Je n'avais pas peur que Chase me vire ou me rétrograde. J'avais peur qu'il fasse exploser mon cœur en mille morceaux.) Je pense quand même que ça risquerait de hérisser certaines personnes, tu comprends ? Ce n'est pas parce que c'est une société filiale et que je ne rends pas compte à Chase que ça paraît réglo pour autant.

— Hmm, répondit Katie.

Il était temps de changer de sujet avant que les vaisseaux sanguins de mon visage explosent.

— J'aime beaucoup ta robe, pépiai-je.

C'était une pièce marron qui lui arrivait aux genoux. Stricte mais élégante.

Katie laissa échapper un rire surpris.

— J'ai des goûts affreux. Je veux me fondre dans le décor.

— Pourquoi ?

À l'évidence, j'avais l'envie inverse.

— Parce que je n'aime pas qu'on me remarque. C'est lié à mes angoisses. Je n'ai pas l'assurance innée de Julian et Chase. Je me dis toujours que la première chose que les gens voient quand ils me rencontrent, c'est que je viens d'une classe privilégiée et que mon papa m'a donné un boulot d'enfer parce qu'il y était obligé.

— Il ne te garderait pas si tu étais nulle. Je sais au moins ça de Ronan. (On quitta le bâtiment.) Et l'assurance, c'est comme une maison. Ça se construit brique par brique. Chaque brique peut paraître insignifiante, prise toute seule, mais quand on prend du recul, au bout d'un moment, on se rend compte qu'on a fait beaucoup de progrès. (C'était ma mère qui m'avait dit ça.) Et le fait de s'habiller avec assurance, c'est le premier pas.

— On devrait aller faire les boutiques ensemble, un de ces jours. Tu pourras m'aider, suggéra Katie en se mordant la lèvre tandis qu'on pénétrait dans le restaurant.

Je m'apprêtais à lui répondre lorsque le maître d'hôtel nous accueillit et nous installa à une table de premier choix près de la fenêtre. Katie, qui prit mon silence pour un refus, fixa la carte en portant ses doigts tremblants à sa nuque.

— Avec grand plaisir, Katie, dis-je aussitôt. Même si je ne

suis pas sûre que ton frère approuve. Il se moque toujours de mes vêtements.

— C'est seulement sa manière de t'asticoter, dit-elle en riant, avant de boire une gorgée d'eau. Tu dois bien savoir qu'il t'adore. Il te trouve sublime.

Vraiment ? Il n'était pas totalement tiré par les cheveux de penser que Chase me trouvait attirante – il était sorti avec moi, après tout – mais il ne faisait jamais de compliment ou de remarque, sauf pour souligner qu'il trouvait mes goûts abominables.

— Parfois, je me dis qu'il aimerait que mon look soit un peu plus soigné, fis-je remarquer au sujet de ma fausse relation avec mon faux fiancé à ma fausse belle-sœur.

Je me demandais bien pourquoi j'avais dit ça. Après tout, ça n'avait aucune importance.

Katie ricana en relevant les yeux.

— Je ne pense pas du tout.

— Vraiment ? Quelqu'un comme Amber me semble mieux assorti.

Je n'étais pas inconsciemment en train de pêcher des informations auprès de Katie. Je savais que ce n'était pas constructif.

Le serveur vint prendre notre commande. Je laissai Katie choisir pour nous deux, principalement parce que j'étais incapable de prononcer la majorité des plats du menu, mais aussi parce que j'étais trop nerveuse pour me concentrer dessus. Après le départ du serveur, Katie déploya sa serviette et la posa sur ses genoux.

— Eh bien, on sait tous comment ça s'est terminé.

— Comment quoi s'est terminé ? insistai-je.

Arrête, Maddie, arrête.

— Chase et Amber.

Il y avait un « Chase et Amber » ? Et on savait tous comment ça s'était terminé ? Vraiment ?

Je sentis mon pouls battre désagréablement sur le côté de ma gorge. Je hochai la tête, confirmant ainsi que je savais tout de Chase et Amber. La panique me noua la gorge.

— Oui, ils ne s'entendent vraiment pas, finis-je par dire d'une voix aiguë.

Un souvenir des Hamptons me revint en tête. Amber qui passait dans notre chambre pendant que j'étais sous la douche. Des voix étouffées, suivies par un silence intense. Ils partageaient un secret. J'en étais certaine.

— C'est un euphémisme, grogna Katie avant de boire sa San Pellegrino. Je suis étonnée que mes parents l'aient acceptée dans notre famille après ce qu'elle lui a fait. Mais ils n'ont pas vraiment eu le choix, n'est-ce pas ?

— Non, acquiesçai-je, mon corps entier animé d'émotions trop nombreuses pour pouvoir les identifier précisément à cet instant.

L'angoisse ? L'excitation ? La colère ?

— Je suis d'accord. Ce… ce n'était pas bien de la part d'Amber.

Qu'est-ce qu'elle a bien pu lui faire ?

— En tout cas, je suis très heureuse qu'il t'ait rencontrée. Je vais être honnête : je ne pensais pas qu'il se remettrait de ce coup dur. Il n'avait pas eu de petite amie sérieuse après Amber, avant toi.

Chase et Amber sortaient ensemble ? Mais comment était-ce possible ? Elle est avec son frère.

— C'est tout moi. (Je trinquai mon eau gazeuse hors de prix avec elle.) Pleine de surprises.

Et de mensonges. Et de culpabilité. Et certainement atteinte du syndrome de l'intestin irritable, grâce à l'accumulation d'agression et de remords que mon corps emmagasine.

Je m'apprêtais à creuser plus profondément dans #chamber (la désignation pour l'affaire Chase-et-Amber que j'avais inventée à la volée) lorsque Katie se leva d'un bond en agitant frénétiquement la main. Je tournai la tête.

Chase.

Qui se dirigeait vers nous.

Et dont le sourire suffisant semblait me mettre au défi de me justifier.

Il était d'une beauté tellement impitoyable que je dus m'autoriser une pause de quelques secondes dans ma haine et ma fureur habituelles pour apprécier son côté Chris Hemsworth, dans son costume distinctif – grand, imposant, hors du commun.

Qu'est-ce qu'il fabriquait ici ?

— Je suis tellement heureuse que tu aies pu venir ! Mon Dieu, regarde sa tête. La surprise est réussie ! (Katie éclata de rire, prenant ma stupeur pour de la joie.) On vient de commander. Tu as faim ?

— Non. J'ai déjeuné avec un actionnaire, lança nonchalamment Chase en se penchant vers moi, avant de saisir ma nuque (de saisir ma nuque !) et de planter un gros baiser (!@#^ %$!) sur ma bouche.

Ses lèvres étaient sur les miennes. Chaudes, fermes, et pleines de conviction. C'était un baiser qui disait : « C'est bien en train d'arriver », pas « Merci pour tout ce que tu as fait. Bonne chance dans la vie. » C'était le prolongement de ce qu'on avait enclenché quand je l'avais retrouvé assis sur mon perron. C'était la destruction enveloppée dans un moment jouissif que je voulais effacer de ma mémoire.

C'était. La. Perfection.

Il se redressa avec un sourire diabolique, s'installa à côté de moi, lissa sa chemise et ajusta son pantalon cigarette comme le faisaient les hommes riches qui savaient s'habiller. Je le fusillai du regard, encore sous le coup de ce baiser. Je le sentais partout. Sur mes lèvres. Mes joues. Ma poitrine. Cet endroit sous le nombril qu'il savait faire palpiter.

— Comment s'est passée la réunion ? demanda Katie.

Chase se lança dans une diatribe au sujet de Julian qui avait fait quelque chose de travers et qu'il avait dû arranger à sa place. J'en profitai pour sortir mon téléphone de mon sac et lui écrire un rapide message. Oui, j'étais censée effacer son numéro en rentrant chez moi après le dîner du vendredi, mais il fallait croire que j'avais oublié. Ce n'était pas comme si Chase était le centre de mon univers, ou je ne sais quoi.

Maddie : Je rêve ou tu viens de m'embrasser ? ! ? !

Je savais que je n'obtiendrais aucune réponse, alors je posai mon téléphone sur mes genoux et commençai mon entrée, une soupe à l'oignon supplément fromage. Chase fit une pause dans son récit, et ce fut le tour de Katie de lui raconter que quelqu'un du département marketing avait tellement foiré qu'ils avaient dû jeter le catalogue automne tout entier et recommencer à zéro. Chase baissa discrètement les yeux, un petit sourire aux lèvres, et se mit à pianoter rapidement sur son téléphone.

Katie termina son histoire. Chase enchaîna avec une anecdote sur Julian et Ronan, qui avaient un jour eu une intoxication alimentaire au beau milieu d'un événement et qui avaient vomi sur les genoux d'un investisseur. Je ne recevais toujours aucune réponse à mon message. Je regardais mon téléphone toutes les minutes, confuse.

— Tu n'as pas d'histoires gênantes, Maddie ? me demanda Katie.

Je relevai vivement la tête. J'avais l'impression d'avoir été prise en faute. Je me raclai la gorge pour reprendre mes esprits.

— Bien sûr que si.

Je jetai un regard en coin à son frère. Mon sang bouillonnait de rage dans mes veines, mais Katie ne le savait pas. Elle posa son menton sur sa main sans prêter attention au plat principal qui venait de nous être servi – de la ratatouille – en attendant mon amusante anecdote.

— Tu veux une histoire gênante ? D'accord. Bon, je sortais avec un type à l'époque… c'était un vrai crétin, ajoutai-je en laissant échapper un rire métallique. (Katie m'imita en jetant à Chase un clin qui voulait dire : « Oh ! ça va être croustillant. ») Je dois dire qu'on n'était pas très bien assortis dès le départ, mais je voulais voir jusqu'où ça pouvait aller. En plus, j'avais l'impression que c'était sérieux. Il m'a donné une clé de chez lui, au bout de trois mois.

— C'était peut-être une simple question de logistique pour lui, intervint Chase avec nonchalance en buvant une gorgée de son verre.

Il jeta un regard à Katie, comme s'ils étaient au courant de quelque chose que j'ignorais.

Je lui adressai un sourire poli.

— Chéri, est-ce que c'est ton histoire ou la mienne ?

Je vis sa mâchoire se crisper. Une lueur d'avertissement passa dans son regard. « Ne fous pas tout en l'air », disait-elle. Mais je n'en étais plus à faire ce qui était bien pour lui – ou pour moi. J'étais mue par la vengeance. Une vengeance amère qui flamboyait en moi et ressortait sous forme de paroles après des mois de larmes.

Je me retournai vers Katie.

— Donc je sors avec ce type, et il me donne les clés de son appartement. C'est son anniversaire. Je me dis que je vais lui faire une surprise super romantique et sexy…

Katie éclata de rire.

— Bouche-toi les oreilles, Chase, la suite ne va pas te plaire.

— T'inquiète pas. Il connaît bien l'histoire. (Je le transperçai du regard, prête pour la chute.) Je savais qu'il était sorti boire un verre avec des amis. Je l'attendais dans son lit, en string rouge et soutien-gorge en dentelle noire, avec une paire de Louboutin qu'il m'avait offerte plus tôt le même mois – j'étais étalée sur son lit à côté d'un gâteau au chocolat blanc que j'avais préparé pour lui…

— Ça a salopé tout son lit, intervint Chase avant de rétropédaler lorsque Katie lui jeta un regard. Je suppose. Qui pose un putain de gâteau sur un lit ?

— Pour faire court, repris-je, il s'est avéré qu'il n'avait pas du tout besoin de ma compagnie parce qu'il a déboulé dans la chambre avec une femme qui n'était pas moi. Oh ! et il avait des marques de rouge à lèvres sur sa belle chemise. Quel cliché, pas vrai ?

Je souris amèrement en tendant la main vers le verre de whisky de Chase – c'était le seul à avoir commandé de l'alcool – et le vidai d'un trait avant de le faire claquer sur la table.

— Plutôt gênant, hein ?

À en juger par l'expression de Katie, un mélange d'horreur et de pitié, et autre chose que je ne parvins pas à identifier, je compris que ce n'était pas le genre d'anecdote qu'elle avait en tête. Elle posa la main sur la mienne en reprenant son souffle. Je me rendis compte, quoiqu'un peu tard, que j'avais les yeux brillants. Je retenais mes larmes. Ça n'avait aucun sens, puisque j'avais complètement tourné la page avec Chase. Vraiment.

— Je suis vraiment désolée de ce qui t'est arrivé, Maddie. Il n'a aucune excuse.

— Aucune, acquiesçai-je sèchement en essayant de contrôler ma respiration. Aucune excuse.

— Ça… ça fend le cœur, dit doucement Katie. Du coup, j'imagine que tu l'as quitté après ça.

Je ricanai.

— Tu imagines bien. Tu sais ce qu'on dit : infidèle un jour, infidèle toujours.

— C'est la plus grosse connerie que j'ai jamais entendue, coupa Chase en faisant signe au serveur de le resservir d'un geste de la main. Ça revient à dire que quiconque est impliqué dans un homicide involontaire est un tueur en série.

— L'infidélité n'est pas involontaire ou accidentelle, fis-je remarquer. C'est de l'égoïsme pur.

— Il y a deux points de vue dans chaque l'histoire, rétorqua Chase, les joues colorées. Peut-être que si tu avais pris la peine de parler avec ce type…

— Il semblait occupé avec quelqu'un d'autre, à ce moment-là.

Je déchiquetai un morceau de pain pour le fourrer dans ma bouche. Il n'avait *toujours* pas répondu à mon message au sujet du baiser. Katie nous regardait, la mâchoire crispée, le dos étonnamment raide. Je le vis sur son visage, le moment où elle décida de laisser tomber et de faire comme si on n'avait pas marché sur une mine explosive de sentiments et de secrets.

— Donc… (Elle se racla la gorge.) Étant donné que maintenant tu es fiancée à Chase… quand est-ce que vous pensez vous marier ? Vous avez une date ?

— Pas de date, non, répondis-je en soutenant le regard bleu de Chase. On prend tout notre temps. Tu sais, pour les préparatifs et tout ça.

— Un an, par exemple ? demanda Katie.

— Une décennie, plutôt, lâchai-je.

Je savais que je risquais de révéler notre mascarade et j'aurais voulu pouvoir me retenir. J'avais vraiment envie de me lier d'amitié avec Katie. L'emmener faire les boutiques, passer du temps avec elle, indépendamment de la façon dont mes fausses fiançailles allaient tourner. J'étais seulement prise au dépourvu par l'arrivée surprise de Chase, qui avait tout gâché et m'avait embrassée sans permission, ce qui m'avait mise en colère.

Je me massai les tempes en fermant les yeux, puis je poussai un grognement.

— Je crois que je couve quelque chose. Ça t'ennuie si je me rattrape à un autre moment cette semaine, Katie ?

— Pas du tout.

Katie nous regarda tour à tour.

Quand je rouvris les yeux, je vis que Chase réglait l'addition. Je tentai de payer ma part en glissant ma carte de crédit vers lui, mais il posa sa main sur la mienne et me sourit.

— Jamais, ma chérie.

— Quel gentleman.

— Tu n'as pas idée.

— C'est… (Je me repris, réprimant mon envie de l'étrangler.) C'est vrai.

Voilà ce qui arrive quand on montre de la sympathie pour le diable. Il nous traîne jusqu'en enfer et on finit par se brûler.

Cet automne-là, les mères de mariée de toute l'Amérique allaient acheter des robes nébuleuses aux lignes agressives. Mes dessins n'étaient pas au niveau de mon style habituellement délicat et romantique.

J'étais tellement furieuse, après le déjeuner avec Chase et Katie, que je déchirai trois feuilles de dessins. J'étais assise devant la forme flou d'un corps féminin – sans le moindre tissu en vue – lorsqu'un message fit sonner mon téléphone.

Chase : Je parie que tu es encore en train de penser à ce baiser.

Maddie : J'ai avalé de l'eau de Javel dès que je suis arrivée au bureau. Ça m'a fait du bien.

Maddie : Qu'est-ce qui t'a pris, bon sang ?

Chase : Je jouais le fiancé transi.

Maddie : Le jeu est terminé. On avait un accord, et j'ai rempli ma part.

Maddie : Tu m'as tendu une embuscade. Tu savais que je serais là. Pourquoi tu as fait ça ?

Chase : Je me suis dit que notre histoire de fiançailles avait besoin d'un peu de consolidation, étant donné que tu as câliné le Type en legging en public.

Chase : Longuement.

Chase : Comme les couples dans les films.

Maddie : J'ai dit que c'était un ami !

Chase : C'est arrivé malgré tout.

Chase : (C'est bien arrivé, n'est-ce pas ?)

Maddie : Oui. J'ai fait plein de cookies pour me calmer la semaine dernière et j'ai décidé de lui en apporter.

Chase : Qui roule des pelles à son petit ami dans une clinique de pédiatrie ?

Maddie : CE. N'ÉTAIT. QU'UN. CÂLIN !

J'avais l'impression d'être Ross qui hurlait à Rachel : « MAIS ON AVAIT ROMPU ! »

Maddie : Attends, pourquoi j'essaie de me justifier auprès de toi ?

Chase : Parce que je suis ton fiancé.

Maddie : FAUX FIANCÉ.

Chase : Va dire ça à la vraie séance photo de fiançailles que ma mère a organisée pour nous la semaine prochaine. Je t'envoie les détails par mail.

— Miiiiince, gronda Nina derrière moi. Même pour taper tes messages, tu fais du bruit. Tu te rends comptes que tu murmures tout ce que tu écris ? Tu es tellement primaire.

Je lâchai mon crayon avant de me ruer vers les ascenseurs. Je me glissai à l'intérieur avant que les portes se referment, puis j'appuyai sur le bouton du dernier étage – la direction de Black & Co. Je n'y avais jamais mis les pieds, et l'idée d'aller y faire un scandale ne m'enchantait guère. Mais je ne pouvais plus le supporter. Il était évident que Chase brisait toutes les règles de notre accord. Je tapai du pied pendant toute mon ascension en imaginant les manières dont j'allais tuer Chase à l'arrivée. *Arme blanche. Arme à feu. Incendie volontaire.* Les possibilités étaient infinies.

L'ascenseur s'ouvrit. Je me dirigeai tout droit vers le plus gros bureau vitré, à l'instinct.

— Mademoiselle !

— Excusez-moi !

— Vous avez un passe ?

Des réceptionnistes bredouillantes et des secrétaires s'élancèrent sur mes talons en vacillant sur leurs compensées. Des hommes en costume nous observaient paisiblement depuis leurs bureaux, dossiers en main. Je frappai du plat de la main la porte vitrée du bureau de Chase.

— *Toi !*

L'enfoiré ne releva même pas les yeux des documents qu'il était en train de lire. Il se contenta de tourner très lentement une page en faisant bien exprès de froncer les sourcils devant sa lecture. Je pris ça comme une invitation à entrer. Deux réceptionnistes apparurent derrière mes épaules.

— Je suis vraiment navrée, monsieur Black. Elle a débarqué comme ça…

— … n'ai même pas vu son badge ! La sécurité est en route.

— C'est bon. (Il agita une main d'un geste qui semblait vouloir dire le contraire.) Laissez-nous.

Toutes deux échangèrent un regard confus, avant d'incliner la tête et de filer. Chase finit par lever les yeux. Il paraissait incroyablement calme pour quelqu'un qui venait de se faire interpeller de la sorte au milieu de son bureau.

— Mademoiselle Goldbloom, en quoi puis-je vous être utile ?

Je fis claquer la porte vitrée derrière moi en m'efforçant de ne pas m'attarder sur la richesse saisissante de son environnement de travail. Le bureau chromé, l'immense écran Apple, les baies vitrées surplombant Manhattan, et le mobilier gris et blanc.

— Je…, commençai-je, mais il m'interrompit en levant la paume.

Puis il ouvrit un tiroir de son bureau et en retira une télécommande dont il se servit pour fermer les stores noirs et automatiques de son bureau. Je clignai des yeux. Nous nous retrouvions seuls *et* complètement dissimulés du reste du monde. Ses collègues ne pourraient rien voir et je ne pouvais que deviner ce qu'ils s'imaginaient.

Une baise de bureau. Seigneur, je le détestais, lui et ses jeux.

— Tu disais ?

Il s'adossa, une lueur d'amusement dans les yeux. C'était une bonne question. Qu'est-ce que je disais ? Je secouai la tête.

— Tu abuses de ma bonté. Je t'ai dit que c'était terminé après ce dîner. Tu n'as aucun droit de m'embrasser ou d'accepter des séances photo avec moi.

— Je promènerai Daisy tous les jours.

— Jusqu'à quand ?

— Jusqu'à la mort de mon père, répondit-il d'un ton monotone.

Je m'efforçai de ne pas me laisser submerger par le poids de cette phrase, mais je sentis mes épaules s'affaisser malgré tout.

— Chase, dis-je doucement, on veut tous les deux que ton père vive le plus longtemps possible. Ce n'est pas juste pour nous deux.

— Je me fiche de ce qu'on veut, nous… il lui reste deux mois, tout au plus, gronda-t-il en détournant les yeux. Sûrement moins.

— Ce n'est pas une solution durable, dis-je si bas qu'on aurait dit un souffle.

— Ça ne veut rien dire, durable. On n'est pas des sacs plastique.

— Je préférerais encore m'en coller un sur la tête que de jouer à papa et maman avec toi, murmurai-je avant de le regretter aussitôt.

Il souffrait. C'était évident. La façon dont il parlait de son père, la façon dont il l'avait regardé à l'autre bout de la table, au dîner…

Chase se leva et m'adressa un sourire sombre.

— Tu ne sais vraiment pas mentir.

— Je ne mens pas.

— Quand tu as raconté l'histoire de notre rupture à Katie, tu avais les larmes aux yeux. Tu n'as pas tourné la page. (Il se pencha par-dessus son bureau et s'arrêta à quelques centimètres de mes lèvres.) Contrairement à tes prédictions, tu vas retomber entre mes mains.

Je sentis ma lèvre inférieure trembler et je croisai les bras sur ma poitrine. Je voulais sortir. Je ne savais même plus ce qui m'avait poussée à venir ici au commencement. Chase contourna son bureau comme l'homme d'affaires froid qu'il était et que j'adorais détester.

— Madison.

Mon prénom sonnait comme un ordre.

Je dressai le menton d'un air de défi tandis qu'il s'appuyait contre son bureau, croisait les chevilles et enfonçait ses mains dans ses poches.

— Je voudrais relancer notre fausse relation, dit-il.

— Dommage que ce ne soit pas un programme Windows.

— Si c'était le cas, je le reformaterais entièrement et je l'antidaterais de sept mois, dit-il à ma grande surprise.

Une bouffée de son parfum se fraya un chemin dans mon système. Un mélange de pin, de bois, de mâle et d'intensité qu'on ne trouvait pas dans le commerce. C'était le soleil. Beau, aveuglant, capable de vous brûler vif. Et je n'étais qu'une simple étoile dans sa constellation. Petite, insignifiante, totalement imperceptible à l'œil nu.

— Tu avais foiré longtemps avant que je te surprenne avec elle.

En le disant, je savais que ce n'était pas la vérité. Pas entièrement, du moins.

Éternelle martyre, j'avais été une version édulcorée de moi-même pour le satisfaire. Et ce play-boy égocentrique sans beaucoup de considération pour moi n'avait jamais pris la peine d'apprendre à me connaître. Mais le truc… c'était que l'ancienne Maddie l'avait laissé la traiter de cette manière. Celle que j'étais aujourd'hui, en revanche, ne l'entendait plus ainsi. Plus du tout.

Je baissai les yeux sur sa bouche, décidée à ne pas lui montrer ce qui se passait dans mes pupilles. Je me demandais pourquoi il était incapable de m'accorder une fraction de la compassion que je lui témoignais et de me laisser tranquille. Sa seule existence m'anéantissait.

— Madison.

— Chase.

Il effleura mon cou du bout des doigts en soutenant mon regard, pénétrant la fine paroi de détermination que j'avais érigée entre nous. J'avais envie de mourir. De mourir parce que la légère caresse de Chase était plus excitante qu'un baiser fougueux d'Ethan.

— Il n'y en a plus pour longtemps, et Julian va découvrir la vérité en moins d'une semaine si on arrête de se voir maintenant.

— Qu'est-ce que tu es en train de suggérer ?

— Qu'on continue à se voir pour le moment.

— Non.

J'avais le ventre vide et ma voix semblait résonner à l'intérieur.

— Pourquoi ?

— Parce que je te déteste.

— Ton corps ne semblait pas de cet avis quand je t'ai embrassée tout à l'heure.

Il s'approcha de moi tel un prédateur avec des gestes doux et réguliers. Sa main se referma sur la peau tendre de mon cou et mon ventre se serra délicieusement comme pour approuver le contact. Il avait raison. Il n'était que mystère et immoralité. C'était impossible de ne pas céder.

— Mon corps ment, parvins-je à dire péniblement.

— Ta bouche aussi, et je meurs d'envie d'en faire sortir la vérité.

Je détournai les yeux et je le vis se rapprocher de plus en plus. Je fis trois pas en arrière. Un seul pas lui suffit pour combler cet écart. Je reculai. Il me suivit. Mon dos finit par heurter les stores noirs. Chase posa ses bras au-dessus de ma tête, un rictus menaçant aux lèvres.

Envolées, les barrières. Il ne restait plus qu'une tension presque palpable qui flottait dans l'air comme une épaisse volute de fumée.

— Si tu prétends me détester… (Sa voix n'était que soie et velours et son haleine chaude effleurait mon cou.), essaie au moins d'être un peu convaincante.

Il inséra son genou entre mes cuisses tout en approchant ses lèvres des miennes au ralenti. Son corps se referma sur ma silhouette. Je restai immobile, les yeux grands ouverts, et je regardai avec horreur sa bouche se poser sur la mienne. Pourtant, je l'attirai plus près en enfonçant mes ongles dans ses omoplates. Ses lèvres étaient douces et chaudes. Plus douces que dans mon souvenir. Elles paraissaient différentes. Comme si son âme entrait en contact avec la mienne par cet effleurement charnel. L'intensité de la sensation d'être dans ses bras me surprit et m'effraya, l'intensité de son parfum et de la chaleur qui me submergeaient.

Il avait un goût de whisky et de chewing-gum à la menthe. Il explorait, sondait, attendant la permission de plonger sa langue en moi. Je poussai un soupir en sentant mes muscles se détendre contre ma volonté. Je n'étais plus qu'une flaque de désir au moment où Chase posa les mains sur mes joues.

— C'est une mauvaise idée, m'entendis-je murmurer, sans pour autant le lâcher.

Il poussa un grognement, et le bout de sa langue toucha la mienne. Un courant électrique nous parcourut et je frissonnai dans notre étreinte.

— J'aurais préféré que tu sois quelqu'un d'autre, murmura-t-il contre mes lèvres. Une personne sans âme, comme moi.

La porte s'ouvrit d'un coup avant que je ne puisse avaler ses paroles dans un baiser avide.

— Ronan attend le rapport de croissance du troisième trimestre…

Julian se figea sur le seuil, un dossier à la main, les yeux rivés sur nous. Chase s'écarta promptement et je baissai les yeux. J'étais horrifiée, sans pour autant savoir exactement pourquoi. En ce qui concernait Julian, nous étions un couple fiancé qui batifolait dans le bureau de Chase. Se faire ainsi surprendre était plutôt bénéfique, en réalité, alors pourquoi avais-je l'impression d'être un imposteur ?

Julian serra la poignée de la porte dans sa main et pencha la tête sur le côté. Son sourire n'était pas celui d'une personne qui avait surpris deux amoureux pendant un moment volé. On aurait dit qu'il disséquait une souris avec un scalpel.

— Je vous en prie, ne vous interrompez pas pour moi.

Chase passa son bras autour de mes épaules. C'était la première fois que je me sentais protégée par lui, et je ne savais pas quoi faire de ça.

— Malheureusement, ce n'est pas un *peep-show*, d'où les stores baissés. Et la *putain* de porte fermée. Tu connais les bonnes manières ? Frappe avant d'entrer, bordel.

Julian s'appuya contre le montant, tout sourires désormais.

— Est-ce que tu rougirais, frérot ? Il y a quelque chose qui m'échappe ?

— Oui. Si j'ai un jour l'occasion de pisser dans ton verre, sois tranquille, je le ferai. Sans hésitation.

— Tu m'as l'air bien… *irascible*. (Julian se frotta le menton en nous regardant.) Voire mal à l'aise ensemble, oserais-je dire.

— On était très à l'aise hier, quand on a cassé ton lit en deux, hein, bébé ?

Chase déposa un baiser impersonnel sur ma tête. Je hochai la tête avec raideur, plus soucieuse de rembarrer Julian que de réprimander Chase à cet instant.

— T'inquiète pas, je t'en fais livrer un neuf cet après-midi, dit Chase en me touchant le menton d'un geste tendre.

Il était terriblement doué pour jouer les fiancés consciencieux.

— Prends-en un blanc. Je refais la déco, répondis-je pour me prêter au jeu.

— Mon cul. Je ne suis pas né d'hier, dit Julian en levant ses yeux de fouine au ciel. Vous mentez. Vous n'êtes pas ensemble, mais Chase fait tout ce qu'il peut pour revenir dans tes bonnes grâces et toi, en petite fille naïve… tu tombes dans le panneau.

Je ravalai ma fierté – et ma colère – en gardant mon sourire intact. Une partie de moi s'était fait la même réflexion. À se demander si Chase s'était tout à coup mis à m'embrasser et à me porter de l'intérêt uniquement pour me garder sous le coude. Je savais pertinemment qu'il voulait qu'on se fréquente pour de vrai-faux. Avec tous les avantages d'un couple, mais sans l'engagement et les sentiments.

— Je n'apprécie vraiment pas ce que tu insinues, m'entendis-je dire d'une voix pétillante de médiatrice en herbe. Chase et moi, on est ensemble depuis presque un an. J'ai bien compris, au vu de ce qu'a dit Clementine, que tu étais un peu méfiant, mais là, tu te montres inutilement grossier.

— Oh ! Maddie, fit Julian avec un soupir mélodramatique sur

un ton qui voulait dire : « Oh ! pauvre petite idiote. » On sait tous les deux que vous n'êtes pas restés ensemble tout ce temps

— Vraiment ? répliquai-je en tentant le sarcasme.

À côté de moi, le corps de Chase frémit d'un gloussement contenu.

— À moins qu'il t'ait trompée avec au moins trois femmes. Chase ici présent n'est pas très doué pour garder ses liaisons secrètes… Et j'aime bien lui rendre des petites visites surprise, rien que pour garder un œil sur mon petit frère.

Il lança un clin d'œil à Chase.

Je sentis la nausée monter, même si les informations de Julian n'avaient rien d'étonnant pour moi. Je savais que Chase avait couché avec des femmes après notre rupture. Sven me l'avait dit sans détour. Pourtant, sentir son bras autour de moi et savoir que c'était vrai, ça me donnait envie de me rouler en boule et de me flageller.

— Tout est pardonné et oublié, dis-je avec désinvolture en ravalant la bile qui montait dans ma gorge.

Je détestais tellement Chase à cet instant que j'aurais pu le poignarder avec un stylo. J'avais l'impression d'être Eliza Hamilton. Sourire de façade pour sauver les apparences pendant que son mari brillamment dévastateur assumait ses liaisons.

— Ah, vraiment ? demanda Julian en haussant un sourcil d'un air cynique.

— Tout le monde fait des erreurs, assurai-je, les dents serrées.

— Oui. Ton futur mari semble en être la preuve vivante. Et je suppose que, maintenant, il est fidèle ?

— Plus que ne le sera jamais ta femme, intervint Chase.

— Fais gaffe.

Julian brandit un doigt menaçant.

— C'est un peu tard. (Chasse le gratifia d'un sourire railleur.) Et arrête avec tes conneries de fraternité. Notre relation est morte le jour où mon père m'a proclamé futur P-DG. N'oublie pas, Julian, à la guerre, il y a les gagnants et les perdants. D'un point de vue historique, les gagnants n'ont aucune pitié pour ceux qui ont essayé de les détrôner.

Mon regard dansait entre les deux hommes. J'étais prise au piège au milieu d'un désastreux déballage familial. Je finis par m'interposer tel un arbitre.

— Bon, ça suffit. Chase, donne-lui le… truc… trimestriel, ou je ne sais quoi.

Je désignai d'un geste impatient le dossier posé sur son bureau. Chase s'empara du document qu'il lisait avant mon arrivée et le tendit à Julian.

— Julian, tu nous laisseras un peu d'intimité et tu frapperas la prochaine fois. Merci.

Je fermai moi-même la porte derrière Julian pour accélérer le processus. C'était épuisant d'être en présence des deux à la fois. Je me tournai vers Chase.

— Revenons-en à ce qu'on disait avant. De continuer ça jusqu'à…

La mort de ton père. Je ne pouvais pas achever cette phrase. On détourna les yeux tous les deux. Je pensai à ma mère. Plus précisément, à l'une de ses lettres, dans laquelle elle disait qu'il y avait de la beauté en toute chose. Même dans la perte d'un être cher. J'avais été tellement furieuse en la lisant que j'avais allumé un briquet et commencé à la brûler avant de me raviser. À ce jour, c'était la seule lettre qui n'était pas dans un parfait état. Elle était noircie sur les bords comme une guimauve.

— Je suis désolée, Chase, mais je ne peux pas. Je le ferais si je pouvais, mais je n'ai pas envie de souffrir. Et tout ça (je fis un geste de la main entre nous deux), c'est déjà en train de me tuer, alors que ce n'est même pas réel.

Je secouai la tête et quittai son bureau avant de lui laisser l'occasion de me convaincre du contraire. De m'attirer dans son antre du diable, qui regorgeait de choses merveilleuses que j'avais envie d'explorer.

Je rejoignis les ascenseurs en vacillant sur mes pieds qui obéissaient à leur propre volonté. Je jetai un regard au bureau de Chase sans prêter attention aux innombrables visages qui m'observaient avec curiosité. Les stores étaient toujours baissés.

De retour au studio, un mail de Nina m'attendait. Il avait été envoyé sur Gmail, et non pas à mon adresse professionnelle, où il aurait pu être lu par le RH au cours d'une de ses vérifications aléatoires.

> Maddie,
>
> Tu as reçu des fleurs d'une ratée qui voulait te remercier de lui avoir envoyé une robe de mariée après avoir lu un article où elle disait qu'elle se fabriquait elle-même une robe avec du papier toilettes (Je ne veux même pas chercher à comprendre).
>
> Elles sont près de ta table de dessin, juste à côté d'une photo d'elle portant ta robe. La robe est immonde. La mariée aussi. Merci d'arrêter d'accumuler des fleurs au bureau. Certains d'entre nous sont allergiques.
>
> – Nina

J'étais tentée de lui répondre. Un message vicieux et agressif. Puis je décidai que je ne voulais pas que Sven apprenne qu'il y avait du grabuge entre la jolie stagiaire et moi. Au lieu de ça, je rassemblai mes affaires, j'arrosai mes fleurs, je récupérai le Polaroïd de la mariée à qui j'avais envoyé la robe, puis je me retirai chez moi pour panser mes plaies.

11

Maddie

Deux livreurs m'attendaient devant la porte de mon immeuble. Ils portaient un énorme carton en se hurlant des directives, une cigarette au coin des lèvres.

— Je peux vous aider ?

— On espère bien, m'dame, répondit le plus transpirant des deux.

— Un cadre de lit pour Goldbloom ? répondit le deuxième, un ado boutonneux, en soufflant sur une dreadlock pour l'écarter de son visage.

J'écarquillai les yeux.

Il n'a pas fait ça.

— Oui, c'est moi. *Un cadre de lit ?*

Ils hochèrent la tête.

— N'ayez pas l'air aussi surprise. Vous avez payé un surplus pour une livraison express.

Je réprimai un sourire.

— Est-ce qu'il est blanc ?

L'adolescent se hérissa.

— Plus blanc que mes doigts, m'dame. On peut entrer ?

Je leur ouvris. Je résistai à l'envie d'écrire à Chase, ne serait-ce que pour le remercier, de peur de céder à ses avances. La vérité, c'était que je ne pouvais plus me permettre de l'aider. Je commençais à ne plus le détester, et c'était un luxe que je ne pouvais pas m'autoriser, car Chase restait Chase.

L'homme qui m'avait trompée.

L'homme qui avait ramené d'innombrables femmes dans son lit après notre rupture.

Le diable en costume chic, qui affichait un sourire comme on brandit une arme.

Après le départ des livreurs – remerciés par un pourboire et des canettes de Coca light – Ethan arriva, plus tôt que prévu, avec des plats mexicains. (« Tu y crois que China Palace a fermé plus tôt ? Rien ne se passe comme prévu aujourd'hui ! ») On s'installa autour de ma table basse, qui faisait également office de table de salle à manger, étant donné que mon appartement avait la taille d'une boîte à chaussures. Daisy nous harcelait pour obtenir des morceaux et fourrait sa truffe dans les boîtes en gémissant. Je mangeai en priorité les morceaux en miettes (pour cause de solidarité), l'esprit toujours troublé par les deux baisers de Chase. Je savais ce que j'avais à faire et je maudissais ce *timing* médiocre, en particulier le jour où Ethan et moi étions censés coucher ensemble. Je posai mon taco et me tournai vers lui. On regardait les infos locales, étant donné que le tourne-disque était tombé en panne, ce qui avait complètement gâché l'ambiance déjà ternie. Ethan mangeait avec enthousiasme, absorbé par une nouvelle au sujet d'un portail qui faisait trop de bruit pour les voisins, à Brooklyn.

— Bon, j'ai quelque chose à te dire, fis-je en me raclant la gorge.

Il leva les yeux, la bouche débordant de fromage et de salade. Seigneur, je n'avais vraiment pas envie de faire ça.

— J'ai vu Chase aujourd'hui. Pas volontairement. Sa sœur m'a invitée à déjeuner et il a débarqué. Une chose en entraînant une autre, on s'est embrassés. Je suis vraiment désolée, Ethan. J'ai été prise de remords toute la journée.

Je faisais référence au second baiser. Celui qui avait eu lieu avec mon consentement total. Celui qui m'avait donné l'impression que nos âmes fusionnaient, celui qui aurait pu mener plus loin qu'un simple baiser.

Ethan reposa son taco et arracha à contrecœur son attention de la vieille dame à l'écran qui se plaignait du bruit de la porte de son immeuble.

— Tu l'as embrassé devant sa sœur ? demanda-t-il, confus.

Pardon ?

— Oui. Enfin, non. Enfin, oui, sur les lèvres, un petit bisou, disons. C'était son initiative. Puis je suis allée le confronter dans son bureau, et on s'est embrassés de nouveau. (Une pause.) Un vrai baiser.

— Laisse-moi résumer, fit-il en fronçant les sourcils. Tu es partie pour l'engueuler de t'avoir embrassée, et tu l'as de nouveau laissé t'embrasser ?

Il fallait reconnaître que je n'étais pas très claire. Même s'il n'y avait pas de manière claire d'expliquer le foutoir qu'on était, Chase et moi.

— Je sais que c'est bizarre. Je ne peux même pas t'expliquer comment c'est arrivé. À un moment j'étais en train de lui crier dessus, et le suivant…

Il me faisait taire avec un baiser étourdissant.

— Qu'est-ce qu'il te veut ? demanda Ethan en posant son taco sur son assiette en carton.

Apparemment, mes fausses fiançailles ne lui disaient plus rien qui vaille. Peut-être parce qu'elles commençaient à paraître réelles.

— On dirait qu'il ne veut pas te lâcher, pourtant il s'est bien débrouillé pour te faire fuir quand il t'avait.

Excuse-moi, comment va Natalie ? étais-je tentée de demander. Il n'était pas vraiment en position de me faire des remarques.

— Il veut qu'on continue à faire semblant jusqu'à la mort de son père.

Je clignai mes yeux rivés sur le tapis à fleurs élimé sous ma table basse. Il était plein de miettes de tacos. Daisy n'était nulle part en vue pour essayer de les nettoyer, je devinai donc qu'elle était en train d'essayer de pisser dans les chaussures d'Ethan, comme elle le faisait avec toutes les personnes qui pénétraient dans son fort en dehors de moi. J'avais eu la présence d'esprit de placer ses chaussures dans un sac plastique sur le support près de la porte.

— Et mettre ta vie de côté ? gronda Ethan. Comme c'est délicat de sa part.

— J'ai refusé.

— Évidemment que tu as refusé ! (Ethan brandit les mains en l'air, avant de s'immobiliser.) Attends, pourquoi tu as refusé ?

Pourquoi ? Qui sait ? Parce que j'avais peur. Parce que ça m'avait semblé être la bonne chose à faire. Chapeau à ceux qui comprenaient les tenants et les aboutissants de toutes leurs décisions. Je n'en faisais pas partie. En général, je faisais comme je le sentais, je tentais de suivre ma logique et je me fiais à ce que dirait le Dr Phil dans ma situation.

— À cause de toi.

Bon, c'était à moitié la vérité. Enfin… peut-être un quart. La principale raison, c'était que je savais que Chase était plus que capable de me briser le cœur une nouvelle fois.

Ethan frotta sa mâchoire lisse.

— Je ne l'aime pas, lâcha-t-il.

— Moi non plus.

Encore un mensonge.

— Alors je ne vois pas le problème. (Il récupéra son taco.) Les fausses fiançailles sont terminées ; tu es officiellement de retour sur le marché. Bon, vous vous êtes embrassés. Je… (Il s'interrompit au dernier moment.) Moi aussi, j'ai fait des trucs, on voyait chacun quelqu'un d'autre. C'est pour ça qu'on a décidé d'attendre jusqu'à maintenant avant de passer la prochaine étape. (Il haussa les sourcils d'un air entendu.) Bienvenue à la prochaine étape, Maddie.

— Je ne suis pas encore prête pour la prochaine étape.

Je déchiquetai la salade déjà déchiquetée entre mes doigts, en évitant son regard.

— On n'est pas obligés aujourd'hui.

Je secouai la tête et fermai les yeux.

— Ni demain, d'ailleurs, ajouta-t-il.

— Je ne sais pas si c'est une bonne idée, point. Ce baiser n'est pas arrivé pour rien. Peut-être que je n'ai pas complètement oublié Chase. Je pensais l'avoir fait quand je me suis inscrite sur CélibataireSérieuxUniquement. Vraiment. Mais maintenant, je n'en suis plus sûre.

— Tu viens de dire que tu avais refusé à cause de moi, me fit remarquer Ethan.

— Oui, parce que je veux quelqu'un comme toi, acquiesçai-je. Seulement, je ne suis pas sûre d'être prête à tourner la page.

Le silence fut ponctué par la voix de robot de la présentatrice à la télévision, qui aborda un nouveau sujet, celui d'un criminel de dix-neuf ans qui avait gravé son nom sur le visage de sa petite amie. Il s'appelait Constantine Lewis. Si Chase avait vu ce reportage, j'aurais parié qu'il aurait dit : « J'espère bien qu'il a au moins eu la décence de ne graver que le diminutif *Stan*. »

Je prédisais ce que Chase pourrait dire ou penser. Ses réactions. Je pensais à lui à chaque instant. À ce qu'il faisait, ce qu'il pensait, ce qu'il mangeait. Qui il voyait. Je ne l'avais *effectivement* pas oublié.

— Je suis vraiment désolée, Ethan. Je suis mortifiée de te faire subir ça. Ça vaut ce que ça vaut, mais tu es absolument parfait.

— Tu es en train de me sortir le cliché : « Ce n'est pas toi, c'est moi. » (Il agrippa le côté gauche de son T-shirt, mais son ton manquait de virulence.) Touché.

— Ça me fait plus de peine qu'à toi, fis-je avec un sourire las.

— Mais tu as envie de l'oublier. C'est déjà la moitié du chemin.

Je ne répondis rien, car c'était la vérité.

— Est-ce que j'ai au moins mon mot à dire là-dedans ? C'est moi la partie lésée, soi-disant.

Je gloussai.

— Très juste.

— J'aimerais y réfléchir. Si je suis disposé à te pardonner l'impardonnable, d'avoir embrassé ton crack d'ex-petit ami canon et milliardaire.

Je ris franchement.

— Est-ce que tu te réserves le droit de me larguer ?

— *En douceur*, précisa Ethan. Et, oui. Je ne suis pas sûr d'être prêt à passer là-dessus, quel que soit la nature de votre lien. J'apprécie que tu me préviennes de la peine que ça pourrait me faire, mais il se peut que j'aie quand même envie de tenter le coup. Marché conclu ?

Il me tendit la main. Je la serrai avec un sourire idiot. C'était la chose la plus agréable qui m'était arrivée aujourd'hui.

— Marché conclu.

On mangea la fin de notre repas dans un silence confortable, jusqu'à entendre un léger bruit de liquide près de la porte, suivi par un couinement de chiot.

— Daisy !

Je bondis du canapé, mais il était trop tard. Mon Aussidoodle couleur chocolat était déjà en train de faire pipi directement dans les chaussures d'Ethan, le sac plastique déchiqueté dans sa gueule.

Je passai les trois jours suivants à filtrer les appels de Chase. Même si Ethan se réservait le droit de changer d'avis au sujet de nous deux, je n'avais pas eu de ses nouvelles depuis notre soirée de plats mexicains. J'étais légèrement soulagée par la tournure que prenaient les événements. C'était une source de préoccupation en moins. J'avais envoyé un long message d'excuses à Ethan avant que Layla me dise d'arrêter d'être plus sainte que le pape.

— Ce type s'est envoyé quelqu'un d'autre le jour où il t'a emmenée dîner. À l'évidence, vous n'êtes pas si dévoués l'un à l'autre que ça.

Trois jours après les baisers atomiques et la presque rupture avec mon non-petitami, je commençais à respirer de nouveau. Le souffle timide et superficiel de quelqu'un qui savait que ce n'était pas encore terminé.

Ronan était toujours malade.

Chase était un homme qui obtenait toujours ce qu'il voulait.

Quant à moi ? J'apprenais lentement à m'affirmer.

Je me jetai à corps perdu dans le travail et j'achevai trois dessins pour la collection de la *Mère de la mariée*. Je créai un design en l'honneur de ma mère. Le modèle portait le même turban orange que celui qu'elle mettait pendant sa chimio ; elle avait les mêmes yeux noisette rieurs, les mêmes lèvres pleines et les mêmes taches de rousseur. C'était une robe à fleurs et à dentelle. Le genre que ma mère aurait porté à mon mariage. En voyant les dessins définitifs, Sven ne put masquer sa confusion. Il n'était pas habituel d'appliquer des détails au visage d'un modèle sur un dessin. Puis ça dut faire tilt dans sa tête et il me serra l'épaule en soufflant.

— Elle aurait adoré.

— Tu penses ? demandai-je tout bas.

— Je le *sais*.

Je croisai les doigts pour que ma prochaine tâche n'ait aucun rapport avec les mères. La mienne me manquait plus que jamais et j'aurais aimé qu'elle soit là pour m'aider à régler le bazar Chase/Ethan. Alors, quand Sven m'approcha après que j'eus terminé la collection *Mère de la mariée*, je retins mon souffle.

— Maddie, j'ai besoin de toute ton attention, fit-il en claquant des doigts avec un balancement des hanches.

Je réarrangeai mes lys blancs et roses avec un regard curieux. Il vint me fourrer une pile de papiers dans la main.

— Ta prochaine mission.

Je pivotai sur mon tabouret, croisai les jambes et calai mon stylo entre mes dents comme une cigarette. J'ouvris le dossier. Il était fin et je remarquai qu'il ne contenait pas tous les éléments qu'on nous donnait habituellement : maquettes de la ligne générale, liste des détails à intégrer, etc.

— Ça a mis le temps, mais tu as travaillé dur pendant des années et je pense que tu mérites cette chance, déclara Sven tandis que je lisais et relisais l'intitulé de la mission.

La robe de mariée du siècle : le modèle phare de chez Croquis.

— On lance notre collection d'automne à la Fashion Week de New York dans deux mois. Traditionnellement, la pièce d'ouverture, c'est la « Robe de mariée idéale ». Comme tu le sais, c'est l'élément le plus prestigieux du défilé. Réservé d'habitude aux poids-lourds des designers. La robe que toutes les personnalités de chez Vera Wang, Valentino et Oscar de la Renta vont regarder. Celle que les célébrités du premier rang vont commander pour leur mariage. La cerise sur le gâteau. C'est *toi* qui vas la dessiner.

Je savais tout ça. C'était un contrat énorme. La personne qui l'avait dessinée l'année passée travaillait maintenant pour Carolina Herrera. Plutôt que de lui répondre avec des mots, je choisis cet instant précis pour m'effondrer. Littéralement. J'étais tellement abasourdie que je tombai de mon tabouret. Je m'efforçai de retenir mes larmes de joie, en vain car je n'aurais jamais pensé être capable de décrocher quelque chose d'aussi prestigieux si tôt dans ma carrière.

— Essaie de te réconcilier avec la gravité, Maddie, murmura Sven en me tendant la main pour m'aider à me relever. Quand Layla m'a dit que tu allais être sur le cul, je ne pensais pas que ce serait au sens propre.

— Layla est au courant ? hoquetai-je en plaquant mes mains sur la bouche.

Bien sûr que oui. Seigneur, ces deux-là m'exaspéraient.

— Tu ne le regretteras pas, Sven, je te le promets.

— Arrête. Je t'ai choisie pour être ma créatrice vedette cette année. Plus précisément, disons que tes créations ne m'ennuient pas à mourir. Sur ce coup, je veux que tu te lâches et que tu y ailles à fond. Tu as démontré que tu savais écouter les instructions, mais, maintenant, je veux voir le chapelier fou qui est en toi. L'artiste.

— C'est compris.

Je dus faire de gros efforts pour ne pas sauter partout en riant à travers mes larmes de joie que je ne contenais plus. Je réservais généralement mes larmes pour les bonnes nouvelles et les dessins animés Disney.

— C'est pour quand ? demandai-je.

— Deux mois, alors tu ferais mieux de te remuer les fesses. (Il imita un son de fouet.) Oh ! avant que tu me poses la question… il n'y a aucune prime au programme, fit-il remarquer d'un ton pince-sans-rire.

— Vive les artistes affamés ! (Je brandis le poing en l'air.) Comment va Francisco, d'ailleurs ?

— Il veut toujours un enfant.

— Et toi ?

— Je veux toujours m'enfuir avec mon entraîneur de chez Equinox.

— Menteur, dis-je doucement en lui frottant l'avant-bras.

Je n'insistai pas. Si Sven avait envie de m'en dire plus sur son projet d'adoption, il l'aurait fait.

J'étais en train de feuilleter le dossier pour mémoriser les détails quand j'entendis une voix tonner :

— Maddie Goldbloom ?

— C'est moi ! chantonnai-je, toujours exaltée.

Je me retournai et me retrouvai face à un jeune livreur en salopette jaune et pull à capuche violet. Il tenait un bouquet de fleurs de lys.

— Une livraison pour vous.

Il tendit une tablette numérique pour que je signe. Je plantai le stylo en plastique gris sur l'écran.

— Pff. Ces trucs ne fonctionnent jamais. Ma signature finit

toujours par n'être qu'un gribouillis, murmurai-je en appuyant sur le stylo.

— Vous inquiétez pas. C'est juste une formalité légale. Personne n'a l'intention de la vendre sur eBay.

Le livreur rejeta ses cheveux sur le côté. Je récupérai mes lys blancs et les posai à côté de mes propres fleurs. Puis je m'emparai de la carte. Je savais que Nina allait s'en donner à cœur joie avec toutes ces fleurs posées dans mon coin du bureau.

J'ouvris la petite carte d'une main tremblante. Je n'osai pas espérer. Tant mieux.

Maddie,
Après mûre réflexion, j'ai décidé d'accepter ce que tu étais prête à me donner.
Tu peux compter sur moi.

– Ethan

Je pris la carte en photo et l'envoyai à Layla. Moins de cinq secondes plus tard, mon téléphone sonnait.

— Oh. Mon…

— Tu n'as pas classe ? l'interrompis-je tout de suite.

— Si. Il est très important d'enseigner l'indépendance et l'autogestion à la maternelle, je te ferai dire. (Elle ricana. J'entendis l'écho de sa voix dans le couloir vide.) Je vais être honnête ; je ne pensais pas qu'Ethan aurait la moindre chance après le retour de Chase dans le tableau, mais là, ça change la donne. En gros, il accepte de faire la pièce rapportée. *Croustillant.*

— Mais non, protestai-je.

— Tu sais ce que tu devrais faire ?

— Non, mais j'ai le sentiment que tu vas me le dire.

— Tu devrais te taper les deux et voir qui est le meilleur.

J'avais déjà le sentiment de savoir qui emporterait la palme. Je fixai des yeux la carte calée dans le bouquet ; je ne ressentais que crainte et déception.

— Ce ne serait pas juste pour eux, répondis-je en me mordant la lèvre.

— Hmm, non. Ça ne ferait que confirmer que Chase surpasse Ethan, et tu serais obligée de virer Ethan comme une grande fille. Je suis la première à reconnaître que Chase n'a pas l'étoffe d'un petit ami – c'est ma version masculine. Mais Ethan… (Layla fit claquer sa langue.) Nan.

— C'est tout ? grognai-je.

— Non. Je voulais aussi te signaler que Grant est excellent au pieu et te féliciter pour ta nouvelle mission. Je t'aime.

— Ouais, moi aussi.

Je raccrochai.

Je rédigeai un rapide message de remerciement à Ethan et lui demandai s'il voulait aller boire un café. C'était le moins que je pouvais faire après cette gentille attention. Il répondit immédiatement.

Ethan : Ça me plairait beaucoup.

Je lissai une page blanche sur ma table à dessin, et je clignai des yeux avec un sourire en songeant à la mission de robe de rêve qui m'attendait. Rien ne m'excitait plus qu'une page blanche. Les possibilités étaient infinies. Le résultait pouvait être épatant, ou médiocre, ou mauvais, ou une œuvre d'art.

Le destin de la robe qui s'apprêtait à orner cette feuille restait à écrire. C'était à moi d'écrire son histoire.

— Qu'est-ce que je vais faire de toi ? murmurai-je en tapotant mon fusain contre mes lèvres.

— Je pense à un bon repas, suivi par des préliminaires dans le taxi, suivi par un petit avant-goût de toi dans l'ascenseur de chez moi – désolé, je serai incapable de résister –, suivi par une baise d'enfer qui ferait rougir Jenna Jameson.

Bouche bée, je pivotai pour voir d'où provenait la voix. Je reconnus le ton ironique et pince-sans-rire instantanément. Mes genoux flanchèrent mais, cette fois-ci, je ne tombai pas de mon tabouret.

— Tu ne peux pas…

— Je ne suis pas ton patron, précisa-t-il avant que je termine ma phrase.

— Ce n'est pas parce que je ne travaille pas pour toi que tu n'es pas en train de me harceler sexuellement.

— Je te harcèle sexuellement ?

Il pencha la tête sur le côté en haussant un sourcil.

Non.

Mon expression dut me trahir, car il laissa échapper un gloussement guttural.

— Qu'est-ce que tu fais là ?

Il avait assorti son costume noir à une cravate bordeaux. Il avait la main dans sa poche, laissant apparaître une Rolex à son poignet. Je n'avais jamais rien vu de plus proche du porno d'entreprise.

— Je te cherchais, dit-il sans remords en avisant les trois

vases remplis de fleurs à côté de mon bureau. Tu as un vase en souvenir de ta mère, ajouta-t-il, ce qui fit bondir mon cœur dans ma poitrine. (Il s'en souvenait ?) Qui t'a envoyé les deux autres ?

— Quelqu'un à qui j'ai envoyé une robe de mariée.

— *Et ?*

— Ethan.

— Lui, c'est les lys, n'est-ce pas ? (Il s'approcha et arracha un pétale. Je tressaillis.) Pas mal. Il fait le deuil de la fin prématurée de votre relation ?

— Ma relation avec Ethan n'est pas morte.

Il rejeta la tête en arrière pour rire négligemment.

— Abrège ses souffrances, Mad. La partie est terminée pour le Dr Seuss. Ce n'est pas un bouquet de fleurs qui va y changer quoi que ce soit.

— Un bouquet de fleurs peut tout changer. (J'écartai vivement sa main des fleurs pour les protéger.) Surtout pour la fille d'une fleuriste.

Il pencha la tête et m'adressa un drôle de regard, cette fois-ci. Je n'aimais pas ce regard. C'était le regard d'un type qui a un plan, et les plans de Chase et les miens étaient rarement raccords.

— Vraiment ?

Une lueur malicieuse brilla dans son regard.

Je détournai les yeux, comme frappée par sa beauté. Je maudissais le vertige qui s'emparait de mon corps chaque fois qu'il posait les yeux sur moi.

— Viens avec moi.

Il tendit sa paume. Je ne la saisis pas.

— Je ne crois pas.

— Ce n'est pas une question.

— Et ce n'est pas le XVIIe siècle. Tu n'as pas d'ordre à me donner.

— C'est vrai, mais je peux faire une scène qui va te faire regretter de m'avoir rencontré.

— Je le regrette déjà, répliquai-je, sans le penser.

— Tu fais perdre du temps à tout le monde. Particulièrement à Ethan. Maddie Martyre veut avoir des bébés avec Ethan, mais le vrai toi veut plonger avec moi. Viens.

Il était inutile d'argumenter. En plus, je ne pouvais pas me concentrer sur la « Robe de mariée de rêve » – RMR, pour faire court – sans savoir ce que Chase me voulait tant. C'était déconcertant, ce sixième sens qu'il semblait avoir chaque fois qu'Ethan s'apprêtait à passer à l'action. Il avait choisi le même jour, la même heure pour se pointer. Je le suivis jusqu'à l'ascenseur et évitant les regards curieux des personnes alentour. Sven nous tournait le dos. Il était dans son bureau vitré et parlait avec animation au téléphone avec un fournisseur de tissu qui avait fait une erreur dans l'une de ses commandes. Mais Nina, elle, élégamment posée sur sa chaise, se limait les ongles sans nous quitter des yeux. Une bonne dizaine de collègues – designers, couturières et stagiaires – nous observèrent pendant notre passage. Heureusement, à l'exception de Nina, je considérais la plupart comme des amis et je savais qu'ils m'appréciaient suffisamment pour ne pas se faire de mauvaises idées. Mais bon, quand même.

— Ça va jaser, rouspétai-je tout bas.

— Tant que tu es le sujet de conversation et pas celle qui jase, je ne vois pas où est le problème.

On monta dans l'ascenseur.

— Je ne suis pas comme toi. Je ne suis pas intouchable.

— Madison Goldbloom, comme j'aimerais que tu sois touchable, dit-il sérieusement tandis que les portes se refermaient au ralenti. J'aimerais vraiment.

12

Chase

Je l'emmenai chez le plus grand fleuriste de New York. Une boutique du centre-ville située près de l'Empire State Building.

Mad traîna les pieds et passa tout le trajet à faire la moue comme une ado mal lunée, en jetant des regards par-dessus son épaule pour s'assurer qu'on ne nous voyait pas ensemble. La plupart des femmes de ma connaissance auraient été prêtes à payer pour être vues en ma compagnie. Pas celle-là. C'était libérateur. Comme de prendre des vacances du chaos qui régnait dans ma tête. Certes, je n'allais jamais lui proposer le mariage, mais je pouvais toujours lui offrir du bon temps. Cette fois-ci, j'étais déterminé à l'accaparer.

Temporairement.

Elle pouvait même récupérer son titre de petite amie, si elle le voulait.

Point bonus : Julian allait me foutre la paix.

C'était un plan en béton.

On passa devant la vitrine du fleuriste, remplie de bouquets colorés et ornée d'un panneau indiquant : « L'amour est plus fort que tout ». Pas étonnant qu'elle soit aussi obsédée par le mariage et l'amour – ses parents l'avaient gavée avec tout ce cirque dès sa naissance. Je poussai la porte et la laissai entrer la première. Une fois à l'intérieur, Madison se tourna vers moi en croisant les bras sur sa poitrine. Sa robe à motifs de poussins jaunes, col claudine et cravate en velours noir, et son teint rose et juvénile me faisaient passer pour le vieil oncle pervers.

— Et donc ? Tu vas m'acheter toutes les roses de la boutique et me proclamer ton amour éternel ?

Elle leva les yeux au ciel.

— Pas vraiment. J'achète des fleurs à Ethan.

— Tu achètes des fleurs à Ethan ? répéta Madison en formant un O parfait avec sa bouche.

— Oui. Et à moi-même.

— *Et* à toi-même.

— Tu vas répéter tout ce que je dis ? demandai-je poliment.

— Oui, jusqu'à ce que tu m'expliques ce que ça veut dire.

— Très bien.

Je lui pris la main – c'était la deuxième fois en une semaine – pour l'entraîner plus avant dans la boutique. L'odeur du pollen était tellement intense que je faillis avoir un haut-le-cœur. Je ne savais pas comment Maddie pouvait aimer ça. Enfin, si. C'était l'odeur de son enfance, de la nostalgie, de sa *mère*. Comment n'y avais-je pas pensé plus tôt ? Chapeau, Ethan, de l'avoir compris avant moi. Des fleurs. Un putain de génie, tout simplement.

— Je comprends que tu aies certaines réserves concernant notre relation et je voudrais apporter une légère modification aux petits caractères de notre arrangement. Tu te souviens, je t'ai dit que je voulais continuer jusqu'à la mort de mon père ? demandai-je en m'efforçant d'ignorer l'amertume que me laissaient ces mots dans ma bouche.

Mon père était au plus mal, mais il continuait de venir travailler tous les jours. Julian ne cessait de faire des allusions auprès des actionnaires et des investisseurs au sujet de l'état de santé de mon père, renseignant anonymement les médias au sujet d'un changement majeur à venir au sein du conseil. Grant l'avait pris sur le fait quand Julian s'était présenté à la réception d'un hôtel vingt minutes avant l'arrivée d'un journaliste de Wall Street qu'on avait orienté vers la même chambre. Mon meilleur ami était en train de déjeuner avec sa mère au restaurant de l'hôtel.

Mon cousin optait visiblement pour ce qu'on appelait aux échecs « l'attaque double. »

— Tu essaies de m'acheter, c'est ça ?

Madison fronça les sourcils en parcourant des yeux la boutique comme s'il s'agissait d'une confiserie. C'était plus fort qu'elle. Elle toucha une fleur orange-pourpre, caressa son pétale de velours et frissonna de plaisir. Il n'en fallut pas plus pour faire tressaillir ma queue dans mon pantalon.

— Oui. Mais j'ai décidé de te donner le pack complet de la fiancée pour le prix de ta seule compagnie.

— Et qu'est-ce qu'il y a, dans le pack complet de la fiancée ?

Elle bâilla. Ça partait mal.

— Sorties, cinés, restaurants, baise, rencontre avec le paternel.

Je guettai sa réaction, mais elle resta stoïque, concentrée

sur les fleurs devant elle. Elle se pencha pour humer le parfum des tournesols.

— Je suis sérieux, ajoutai-je.

— Tu m'as trompée, fit-elle remarquer pour la millième fois.

Pas encore cette vieille rengaine ! Il était temps qu'elle sache la vérité. Je touchai son bras et elle releva d'un coup les yeux vers moi.

— Je ne t'ai pas trompée.

Elle grogna en faisant mine de ne pas s'en soucier.

— Je t'ai vu.

— Non. Ce que tu as vu, c'est moi en train de rentrer chez moi avec quelqu'un d'autre. Tu ne m'as pas vu la toucher. Tu ne m'as pas vu l'embrasser. Je ne l'ai jamais fait.

— Il y avait des traces de rouge à lèvres sur ta chemise.

Elle finit par se tourner vers moi. Et elle ne murmurait plus. Un couple d'une trentaine d'années, qui cherchait à l'évidence des fleurs pour leur mariage, nous jeta un regard curieux.

Rincez-vous l'œil, connards.

— Ce n'était pas ma chemise.

— Bien sûr que non.

Mad rejeta la tête en arrière et éclata de rire. Ce rire m'était étranger et ne lui ressemblait pas. La femme du couple donna un coup de coude à son galant en inclinant la tête vers nous. Incroyable, putain. Je fusillai le futur marié du regard.

Il haussa les épaules d'un geste désinvolte.

— Désolé, mec. On dirait bien que tu l'as cherché.

Il pouffa.

Je reportai mon attention sur Madison.

— Ce n'était pas ma chemise. C'était celle de Grant. Il sortait avec quelqu'un. Non, laisse-moi rectifier ; il était en train de coucher avec quelqu'un quand on l'a appelé au boulot. Comme ça se comprend facilement, il ne pouvait pas se pointer avec la chemise d'un type qui sort d'un bordel.

— Donc tu lui as proposé la tienne.

Encore du sarcasme.

— Exact. Tu te souviens de cette chemise ? Elle était blanche. Je ne porte pas de blanc. Je ne porte que…

— Du noir, acheva-t-elle à ma place, le regard flamboyant.

Elle eut un déclic. J'avais porté du noir ce jour-là. Mince, je portais du noir tous les jours. Il y eut un silence. Le couple à côté de nous semblait très investi dans notre conversation et je leur aurais dit ma façon de penser si je n'étais pas concentré sur mon explication concernant ce que Maddie avait réellement vu ce soir-là.

— Peu importe, de toute façon. Qu'est-ce que ça change, si c'était la chemise de Grant ? La femme que tu as ramenée chez toi était bien réelle. Je l'ai vue. Tu vas me faire croire qu'elle t'a simplement suivi ? Non… (Elle leva la main en souriant, mais il n'y avait rien de gai dans ce sourire.) Elle ne faisait que fuir un meurtrier à la hache et tu lui as offert un abri, c'est ça ?

La femme à côté de nous gloussa. Son fiancé baissa le menton pour dissimuler un sourire. J'allais tuer quelqu'un. Probablement moi-même pour avoir inventé un plan pareil au commencement.

— Je l'ai ramenée à la maison parce que je savais que tu serais là, répondis-je sèchement.

— Impossible, fit-elle en secouant la tête. Je ne l'avais dit à personne d'autre que…

— Katie, achevai-je à sa place. C'est Katie qui me l'a dit. Je lui ai dit en passant que j'irai peut-être pour le week-end de mon anniversaire en Floride avec Grant. Elle m'a dit que je ferais mieux de revoir mes plans, puis elle m'a révélé ton projet.

À en juger par l'expression de Madison, je compris que le déclic s'était fait. Prise dans son tourbillon émotionnel au restaurant, l'autre jour, Mad avait oublié qu'elle avait parlé à Katie de la surprise pour mon anniversaire avant d'aller m'attendre chez moi. Elle avait donc raconté son histoire de l'enfoiré infidèle sans savoir que Katie m'avait tout dit de son projet de m'attendre dans mon lit en petite tenue.

Elle avait aussi oublié qu'elle avait elle-même précisé à Katie qu'elle m'attendrait dans ma chambre.

Katie n'était pas idiote. Elle avait fait le rapprochement mais n'avait rien dit. Au moins une personne de ma famille savait déjà ce que Julian mourait d'envie de découvrir – que j'avais foiré.

— Et tu l'as ramenée chez toi pour que je te surprenne.

Ses narines s'évasèrent.

— Oui.

— Pourquoi ?

— Parce que je voulais que tu assistes à ça.

— *Pourquoi ?*

— Parce que tout devenait trop concret trop vite, et le concret, ce n'est pas mon truc, Madison. Et je crois qu'on sait tous les deux que la rapidité n'est pas mon truc non plus.

Je fusillai le couple à côté de nous d'un regard appuyé. Le

type rougit. *Sérieux ?* Je ne me préoccupais plus que sa copine puisse me juger. Elle était condamnée à une vie avec un éjaculateur précoce de mari.

— Je ne laisserai pas des émotions absurdes et compliquées venir troubler ma vie, ajoutai-je d'un ton arrogant.

Il fallait vraiment que je la ferme.

— D'accord, Robocop, marmonna la femme à côté de nous.

— Tu aurais pu me le dire, dit Mad.

— D'après mon expérience, les femmes ne comprennent pas le message. Elles disent qu'elles prendront leur temps, mais ça veut seulement dire qu'elles attendront leur heure. Et sans vouloir te vexer, tu es la femme le plus obsédée par le mariage que j'ai jamais rencontrée. Ton métier est de créer des robes de mariées, et entre ton appartement et ton bureau, tu as suffisamment de fleurs pour mettre la Hollande en faillite.

— Tu aurais pu rompre avec moi.

La voix de Mad se brisa au milieu de sa phrase. Elle n'avait pas tort, et je détestais quand elle n'avait pas tort. J'avais choisi la voix de la lâcheté.

— Je me suis dit que tu capterais le message, que tu t'énerverais, et que tu réapparaîtrais plus tard sous la forme d'un plan cul.

— Waouh. Pour un type intelligent, tu es vraiment débile.

Elle soupira. Pour sa défense, elle paraissait plus sidérée que méprisante.

— Je suis d'accord. (La femme à côté de nous leva son bras.) C'est un plan de débile.

— Merci pour cette intervention. J'étais impatient de savoir ce qu'une putain d'inconnue pouvait penser de moi. (Je lui lançai un sourire poli avant de me retourner vers Madison et de prendre ses mains dans les miennes.) Je ne peux pas te promettre l'éternité, mais je peux te promettre le présent, et c'est plus que je n'ai jamais offert à une femme.

— Eh bien, j'apprécie ta logique inversée et tordue, dit Madison en retirant ses mains pour lisser sa robe sur ses cuisses, mais même si tu ne m'avais pas trompée, tu m'as tout de même blessée. La réponse est non.

— Je pensais bien que tu dirais ça. D'où ma venue ici pour nous acheter des fleurs, à Ethan et moi.

Je désignai la boutique comme si elle ne savait pas où on était. Ce n'était pas la meilleure idée que j'avais eue, mais le succès de mon plan était compromis.

— Tu connais les fleurs, hein ? Je vais nous acheter les mêmes, à Ethan et moi. Celles qui sont le plus difficiles à maintenir en vie en intérieur. C'est toi qui choisis. Si Ethan est vraiment M. Perfection et que je ne suis qu'une merde, il saura forcément démontrer son engagement en maintenant la plante en vie.

Elle cligna des yeux.

— Je ne te suis pas.

— Le jasmin. (Je dus faire de gros efforts pour ne pas montrer les dents comme un animal.) Tu as dit que tu n'aimais pas voir les fleurs mourir, c'est ça ? Tu m'as fait tout un fichu discours là-dessus, si je me souviens bien. Tu es obsédée par les fleurs et par leur bien-être.

Je pris une inspiration en comprenant qu'elle associait les fleurs sur son bureau à sa mère, et que sa mère était morte, et que les fleurs avaient vraiment une putain de signification pour elle.

— Tu es une acharnée sur le sujet.

— Tu sais vraiment t'y prendre pour me vendre ton grand geste. (Madison plissa le front.) Mais tu pourrais mettre en veilleuse le connard qui sommeille en toi pendant ton explication, que je puisse dépasser mon envie de te mettre mon poing dans la figure ? Merci.

Je réprimai un sourire. La vraie Maddie était vraiment mieux que la version *light*, sans matières grasses et sans gluten qui était entrée dans ma vie quelques mois plus tôt. Oui, elle avait le syndrome du bon Samaritain, mais ce n'était pas une chiffe molle pour autant.

— Tu m'as dit que tu accordais beaucoup d'importance aux fleurs. Que la façon dont les gens s'en occupent est un reflet de leur caractère. Eh bien, je pense qu'Ethan ne s'y intéresse pas. Pas assez. Pas à toi, en tout cas. Pas autant que moi.

Il y eut un silence. En relevant les yeux sur son visage, je remarquai que la boutique entière nous regardait, plus seulement le couple. Notre dispute avait été très bruyante, pimentée de mon passé d'infidèle (enfin, pas tant que ça) et d'une déclaration d'intention ; et maintenant, les gens savaient qu'il y avait un autre type dans la partie. J'étais à une opération de chirurgie esthétique et un scandale sexuel d'être invité dans *The Real Housewives de Pétaouchnok*.

— Les azalées, murmura-t-elle, l'air plongée dans ses pensées.

Ses jambes la portèrent à l'autre bout de la boutique.

Je lui emboîtai le pas, captivé. Le couple qui choisissait les fleurs me suivit, *moi.* Je me retournai pour les arrêter d'un geste de la main.

— Ça s'arrête ici pour vous, monsieur et madame Sans-Gêne.

— Mais je veux savoir comment ça se termine, gémit la femme.

— *Spoiler alert :* je finis avec la fille. Maintenant, circulez.

Je rejoignis Madison devant un étal d'azalées roses, rouges et violettes.

— Elles aiment les endroits frais et humides, et on considère qu'elles sont presque impossibles à faire fleurir. Ce sera un enfer pour les maintenir en vie en plein mois d'août à New York. C'est presque mission impossible. Seule une azalée sur onze survit. Je me souviens que mon père *détestait* en avoir dans sa boutique. Quand des hommes venaient lui en acheter pour leur femme, il leur énumérait toute une liste de raisons pour les persuader d'acheter d'autres fleurs. (Une pause.) Mais pour ma mère… C'étaient ses préférées. Alors chaque vendredi, qu'il pleuve ou qu'il vente, il lui achetait des azalées.

— Mes azalées survivront, annonçai-je.

Elle détourna son regard des fleurs pour froncer les sourcils.

— Comment savoir que tu ne vas pas charger ta femme de ménage de les entretenir ? Ou engager un jardinier ?

— Parce que je ne suis pas un enfoiré sans morale, répondis-je simplement.

Elle me jeta un regard sceptique. Disons qu'elle marquait un point.

— Je ne serai pas un enfoiré sans morale sur ce coup-là,

rectifiai-je, et je la laissai choisir deux plants. Puis on se dirigea vers la caisse.

Mad demanda un marqueur, me dit de me tourner et marqua les deux plants de manière à les reconnaître au cas où je les remplacerais. Je lui aurais bien demandé où était passé la confiance, mais compte tenu de tout ce qu'on avait traversé tous les deux, je supposai que la réponse était : au fond d'une putain de poubelle. Il n'y avait plus la moindre confiance entre nous.

Je réglai les fleurs puis je demandai au vendeur de mettre les achats du couple indiscret sur ma note. Madison me dévisagea comme si j'avais perdu la tête. Je haussai les épaules.

— Je vois ton Maddie Martyre et je relance d'un Chase la Charité, avec un pot de Black le Magnifique.

Elle rit. Je n'étais pas préparé à ce rire, rauque et authentique. Cette fois-ci, ma queue ne fut pas la première à réagir. Ce fut un autre organe. Un organe qui était en sommeil depuis des années. Un organe qui n'avait pas le droit de se réveiller.

— Tu as peur que je batte ton petit copain à son propre jeu des fleurs ? demandai-je en haussant un sourcil, avec mon habituelle nonchalance et tout le cinéma.

— Ce n'est pas mon petit…, commença-t-elle avant de refermer brusquement la bouche.

Je lui lançai un sourire de triomphe.

C'était parti.

13

Maddie

15 novembre 2004

Chère Maddie,

Je voulais te remercier d'être la meilleure fille dont on puisse rêver. Hier, je me sentais mal toute la journée et je ne suis pas allée travailler. Tu t'es empressée d'aider ton père à la boutique alors que tu avais un contrôle important le lendemain, et à ton retour, tu as ramené un bouquet d'azalées. Mes préférées. (Tu t'en souvenais. Comme toujours.)

Tu m'as dit que tu avais secrètement mangé les pétales. Qu'elles avaient un goût de nectar sucré. On les a rangées entre les pages d'un livre sur mon lit tout en regardant « Steel Magnolias »[1] et en buvant du thé sucré. Les fleurs m'ont donné l'impression d'être aimée. J'espère qu'un jour elles te procureront le même sentiment.

Je t'aime,

À l'infini,

Maman

1. Le titre français est *Potins de femmes.*

Je donnai les azalées à Ethan lorsqu'on se retrouva pour boire un café. (« Un thé », avait-il rectifié dans un message. « Le café est vraiment mauvais pour la santé. Je t'enverrai un article là-dessus. ») Mais plutôt que de le mettre au courant de mon pari avec Chase, ce que je trouvais grossier et présomptueux, je lui expliquai simplement que ces fleurs avaient une importante signification pour moi et qu'elles avaient besoin d'énormément de soin et d'attention, mais qu'en contrepartie, elles étaient d'une beauté à couper le souffle.

— C'est beaucoup de travail, mais elles en valent la peine.

— Ça me fait penser à quelqu'un.

Il but une gorgée de son thé vert avec un sourire qui fendit son visage comme une plaie. Il paraissait différent. Fatigué. Je ne pouvais m'empêcher de penser que j'y étais pour quelque chose.

Étant donné qu'Ethan n'était pas au courant du pari, ce qui était un désavantage manifeste, je rétablis l'équilibre avec des instructions spécifiques sur les soins à apporter aux azalées. Ethan rangea le pot et les instructions que j'avais imprimées sous la table avant de commander une pâtisserie sans gluten et de se lancer dans un long discours sur l'invitation qu'il avait reçue à donner une conférence sur l'anxiété chez les enfants. Je songeai aussitôt à Katie. À l'intérêt qu'aurait représenté une telle conférence pour elle.

Puis je repensai à l'erreur stupide que j'avais faite l'autre jour, quand j'avais oublié qu'elle était au courant de ma surprise pour l'anniversaire de Chase, et que j'avais tout simplement dynamité notre couverture.

Quant à Ethan, je passais de bons moments avec lui, mais il y manquait ce que j'éprouvais en compagnie de Chase, avec lequel chaque interaction était divine ; je passais les heures qui suivaient à faire une fixation sur le moindre mot qu'on avait échangé.

Le week-end arriva, m'arrachant à mon projet Robe idéale. Je devais voir Layla, Sven et Francisco. Ces deux derniers organisaient leur fête annuelle sur le toit de leurs voisins, où ils servaient des mojitos faibles en glucides et en calories, et passaient George Michael à fond. Cette fête était sacrée pour Sven, car elle lui permettait d'exprimer son côté Kris Jenner sans atteindre le plafond autorisé de sa carte de crédit. Il vendait les entrées à 100 dollars l'unité. L'entrée comprenait une chaise longue en plastique, des cocktails coupés à l'eau, des sandwichs de supermarché et la glorieuse compagnie de Sven pendant quelques heures. Tous les bénéfices allaient à une œuvre de charité du choix de Sven. Cette année, c'était la SPA.

Le toit était bondé de collègues et d'amis de Sven et Francisco. *Born This Way* de Lady Gaga faisait trembler le sol. Layla et moi avions décroché deux transats à une extrémité du toit, à l'écart d'un banc de stagiaires bruyants du bureau de Francisco. Je ne pus m'empêcher de remarquer que l'étage des penthouse du bâtiment de Sven et Chase était parallèle au toit où se tenait la fête. Ce qui signifiait que le salon de Chase se trouvait juste devant moi. Comme tous les gratte-ciel, les vitres étaient teintées, ce qui voulait dire qu'il pouvait voir à l'extérieur mais personne ne pouvait voir à l'intérieur de son appartement. Non pas que j'avais prévu de regarder chez lui. Ni que j'essayais discrètement à la moindre occasion.

Je fermai les yeux en m'imprégnant des rayons du soleil. Ma chaise longue était bancale et j'allais sûrement repartir chez moi avec des traînées rouges sur la peau, mais pour rien au monde je n'aurais voulu être ailleurs qu'ici avec mes amis.

— À propos de mecs, comment va Grant ? demandai-je à ma meilleure amie.

Juste après ma rupture avec Chase, Layla m'avait annoncé qu'elle avait bien envie de coucher avec Grant et demandé si ça me poserait problème. Ça n'était pas le cas, évidemment. Grant semblait être un homme digne de confiance. Mais c'était avant que Chase m'apprenne qu'il avait échangé sa chemise couverte de rouge à lèvres avec lui. Même si, pour être honnête, entre Grant et Layla, ce n'était pas ma meilleure amie qui avait le plus besoin de protéger son petit cœur. Elle affirmait clairement être contre toute sorte de relation romantique à long terme.

— Absolument délectable, comme d'habitude. Il est parti à un enterrement de vie de garçon à Miami.

— Et tu n'as pas peur qu'il goûte autre chose que des plats cubains et des cocktails de fruits, là-bas ?

Layla secoua la tête.

— J'espère bien que si. Je lui ai bien dit que nous deux, ce n'était qu'une aventure. J'ai même concrétisé ça en m'envoyant un type de Tinder pour qu'il comprenne bien qu'on n'était pas exclusifs. Hélas, Grant est du genre à vouloir se marier.

— Et toi, tu n'es pas du genre à vouloir te marier parce que… ? intervint Francisco en approchant, avant de déposer un plateau de hamburgers sur la table et de s'asseoir au bord de mon transat.

— Je ne veux pas avoir d'enfants, répondit Layla avec un haussement d'épaules. Et même si les deux ne sont pas forcément associés, soyons honnêtes, ça va souvent ensemble. Je ne crois pas au mariage, c'est tout.

— Ethan est comme ça, dis-je d'un air songeur. Le genre à vouloir se marier, je veux dire.

— Oui… (Layla pencha la tête sur le côté) mais Grant, il est… intéressant, tu vois.

— Ethan est intéressant ! protestai-je. C'est injuste. Tu ne l'as même pas rencontré.

— C'est pour ça que tu ne l'as toujours pas laissé tremper son biscuit, Maddie ? demanda Layla d'un air sceptique.

Francisco se pencha en avant et tapota l'épaule de Layla.

— Montre-moi Grant.

— D'accord, mais ne t'attache pas trop. Parce que, je le répète, c'est un type à famille, et on est voués à se séparer dès qu'il aura compris que je suis sérieuse quand je dis que je ne veux pas me poser, le prévint Layla en cherchant son téléphone dans son sac.

Elle le sortit tout en me tendant le mien avec sa coque fleurie.

— Tiens, tu as un message du phobique de l'engagement.

Je rattrapai mon téléphone en plein vol, surprise de constater que mon corps était synchronisé avec mon cerveau. Mon cœur battait comme un dératé. Chase m'avait envoyé une photo des azalées luxuriantes posées sur sa table basse. Je reconnus son salon en arrière-plan. L'espace minimaliste et impersonnel qui me rappelait sans cesse les tristes chambres d'hôtel de luxe dans lesquelles les rock stars allaient mourir.

Maddie : Impressionnée par la couleur. Les gens du prix Nobel sont en route.

Chase : C'est un code pour dire « Remets ton pantalon » ?

Maddie : Pourquoi est-ce que tu n'aurais PAS de pantalon en pleine journée ?

Chase : Je te rappelle que certaines de mes activités préférées se pratiquent sans pantalon. Qu'est-ce que tu fais ?

Maddie : Je prends le soleil sur le toit juste en face de ton immeuble.

Chase : Si c'est ta manière de me faire du rentre-dedans, ça n'est pas très subtil.

Chase : Et ça veut dire que toi non plus, tu ne portes pas de pantalon.

Chase : Tu te souviens de ce qui s'est passé la dernière fois qu'on était dans la même pièce sans pantalon ?

Maddie : Je n'ai aucun souvenir que ce soit jamais arrivé, en réalité.

Chase : Je me ferais un plaisir de te rafraîchir la mémoire.

Maddie : On ne va pas s'envoyer de sextos.

Chase : Super. Je passe dans deux heures pour te faire une démonstration personnelle. Tu m'as l'air d'avoir besoin de vitamine D.

Maddie : C'est de la vitamine CP que tu vas avoir si tu essaies seulement.

Chase : Pas sûr de connaître ce complément ?

Maddie : Un Coup de Poing dans la tronche.

Chase : Tu sais quoi, j'aurais pensé que tu serais bien moins véhémente après avoir compris que je ne t'avais pas trompée.

Maddie : Pourquoi ? Vouloir me faire fuir en me marquant intentionnellement à vie, c'est encore pire que se faire prendre le pantalon sur les chevilles.

Maddie : Eh oui, je sais que tu ne portes pas de pantalon. Ce n'est pas la peine de le répéter.

Il m'envoya une photo de la partie inférieure de son corps, assis sur son canapé en cuir noir en pantalon gris foncé. Je ne l'avais jamais vu porter autre chose que des costumes noirs et, bêtement, je fus prise au dépourvu. Il avait les jambes écartées, et l'empreinte de son intense érection apparaissait à l'intérieur de sa cuisse. Je déglutis et pris une inspiration. Un million de fourmis se mirent à ramper sur ma peau excitée. La légende indiquait : « Joli bikini ». Je baissai les yeux sur mon maillot de bain. Était-il vraiment en train de m'observer par la fenêtre ? Les vitres étaient teintées, mais je dus me retenir de vérifier.

— Pourquoi Maddie a soudain l'air sur le point de s'évanouir ? demanda Layla. Qu'est-ce qu'elle regarde sur son téléphone ?

— On dirait un gros burrito, d'où je suis, chantonna Francisco.

— Oh ! j'adorerais un plat mexicain avec mon mojito, ajouta Layla. Regarde les horaires du resto du bas de la rue sur DoorDash.

Sans prêter attention à mes amis, je tapai les mots que j'allais sans aucun doute regretter. J'étais trop troublée – trop excitée – pour ne pas mordre à l'hameçon de Chase. En plus, c'était du flirt inoffensif. J'étais célibataire. Ethan était le premier à ne cesser de souligner combien notre relation était légère.

Maddie : C'est un flingue, ou tu es juste content de me voir ?

Je voulais le choquer. Alimenter ce courant électrique qui crépitait entre nous. Alors je fis l'impensable. L'inconcevable. Je soulevai mon téléphone et pris un selfie dans mon bikini à motifs ananas. Je n'avais pas un corps digne de *Sports Illustrated.* Rien de comparable aux muscles et aux courbes chirurgicalement améliorées d'Amber. J'étais toute petite, avec des hanches larges et un ventre plat, mais mou. Je lui envoyai avec une grimace. En arrière-plan, j'entendis Layla se plaindre de mon incapacité à dire non à quoi que ce soit.

— Il lui a sûrement demandé de lui envoyer des sextos, et elle ne peut pas refuser parce que le mot « non » ne fait pas partie de son vocabulaire.

— Est-ce qu'elle vient juste de se prendre en photo en bikini ? Et dire qu'elle ne poste rien sur Instagram s'il n'y a pas de fleurs ou de croquis, marmonna Francisco en perdant tout intérêt.

Maddie : Ce bikini, tu veux dire ?

Chase : Oui, celui-là. Oui, je suis content de te voir et, oui, j'aimerais te pilonner tellement fort que je laisserais l'empreinte de ton corps dans le putain de matelas du nouveau lit que je t'ai offert et sur le tapis.

Maddie : Romantique. C'est d'Atticus ?

Chase : C'est anonyme.

Maddie : Garde ton travail. La poésie, ce n'est pas ton fort.

Chase : Ô femme de peu de foi. Je peux être romantique si j'en ai envie.

Maddie : Vraiment ? Voyons voir ça. On devrait se marrer.

Chase : J'aimerais te pilonner tellement fort que je laisserais l'empreinte de ton corps dans le putain de matelas du nouveau lit que je t'ai offert et sur le tapis. S'il te plaît. 3 3 3

Chase : Alors, comment c'était ?

Maddie : Divin. Pablo Neruda n'a qu'à bien se tenir.

Chase : Ça veut dire que je peux passer ce soir ?

Maddie : Non. Et si tu me renvoies des sextos encore une fois, je bloque ton numéro.

Chase : Continue de te mentir à toi-même.

Maddie : Tu penses que je ne le ferais pas ? Je n'ai pas vraiment hésité à te rayer de ma vie la première fois.

Chase : Ce n'est pas la première fois, Mad. Là, c'est la réalité, et on le sait tous les deux.

Maddie : Et ça ne t'inquiète pas ?

Chase : Rien ne m'inquiète.

Mais ce n'était pas vrai, et on le savait tous les deux.

Perdre Ronan Black lui fichait la trouille de sa vie. En fait, il était possible que ce soit précisément la raison pour laquelle Chase ne voulait pas aimer une nouvelle personne.

Chase Black rejetait l'amour parce qu'il avait peur de le perdre.

Et moi ? Je courais après *parce que* j'avais perdu le plus grand amour de tous.

Nous étions mauvais l'un pour l'autre, à tous les niveaux possibles. Je désirais tout ce dont il avait peur, et il méprisait tout ce qui me tenait à cœur. Une fille saine d'esprit aurait mis fin au stupide pari des azalées, tourné les talons et pris la fuite.

Je me penchai en avant pour essayer, en vain, d'apercevoir quelque chose à travers les fenêtres de Chase. Je mis tout mon poids sur le bord du transat et celui-ci bascula à la renverse. Je m'écrasai par terre en emportant Francisco avec moi.

Sur le trajet du retour, dans le métro, je rebattis encore les oreilles de Layla avec mes histoires personnelles. J'avais deux options : une relation avec date d'expiration avec Chase, qui laisserait mon cœur en lambeaux, et une relation stable avec le gentil et fiable Ethan.

Elle considéra les deux options avec une moue, puis dit :

— D'un côté, tu ne veux pas d'Ethan. Tu ne parles pas de lui comme tu parles de Chase. Tu n'as pas cette lueur dans l'œil quand il t'appelle ou qu'il t'écrit. D'un autre, Chase est un électron libre, et si tu couches de nouveau avec lui, tu le regretteras à un moment ou un autre. Il t'a dit sans détour qu'il ne voulait pas se marier. Le mariage et les enfants, ce sont des choses importantes pour toi, Maddie. Je ne veux pas que tu fasses un jour une croix dessus pour une belle gueule en costume sombre. Mais je ne veux pas non plus que tu te réveilles dans vingt ans et que tu te détestes d'avoir choisi Ethan.

Elle se lécha les lèvres et se jeta à l'eau.

— Le truc, c'est qu'on ne te surnomme pas Maddie Martyre sans raison. Tu as tendance à pardonner, même ceux qui n'implorent pas ton pardon. Prends cette Nina à ton bureau, par exemple. Tu n'as jamais avoué à Sven qu'elle te harcelait et tu ne lui as jamais tenu tête. Tu as laissé Chase t'offrir un fichu chien, Maddie, alors que ton propriétaire l'interdit. Sans parler que tu es *allergique*.

— À peine, murmurai-je, sachant qu'elle n'avait pas tort.

— Ce que je veux dire, c'est que je pense qu'avoir perdu ta mère jeune t'a amenée à chercher l'approbation d'à peu près tout le monde. C'est pour ça que tu fais encore traîner ce truc avec Ethan. Il faut que tu trouves un peu de courage et… que tu dises non quand quelque chose ne te convient pas, tout simplement. Même s'il s'agit des deux types.

Je me mordis la lèvre inférieure et analysant ses paroles.

— *Cela dit…* (Layla pencha la tête sur le côté en fronçant les sourcils. Elle portait une robe de plage verte qui allait à merveille avec ses cheveux électriques.) Je ne pense pas nécessairement qu'il soit mauvais de te sortir Chase de la tête. Un dernier petit tour de piste avec le diable, c'est la recette pour l'évacuer de tes pensées. Une aventure d'été. Ça pourrait fonctionner, mais seulement si tu ne t'attaches pas. Tu penses en être capable ?

— Je ne sais pas, avouai-je. Je ne pense pas. Mais une partie de moi le voudrait. Ce serait l'émancipation de Maddie Martyre, gloussai-je. Tourner le dos à un type sublime et brisé qui a besoin de moi.

Quelque chose bourdonnait en moi. Le besoin charnel de prendre une décision. J'écrivis à Ethan pour lui demander de le voir mardi soir. Une fois de retour dans notre immeuble, tandis que Layla et moi ouvrions chacune la porte de notre appartement, je jetai un coup d'œil au mot du jour que Layla avait oublié de retirer depuis vendredi.

Hiraeth : la nostalgie d'un lieu dans lequel on a l'impossibilité de retourner ou qui n'a jamais existé.

Le mot ne quitta pas mes pensées de tout l'après-midi. Il imprégnait ma chair comme le soleil d'été. Il plantait ses racines en moi et colonisait mon corps. Je le comprenais avec une clarté effrayante.

Hiraeth.

Une contrée qui n'était pas la mienne mais que j'étais dans l'incapacité totale de ne pas essayer de rejoindre. Un endroit qui me manquait sans jamais l'avoir visité.

Un endroit qui serait mon chez-moi.

Maddie : Avec combien de femmes tu as couché depuis qu'on a rompu ?

Chase : Sérieux ?

Maddie : Sérieux.

Chase : Les dames d'abord. Combien d'hommes ?

Maddie : Non, toi.

Chase : J'ai l'impression que c'est en totale contradiction avec mon objectif.

Maddie : À savoir ?

Chase : Amener tes lèvres autour de ma queue pendant que je cherche des cheveux gris sur ta tête.

Maddie : J'en ai quelques-uns, figure-toi. Ma mère disait que c'était de famille.

Chase : Je peux préparer la pince à épiler si tu veux.

Chase : (Je suis en forme côté romantisme aujourd'hui.)

Maddie : Merci, mais je ne te confierais même pas une balle anti-stress.

Maddie : Et aussi, les cheveux gris, c'est naturel.

Chase : Je prends les tiens. Les cinquante nuances.

Maddie : Maintenant, arrête d'essayer de gagner du temps et réponds-moi.

Chase : Quatre.

Maddie : Waouh.

Chase : Je suppose que ce n'est pas admiratif.

Maddie : Exact, Sherlock.

Chase : Et toi ?

Maddie : Zéro.

Chase : Waouh.

Maddie : Je suppose que c'est admiratif.

Chase : Oui. Même si ça me dépasse, comment tu as pu réussir à résister aux charmes du combo cravate-legging.

Maddie : Ethan est précisément le genre d'homme dont j'ai envie de tomber amoureuse.

Chase : L'amour ne fonctionne pas pour tes fesses, Mad. Tu ne peux pas leur dire de qui tomber amoureuses.

Maddie : Tu penses vraiment être immunisé contre l'amour ?

Chase : Oui.

Maddie : Développe.

Chase : Oui, je suis vraiment immunisé contre l'amour. Je suis incapable de tomber amoureux. C'est un non-problème.

Maddie : Pourquoi ?

Chase : J'ai vu l'horrible facette de l'amour et maintenant, je suis complètement refroidi en ce qui concerne le sexe opposé.

Maddie : Parle-moi d'Amber.

Chase : Seulement si tu viens à la séance de mitraillage photo de nos fiançailles lundi.

Maddie : Est-ce que j'ai le droit de mitrailler mon faux fiancé ?

Chase : Ha. Ha. Oui ou non ?

Maddie : C'est du chantage.

Chase : J'appelle ça des négociations.

Maddie : Je te déteste.

Chase : Dans tes rêves.

Maddie : Qu'est-ce que tu envisages ce soir ?

Chase : Toi.

Maddie : Essaie encore.

Chase : Je me mets en chasse, étant donné que ma future petite amie temporaire refuse de me voir.

Maddie : On retourne à ses infidélités, à ce que je vois.

Chase : Notre relation n'est pas exclusive. Tu embrasses Ethan sans arrêt. Je parie qu'Ethan aussi embrasse d'autres femmes.

Maddie : Oublie. Va t'amuser. J'espère que tu choperas un nouveau parfum.

Chase : Un nouveau parfum ?

Maddie : Herpès, pour homme.

Chase : Putain, tu m'as manqué.

Maddie : En fait, je l'ai volé à Ray Donovan.

Chase : Allez, détends-toi du slip (à motifs ?). Je suis chez mes parents, je joue aux échecs avec mon père. Et je perds. Grâce à toi.

Maddie : Motif fraises (le slip). Comment il va ?

Chase : Bien (le slip). Et pas bien (mon père).

Maddie : Je suis vraiment désolée. Je ne sais pas quoi dire pour te soulager, mais je pense sans cesse à toi et à ta famille. Je déjeune avec Katie la semaine prochaine. Je veux que tu saches que je serai là pour elle.

Chase : Ce qui m'échappe, c'est l'irrévocabilité de la situation. Il est là aujourd'hui, mais demain, qui sait ?

Maddie : Ma mère a commencé à m'écrire des lettres personnelles quand elle a découvert son cancer du sein. Des petites anecdotes de mon enfance, sur elle et sur moi. On a loué des liens autour des fleurs. J'étais toujours tout excitée quand elle m'emmenait au travail et qu'elle avait une grosse commande pour un mariage. Quand elle a vaincu le cancer la première fois, elle n'a pas arrêté les lettres. Quand je lui ai demandé pourquoi, elle a dit que ça ne changeait rien. Ce n'était pas parce qu'elle n'avait plus de cancer qu'elle ne mourrait pas un jour. Et elle voulait me rappeler qu'elle m'aimerait toujours. Je pense que ce serait une bonne idée de lui dire maintenant ce que tu éprouves pour lui.

Chase : Qu'est-ce que ça t'a fait ? Je veux dire : après.

Maddie : Je me suis sentie trahie. Je ne cessais de me répéter : comment a-t-elle pu me faire ça, alors que ça n'avait aucun sens. Je savais qu'elle n'avait pas choisi de tomber malade. Je me sentais dépouillée de quelque chose. Abusée. Maudite. Mais, petit à petit, je me suis remise sur pied. Tu y arriveras aussi.

Chase : Et dans le cas contraire ?

Maddie : Je m'en assurerai.

Chase : Je ne te laisserai pas m'aider.

Maddie : Je ne te demanderai pas l'autorisation.

Chase : Alors tu me sauveras, mais on ne baisera pas ?

Maddie : Exactement.

Chase : À lundi. Je passe te prendre à 6 heures.

Maddie : À lundi.

Chase : Mad ?

Maddie : Oui ?

Chase : Merci.

14

Chase

C'était le même studio.

Bien sûr que c'était le même putain de studio.

Un loft industriel à Broadway.

Je n'étais pas surpris. Ma mère avait une assistante – Berta – qui devait avoir dans les quatre-vingts ans (et je n'exagérais pas pour souligner mon propos). Elle aurait dû prendre sa retraite au moins trois décennies plus tôt, mais Berta était veuve, sans enfants, et ma mère disait que le travail l'aidait à rester occupée. Berta avait une dent personnelle contre la technologie et se servait des Pages Jaunes dès qu'elle devait réserver quelque chose en dehors des prestataires habituels de la famille. Ce qui signifiait que le studio – Events4U – était le même que celui qu'elle réservait pour tous les événements familiaux depuis le siècle dernier, y compris les séances photo de fiançailles, les cartes de Noël et de condoléances, quasiment toutes les photos officielles de Crotte de Nez, mes photos de remise de diplôme et les photos d'enterrement du chat himalayen de

Katie (il n'y aura pas de détails supplémentaires sur le sujet ; je ne lui avais toujours pas pardonné d'avoir gaspillé le temps de tout le monde en organisant un enterrement en règle du félin).

J'ouvris la porte à Mad, non sans une dangereuse envie de me téléporter à l'autre bout de la planète lorsque je repensai à la dernière fois que je m'étais retrouvé ici. Et avec *qui*. Ma famille avait beau être revenue par la suite, j'avais catégoriquement refusé de remettre un pied dans ce studio au motif que JE N'ÉTAIS PAS MASO.

Jusqu'à aujourd'hui.

Madison entra. Ses gestes, comme tout son être, étaient sémillants et solaires. Elle appuya tout le haut de son corps contre le comptoir pour saluer la réceptionniste comme si elle la connaissait depuis toujours. Ses cheveux courts étaient un peu plus longs que d'habitude et partaient gaiement dans tous les sens. C'était foutrement sexy et je me demandai si elle allait se les laisser pousser, et si ça voulait dire que j'allais pouvoir les tirer pendant nos parties de jambes en l'air.

Madison rit à une phrase de la réceptionniste, puis sortit son téléphone de son sac et lui montra quelque chose. Je me rendis compte que la réceptionniste était celle qui avait pris ma photo, plusieurs années auparavant. Le souvenir me heurta comme un camion dans un carrefour bondé. C'était l'entreprise d'une seule employée. Cette femme était celle qui nous avait demandé, à mon ex (réelle) fiancée et moi – deux étudiants nerveux de troisième cycle qui avaient pris la décision fatale de se marier avant de se connaître réellement –, de sourire à l'objectif.

Elle ne te reconnaîtra pas. Elle dirige un studio à Broadway. Elle voit des centaines de personnes chaque semaine, certaines particulièrement laides, certaines particulièrement belles. Ton visage ne l'a pas marquée.

— Oh ! mon Dieu. (La femme, qui s'était présentée sous le nom de Becky, remonta ses lunettes sur son nez en clignant des yeux. La cinquantaine, une silhouette athlétique, les cheveux gris, elle portait une robe classique de la même couleur et une quantité de bijoux qui aurait pu couler le *Titanic*.) Vous voilà de nouveau, monsieur Black.

Bordel de merde.

— De nouveau ? (Madison sourit poliment en nous regardant tour à tour.) C'est ta deuxième séance photos de fiançailles ici ? s'enquit-elle en comprenant que ses soupçons étaient en train de se confirmer.

J'avais envie d'étriper Becky, Berta et ma mère et de faire des écharpes avec leurs boyaux. Mais plutôt que d'agresser des femmes de trois fois mon âge, je pris la main de Madison (c'était la troisième fois, ça commençait à devenir une habitude) et adoptai une certaine nonchalance.

— Celle-là, c'est la bonne.

— N'en sois pas si sûr, murmura Mad.

— Oh ! si. La demoiselle avant vous, intervint Becky en secouant la tête, avant de contourner le comptoir pour nous montrer le studio, elle n'était pas bien pour lui. Je savais que ça ne fonctionnerait pas. J'ai un sixième sens pour ce genre de choses. Vraiment.

Elle s'arrêta devant un fond blanc brillamment éclairé par des projecteurs. Un tabouret et un équipement étaient installés en face dans le coin sombre de la pièce. Becky alluma l'appareil posé sur le trépied et approcha son œil pour ajuster l'objectif.

— Je n'étais pas surprise du tout de la voir revenir avec quelqu'un d'autre. Vous deux, je n'arrivais pas à me l'imaginer. Quand un couple entre ici, je n'ai même pas besoin de lui parler. Rien qu'à son langage corporel, je sais si ça va durer ou pas. Je ne me trompe jamais.

Elle tapota sa tempe de son ongle manucuré. Je la gratifiai d'un petit sourire poli, d'un air de dire que j'avais hâte de me tirer d'ici. Je me serais passé de toute cette histoire de séance photo si ça n'avait pas été dans le but de redonner le sourire à mon père.

Quand ma mère m'avait annoncé qu'elle nous avait réservé cette séance en guise de cadeau, j'avais commencé par décliner, mais la déception que j'avais lue sur le visage de mon père m'avait fait changer d'avis.

— Et que pensez-vous de notre couple ? demanda Mad en s'installant devant le fond blanc.

Elle portait un chemisier gris au col orné de perles, et une jupe crayon rose à motif pêches que j'avais furieusement envie de lui arracher.

— Vous êtes destinés à durer, sans aucun doute. C'est votre conte de fées.

La femme sourit derrière son objectif. Madison m'adressa un regard censé me réduire au silence. Elle était amusée. Mais Becky était sérieuse, et complètement à côté de la plaque. Je ne trouvais pas ça drôle du tout.

Becky nous demanda de nous rapprocher avec de grands gestes. Elle me pria de me placer derrière Madison et de poser une main sur son épaule (« Regardez-moi cette différence de taille, waouh ! ») puis de poser les deux mains sur ses épaules et de la regarder dans les yeux. Plus ringard tu meurs, et tous les os de mon squelette avaient envie de se briser sous le coup de la rage, mais je m'exécutai ; les paroles de Mad tournaient toujours dans ma tête et j'étais conscient que mes parents seraient enchantés du résultat.

On fit ce qu'on nous demanda en souriant à l'objectif à nous faire mal aux joues, tandis que Becky mitraillait. Nos regards étaient rivés sur l'œil noir de la caméra. En comprenant qu'on risquait d'être là pour un moment, Madison lança une conversation.

— Alors comme ça, tu es… *de retour* ici ? demanda-t-elle avec un sourire figé.

— Penchez-vous et embrassez-la sur la joue, monsieur Black ! s'exclama Becky derrière son objectif.

Je m'exécutai et posai les lèvres sur sa joue. Un courant brûlant et inédit passa entre nous. Comme si son corps se gonflait dans mes bras, qu'il s'animait et devenait encore plus sexy.

— Laisse tomber, murmurai-je contre sa peau.

— Tu m'as dit que tu me raconterais tout à propos d'Amber si je faisais cette séance avec toi. Alors crache le morceau, lâcha-t-elle sans se départir de son sourire.

— Madison, tournez-vous ! Enlacez-le ! Prenez un air convaincu. Non, ça ne va pas. On dirait que vous essayez de le plaquer pendant un match de football.

Becky continuait ses remarques. Mad se tourna et passa ses

bras autour de moi puis posa sa joue contre mon cœur. Je fixai le sommet de son crâne et, comme je l'avais prédit, je repérai deux cheveux gris. Ils étincelaient parmi ses cheveux bruns.

— Tu es nerveux ? murmura-t-elle.

— Non, raillai-je.

— On dirait que ton cœur va exploser.

— C'est le café.

— À quand remonte ton dernier café ?

À midi, probablement. Mon rythme cardiaque avait bien le droit de s'emballer quand une femme sublime se pressait contre moi.

— Juste avant de passer te prendre. Deux shots cul sec.

— Menteur. (Je sentais son sourire contre ma chemise.) Alors, Amber ?

J'avais envie de la ranger dans ma poche et de la refermer. Elle était exaspérante.

— Monsieur Black ! Serrez-la vous aussi. Je ne me souvenais pas que vous étiez aussi glacial la première fois.

— Ce que vous devriez peut-être arrêter de mentionner dans l'intérêt de ma relation actuelle, répliquai-je d'une voix forte.

Elle agita la main.

— Je suis trop vieille pour mettre un filtre.

— Je suis trop sanguin pour avoir cette conversation *sans* une boisson forte, grognai-je.

Madison rit. Je la serrai dans mes bras en effleurant ses cheveux avec mes lèvres. Elle sentait les fleurs, la noix de coco, et ma chute potentielle. Il fallait que je reconsidère toute cette idée de simulation de vraie petite amie avant qu'elle flanche.

— Donc, tu es sorti avec Amber, lança-t-elle, son souffle chaud contre la peau de mon torse.

— Je me suis *fiancé* à Amber, rectifiai-je.

— Tu déconnes.

Elle me donna une tape sur le torse en levant vers moi un regard choqué.

— Madison ! Pas d'agression dans le studio. C'est la raison pour laquelle j'interdis aux couples de boire avant les séances photo. La situation peut déraper, s'écria Becky, avant de retirer l'appareil de son trépied et de s'approcher de nous. Murmurez-lui des mots doux, monsieur Black.

J'approchai mes lèvres de l'oreille de Madison et je la sentis frémir dans mes bras.

— On sortait à peine de la fac. Amber était différente, à l'époque. Jolie, naturelle, *saine d'esprit*. Crois-le ou non, elle n'était pas totalement superficielle. On avait quelques cours en commun et on finissait toujours du même côté du débat. Même si, avec le recul, elle aurait convenu que noyer des bébés comme moyen de contraception était une bonne idée si j'avais insisté. Elle avait une bourse d'études complète et elle voulait faire un beau mariage. Ça, elle a réussi, fis-je avec un gloussement amer.

— Elle t'a trompé ?

L'air autour de Madison crépitait de fureur, de surprise et de délectation, et *merde, merde, merde*, pourquoi était-elle aussi expressive, tout le temps ? J'avais envie de me pencher pour mordre sa lèvre inférieure jusqu'à lui arracher un gémissement, mais je doutais que c'était ce que mes parents avaient en tête quand ils m'avaient demandé des photos de fiançailles officielles.

— Pas que je sache.

Je passai mon pouce sur sa joue, sachant qu'elle était trop absorbée par notre conversation pour me repousser.

— Qu'est-ce qui s'est passé, alors ?

— Je m'accordais un peu de temps pour réfléchir à ce que je voulais faire de ma vie. Julian s'était déjà bien construit, lui. Il se vantait d'être le prochain P-DG de Black & Co. Il proclamait qu'il avait été élevé pour prendre ce poste. Julian et Amber étaient proches. Je me suis éloigné d'eux.

Je passai mon pouce sur sa lèvre inférieure. Elle me laissa faire. Je continuai de parler, mais mon esprit était bien loin de l'histoire de Julian et Amber.

— Je n'ai jamais contredit cette supposition. Amber voulait être au sommet de la chaîne alimentaire. Elle m'a demandé si je pouvais lui promettre que je deviendrais le P-DG. Que je pourrais lui offrir la vie de luxe qu'elle convoitait. Je lui ai dit que non. J'ai aussi fait allusion à mon désir éventuel de devenir prof. Julian lui a fait croire que c'était lui qui menait la danse.

— C'était le cas ? *C'est* le cas aujourd'hui ? me demanda-t-elle avec un regard implorant.

Je secouai la tête.

— Tu voulais vraiment devenir prof ?

Elle semblait à la fois surprise et ravie. Je ne pouvais pas lui en vouloir.

Je haussai les épaules.

— J'y ai pensé, pendant une demi-seconde. J'étais une

sorte d'idéaliste, à l'époque. En tout cas, Amber a rompu nos fiançailles. J'ai pris quelques mois de congé. À mon retour, je savais que je voulais rejoindre Black & Co. J'avais compris que ma vocation n'était pas de devenir prof. Amber était déjà fiancée à Julian et très enceinte de Clementine. Le fait que leur fils mette au monde un enfant hors mariage allait tuer mes parents, alors Julian et Amber ont convolé dès que j'ai atterri aux USA.

Je la vis faire son calcul dans sa tête en haussant les sourcils.

— La grossesse. Ça a été rapide entre Julian et toi.

Je hochai la tête.

— C'est pour ça que j'ai dit que je ne savais pas si elle m'avait trompé.

— Tu ne lui as jamais posé la question ?

— Je ne voulais pas connaître la réponse. Julian était mon frère, et on avait toujours eu ce lien. J'ai laissé tomber, mais j'ai cessé de croire à l'amour conjugal.

— Tu as assisté au mariage ? demanda-t-elle calmement.

Elle semblait anéantie pour moi, et j'avais envie de me baffer. Car à mes yeux, ça n'avait pas grande importance. De l'eau était passée sous les ponts. Aujourd'hui, le choc Julian-Amber n'était rien de plus qu'une cicatrice estompée.

— J'étais leur témoin, répondis-je avec un sourire en coin. Je n'avais pas l'intention de leur montrer que ça me faisait quoi que ce soit.

— Monsieur Black ! Mademoiselle Goldbloom ! Je vous ennuie ? s'écria Becky dans le fond, et je pris conscience, quoiqu'un peu tard, que les dix dernières secondes de notre conversation s'étaient faites lèvres contre lèvres.

Je m'écartai tel un collégien pris en faute en pleine découverte des joies de la masturbation. Madison baissa les yeux sur ses pieds en rougissant.

— Des mots doux, répéta sévèrement Becky en agitant l'appareil dans sa main. Gardez le bécotage pour votre lune de miel. Où partez-vous en lune de miel, d'ailleurs ?

— À Malte, répondit Madison.

— Aux îles Fidji, répondis-je en même temps.

Chacun fronça les sourcils. Je réprimai un sourire.

— Malte ?

— Je veux faire le circuit de *Game of Thrones*. Tu sais, les lieux où ils ont tourné la plus grande partie. Fidji ?

— Ouais, je veux bronzer, me soûler et m'enfouir en toi dans le sable.

— Oh ! doux Jésus. (Becky semblait sur le point de s'évanouir.) Concentrez-vous ! Des mots doux. Pas des cochonneries. Des *douceurs*.

Je rapprochai mes lèvres de l'oreille de Mad. Le truc entre nous deux, c'était que nos corps semblaient parfaitement en phase l'un avec l'autre. Elle se tourna de nouveau et s'appuya contre moi. La courbe de ses fesses toucha mon érection et je réprimai un juron en respirant par le nez. Je dus m'efforcer de penser à quelque chose de triste pour me retenir de me presser contre elle.

Les enfants qui vivent sous le seuil de pauvreté.

Le changement climatique.

Les ours affamés.

Mon père.

Ce fut le dernier qui fonctionna. Becky retourna à sa place au-delà de la vive lumière orientée sur le fond blanc, et mitrailla depuis les ombres.

— C'est donc Amber qui t'a brisé, murmura Mad.

— Je crois que j'étais déjà brisé, mais oui, elle a porté le dernier coup de marteau sur la maigre fibre romantique qui me restait.

— Je la déteste, dit Mad.

Moi pas. Je n'éprouvais rien pour mon ex-fiancée, avec laquelle j'avais passé la majeure partie de mes années d'université.

Il fallait que je fasse quelque chose pour détendre l'atmosphère. Je n'avais pas envie de parler de Julian ou d'Amber. Ce n'était même pas le chagrin d'amour qui m'avait fait renoncer à l'amour. C'étaient les conséquences, les embarrassantes répercussions. Le moulin à potins. L'humiliation.

Le pauvre Chase qui s'est fait larguer.

Il n'a jamais été aussi bosseur et ambitieux que Julian.

On dit qu'Amber devait officialiser avec son frère parce qu'il l'a mise enceinte alors qu'elle était toujours fiancée à Chase.

Chase n'était peut-être pas performant, vous savez où.

C'est peut-être Chase qui l'a trompée le premier. Elle a seulement fait ce qui était le mieux pour elle.

J'avais accordé mon pardon à Julian lorsqu''il me l'avait imploré. C'était le grand frère que j'admirais, et j'étais décidé à laisser couler et à arranger la situation entre nous. C'était avec Amber que j'avais un problème. L'inconstance de l'amour, ce que je pensais être de l'amour, m'avait pris à rebrousse-poil. J'étais épris d'Amber à la manière dont un garçon de treize ans s'entichait d'une star internationale. Elle avait la beauté et la joie de vivre, tandis que j'avais les ressources et la capacité à l'extraire de sa petite ville pour la propulser dans la vie de star dont elle rêvait. Après avoir effleuré le sentiment à cinq lettres avec Amber, j'avais décidé que je n'avais pas envie de laisser entrer quelqu''un dans ma vie, compte tenu du risque qu'il y avait à voir cette personne s'en aller. Tout ce qu'il avait fallu à Amber, c'était un infime indice que le cheval sur lequel elle avait parié n'allait pas gagner, que Julian allait passer la ligne d'arrivée du P-DG avant moi, et elle m'avait largué comme une merde.

La maladie de mon père était un rappel amer que l'amour n'était pas au programme pour moi.

Amour = peine.

Peine = souffrance.

Souffrance = non, merci, Satan. Non. Merci.

Je collai mes lèvres contre l'oreille de Madison. Elle fixait l'objectif des yeux, le sourire toujours aux lèvres, mais de là où je me trouvais, à cent cinquante mètres au-dessus d'elle (elle était *vraiment* minuscule), je discernais dans son regard l'horreur de se retrouver coincée ici pour l'éternité.

— J'ai envie de te faire des trucs très coquins.

Elle frémit et je souris en effleurant son oreille avec mes dents.

— Sous la douche, poursuivis-je. Tu pourrais t'asseoir sur le banc de ma douche pendant que je te dévore.

— Seigneur (elle ferma les yeux avec un léger gémissement), c'est tellement… hygiénique.

On éclata tous les deux d'un rire spontané, ce qui nous attira un regard noir de la part de Becky.

— Il y a trop de dents. S'il vous plaît, restons majestueux et élégants.

Je sondai le visage de Madison, curieux de voir ce qu'elle allait dire ensuite.

— Alors, quand tu seras sur le point de devenir P-DG, est-ce qu'Amber va essayer de te récupérer ? demanda Mad.

— Je ne sais pas.

— Ça t'intéresse ?

— Pas particulièrement.

— Est-ce que Julian sait qu'Amber pourrait te courir de nouveau après ?

Nouveau haussement d'épaules.

— Si oui, il s'en fiche.

— Pourquoi ?

— Parce qu'Amber n'a jamais été sa finalité. Elle était secondaire dans une partie d'échecs plus complexe que je n'avais pas conscience de jouer. Ce qu'il cherchait vraiment, c'était affirmer qu'il était meilleur que moi. Qu'il était un meilleur fils pour Ronan que moi. Il veut devenir P-DG. Il veut être le plus Black du clan Black.

— Alors pourquoi Amber a fait ça ? Se mettre avec Julian ? Tu es tellement plus…

Mad s'interrompit.

— Baisable ? proposai-je.

— J'allais dire « supportable ». Mais même ça, ça me paraît trop généreux. Mais lui, on dirait une fouine.

Je ne répondis pas. Becky s'exclama que c'était dans la boîte, et je lâchai Madison avant de reculer comme si je m'étais brûlé.

Mais Mad était toujours concentrée dans l'instant et me fixait avec un regard vulnérable que je ne pouvais soutenir.

— Ça ne me paraît pas juste que tu ne veuilles plus tomber amoureux, te marier, faire des enfants… parce que ton frère-cousin t'a volé ta fiancée. Toutes les femmes ne s'intéressent pas qu'à l'argent et au statut social.

— Mais on ne peut jamais en être sûr, répondis-je avec un sourire sombre.

Elle avait envie de poursuivre sur cette lancée, mais je suivis Becky jusqu'à la réception pour y mettre un terme. Rien ne m'importait plus que d'échapper à l'insistance de ce regard noisette bordé de vert. Mad m'emboîta le pas, refusant de laisser tomber.

— Alors il n'aura fallu que ça ? Une mauvaise expérience amoureuse ?

— Eh oui.

— C'est tellement lâche. C'est comme de rejeter tous les glucides parce que tu n'as pas aimé une part d'une pizza.

— Je n'aime pas les pizzas non plus, répondis-je avec désinvolture.

Techniquement, c'était la vérité. Je n'aimais pas les conséquences des pizzas sur mes abdos obtenus au prix fort, et je n'avais pas l'intention d'en manger de sitôt.

— Quel blasphème ! s'écria Madison dans mon dos, essayant – en vain – de se mettre à ma hauteur. Alors c'est ça ? Tu te condamnes à une vie de solitude à cause de *ça* ?

Elle avait entendu mon histoire ou non ? Est-ce qu'elle

connaissait beaucoup de gens qui s'étaient fait voler leur fiancé(e) par leur frère ou sœur ?

— Pas à la solitude, rectifiai-je. J'ai un tas de coups d'un soir et j'ai une super famille que j'aime, en dehors de mon frousin et de sa femme.

— Mais si tu ne tombes pas amoureux, alors tu laisses les méchants gagner, insista Madison.

— Sérieux ? (Je pivotai sur moi-même avec un regard sarcastique.) Ils n'ont pas l'air de deux putains de vainqueurs, à mes yeux. Ils ont l'air carrément malheureux, pour mon plus grand plaisir.

Il y eut une pause. Si je n'avais pas eu plus de bon sens, j'aurais dit que Madison était au bord des larmes. Mais c'était impossible. Qu'est-ce que ça pouvait bien lui foutre ?

— Tu vas te laisser pousser les cheveux ? demandai-je en changeant subitement de sujet.

— Je ne sais pas. (Elle cligna des yeux, prise au dépourvu.) Peut-être.

— J'aime bien quand ils sont courts.

— Je veillerai à ne pas l'oublier.

— Pour de vrai ? demandai-je.

— Non, répondit-elle sans expression.

Je m'approchai de la réception pour passer en revue les photos avec Becky et mettre un peu d'espace entre Madison et moi. Une fois que mon pouls eut retrouvé un rythme à peu près normal, je rejoignis Madison à l'extérieur. Elle me tournait le dos. Elle paraissait à cran et oscillait sur ses pieds en serrant ses bras autour de sa taille. Je l'observai à la dérobée. Elle sortit son téléphone de son sac et se mit à écrire un message. Au petit pédiatre ? La seule idée de la voir flirter avec lui, après avoir fait des photos de fiançailles officielles avec moi, me donnait des envies de meurtre. Je fis un pas en avant et posai la main sur son épaule.

— Et si on allait manger un morceau ?

Elle pivota avec un petit hoquet de crainte comme si je l'avais surprise en train de faire quelque chose d'illicite. Et ce fut l'impression que j'eus. Elle me devait que dalle, mais depuis que cette histoire de fausses fiançailles avait commencé, je n'avais fréquenté personne d'autre. Ça n'avait aucun sens. Je n'avais seulement pas le cœur à faire un effort avec quelqu'un de nouveau alors que Madison était juste là. Je concentrais toute mon énergie à essayer de la remettre dans mon lit.

Et je l'avais à peine embrassée.

Il fallait que je rectifie la situation. Et vite.

— J'ai des restes chez moi, répondit-elle avec un sourire poli. Je ne veux pas gâcher.

Je fronçai les sourcils.

— Ça ressemble beaucoup à un refus.

Elle soupira en se frottant les yeux d'un air fatigué.

— Écoute, Chase, tu es sympa…

— Non, pas vraiment, la coupai-je.

Elle sembla fléchir.

— C'est vrai. Mais tu es un beau parti. Pas à cause de ton argent ou de ton statut, mais parce que tu es drôle, vif d'esprit, intelligent et, oui, tu ressembles au produit d'une orgie entre tous les dieux grecs, Chris Hemsworth et James Dean.

— Merci pour l'image mentale que je ne pourrai plus effacer de ma mémoire. Au fait, lequel d'entre eux serait tombé enceinte ?

Elle cligna des yeux.

— Quel dieu ?

— Ah… Chris. Je suis sûre qu'il serait canon, enceinte.

Silence. Les gens passaient à côté de nous sur le trottoir. J'étais ce genre d'enfoiré qui bloquait le passage et que je détestais.

— Bref, fit-elle en se frottant les tempes. Ce n'est pas le propos. Mon propos, c'est que tu es un bon parti et ce n'est pas une bonne idée de passer du temps avec toi parce que je ne veux pas éprouver de nouveau des sentiments pour toi, d'accord ? Alors désolée, mais je ne veux pas être ta vraie-fausse petite amie. Ou fiancée. Ou quoi que ce soit. Salut, Chase.

Elle tourna les talons et s'éloigna. Elle se heurta à un homme d'affaires. Il poussa un juron. Maddie Martyre présenta ses excuses.

— Attends.

Je courus derrière elle et la saisis par le coude. Il me vint à l'esprit que, malgré mon prénom[1], je n'avais jamais couru après personne. C'était toujours l'inverse. Jusqu'à aujourd'hui. Jusqu'à Mad.

Elle s'arrêta, pivota sur elle-même et me fixa avec circonspection. Son regard était si intense que je craignais qu'il ne déborde d'émotions. Je n'aurais su dire de quoi se composait cette intensité. De peine ? Quoi qu'il en soit, je me sentis mal.

— Si tu te préoccupes de mon bien-être, dit-elle lentement,

1. *Chase* veut dire, en français : pourchasser, courir après.

essoufflée, alors arrête de me courir après. Laisse-moi vivre ma vie. Laisse-moi tourner la page. Tu m'embrouilles, tu m'exaspères et tu me subjugues. Tu me fais ressentir toutes ces émotions dont je ne veux pas, alors que je cherche désespérément à avancer. Je *veux* avoir envie d'Ethan. Laisse au moins un de nous deux trouver le bonheur. Parce qu'il est douloureusement évident que tu ne voudras jamais trouver le tien.

Cette fois, elle avait bel et bien les larmes aux yeux. J'avalai péniblement ma salive. Malgré mes mœurs lâches et mes principes plus lâches encore, je ne me considérais pas comme un connard de premier ordre. Je m'assurais toujours que les femmes sachent sur quel pied danser avec moi (à l'exception de Madison, visiblement). Je ne faisais jamais de promesses que je ne pouvais pas tenir. Et Maddie n'était à l'évidence pas d'accord avec ce que j'avais à lui offrir. Ce qui signifiait que le moment était réellement venu de laisser tomber.

Je fis un pas en arrière. Puis encore un autre, sans quitter son regard. Le monde sembla rétrécir autour d'elle et se brouiller sur les bords comme une peinture effacée.

Tourne tes putains de talons et fiche le camp, idiot.

Mais je restai planté là, dans l'attente qu'elle fasse le premier pas. Me demandant si elle changerait d'avis au dernier moment.

— Peut-être dans une autre vie, dit Mad avec un sourire triste, les yeux brillants.

— Certainement, fis-je d'un ton bourru.

Elle se retourna et disparut dans le métro. Je restai dix minutes supplémentaires avant de tourner les talons et je dus parcourir trois pâtés de maisons avant de trouver une allée remplie de poubelles capable de m'offrir un peu d'intimité. Je m'affaissai contre le mur, le front contre les briques rouges, et je restai là une demi-heure pour laisser mon rythme cardiaque se calmer.

15

Maddie

La semaine suivante se déroula au ralenti, une minute après l'autre. Il faisait une chaleur exotique. Toute la ville semblait liquéfiée. Le béton. Les immeubles. Les gens. Un air de *Persistance de la mémoire*, de Salvador Dalí, avec les montres fondues.

Tic, tac.

Tic, tac.

La vie m'avait-elle déjà paru aussi insignifiante ?

Je m'étais forcée à oublier les azalées. Le pari avec Chase. À m'oublier, *moi*.

Je me jetai à corps perdu dans le travail et je dessinais partout où je le pouvais. Dans le métro, à l'aller et au retour. Sur le quai. Au restaurant. Pendant mes pauses déjeuner. Avant de me coucher. Le travail me consumait.

Je dessinais, effaçais et recommençais le dessin de la Robe idéale, je riais et je pleurais sur ma feuille. Ce n'était pas un simple dessin ; c'était *mon* dessin. D'accord, j'avais conçu de nombreuses robes de mariée auparavant, mais il y avait toujours des règles à suivre, claires et définies.

Pour ce printemps, notre ligne se concentrera sur les robes fourreau.

Cet hiver sera sous le signe de la robe de bal.

La collection dentelle suivra le style sirène.

Cette fois, il n'y avait aucune règle particulière à respecter. Il n'y avait que moi et le chaos qui grondait dans ma tête. C'était la finalité. Kate Middleton le jour de son mariage qui rencontrait Grace Kelly dans son carrosse et Audrey Hepburn dans sa robe signature Balmain.

Je m'efforçais de ne pas penser à Chase. J'emmenais Daisy faire de longues promenades et je la regardais pourchasser Frank. Je lisais consciencieusement le mot du jour sur le tableau de Layla en guettant un signe m'indiquant que mon impression tenace de commettre une énorme erreur était infondée. Je voulais être présente pour Chase pendant cette période. Présente pour Katie, et Lori, et Clementine.

J'avais même dressé la liste des mots que Layla avait affichés pour essayer d'y trouver une signification.

Lundi, c'était *regret*.

Mardi, c'était *soulagement*.

Mercredi, c'était *chocolat* (ce qui, soyons honnêtes, joua un grand rôle pendant cette semaine où j'essayais d'oublier Chase).

Jeudi, c'était *lâche*.

Je décidai de ne pas consulter le tableau aujourd'hui. J'étais sûre à soixante-dix pour cent que Layla se la jouait passive-agressive depuis que je lui avais dit que j'avais pris la fuite après la séance photos de fiançailles, en plantant Chase, embrouillé par mon attitude.

Je sortis deux fois avec Ethan dans le but de chasser la *chasitude* qui inondait mon cerveau. La distraction fut la bienvenue. Il était d'une patience et d'une prévenance sans borne, débordant de récits de son travail, de ses patients et de son bénévolat en Afrique. Le mardi, on alla voir un film de guerre au cinéma. Le lendemain soir, il m'emmena rencontrer ses amis dans un bar. Et ce soir, on s'était mis d'accord pour aller dans un restaurant thaïlandais avant de revenir boire un verre de vin chez moi.

Le vin voulait dire coucher ensemble, et je ne me sentais pas prête, étant donné que Chase occupait la moindre case de mon cerveau. Une partie de moi avait envie d'avancer une minute après l'autre et de se contenter de voir ce qui se passerait. Peut-être que je serais *bel et bien* d'humeur. Peut-être que le vin me détendrait, qu'on coucherait ensemble et que je me rendrais compte que c'était tout ce dont j'avais finalement besoin – une occasion d'être intime avec Ethan pour sentir une connexion avec lui.

Alors pourquoi est-ce que je redoute de rentrer chez moi avec Ethan ? Pourquoi est-ce que ça me donne l'impression d'entrer dans le couloir de la mort ?

Ethan et moi arrivions devant mon immeuble. Je lui parlais en détail de mon projet Robe idéale.

— Il y aura une traîne chapelle et j'envisage un corsage cache-cœur plissé qui ressemblerait un peu aux corsages victoriens. Oh ! Ethan, ce sera tellement joli…, m'extasiai-je en remarquant qu'il se raidissait à côté de moi.

Je m'arrêtai en fixant mon perron des yeux.

Impossible.

C'était précisément ce que je m'étais dit la première fois où j'avais trouvé Chase qui m'attendait sur les marches pour m'attirer dans toute cette histoire de fausses fiançailles.

— Je croyais…, commença Ethan.

Je secouai violemment la tête. Comme s'il y avait quelque chose à l'intérieur dont je voulais me débarrasser. *C'était le cas.*

— Tu croyais bien. Je lui ai dit de disparaître. Laisse-moi m'en occuper.

Je m'approchai d'un pas décidé. Je sentais la colère irradier de mon ventre et monter en intensité. Mon corps entier frémissait de fureur. Comment osait-il ? Comment osait-il me faire ça une nouvelle fois ? Est-ce que je n'avais pas été claire ? Je ne voulais pas le voir. J'étais allée jusqu'à lui *avouer* que j'avais des sentiments pour lui rien que pour lui faire comprendre qu'il devait me laisser tranquille. Y avait-il plus humiliant que d'avouer des sentiments non partagés à quelqu'un ? C'était la base de tous les poèmes, de toutes les chansons d'amour, et de toutes les œuvres d'art torturées dans l'univers.

Comment pouvait-il être aussi égoïste ?

— Qu'est-ce que tu fiches ici, à la fin ? demandai-je d'une voix aiguë, à la limite de l'hystérie. (Chase était toujours assis sur les marches lorsque je me dressai au-dessus de lui.) Je t'ai dit de me laisser tranquille. Qu'est-ce qui cloche chez toi ?

Je me rendis compte que je montrais les dents au moment où Chase releva les yeux de son téléphone, surpris par mon agression verbale. Je me figeai.

Il paraissait différent. Ébouriffé, épuisé et… *brisé*.

Ce fut ce dernier aspect qui eut raison de moi. Je ne connaissais que trop bien cette expression. Mon père l'avait arborée pendant une année entière à l'époque où ma mère était mourante. *Littéralement* mourante. C'était toujours gravé de façon permanente à l'endroit situé sous ma cage thoracique. C'était l'expression d'impuissance d'une personne que le destin avait mise à genoux.

Je baissai immédiatement ma garde. Mon armure se brisa à mes pieds.

— Qu'est-ce qui s'est passé ?

Je m'accroupis au niveau de Chase et posai mes coudes sur ses genoux. Je saisis son menton pour relever son visage d'une main tremblante.

— Où est-il ?

— À l'hôpital.

— *Chase*. (Je n'étais plus sûre de respirer.) Pourquoi tu n'es pas avec lui ?

Il secoua la tête.

— Je ne sais pas.

— Tu veux que je t'accompagne ?

Dans ma vision périphérique, je vis Ethan debout, tel une bougie solitaire, longue, droite et éteinte. Il observait la scène. Je fus effrayée. Effrayée de me rendre compte à quel point je me fichais de ce qu'il pouvait bien penser et ressentir à cet instant. Seul Chase comptait.

C'était la première fois que je prenais conscience qu'être Maddie Martyre était insoutenable, mais peut-être que je pouvais réussir à être une bonne amie pour les personnes qui comptaient pour moi. Je ne pouvais pas protéger la sensibilité de tout le monde.

Mais je pouvais pourfendre des dragons pour ceux qui avaient trouvé le chemin jusqu'à mon cœur.

— Il faut qu'on aille le voir, d'accord ?

Je caressai ses joues avec mes pouces. Il me sembla le sentir hocher la tête. Je sortis mon téléphone et réservai un Uber pour nous emmener à l'hôpital où se trouvait son père. Ensuite, je me tournai vers Ethan.

— Je suis vraiment désolée.

Il pencha la tête.

— J'espère qu'il ira mieux.

— Merci, murmurai-je.

Chase était trop absent pour remarquer la présence d'Ethan. Je dus le mettre dans le taxi. Vêtu d'une casquette de base-ball, d'un sweat-shirt à capuche, l'air las, le chauffeur tenta une vaine conversation sur la politique et l'état du trafic.

— Votre petit copain a l'air bourré, finit-il par dire. Il a trop bu ? (Il me transperça de son regard dans le rétroviseur intérieur.) Je ne veux pas de vomi sur la banquette arrière.

— Il ne se sentira pas mal, répliquai-je sèchement.

— Vous aussi, vous êtes pas mal, dit le chauffeur avec un sourire.

— Regardez-la comme ça encore une seule fois et je vous fume comme du bœuf séché, grogna Chase.

C'était la première fois qu'il ouvrait la bouche depuis qu'on était montés dans la voiture.

— On dirait que quelqu'un a des problèmes de jalousie.

— On passe une journée difficile, lançai-je sans plus me soucier de paraître polie ou agréable. Vous pourriez vous taire ?

— Bien sûr. Bien sûr.

— Arrêtez de la regarder, répéta Chase avec la voix d'un animal blessé. Vous avisez même pas de respirer dans sa direction.

— Vous avez entendu, ajoutai-je, brisant ma coquille de douceur.

Le chauffeur secoua la tête.

— Seigneur.

Katie et Lori étaient déjà dans la chambre de Ronan, assises sur un canapé bleu pastel qui avait vu des jours meilleurs. L'odeur d'antiseptique, les néons fluorescents et la vétusté morbide des lieux me donnèrent la nausée. Je n'avais pas mis les pieds dans un hôpital depuis la mort de ma mère.

Je serrai Lori et Katie dans mes bras tandis que Chase s'effondrai dans le fauteuil à côté de son père inconscient. Il ferma les yeux et inspira par le nez.

— Il a fait un infarctus. (Lori passa ses doigts dans les épais cheveux blancs de Ronan, les sourcils froncés.) Les médecins disent qu'il était minime, en soit, mais que son organisme se détériore. Il est stable, mais pas tiré d'affaire. Grant est en route.

Chase ne réagit pas. Il n'était pas entièrement là. Je quittai la chambre en quête de café et d'en-cas. Je me dis que Chase attendait peut-être que je leur laisse de l'intimité avant de réagir à cette annonce.

J'appuyai sur les boutons du distributeur lorsque Katie apparut à côté de moi, les bras serrés contre elle. Elle portait un pyjama en flanelle sous un épais manteau. Je me rendis compte alors qu'il gelait, dans l'hôpital.

— Il ne dort plus, dit-elle. Chase.

Je fis mine de me concentrer sur la machine. Le sachet de bretzels ne voulait pas tomber. Il était coincé entre la paroi et le ressort métallique. J'essayai de secouer le distributeur, mais l'en-cas bougea à peine.

— *Merde*, murmurai-je.

Je ne jurais jamais. Katie tressaillit.

— Je pense qu'il n'a pas vraiment dormi depuis une semaine, poursuivit-elle. Je ne suis pas sûre que ce soit seulement à cause de papa.

Était-elle en train de dire ce que je pensais qu'elle était en train de dire ? Impossible. Je supposai que Katie avait compris que Chase et moi n'étions pas vraiment ensemble au moment où je lui avais parlé de l'ex infidèle pris sur le fait. Mais pourquoi me dirait-elle que Chase avait perdu le sommeil toute la période où lui et moi n'étions plus en contact ? La raison évidente, *parce que c'était la vérité*, ne me vint même pas à l'esprit.

— Je suis désolée qu'il vive ça. Que vous viviez tous ça.

Je donnai un coup de pied au bas de la machine puis j'étouffai un autre juron lorsque je me rendis compte que mes orteils avaient payé plus cher que le distributeur. *Nom d'un chien.*

— Oui, fit Katie en m'observant attentivement. Je pensais que tu serais au courant. Étant donné que vous êtes fiancés. Vous êtes fiancés, n'est-ce pas ?

Je tournai subitement la tête vers elle en comprenait ce qui se passait. C'était une confrontation. Étant donné que Katie détestait les confrontations, je savais ce qui était en jeu.

— Oh. (Je forçai un sourire.) J'ai gardé mon appartement. J'étais à la maison toute la semaine pour travailler sur mon nouveau projet.

— Alors, cette histoire d'infidélité…

— Tu devrais oublier ça, la coupai-je.

J'étais dévastée à l'idée que Katie puisse découvrir le secret de Chase. Que n'importe qui puisse le découvrir.

— Oublie tout ce que je t'ai dit, Katie. J'aime ton frère. On est ensemble.

Je n'avais plus l'impression de mentir. Et je pris peur.

Je me sentais à bout de nerfs. À la limite de la frénésie. J'agrippai le distributeur de chaque côté et me mis à le secouer de toutes mes forces en laissant échapper un cri qui était coincé dans ma gorge depuis le jour où j'avais vu Chase pour la première fois dans cet ascenseur, un an plus tôt. Les murs du couloir semblèrent trembler sous la force de mon cri. Le sol vacilla sous mes pieds. Mais je ne m'arrêtai pas pour autant. Je n'avais même pas envie d'essayer. C'était tellement libérateur, de tout évacuer.

Les mensonges.

Le chagrin.

La peine de désirer quelque chose qui était nocif pour moi, quelque chose qui pendait en permanence sous mon nez comme un fruit défendu.

Je hurlai et secouai la machine jusqu'à me briser la voix. Le sachet de bretzels finit par tomber avec un bruit doux. Je me penchai pour le récupérer et le posai sur un plateau que j'avais laissé dans un fauteuil juste à côté, qui contenait déjà trois gobelets en polystyrène de café noir et tiède de la veille, et des sandwichs à l'air absolument immangeables. Puis je repris la direction de la chambre de Ronan comme si de rien n'était. Comme si je n'avais pas hurlé. Comme si deux infirmières n'avaient pas sorti la tête de leurs chambres pour vérifier que tout allait bien.

Katie m'emboîta le pas.

— Je ne dirai rien, murmura-t-elle.

— Je ne sais pas de quoi tu parles.

Mes mains tremblaient tellement que le café et la nourriture tressautaient sur le plateau.

— Ce qu'il y a, c'est que… Seigneur, je ne sais même pas. Il a l'air heureux quand il est avec toi, et je pense que cette partie est bien réelle. (Katie déglutit.) Je pense que c'est la seule partie de lui qui soit réelle depuis qu'Amber et lui… et puis quelques années après, quand il a perdu Julian aussi.

Je compris enfin ce que disait Katie. Pourquoi Chase refusait de s'attacher à quelqu'un. Il n'avait pas seulement perdu sa fiancée dans les bras de son frère. Il avait aussi perdu son frère pour le poste de P-DG que Ronan avait décidé de lui léguer. Tous ceux qu'il aimait voulaient quelque chose, et dès qu'ils constataient que Chase ne cédait pas, ils n'hésitaient pas à lui tourner le dos.

Y compris la personne avec laquelle il avait grandi.

Y compris la personne qu'il avait admirée et considérée comme son grand frère.

— Comment vis-tu ce qui s'est passé ? (Je changeai de sujet et indiquai d'un geste du menton la porte de laquelle on approchait. La chambre de Ronan.) Est-ce que Grant a dit que c'était… tu sais ?

La fin.

Katie secoua la tête en se mordant la lèvre inférieure.

— Tu connais les médecins. Ils ne s'engagent jamais dans un sens ou dans l'autre.

Je connaissais les médecins. Et elle avait totalement raison.

Après avoir distribué les cafés, les sandwichs et les bretzels, je tirai Chase, qui était à peine conscient, par la manche.

— Tu vas aller faire une sieste. Maintenant.

— J'attends Grant, répondit-il froidement, mais il manquait le mordant caractéristique de Chase Black.

— Non. Quand Grant sera là, je lui parlerai. S'il se passe quelque chose d'important, je te réveillerai. En attendant, tu as besoin de dormir.

Il libéra son bras, mais je le saisis par le coude et je tirai fort. Il croisa mon regard. Quoi qu'il lut sur mon expression, il comprit que je ne céderais pas. Il se releva à contrecœur. Je le poussai dans la chambre voisine de celle de son père. J'avais remarqué qu'elle était vide en revenant du distributeur avec Katie. Je retapai l'oreiller pendant qu'il restait planté derrière moi à me regarder. Une fois qu'il se fut allongé, j'hésitai un instant, puis, sachant qu'il était complètement ailleurs, ivre d'épuisement, je remontai la couverture rêche sur lui. Il avait fait la même chose pour moi quand j'avais trop bu dans les Hamptons. Il avait pris soin de moi sans se plaindre une seule fois.

J'étais en train de quitter la pièce lorsque Chase me saisit le poignet. Le courant électrique que provoqua le contact de sa peau fit dresser les poils sur ma nuque. L'instant me fit un effet monumental. Un instant crucial. La façon dont son regard argenté comme une couche de glace croisa mes yeux marron ordinaires. Ses lèvres remuèrent, et je baissai les yeux pour les regarder, trop troublée pour déchiffrer les mots. Il n'y en avait qu'un. Un mot que j'avais rêvé d'entendre pendant de nombreux mois avant notre première rupture.

— *Reste.*

— Dans la chambre, ou… ?

Dans ta vie ? Je retins mon souffle. Il fallait que je respire, mais c'était difficile alors même que je plaçais momentanément tous mes espoirs dans sa réponse.

— À l'hôpital. Que je puisse te retrouver.

Il semblait tellement abattu ; ses yeux étaient cernés de noir, sa peau tendue sur ses joues, comme s'il avait perdu du poids au cours de la nuit. Je m'étais toujours demandé comment on savait qu'on était amoureux. J'obtins ma réponse quand il me regarda. Je sus à cet instant, sans l'ombre d'un doute, que j'aimais Chase.

— Je reste.

Je posai la main sur la sienne.

Ses yeux étaient mi-clos, sa gorge remuait comme s'il avait du mal à avaler sa salive. Il avait les lèvres sèches et j'avais envie de poser les miennes dessus. Des pensées démentes.

— Tu m'as demandé si j'avais oublié Amber, reprit-il d'une voix grinçante en fermant les yeux. Oui, je l'ai oubliée. Je crois que je ne l'ai jamais aimée. Pas pour de vrai. Pas comme je pourrais t'aimer.

Boum. Boum. Boum. Mon cœur bondissait dans ma poitrine.

— Je ne t'ai pas trompée, mais je le voulais. Putain j'aurais voulu, Mad. Parce que tu étais là, tu étais réelle, et si les conneries avec Amber, que je n'aimais même pas, m'ont foutu par terre, tu avais le potentiel de faire exploser ma vie. Tu étais une faiblesse pour moi. J'étais tellement…

Tellement… ? Je retins mon souffle, attendant la suite. Mais elle ne vint jamais. Sa respiration devint laborieuse, jusqu'à se transformer en ronflements exténués. Je posai la main sur mon cœur pour l'empêcher d'exploser.

Je fermai les yeux en essayant de trouver la force d'arrêter. D'arrêter de fantasmer sur nous deux. D'oublier tous les moments où je l'avais détesté. Dans ma tête, j'entendis Layla se moquer des vieux schémas de Maddie Martyre qui revenaient au galop. À savoir faire passer les autres avant moi-même.

Une image de Chase le Petit Ami passa sur l'écran de mes paupières closes comme un vieux film.

Chase qui colle ses hanches contre les miennes lors d'une soirée, son souffle imprégné de whisky qui caresse mon cou.

— *Fichons le camp. Il n'y a que des minables, et tu es la seule personne que j'arrive à supporter ici, ce qui est plutôt amusant.*

— *Qu'est-ce que ça a d'amusant ? murmurai-je.*

— *C'est que je n'ai pas envie de te supporter, mais de t'allonger.*

Je rouvris les yeux. Puis je les refermai.

Chase, le dos tourné, qui observe Manhattan par la baie vitrée de son appartement.

— *Tu es un loup, grognai-je.*

Son dos était tellement large, tellement musclé, que je devais m'efforcer de me rappeler qu'il était mortel, comme moi.

— *Et toi, tu es la Lune. (Il sourit et tourna de nouveau la tête pour regarder l'astre d'un blanc de cristal.) Tu me rends complètement dingue.*

Je rouvris les yeux en sentant les larmes me picoter le nez et me nouer la gorge. Je refermai les paupières.

Chase et moi allongés dans l'herbe, en train de regarder le ciel sans étoiles de New York.

— *J'ai envie d'aller ailleurs. Quelque part où on voit les étoiles la nuit. Un endroit pur, dis-je.*

Je sentis le sourire de Chase sur ses lèvres quand il répondit.

— *C'est marrant que tu parles de ça. J'ai acheté un télescope l'autre jour pour cette raison précise. Je n'arrive pas à voir d'étoiles et ça me rend fou. Mais je n'ai pas envie de vivre ailleurs qu'en ville.*

C'était du Chase tout craché, de ne pas aimer un élément de sa vie et de le plier à sa propre volonté. C'était du Maddie tout craché de ne pas aimer un élément de sa vie et d'abandonner, de jeter l'éponge et de recommencer.

Une larme coula sur ma joue.

Chase et moi au lit, Daisy à nos pieds.

— *Tu as déjà eu l'impression de changer ? demanda-t-il.*

— *Toujours. On est constamment en train de changer. On ne le remarque pas parce qu'on est en mouvement.*

— *Je n'ai pas envie de changer.*

— *Je pense que tu n'as pas vraiment le choix, répondis-je doucement. Si tu ne changes pas, c'est que tu ne vis pas.*

— *Peut-être que je n'ai pas envie de vivre.*

— *Tu sais bien que si.*

Il quitta le lit et commença à s'habiller.

Mes paupières se rouvrirent. C'était de nous qu'il avait parlé. J'étais en train de le changer.

Chase et moi sur le Cyclone roller coaster, à Coney Island. Ce n'était pas une escapade romantique. Je l'avais convaincu de m'accompagner parce que j'avais envie d'une pomme d'amour à l'ancienne.

— *Tu n'as peur de rien, si ?*

Il sourit. Nous étions dans le premier wagon. Il grimpait avec une lenteur atroce, centimètre par centimètre.

— *Presque.*

Notre wagon tremblait. Tout comme mon cœur. Je baissai les yeux pour lui prendre la main, mais ses doigts étaient joints fermement sur ses genoux. Fermé à mon égard, sans même savoir que je souhaitais qu'il s'ouvre.

— *Presque rien.*

Je rouvris les yeux pour la quatrième fois. Je me souvenais de ce qui s'était passé ensuite.

On était tombés tous les deux.

Je passai les heures suivantes à obtenir autant d'informations que possible auprès de Grant. L'aube pointait à l'horizon lorsque Grant finit par nous conseiller d'aller nous réunir à la maison. J'envoyai un message à Sven pour le prévenir que je travaillerais de chez moi et j'allais rejoindre Chase. Il était assis sur le lit d'hôpital et consultai son téléphone avec un froncement de sourcils. Il avait perdu connaissance pendant près de sept heures d'affilée.

Il releva les yeux de son écran, l'air divin. Ses cheveux étaient ébouriffés, une lueur vive brillait dans ses yeux. Il semblait avoir repris le poids qu'il avait perdu la veille. Son visage avait retrouvé ses couleurs.

— Tu as dit que tu me tiendrais au courant, dit-il d'une voix cassée qui parut le surprendre lui-même.

J'entrai dans la chambre et je m'assis au bord du lit.

— À condition qu'il y ait du nouveau, confirmai-je. J'ai tenu ma promesse.

— Mon père est conscient ?

— Ça va venir. Mais son état est stable.

— Qu'a dit Grant ?

— Que Ronan allait vraisemblablement s'en tirer.

— Putain. D'accord. Rien de nouveau, quoi.

Je tournai la tête pour le gratifier d'un regard qui voulait dire « Sérieux ? » Il prit une de mes mains et la posa sur ses genoux. Un nouveau courant électrique me traversa. Comme quand le Cyclone avait entamé sa chute.

— Je t'offre un petit déjeuner.

— Merci, je n'ai pas faim.

Je ne voulais pas passer plus de temps en tête à tête avec lui. Je savais que j'étais en train de basculer. Que j'entamais la descente du Cyclone, et je ne serai plus capable de lui tourner le dos à nouveau. Je ne pouvais pas tomber amoureuse d'un homme qui s'était fait la promesse de ne jamais m'offrir ce que je désirais dans la vie : un époux, un mariage. Des enfants. *De l'amour.*

— La nourriture ne concerne que rarement la nourriture.

Ça concerne le réconfort. Ça concerne le sexe. La vengeance, le désir et la colère. Mais la nourriture se limite rarement à la nourriture.

J'affichai un sourire de lassitude. On entendit un cri en provenance de la chambre de Ronan. Nos regards bondirent en même temps en direction du hurlement de Katie. Celle-ci n'était pas du genre à faire des scènes. Chase sauta à bas du lit et se rua hors de la chambre. Je l'imitai. Katie, Amber et Julian se tenaient dans le couloir. Katie était essoufflée. Des marques de griffures rouges zébraient sa joue, comme si elle avait tenté de s'arracher la peau de frustration.

— Tu as un sacré culot ! Je n'arrive pas à y croire, Julian. Tu vas trop loin.

— J'ai seulement fait ce que tout le monde ici a trop la trouille de faire.

Julian, l'air désespéré, agrippait la main d'Amber un peu trop fort. Amber la retira à la seconde où elle nous vit, Chase et moi. Elle se décomposa en nous regardant. Je me rendis compte qu'on se tenait la main. Je ne n'en avais pas eu conscience jusque-là.

— Qu'est-ce qui se passe ?

Chase me lâcha la main pour se placer entre Julian et Katie tel un médiateur.

Katie se pencha pour arracher des mains de Julian une liasse de documents, et les agita au visage de Chase.

— Cet enfoiré a apporté un contrat officiel à faire signer à papa, qui le déclare comme P-DG en intérim de Black & Co. Il a essayé de se faufiler dans la chambre pendant que maman était partie récupérer des affaires pour papa. J'étais dehors, en train de passer des coups de fil.

— Hé, avant de t'emballer…

Julian était en train de pivoter en direction de Chase. Mauvaise idée. Chase lui balança un coup de poing en plein visage. Julian trébucha et alla s'écraser contre le mur. Il agrippa son nez à deux mains en haletant.

— Connard !

Chase s'empara des papiers et les déchira en mille morceaux qui volèrent à ses pieds comme autant de flocons de neige. Amber le dévisagea, les yeux écarquillés, bordés de maquillage et de larmes.

Julian se redressa péniblement sans lâcher son nez. Du sang coulait entre ses doigts, sur sa chemise et sur le sol.

— Tu te sens menacé, *couz'* ? railla-t-il.

C'était la première fois que j'entendais Julian se référer à Chase en tant que cousin et non en tant que frère, et j'eus le sentiment que ça couvait depuis longtemps. En scrutant Julian, qui incarnait à mes yeux le parfait méchant shakespearien unidimensionnel, je dus me rappeler que lui aussi avait une histoire personnelle. Qu'il devait être difficile de vivre dans l'ombre de son cousin, qui avait dix ans de moins, la beauté et le succès, et qui était né dans la royauté américaine. Que Chase était considéré comme plus talentueux, plus compétent et plus fiable. Et, peut-être le pire de tout, que, de l'extérieur du moins, Chase était indifférent au fait que Julian lui avait volé sa fiancée.

Chase s'approcha de lui avec un sourire froid.

— Essaie encore une fois de trafiquer la putain de gestion

de Black & Co, Julian. Je te mets au défi. Et toi… (Il se tourna vers Amber, qui recula d'un pas en agrippant son collier de diamants avec ses ongles de dix centimètres) si tu ne veux pas devenir veuve, fais en sorte qu'il ne m'approche pas.

Sur ce, il me prit par la main et remonta le couloir. Je m'efforçai de suivre ses grandes enjambées.

— On va où ?

— Chez moi.

— Chez… Chase, *non.*

— Si.

— Pourquoi ?

Il s'arrêta et fit brutalement volte-face.

— Parce que, fit-il, les dents serrées.

— Parce que ?

Je haussai les sourcils.

— Je n'arrive pas à dormir, cracha-t-il, l'air agacé.

— Et ?

— Et j'y arrive quand tu es là. (Il sembla débiter la suite à contrecœur.) Je ne sais pas comment l'expliquer, et je n'en ai pas envie. Peux-tu me faire la grâce de ta présence afin que je puisse faire le plein de sommeil ?

Je m'humectai les lèvres sans le quitter des yeux.

— Je n'essaierai pas de coucher avec toi. (Il leva une main.) Parole de scout.

— Pour la dernière fois, tu n'as jamais été…

— Si, me coupa-t-il. Je l'ai été pendant un an. Une horreur. Et jusqu'à aujourd'hui, j'ai fait un usage abusif de mes connaissances en nœuds et ficelage.

Je réprimai quelque chose à mi-chemin entre le gémissement et le gloussement.

— D'accord.

Il me prit de nouveau par la main et, une fois à l'extérieur, se remit en quête d'un taxi. Je ne me souvenais pas d'une seule fois où on s'était tenu autant la main depuis le début de notre stupide accord.

Le diable n'avait pas eu à me traîner avec lui en enfer.

Je l'avais accompagné de mon plein gré.

16

Chase

Quatre heures de sommeil supplémentaires et une douche plus tard, je n'avais plus l'impression d'être un sac d'os et de colère, et je reprenais forme humaine.

Après avoir consulté mon téléphone et les appels en absence de Grant, Katie et ma mère, et après avoir eu des nouvelles rassurantes de mon père par message, j'enfilai l'un de mes costumes noirs (l'existence d'autres couleurs m'échappait. Le noir s'accordait à toutes les occasions. La seule exception que je faisais, c'était pour les jogging gris, parce que les joggings étaient presque considérés comme de la lingerie pour hommes) et je quittai ma chambre sans me presser. Je descendis les trois marches en marbre qui menaient au salon. La pièce était décorée de lustres noirs et brillants, de canapés et fauteuils en cuir noir. Les trois murs qui n'étaient pas occupés par des baies vitrées étaient en béton brut et nu. Tout chez moi était noir, complaisant et dangereux. Un appartement soigneusement conçu selon l'esthétique d'un trou du cul des temps modernes.

Dans l'obscurité se tenait une femme vêtue d'une robe trapèze jaune en forme de tablier qui datait de son rencard de la veille, avec un motif de crèmes glacées dégoulinantes, le visage plissé, concentré sur son carnet de croquis. Sa langue sortait sur le côté de sa bouche. Je boutonnai ma chemise en l'observant sans m'annoncer. Il y avait quelque chose de la prédation perverse à l'observer à la dérobée. Mon esprit vagabonda dans des méandres où il n'aurait pas dû s'aventurer. Vers des plaisirs que je n'avais pas connus depuis l'annonce de la maladie de mon père.

La sonnerie de son téléphone retentit. *Greek Tragedy* des Wombats. C'était ce genre de petites excentricités qui rendait Mad suprêmement baisable. Elle n'était pas vraiment *hipster*, bien qu'elle en eût les codes vestimentaires et qu'elle écoutait des playlists indé. Ce n'était pas une intellectuelle, mais elle savait tenir une conversation avec à peu près n'importe qui, roi ou mendiant. Elle ne venait ni de la haute société ni des classes populaires. Elle était de la classe Maddie. Une espèce unique et sexy. Il fallait que je la sorte de ma tête. Il fallait que je me la tape encore une fois.

Elle sursauta avant de passer son doigt sur l'écran et de caler ses AirPods dans ses oreilles. Ils ne devaient pas être chargés car la voix de castrat d'Ethan résonna dans mon salon.

— Je viens prendre de tes nouvelles. Tu es rentrée chez toi ? demanda-t-il.

Elle jeta un regard autour d'elle. Il se pouvait que je sois debout derrière une statue. Un *Ange pleureur* avec une cigarette à la main, le visage calé au-dessus du bar. Un achat impulsif et ironique effectué à mon retour d'Amérique du Sud, quand j'avais trouvé mon ex-fiancée enceinte de mon frousin. À l'époque, le besoin de claquer beaucoup d'argent pour un objet insignifiant avait été accablant. Comme pour dire : « Et alors, qu'est-ce que ça peut foutre ? Je peux toujours casquer 500 000 dollars pour une merde avec laquelle la plupart des gens ne voudraient même pas se torcher le cul. »

— J'ai passé la nuit à l'hôpital, puis je suis revenue chez Chase ce matin, dit-elle d'un ton d'excuse. Je voulais m'assurer qu'il allait bien.

Voilà un autre élément que je ne détestais pas chez Madison Goldbloom – elle ne rejetait pas la faute sur les autres. C'était moi qui lui avais forcé la main pour venir ici. Mais elle s'abstint de le préciser à Ethan.

— Oh ! fit-il.

Quelle éloquence. Sérieux, comment pouvait-elle fréquenter ce type ?

— Ronan va bien, au fait.

Elle pinça les lèvres.

— Bien sûr. J'allais te poser la question. (Une pause. C'était faux. Il se fichait de mon père.) Il s'est passé quelque chose entre Chase et toi ?

— Non, bien sûr que non.

Elle soupira. Le silence s'étira. Tous les deux, ils avaient l'alchimie sexuelle d'un tampon trempé dans du ketchup. Je n'arrivais pas à comprendre qu'elle ne s'en rende pas compte. Madison était le feu, et Ethan, c'était… qu'est-ce qu'il était, d'ailleurs ? Ni l'eau ni la terre. C'était une ombre. Un sous-produit d'autre chose.

— Tu veux qu'on se voie ce soir ? On était sur le point de…

Ah, bon Dieu, non. Je quittai ma cachette derrière la statue en me raclant la gorge.

— Je suis désolé, Ethan. Ce soir, ça ne sera pas possible pour nous.

Je remontai mes manches sur mes bras musclés en rejoignant Mad d'un pas nonchalant.

Je lui avais promis de ne pas essayer de me la taper ; je n'avais pas parlé d'empêcher qui que ce soit d'autre d'essayer de le faire ce soir. Je déposai un baiser chaste sur son front, qu'elle essuya avec une moue, les yeux flamboyant d'horreur et d'agacement. Je soutins son regard.

— Vois-tu, Madison sera avec moi ce soir.

— Chase ! éructa-t-elle. Désolée, Ethan. Je serais ravie de…

— D'avoir une relation avec un homme qui m'attire et m'intéresse à la fois, achevai-je à sa place avec un sourire. Je sais, Mad. Ça rendrait les choses beaucoup plus faciles.

— Il n'y a rien de plus difficile que toi.

Elle essaya de me repousser, mais je percevais le sourire dans sa voix. Son visage irradiait. Mission accomplie.

— Le mot que tu cherchais, c'était dur, répliquai-je. Et je te remercie.

— Tu es un vrai cauchemar.

Elle gloussa.

— Mais du genre érotique, non ? Est-ce que tu t'es réveillée avec les tétons durs et la culotte trempée ? insistai-je.

Elle se mit à rougir avec de grands yeux écarquillés.

— Je vais te laisser gérer toute seule, Maddie, dit froidement Ethan, puis il raccrocha avant qu'elle puisse sauver la conversation.

Mad se leva en agitant son téléphone.

— Arrête de me casser la baraque sans arrêt !

Elle fit mine de me donner une tape sur la poitrine.

Je lui saisis la main et mordillai le bout de ses doigts d'un air taquin.

— Si je ne peux pas m'envoyer en l'air, alors personne dans ces fausses fiançailles ne le pourra.

— On n'est *pas* en couple ! (Elle rejeta la tête en arrière en grognant.) Je n'arrive pas à croire que j'ai fait autant d'efforts pour te garder quand on était ensemble, pour finir par me rendre compte que tu ne me laisserais pas tranquille.

— Laisse-moi quelques semaines.

— Arrête de répéter ça. C'est un manque de respect pour ton père. Il pourrait vivre encore des mois. Voire des années.

— Non, impossible.

— Chase.

— Mad.

Elle se tut en plissant le front.

— Pourquoi tu m'appelles Mad ? Pourquoi pas Mads ? Maddie ? Madison ? Ou n'importe quel autre surnom.

Je connaissais la réponse. Je la connaissais depuis un bon bout de temps maintenant. Mais j'aurais l'impression de dépasser les limites en la lui confiant, surtout après avoir trop ouvert ma bouche la veille avant de m'évanouir sur ce lit d'hôpital. Je baissai les yeux et j'entrevis la robe de mariée qu'elle était en train de dessiner.

— Tu as du talent, dis-je pour changer de sujet.

— Et ça t'étonne ?

— Non. *(Si.)* Tes dessins sont nets. Élégants. Je ne m'attendais pas à ça.

— Je sais être élégante. Si je m'habille avec fantaisie, c'est par choix.

— Pourquoi ?

— Parce que c'est ma personnalité sous forme textile.

— Tu es bipolaire ? demandai-je, impassible.

— C'est vexant.

Elle fit mine d'avoir un haut-le-cœur. On s'entendait bien tous les deux, et elle le savait. Je le savais aussi, c'était la raison pour laquelle c'était extraordinairement stupide de ma part de continuer à lui courir après. Elle reporta son attention sur sa feuille.

— Je ne suis pas sûre que les gens vont aimer. Sven, en particulier.

— Pourquoi ?

— Trop de détails. (Elle désigna le dessin, les manches, le col et le tulle.) Traditionnellement, la Robe de mariée idéale est plus simple. Des lignes pures, des détails minimalistes, sans trop de caractère. L'accent va sur la coupe et l'ajustement supérieur. En plus, toutes les robes que Croquis a exposées étaient d'un blanc éclatant. Pas celle-ci.

— Elle est de quelle couleur ?

— Crème. (Elle se mordit la lèvre inférieure. Je quittai le dessin des yeux pour croiser son regard. Elle écarta la feuille.) Pas grave. Dans le pire des cas, je retirerai des détails.

— Non. Tu ne dois pas faire ça. Elle est parfaite comme ça, et elle te ressemble. Garde-la.

Je vis sa gorge frémir. Mon regard plongea sur son cou délicat. J'avais envie de l'embrasser.

— D'accord, murmura-t-elle. Merci.

— Tu as réussi à dormir ?

— Oui, un peu.

— Tu veux prendre une douche ? Je peux peut-être te déposer chez toi ?

— Ça va.

— Bien. Allons travailler. On peut encore sauver une partie de la journée.

J'attrapai mes clés. Je savais qu'elle allait me suivre. Elle ne ratait jamais une occasion de cesser toute communication avec moi. Mais pour la première fois, ça ne me laissait pas indifférent.

Enfin, il y avait d'autres choses qui ne me laissaient pas indifférent.

Mon père.

Black & Co.

Mais une femme, jamais. Une fréquentation, jamais. Les remous dans ma poitrine étaient un signal d'alarme. Mon cœur se testait lui-même. *Toc, toc, toc, est-ce que ce truc fonctionne ?*

Je serrai les dents et appelai l'ascenseur sans regarder derrière moi si elle m'avait suivi.

Trois jours plus tard, mon père avait repris connaissance et il était bon pour quitter l'hôpital. J'allais le récupérer pendant que ma mère préparait la maison, quoi que ça puisse vouloir dire. Je tournai en rond pour gagner du temps, et il ne sembla pas y prendre garde, même si *son* temps à lui était précieux. Je pris conscience qu'on n'avait pas eu de conversation importante sur un autre sujet que le travail depuis que le mot en *c* avait frappé. Le travail, c'était un sujet sûr. Selon moi, il n'avait aucun souvenir du jour où Julian avait débarqué à l'hôpital avec le contrat. Mon père était toujours inconscient à ce moment-là. Grant m'avait conseillé d'y aller doucement avec lui et de ne pas aborder de sujet qui risquerait de faire monter sa tension. Je n'avais pas l'intention de l'ennuyer avec les conneries de Julian.

On arpentait les mêmes petites rues, on passait devant le même café, les mêmes groupes d'étudiants, et on s'arrêtait au même feu rouge. Il y avait quelque chose de déprimant à être témoin de la joie des autres quand on était soi-même malheureux. Comme si on nous l'étalait sous le nez.

— J'aimerais pouvoir m'échapper un peu de la ville, murmura mon père en regardant par la vitre. Il y a un sentiment de saleté, l'été, sans la pluie ou la neige pour tout nettoyer. Ça ne te fait pas cet effet ?

Au moment où il prononçait ces mots, trois bouches d'égout laissèrent échapper de la fumée, et un étudiant bourré projeta en riant une cannette de bière sur son ami en travers de la rue.

— On peut s'en aller, si c'est ce que tu veux, dis-je en serrant le volant.

Je n'avais pas envie de laisser l'entreprise avec Julian qui rôdait à l'étage de la direction. Je n'avais pas envie de laisser Madison se vautrer dans le confort avec le médiocre Ethan. Qu'est-ce que ça donnerait comme nom, d'ailleurs, Madison Goodman ?

Je ne pouvais pas la laisser aller jusqu'au bout. Mais les désirs de mon père avaient la priorité.

— Julian nous a proposé d'aller passer le week-end dans le ranch de Lake George. Il l'a même préparé pour notre venue, ajouta mon père.

Julian te noierait dans le lac s'il pouvait hériter de l'entreprise, fus-je tentée de répondre. J'affichai un sourire serein.

— Il a fait ça ? Très bonne idée.

— Tu peux emmener Madison, bien sûr. Je pense que ça lui plaira. Il y a plein de choses à faire. C'est la vie au grand air. D'où vient-elle, déjà ?

— De Pennsylvanie, répondis-je. Juste à côté de Philadelphie.

— Elle a des frères et sœurs ?

— Non. Sa mère a eu un…

Je m'interrompis, et mon père termina à ma place.

— Un cancer du sein, c'est ça ?

— Oui. (Quel idiot. Un idiot qui devait changer de sujet.) Ses parents avaient une boutique de fleurs. Enfin, il l'a toujours.

— Ils sont proches ?

— Oui, très proches. Elle va les voir tous les mois, lui et sa compagne. Ils prennent des vacances ensemble tous les ans.

— Tu en sais beaucoup sur elle, n'est-ce pas ?

Il se tourna vers moi avec un sourire. C'était vrai. Je ne me revois pas écoutant ce qu'elle racontait – pas intentionnellement, en tout cas – mais je me souvenais de tout ce qu'elle m'avait dit sur elle. Pas grand-chose, en réalité, parce que la conversation n'avait jamais été un élément que j'encourageais pendant notre relation. Mais à présent, la question brûlante, c'était de savoir si

Mad allait bien vouloir me faire plaisir et se joindre à moi pour un nouveau week-end au vert. J'en doutais beaucoup.

Le téléphone de mon père sonna dans sa poche et il mit le haut-parleur après avoir décroché.

— Jul, fit-il d'une voix douce. (Ce qui confirmait qu'il ne se souvenait pas du contrat.) Comment va Clemmy ?

— Hein ? Ah oui, répondit Julian. Elle va bien. (Mon père avait dû le détourner de la vraie raison de son appel. Je me demandais s'il arrivait parfois à Julian de penser à Crotte de Nez.) Hé, écoute. Amb a parlé à l'entreprise d'entretien. La maison à Lake George est prête. Tu veux que je passe vous prendre, Lori et toi, disons vendredi matin ?

Il comptait enlever mes parents pour passer le week-end avec sa famille ? Sans Katie et moi, alors que mon père était plus ou moins en soins palliatifs ? Bien sûr. Je le voyais venir à des kilomètres. Julian voulait lécher les bottes de mon père avant de lui porter le coup de grâce du P-DG. Quelque part où ma sœur et moi ne pourrions pas l'en empêcher.

— C'est d'accord, répondit mon père. Tu en as parlé à Katie ?

— Non. Je crois qu'elle fait du bénévolat avec Saint-Jude ce week-end, dit Julian. (On aurait dit qu'il farfouillait dans des papiers. Peut-être d'autres conneries à soumettre à mon père pour signature.) Tu connais Katie. Toujours bonne Samaritaine.

— Bien essayé. Katie ne fait du bénévolat qu'à la fin du mois, intervins-je dans la conversation.

Il y eut une pause du côté de Julian. Puis il reprit ses esprits.

— Chase. Je ne savais pas que tu étais là.

— C'est mon père.

— Biologique, en tout cas. (Julian partit d'un rire bonhomme.) Car vous êtes très différents, tous les deux.

— Qu'est-ce que tu dis ? demandai-je en tournant une dernière fois dans la petite rue avant de me diriger vers l'appartement de mes parents. Tu me demandes si ça me dirait de me joindre à vous au ranch ? Bien sûr que oui. Comme c'est sympa de ta part de me le proposer, Julian.

Une nouvelle pause, puis :

— Amène Maddie. Amber meurt d'envie de voir les photos de fiançailles.

— Compte sur moi.

Vraiment ? Aux dernières nouvelles, Madison faisait tout son possible pour m'éviter. Elle esquivait mes coups de fil *et* mes messages. Au point où on en était, la seule chose qui l'empêchait de me coller une ordonnance restrictive, c'était qu'on travaillait dans le même bâtiment. Malgré tout, je ne pouvais pas ne pas être présent. Il fallait qu'elle comprenne.

— Génial. J'ai hâte.

La voix de Julian était trop détendue. Trop blasée.

Mais j'étais trop enragé pour me rendre compte que c'était un piège.

Trop furieux pour savoir dans quoi je mettais les pieds de mon plein gré.

17

Maddie

25 septembre 2008

Chère Maddie,

Aujourd'hui j'ai trouvé des cigarettes dans ton sac à dos. Encore une fois. On s'est disputées. C'était horrible. Tu as dit que c'était une erreur. Ce n'est pas une erreur si tu continues de le faire. Tu dois avoir une raison pour répéter la même action encore et encore.

Que ce soit pour te rebeller, ou te distraire, ou simplement parce que tu es devenue dépendante.

C'est comme la fleur de cadavre qui empeste la viande pourrie. Ce n'est pas par hasard qu'elle a cette odeur, mais parce qu'elle est rare et vulnérable.

Il y a une raison à chaque décision. Réfléchis-y.

Je t'aime,

Maman

Cette fois, je ne me mentis pas à moi-même.

Je ne luttai pas, je ne le niai pas. Ça portait un nom. Ma mère en avait mieux parlé dans une lettre, toutes ces années auparavant, quand j'avais essayé de fumer alors que j'allais avoir quinze ans. C'était une *addiction.*

En voyant le nom de Chase s'afficher sur l'écran, je décrochai à la première sonnerie. Lorsqu'il m'invita au ranch, prêt à se lancer dans un discours de persuasion, j'interrompis son arsenal d'arguments et de promesses, et j'acceptai immédiatement. Le besoin charnel d'être présente pour lui était presque paralysant. Je savais, avec une certitude qui bouillonnait dans mes veines, que ça ne faisait pas de moi Maddie Martyre.

Ça faisait de moi quelqu'un pour qui Chase comptait énormément et qui ne voulait pas le voir échouer.

Layla allait s'en donner à cœur joie quand elle découvrirait que je continuais de jouer avec le diable. Mais sachant ce que je savais au sujet de Julian, au sujet d'*Amber*, je me sentais responsable de Chase. De plus, notre mensonge était tellement énorme, à ce stade, qu'il menaçait tout, y compris ma conscience. C'était une boule de neige tournoyantequi grossissait à chaque tour, engloutissait les objets, les sentiments et les victimes – Ethan, Katie, Clementine – dans une dégringolade sans fin depuis le sommet d'une montagne de malhonnêteté. J'avais beau savoir que la boule de neige allait heurter quelque chose et exploser à n'importe quel moment, je ne pouvais pas l'arrêter. Il n'était plus envisageable d'avouer la vérité désormais. J'acceptais le fait que Chase doive y faire face après la disparition de son père.

Nous arrivâmes au ranch de Lake George vendredi en début de soirée.

Le bâtiment en pierres du XIXe siècle occupait une bonne partie du terrain de cinq mille hectares des Black. Tout le deuxième étage débordait de balcons verdoyants à doubles portes. Le lierre rongeait la façade, et le lac situé en arrière-plan donnait à la propriété un aspect magique. Le soleil plongeait paresseusement dans l'horizon, teintant le ciel de nuance roses et dorées.

J'avais dû rester bouche bée au moment où Chase vint s'occuper de mes bagages, car il jeta un coup d'œil par-dessus son épaule et gloussa.

— C'est la propriété préférée de mon père. Les Hamptons, c'est plutôt le terrain de jeux de ma mère.

— Et le tien, c'est lequel ? demandai-je sans prendre pleinement conscience de ce que j'insinuais.

Il s'arrêta et me jeta un regard sombre.

— *Toi.*

Il lâcha mes bagages. Pendant un instant, je crus qu'il allait me serrer dans ses bras et m'embrasser. J'avais *envie* qu'il le fasse. *Terriblement.* Mais il se contenta de secouer la tête pour se débarrasser de ses pensées, quelles qu'elles soient.

— Ne me laisse pas te séduire, gronda-t-il.

— D'accord. (On se remit en marche.) Pourquoi ?

— Parce qu'une fois que tu seras de nouveau à moi, il me sera impossible de te lâcher. De te laisser vivre. De respecter ta décision.

Il hissa mon sac en toile sur ma valise à roulettes et me prit la main. La comédie était de retour à plein régime.

Une fois sur le perron, des voix nous parvinrent du salon. Des rires, des conversations, des murmures. Des cliquetis de couverts. Et de verres. On fronça les sourcils.

— Julian, fit Chase d'une voix sèche, la mâchoire crispée. Il a dû dire à tout le monde qu'on serait en retard et de commencer à manger. Connard.

— Il est temps que tu le remettes à sa place.

— Tu crois que je ne le sais pas ? (Il me fusilla du regard.) Je le laisse tranquille parce que mes parents, ma sœur et Clementine ne devraient pas subir ce que je veux lui faire subir.

On se dirigea vers la salle à manger en laissant les valises à l'entrée. La longue table était recouverte de plats et d'assiettes. Du pain frais, des pichets de thé glacé maison, des bouteilles de vin étaient éparpillés sur la nappe d'un blanc immaculé. L'odeur de viande fumée et de légumes assaisonnés embaumait l'air. Je me mis à saliver.

— Oh ! mon Dieu, racontez encore cette histoire. Je n'arrive pas à croire que Clemmy ait dit ça ! s'exclama Lori.

— Recommencez à partir du moment où elle entre. (Le ton d'Amber était différent, mielleux.) Quand elle a vu l'aquarium vide.

— D'accord, d'accord. Je vais la refaire.

J'entendis Ethan rire.

Hola, hola, hola. Attendez un peu. *Ethan ?*

Je n'eus pas le privilège de pouvoir opérer un demi-tour et prendre mes jambes à mon cou. J'étais déjà entrée dans la pièce quand je compris. Chase était juste devant moi et me dissimulait derrière sa large silhouette, la main tenant toujours fermement la mienne. Je sentis le sol se dérober sous mes pieds, menaçant de m'engloutir tout entière. Je croisai le regard d'Ethan de l'autre côté de la table. Des serpents se mirent à se tortiller dans mon ventre, injectant leur venin dans mes entrailles.

Il était là, entre Clementine et Amber, en train de lever un verre de vin à sa bouche. Il portait une cravate *Le Monde de Bingo et Rolly.*

Il me regardait.

Il me regardait d'un air *furieux.*

Je parcourus mes souvenirs et repassai notre dernière conversation dans ma tête. Pour retrouver là où on s'était arrêtés. On s'était parlé au téléphone, cette semaine, mais on n'avait pas prévu de se voir. La situation se refroidissait, et je pensais qu'on était tous les deux d'accord avec ça. Ethan avait signalé qu'il était invité quelque part ce week-end. Je lui avais dit que j'avais des projets aussi de mon côté. On était tous les deux restés mystérieux. Je comprenais pourquoi, à présent.

Ethan était toujours en marge de mon histoire, un personnage secondaire vers lequel je retournais chaque fois que je repoussais Chase. Dans mes efforts pour lui plaire, pour le satisfaire, pour l'*aimer*, je lui avais donné de faux espoirs. Dans mes efforts pour épargner ses sentiments, je lui avais fait quelque chose de cruel. Je comprenais à présent que Maddie Martyre avait un côté obscur.

Le sourire qui s'étalait lentement sur le visage d'Ethan m'indiqua qu'il n'était pas pris au dépourvu comme je l'étais.

Il était au courant. C'était un piège. Mes remords se muèrent en colère. Je me redressai et relevai la tête.

Je ne savais pas à quel moment j'avais lâché la main de Chase. Lorsque je serrai les poings, je sentis mes ongles s'enfoncer dans ma chair.

— Eh bien, comme c'est gênant. Vous ne disiez pas que vous vous connaissiez, tous les deux ? fit Julian, avant de siffler tout bas et de boire une gorgée de son thé glacé. (Sa voix bouillonnait d'excitation. Je me hérissai.) Le Dr Goodman est le pédiatre de Clementine. On s'est dit que ce serait sympa de l'inviter à profiter du ranch pendant un de ses rares week-end de libre, précisa-t-il devant le regard que lui jeta Chase.

— Je ne vois pas ce qu'il y a de gênant. Comme je vous l'ai dit, je connais Ethan et j'apprécie sa compagnie. On est amis.

Je souris en me penchant pour déposer un baiser sur la joue pâle de Ronan. Lori et Katie se levèrent pour m'enlacer. Je contournai les sièges d'Amber et Julian et me contentai d'une tape sur leurs épaules. J'embrassai Clementine sur la tête puis Ethan sur la joue.

— Quelle bonne surprise, murmura-t-il d'une voix froide lorsque mes lèvres effleurèrent sa peau fraîchement rasée.

— Ethan…, soufflai-je. *Pourquoi ?*

— Assieds-toi, Madison, m'enjoignit Chase, debout face à Ethan, qui tressaillit devant son regard meurtrier.

Je le rejoignis, les épaules voûtées. Il rapprocha ma chaise. On commença à se servir. Ethan répéta l'histoire de Clementine qui avait lâché des morceaux de sashimi dans l'aquarium vide de son bureau, lors de sa dernière visite, ce qui provoqua des rires de l'assemblée.

J'enfournai avec raideur la nourriture dans ma bouche, une bouchée après l'autre. Rien n'avait de goût. Je ne savais pas ce que je redoutais le plus : que la famille de Chase découvre qu'on n'était pas ensemble, ou la conversation que j'allais avoir avec Ethan après coup. Chase glissa sa main sur la mienne sous la table. Un courant nucléaire remonta le long de ma colonne.

— Est-ce que je peux revenir en arrière un instant ? (Julian se frotta le menton en riant d'un air débonnaire.) J'essaie de comprendre quelque chose. Maddie a dit que vous étiez amis, docteur Goodman. Mais il me semble que Clemmy a dit vous avoir vu vous enlacer très longtemps, et très fort – « comme les couples dans les films », je crois que ce sont ses mots exacts – à votre clinique il y a quelques semaines. N'est-ce pas, Clemmy ? (Il se tourna vers sa fille, avant de revenir vers nous.) Alors, quoi ? Est-ce que vous êtes amis, ou plus que ça ?

Clementine baissa les yeux en rougissant.

— Comme je l'ai dit, fis-je en serrant les dents, sans laisser le temps à Ethan de répondre, je suis avec Chase.

— Au temps pour moi, Maddie.

Julian leva les paumes d'un air de capitulation, et laissa un instant passer pour s'assurer que tout le monde repensait au jour où Clementine leur avait raconté que j'avais embrassé Ethan.

— Je pensais… eh bien, c'est idiot, mais je pensais qu'il s'était peut-être passé quelque chose. Je t'ai vue au travail, l'autre jour, et tu ne portais pas ta bague de fiançailles, fit remarquer Julian en coupant méticuleusement son poulet rôti en minuscules morceaux. Et pourtant, voilà que maintenant tu la portes.

Il était de plus en plus direct, nous soumettant à son procès bien argumenté. Je savais que je devais m'en tirer toute seule. Si Chase intervenait, ça prendrait le tour d'une nouvelle querelle et j'aurais l'air de lui donner des excuses. Je haussai les épaules.

— C'est une bague qui vaut très cher. Je n'ai pas envie de la perdre ou qu'on me coupe le doigt dans une ruelle sombre pour me la voler.

— Bien vu, approuva Katie en fourrant une myrtille dans sa bouche. C'est une méthode qui existe, de couper des doigts pour voler des bijoux. J'en ai entendu parler dans un podcast de True-crime.

— Est-ce que tes amies se réjouissent de tes fiançailles ? insista Amber avec un faux sourire sur ses lèvres couvertes de gloss. J'imagine qu'elles prévoient d'organiser un sacré enterrement de vie de jeune fille.

— Mes amis proches sont tout contents, oui. On va fêter ça sobrement. Je ne l'ai pas encore annoncé à mes collègues, cela dit. Tu sais, la vie, ce n'est pas seulement exhiber des bijoux hors de prix et faire un mariage pour passer dans la tranche d'imposition supérieure.

Punaise, c'était rigolo de larguer Maddie Martyre pendant un petit moment.

Amber grimaça.

— Je comprends que ça puisse être gênant. C'est vrai, Black & Co et Croquis sont des sociétés filiales, je me demande si les gens ne s'imaginent pas que tu as couché pour grimper les échelons.

— Oh ! j'ai eu ce poste bien avant de rencontrer Chase. Se marier pour l'argent n'est pas un sport olympique, pour moi, répondis-je avec un sourire.

Chase étouffa un rire dans un raclement de gorge. Lori vida son verre de vin.

— Clementine, tu peux prendre congé, aboya Amber sans me quitter des yeux.

Ronan claqua des doigts et un serveur apparut, qui conduisit Clementine dans la cuisine pour goûter aux desserts. La salle à manger était désormais une zone de combat à part entière.

— Intéressant, fit Julian en se tapotant le menton.

— Je suis épaté de voir ce qui suscite ton intérêt. C'est donc ce qui se passe quand on vit une vie sans sexe et sans amour ? demanda sèchement Chase.

Lori hoqueta. Ethan et Katie regardaient la tablée comme si tout le monde était devenu fou.

— Changez de conversation, grogna Ronan.

Il paraissait épuisé et, tout à coup, je compris pourquoi Chase n'avait pas répliqué face à Julian. Ce n'était pas parce que l'envie lui manquait. Il savait que ça éreinterait son père. Il s'était efforcé de ne pas le contrarier tout au long de nos fausses fiançailles. Il avait fait mine d'encaisser sans sourciller le comportement de discréditation de Julian et ses remarques mesquines. Mais ce n'était pas le cas. Julian tapait sur les nerfs de Chase et, aujourd'hui, Chase finissait par perdre son sang-froid.

— Vous avez raison, Ronan. On devrait parler d'autre chose.

Ethan, quel beau parti vous êtes. (Amber tendit la main pour lui toucher le bras. La subtilité d'un char d'assaut.) Un jeune et beau pédiatre. J'ai tellement d'amies qui seraient ravies de vous rencontrer ! Vous fréquentez quelqu'un ?

Ethan se frotta la nuque en croisant mon regard.

— En réalité…

Qu'est-ce qu'il fabrique ?

Il dut lire l'horreur sur mon visage car il sembla faire marche arrière.

— Pas de manière exclusive, non.

Maddie Martyre qui fait toujours les choses comme il faut. Même s'il s'agit de sortir avec un type juste pour qu'il se sente bien, résonna la voix chantante de Layla dans ma tête. Mais ça ne se résumait pas à ça. J'aurais voulu tomber amoureuse d'Ethan pour être certaine de ne pas souffrir, et j'avais fini par inverser les rôles et par le faire souffrir lui à la place.

Il y eut un silence, rompu par cette bonne vieille Lori.

— Ethan m'a dit qu'il avait aussi couru le semi-marathon, Katie.

Katie leva la tête de son assiette et fixa Ethan des yeux.

— Vraiment ? Qui vous a parrainé ?

— Les Médecins pour l'Afrique. Quel numéro aviez-vous ?

Le visage d'Ethan s'illumina. Je ne pensais pas l'avoir jamais vu aussi… *présent.*

— 9223. Tee-shirt jaune. Et vous ?

— 3527. En rose.

— Ouf, heureusement qu'on n'a pas couru ensemble. On aurait ressemblé à un cône de glace l'un à côté de l'autre.

Katie fit mine d'essuyer de la sueur imaginaire sur son front. Ils ne se quittèrent pas des yeux. Une lueur de séduction sembla passer entre eux. Ethan fut le premier à détourner les yeux vers son assiette avant de planter un morceau de pomme de terre sur sa fourchette.

— Peut-être qu'on n'aura pas cette chance, la prochaine fois, dit-il.

Ou peut-être que si, songeai-je. Ethan et Katie avaient l'air tellement à l'aise l'un avec l'autre !

— Bon. Juste pour m'assurer qu'on est tous sur la même longueur d'onde. Ethan et Maddie sont seulement amis ?

Julian remplit mon verre à ras bord. Essayait-il de me soûler ? C'était plus qu'envisageable, compte tenu de ma désastreuse visite dans les Hamptons.

— C'est un concept qui t'échappe ? demanda Chase en transperçant son cousin du regard. (Il me tenait toujours la main sous la table.) Ou bien tu es seulement obsédé par ma fiancée en général ?

— Fiancée. C'est une affirmation audacieuse, marmonna Amber dans son verre de vin.

— Tu veux vraiment te lancer sur le sujet de l'audace ici, à table, Lady Macbeth ? s'enquit sèchement Chase.

Amber faillit recracher sa gorgée de vin. Je posai la main sur le bras de Chase. Je sentis ses muscles se bander sous mes doigts. Il se retenait.

— Je peux me défendre, murmurai-je.

— Comme si je ne le savais pas. J'espère encore récupérer mes couilles d'ici Noël, lâcha Chase en soupirant, avant de déposer un baiser sur ma tempe. Désolé.

C'était un mensonge, bien évidemment, mais un mensonge appréciable, même s'il faisait partie d'un rôle élaboré.

— Je voudrais seulement que vous vous entendiez, les garçons, ajouta Lori en regardant Chase et Julian. Je sais que les esprits s'échauffent, mais rien ne vaut votre amitié. Les liens du sang sont les plus forts.

— On n'a pas le même sang, cracha Julian amèrement. C'est peut-être mon problème.

— Julian, le rabroua Ronan. Arrête ça.

— C'est évident que Chase est le chouchou, insista Julian, comme un enfant de cinq ans.

— Non, c'est évident que, toi, tu te comportes comme un bébé, répliqua Chase. En cherchant à démolir ma fiancée et à révéler je ne sais quelles erreurs imaginaires. C'est réel, et c'est en train d'arriver, et tu ne peux rien faire pour l'empêcher, quels que soient tes putains d'efforts. Quoi que tu fasses. Je vais l'épouser… (Chase fit glisser son regard vers Ethan avant d'achever :) *Julian*.

Mais ses paroles ne semblaient plus dirigées vers Julian.

— Excusez-moi.

Une chaise grinça, et je détournai les yeux du visage fulminant de Chase. Ethan quitta la pièce après avoir jeté sa serviette sur son assiette.

Je m'élançai derrière lui, sans trop savoir pourquoi. Peut-être parce que l'attitude de Chase était injustifiée. Parce qu'il avait dirigé sa colère contre Ethan alors qu'en réalité, c'était Julian qu'il était censé attaquer à cet instant.

— Ethan, attends !

Il pénétra dans la salle de bains et s'apprêta à me claquer la porte au nez. J'insérai mon pied dans l'entrebâillement au dernier moment. Je laissai échapper un cri.

— Oh ! zut ! (Ethan ouvrit la porte et fit une grimace en avisant mon pied nu dans ma sandale.) Ça va ?

— S'il te plaît. (Je laissai mon pied en place pour l'empêcher de refermer la porte.) Laisse-moi entrer.

— C'est un peu ce que j'essaie de faire depuis des semaines, dit-il d'une voix calme. Et tu m'as blessé.

— Je le sais, murmurai-je, l'estomac noué par la culpabilité.

Maddie Martyre était de retour. Certes, on s'était mis d'accord pour ne pas s'engager, mais lui, de son côté, avait satisfait *mes* besoins. Il s'était adapté à *ma* situation. À bien des égards, on se ressemblait trop. On cherchait à éviter la confrontation à tout prix.

— Je suis vraiment désolée, dis-je d'une petite voix. Je n'ai jamais eu l'intention de te faire du mal.

— Tu es désolée ?

Ethan rejeta la tête en arrière, et la peine sur son visage me fit mal au cœur.

— Oui, bien sûr que oui, répétai-je, désespérée.

L'heure était venue de cracher la vérité. De lui avouer que je ne pouvais pas être en couple avec lui, et que ça n'avait rien à voir avec Chase. Ethan était le prince charmant, mais dans le conte de quelqu'un d'autre. Pas le mien. Ce n'était pas l'homme auquel je rêvais en m'endormant.

Il n'est pas non plus celui qui me tient éveillée la nuit.

— Tu regrettes ?

Ethan passait d'un pied à l'autre. Je hochai la tête. Je regrettais vraiment de l'avoir blessé.

Je regrettais de ne pas avoir mis un terme à notre histoire plus tôt, dès que j'avais compris qu'on n'avait aucun avenir.

Mais je ne regrettais *pas* d'avoir embrassé Chase. Et c'était un problème.

J'ouvris la bouche pour ajouter quelque chose, mais Ethan me devança et colla ses lèvres sur les miennes sur le seuil de la salle de bains. J'agitai les bras comme s'ils ne m'appartenaient plus. Ce n'était pas la première fois qu'Ethan m'embrassait, mais cette fois, c'était totalement déplacé. Je devais l'arrêter. Je commençai à reculer, à rompre le baiser, le visage blême.

— Vous devez avoir ce qu'on appelle une relation ouverte, si c'est l'idée qu'a ta fiancée de l'amitié, fit la voix amusée de Julian derrière moi.

Je reculai d'un bond et je fis volte-face. Julian et Chase étaient là.

Julian croisa les bras avec un sourire suffisant. Chase... Chase ne me regardait même pas. Il fixait Ethan comme s'il était sur le point de le pulvériser, de piétiner son corps avant de lui mettre le feu. Je le vis serrer les dents. Ses yeux n'avaient plus leur habituelle couleur d'un bleu glacial.

— Quel pétrin, gloussa Julian en secouant la tête.

— Écarte-toi d'elle, lança Chase à Ethan.

Julian n'existait même plus. Je n'étais même pas sûre qu'il l'avait entendu. Ethan obéit, mais il me regardait dans l'attente que je remette Chase à sa place. Ce que je faisais habituellement. Chase était la seule personne avec qui je semblais en conflit perpétuel.

Chase fit un pas en avant, se dressant de toute sa hauteur et de tout son charisme. Ma poitrine se serra. Je compris que j'avais peur.

— Quoi que tu t'apprêtes à faire, fit Ethan d'une voix stable mais suffisamment basse pour que Julian ne puisse pas l'entendre, je m'en abstiendrais, à ta place. On sait tous les deux que cette histoire est loin d'être terminée. Le dernier chapitre n'a pas encore été écrit.

La véracité de ses paroles m'acheva. Chase recula d'un pas comme s'il avait reçu un coup. Je ne l'avais jamais vu comme ça. Aussi… exposé émotionnellement.

— Bon. Je crois qu'on va avoir une petite conversation, mon cher *frousin.* (Julian donna une tape dans le dos de Chase.) Tu m'accompagnes dans la bibliothèque ? Ton endroit préféré.

Je les regardai s'éloigner. La silhouette de Chase qui se ratatinait tandis que celle de Julian prenait de l'ampleur.

Je pris conscience que, pour la première fois, j'avais tué quelque chose par excès de gentillesse.

À savoir : mon cœur.

18

Chase

— Allons droit au but, veux-tu, Chase ?

Julian alluma un cigare et souffla la fumée, ce qui empesta la bibliothèque entière. J'aurais fanfaronné, moi aussi, si la couverture de mon ennemi juré était pulvérisée et que j'avais une place au premier rang.

Je m'assis, posai les pieds sur le bureau et croisai les chevilles pour bien lui montrer ce que je pensais de son petit numéro à la Don Corleone. Le problème, c'était que rester tranquillement assis dans la bibliothèque à écouter les conneries de Julian n'était pas ma priorité. J'avais d'autres chats à fouetter. En l'occurrence, ce connard d'Ethan Goodman, la pire chose qui pouvait arriver à votre humble serviteur. Sa seule existence m'offensait sur le plan personnel. J'admettais officiellement avoir un problème avec Ethan, un problème qui réclamait une attention immédiate.

Je sentais battre mon pouls. Dans mon cou. À l'intérieur de mon poignet. Sous mes putains de paupières. Je n'étais pas quelqu'un de violent, mais voir Maddie embrasser ce crétin m'avait donné des envies tellement radicales qu'elles étaient certainement passibles d'une peine de prison à perpétuité.

— Épargne-moi tes conneries et crache le morceau. (Je croisai les doigts derrière ma tête en bâillant.) Et, s'il te plaît, essaie de ne pas jouir en route. Ton visage exprime un émoi pré-orgasmique que je n'ai pas envie de voir sur la tronche de mon frère.

C'était ce qui me rongeait le plus ; qu'il reste mon frère à mes yeux. Pas mon *frousin*, mon frère. Un enfoiré dans son genre, certes, mais tout de même.

— Je doute que tu aies l'habitude de voir à quoi ressemble la jouissance. Tu es trop égocentrique pour donner du plaisir, fit remarquer Julian en tirant sur son cigare.

— Je l'ai bien assez vu sur le visage de ta femme.

Je passai ma langue sur mes dents de devant.

Son sourire s'envola. Au moins, je savais qu'il n'était pas greffé sur son visage suffisant.

— Connard.

— J'ai appris du meilleur.

— Je t'ai appris à être impitoyable, pas à être un enfoiré, contra Julian.

— Je n'arrivais pas à choisir quels traits de ta personnalité imiter. J'ai pris le tout.

C'était la vérité. Tous les coups bas m'ont été inspirés par Jul. C'était lui qui était revenu de la fac en m'expliquant comment coucher à droite à gauche, quelles drogues goûter, comment jouer les rustres.

— Viens-en au fait, dis-je.

— Je pense qu'on sait tous les deux que tu vas mener cette entreprise à sa perte si tu prends le poste de P.-D.G. Je comprends que Ronan éprouve des obligations envers toi. Tu es son fils biologique. Mais j'ai fait mes preuves…

— Garde tes conneries de fils biologique pour quelqu'un d'autre, Jul. Tu es directeur informatique. Tu n'es qu'une simple nana des RP sans la jupe moulante. Qu'est-ce qui te fait croire que tu es mieux placé que moi pour ce poste ?

— Le fait que j'ai quelque chose contre toi, répliqua Julian en fronçant les sourcils, comme si c'était évident. Tu as inventé toute cette histoire avec Maddie Goldbloom. Vous n'êtes pas fiancés. Vous ne sortez même pas ensemble. Ta petite amie de façade sort avec le pédiatre de ma fille et arrive à peine à te regarder. Pourquoi je ne dirais pas la vérité à Ronan ?

— Parce que tu ne veux pas lui briser le cœur. Parce qu'il t'a élevé, bordel.

— Il mérite de connaître la vérité. (Julian secoua la tête.) Je vais lui rendre service en lui exposant tous les faits. Pourquoi faudrait-il qu'il ignore qui est réellement son fils ? Un salaud de menteur infidèle. Cède-moi le poste de P-DG maintenant, en public, et personne ne souffrira. *Échec et mat.*

Je clignai des yeux comme s'il avait perdu la tête.

— Tu me poses un ultimatum ?

Je voulais en être absolument certain avant d'éclater de rire.

— Oui.

Je pouffai en me levant. Je me penchai et lui tapotai l'épaule d'un geste condescendant. À l'intérieur, j'étais à deux doigts de la crise cardiaque. Il ne pouvait rien arriver de pire que ma famille qui découvre maintenant le pot aux roses à propos de Madison. Katie était déjà au courant, mais elle se tairait dans l'intérêt général, et on avait toujours couvert les erreurs l'un de l'autre.

Et puis, céder le poste à Julian, c'était laisser le méchant l'emporter, et j'avais vu suffisamment de films de Michael Bay pour savoir que Black & Co ne connaîtrait pas une fin heureuse sous le règne de Julian. En plus, je *méritais* de devenir P-DG. Je bossais comme un dingue depuis dix ans pendant que Julian était occupé à se disputer et à se réconcilier avec mon ex-fiancée, aujourd'hui devenue sa femme.

Je me penchai pour lui murmurer à l'oreille :

— Tu nous as attirés ici en sachant qu'Ethan allait venir. Tu nous as tendu un piège.

Il s'adossa en croisant les doigts. Il n'avait pas besoin de confirmer. Son expression était suffisamment éloquente.

— Tu joues un vilain jeu, Julian. Le masque est tombé.

— Voilà, ça, c'est la réaction que j'attendais après t'avoir volé ta nana il y a des années.

— On ne vole pas des restes. On va les chercher au fond de la poubelle. (Je lui offris mon sourire le plus cordial.) Mais la partie est lancée. Et, Julian… ce côté de moi que tu viens de réveiller, il ne va pas te plaire.

Maddie

Cette nuit-là, je me retournai inlassablement dans mon lit sans jamais trouver le sommeil.

Ma chambre était située juste en face de celle d'Ethan. Chase, lui, était à l'autre bout du couloir. J'avais eu l'audace de demander cet arrangement à Katie à l'insu des autres. Elle m'avait regardée et demandé :

— Tu sors vraiment avec Ethan ?

— C'est compliqué, avais-je murmuré.

Elle semblait presque blessée, et je comprenais pourquoi. Katie avait réellement espéré un avenir pour ma relation avec Chase, quoi qu'elle ait pu en voir. Sans parler du petit quelque chose que j'avais capté entre Ethan et elle, à table.

— Comment ça, « compliqué » ? avait-elle demandé en haussant un sourcil.

— Ce que j'essaie de te dire, c'est qu'Ethan est tout à toi, avais-je expliqué, sincère. S'il t'intéresse, bien sûr.

— Mon Dieu, je suis si transparente que ça ?

Elle avait posé la main sur sa joue et j'avais ri.

— Non, seulement... ouverte, comme j'aimerais pouvoir l'être.

À présent, il fallait que j'insiste pour déclarer haut et fort que je ne sortais pas avec Ethan et que j'y mette un terme une bonne fois pour toutes. Je consultai l'heure sur mon téléphone. Trois heures et demie. Bientôt le lever du jour. Je savais qu'Ethan dormait. Mais je savais aussi qu'au petit matin la situation serait dix fois plus compliquée si on ne parlait pas. Après que Chase et Julian nous eurent laissés, Ethan et moi, Katie et Lori était arrivées pour savoir ce qu'il s'était passé. Je n'avais pas eu l'occasion de lui parler.

Je repoussai lentement la couverture et enfilai mes chaussons. Il faisait chaud et humide, et je ne portais qu'une nuisette en satin blanc.

J'allai gratter à la porte d'Ethan. Une voix rauque s'éleva de l'autre côté.

— Entrez.

La pièce était plongée dans la pénombre. La silhouette qui se découpait sous les couvertures se redressa.

— Tu es réveillé ? murmurai-je.

— Oui. Toi aussi, hein ?

Je hochai la tête.

— On peut parler ?

— C'est un peu tard, tu ne crois pas ?

Je m'assis au bord du lit et joignis les doigts sur mes genoux. Sa tête était posée contre le montant du lit. Je sentis son regard passer sur ma silhouette. Heureusement qu'il faisait sombre.

— Ethan, je…

— Je sais, me coupa-t-il en se frottant le front. Arrête. Ne termine pas cette phrase. Je crois que je l'ai toujours su. Tu n'as jamais vraiment été avec moi. J'ai appris à l'accepter, à un certain niveau. Je continuais à voir Natalie, en pensant que si je laissais mon cœur en dehors de la course, il resterait intact. Je pensais que ce n'était qu'une question de temps avant que Chase fasse de nouveau tout foirer et que tu coures te réfugier dans mes bras. Je continuais d'attendre que tu te sortes du brouillard, mais il ne cessait de t'aspirer à l'intérieur. La vérité, Maddie, ce n'est pas seulement que c'est terminé entre nous. Ça n'a jamais vraiment commencé.

— Je voulais qu'on arrive à quelque chose, dis-je. (Des

larmes chaudes se mirent à couler sur mes joues et à tomber sur mes cuisses nues. Je ne savais pas pourquoi j'étais aussi bouleversée.) Tu es parfait, Ethan.

— Ne dis pas ça, s'il te plaît. C'est ce que disaient toutes mes petites copines au lycée. (Il soupira d'un air las.) La perfection, c'est barbant.

Je secouai la tête en séchant mes larmes.

— Non, pas du tout. Mais la perfection ne s'accorde pas avec un élément cassé. Les éléments cassés doivent trouver un autre élément cassé pour former un tout. J'ai tout un tas de problèmes. Je ne me suis jamais vraiment remise de la mort de ma mère, et… et… j'ai ce besoin compulsif de faire plaisir à tout le monde. C'est la raison pour laquelle on se retrouve à avoir cette conversation.

Il rit et se redressa pour être à côté de moi. Cuisse contre cuisse.

— J'ai comme l'impression que Chase en est l'incarnation. (Ethan soupira.) Vous allez bien ensemble.

Je souris tristement.

— Quelle chanceuse je suis, hein ?

— Manque de pot pour moi, ajouta Ethan.

Je lui tapotai le bras. Il souriait dans la pénombre. L'atmosphère s'allégeait. Je voulais que ça continue comme ça.

— Hé, je peux te poser une question ? Un peu personnelle, mais j'ai toujours voulu le savoir et je ne le découvrirai jamais, demandai-je en poussant son genou avec le mien.

— Je t'écoute.

— Quelle est ta position préférée ? (Je plissai le nez.) Je veux dire… au lit.

— Le missionnaire, répondit-il. Sans la moindre hésitation.

Je souris. *Va au diable, Chase.* Cet idiot arrogant ne se trompait jamais.

Ethan cala ses mains entre ses jambes.

— Hé, tu penses que les choses auraient été différentes s'il n'avait pas été dans le tableau ?

Je réfléchis quelques secondes. Le moins que je pouvais accorder à Ethan, c'était l'honnêteté.

— Non, finis-je par répondre. Toi, tu as terminé de te façonner en tant que personne, et moi, je... je pense que je ne le serai jamais. Je pense qu'une partie de moi est toujours en train de flotter dans l'Univers, à la recherche de ma mère. (Je fronçai les sourcils en prenant conscience d'une chose.) C'est peut-être pour ça que j'ai toujours eu une telle obsession pour les mariages. J'espère trouver ce quelque chose chez quelqu'un d'autre. Inconsciemment. Mais je dois le trouver en moi-même.

— Pour ce que ça vaut (Ethan effleura ma tempe du bout des lèvres), tu es la meilleure personne incomplète que j'aie jamais rencontrée, Maddie Goldbloom. Avec tes imperfections et tout le reste.

Au moment où je quittai la chambre d'Ethan, l'aube pointait à l'horizon. L'obscurité de velours se mua en lueur bleutée à travers les hautes fenêtres. Je remontai le couloir en direction de la cuisine pour me chercher un verre d'eau. Mes pensées tournoyaient toujours après ma prise de conscience : il me fallait trouver la pièce manquante en moi-même.

J'avais presque atteint le bout du couloir lorsque Chase sortit de sa chambre. Il portait un pantalon de jogging gris et ce genre de baskets à la Kanye West qui ressemblent à des vaisseaux spatiaux hors de prix. Il était torse nu, sur le point d'aller courir. Ses cheveux étaient ébouriffés, ses yeux injectés de sang. Le Chase épuisé était encore plus sexy que le Chase normal.

Nos regards se croisèrent dans le couloir obscur.

Il tourna les yeux vers la porte d'Ethan, puis vers la mienne. Il haussa un sourcil interrogateur. Je secouai la tête. Un geste imperceptible.

Il ne s'est rien passé.

Il le compris. Je le vis déglutir. Une bulle d'excitation monta dans ma poitrine.

Boum.

Elle monta encore.

Boum.

Et encore.

Boum.

La bulle éclata quand Chase fondit sur moi et écrasa ses lèvres sur les miennes avec une fougue qui m'étourdit. Il n'y avait rien de calculé, rien de froid, rien de contrôlé dans ce baiser. Mon dos heurta bruyamment le mur, mais je ne sentais rien d'autre que sa langue qui emplissait ma bouche et ses mains qui remontaient le long de mes cuisses sous ma nuisette, avant de tracer le contour de ma culotte. Lorsqu'il atteignit le fin tissu déjà trempé, il gémit contre mes lèvres et ferma les paupières comme s'il souffrait.

J'insérai une main entre nous pour faire ce dont j'avais envie depuis des semaines. Passer mes doigts sur ses abdos en béton, effleurer la ligne de poils sous son nombril jusqu'à tomber sur cette partie de son anatomie qui m'avait toujours manqué et que je n'avais jamais pu détester.

Chase m'attrapa par les fesses et me hissa contre lui. J'enroulai mes jambes autour de sa taille. Il s'empara de ma mâchoire pour m'embrasser plus profondément. Non. Ce n'était pas un baiser. Il dévorait impitoyablement ma bouche et je sentis mes cuisses se resserrer autour de lui avec avidité.

— Le lit, grognai-je contre ses lèvres.

— Ce n'est pas moi qui vais essayer de t'en dissuader, répondit-il sans décoller son visage du mien.

Il me transporta dans sa chambre et referma la porte du pied. Il m'embrassait toujours quand il retira ses baskets. Puis il glissa dans mon cou tout en m'allongeant sur son lit, qui portait sa délicieuse odeur – un mélange de pin, de pluie et de forêt obscure et magique. Le plaisir et la satisfaction inattendus qui me submergèrent me firent monter les larmes aux yeux.

— Chase, dis-je dans un gémissement.

Il remonta le tissu léger de ma nuisette sur mes cuisses. Je sentais ses doigts frémir sur ma peau – est-ce qu'il tremblait ? – avec une urgence à peine contenue.

— Chase, répétai-je, au désespoir.

Sa bouche quitta la mienne avec réticence. Il m'observa prudemment. Il pensait que j'allais tout arrêter. Changer d'avis. Nos cœurs s'écrasaient l'un contre l'autre à travers nos poitrines.

— J'ai rompu avec Ethan. Pour de bon.

Il cligna des yeux. Je pensai d'abord qu'il n'avait pas entendu. Peut-être que tout le sang dans ses veines avait afflué dans la zone de son entrejambe. Compte tenu de la chose gigantesque nichée entre mes jambes, ce n'était pas totalement improbable.

— Pourquoi ? demanda-t-il.

Il semblait... *furieux.*

Parce que tu en vaux la peine, et parce que je suis l'idiote qui est sur le point de prendre le risque. Encore une fois.

— À cause de ta proposition.

— Précise ?

Une éternité temporaire.

Je le sentais palpiter à l'intérieur de ma cuisse. Je songeai que je risquais de mourir s'il ne me pénétrait pas.

— D'être ta fausse petite amie... jusqu'à... (Je grognai en sentant ses dents sur mon téton à travers ma nuisette.) Est-ce que l'offre tient toujours ?

— Oui, murmura-t-il contre ma peau.

— Alors je l'accepte.

Il se figea complètement. Je songeai qu'il avait dû mal entendre. Pourquoi, sinon, aurait-il interrompu ce moment de délice ? Alors il entrelaça nos doigts, replia les siens contre ma bague de fiançailles, et arracha ma nuisette de l'autre main. On aurait dit qu'il arrachait des vêtements tous les jours. Le tiraillement du tissu qui craque contre ma chair me coupa le souffle. Le morceau de satin retomba sous moi. Il écarta ma culotte – *le seul vêtement qu'il devrait probablement arracher,* songeai-je avec amusement – puis effleura ma fente avec son index, avant de le plonger à l'intérieur et de le recourber. Il atteignit mon point G en un clin d'œil, et me regarda hoqueter avec un sourire sinistre. J'avais oublié à quel point il était doué.

En réalité, non. Je me souvenais très clairement de ses talents au lit, ce qui était la raison pour laquelle j'avais essayé de garder mes distances.

Chase descendit le long de mon corps, aspira chacun de mes tétons dans sa bouche pour les taquiner d'un coup de langue appréciateur. Son souffle frais contre ma poitrine humide provoqua de délicieux frissons le long de mon corps.

Il poursuivit sa descente en m'embrassant, en me mordillant. Il marqua une pause au niveau de mon nombril, à l'intérieur duquel il plongea sa langue. J'enfonçai mes doigts dans ses cheveux lorsqu'il lécha l'intérieur de mes cuisses.

Chase Black était splendide sous tous les angles, mais plus encore quand il releva ses yeux pâles pendant qu'il insérait sa langue en moi sans se départir de son petit sourire. Il la fit tournoyer avec habileté, et le poids d'un orgasme imminent – et d'un chagrin d'amour – s'abattit sur mon corps comme une brique de dix tonnes.

J'attrapai l'un de ses oreillers pour étouffer mes gémissements, décidée à garder secrètes nos retrouvailles tant attendues. Je sentis mes cuisses frémir, tous les muscles de mon corps se contracter, et je compris que j'approchais. Mes orteils se mirent à fourmiller et ma respiration s'entrecoupa à mesure qu'il continuait de lécher en taquinant ma poitrine.

— Je me demande si mon père toucherait l'argent de mon assurance si je mourais dans une combustion spontanée, dis-je entre deux râles.

— Il n'y a que toi pour dire ça à un moment pareil.

Il gloussa contre moi, puis il accéléra le rythme, enfouit deux doigts en moi sans cesser de me dévorer. Tous mes muscles se figèrent. Le plaisir balaya mon corps en plusieurs vagues chaudes successives.

Je redescendis des sommets avec une respiration tremblante. La bouche de Chase était toujours collée contre moi. Il lécha ma peau jusqu'à mon ventre, puis enfonça sa langue dans ma bouche. Je pus sentir mon goût et je n'éprouvai pas l'envie de me terrer sous un rocher pour le restant de ma vie. Il possédait ce truc, Chase. On avait beau se chamailler sans arrêt, au lit, il me donnait toujours l'impression d'être une déesse.

J'enfonçai ma main entre nos corps et m'emparai de son membre en baissant frénétiquement son pantalon avec mes pieds. Je tentai de me baisser pour lui rendre la pareille, mais il me plaqua sur le lit.

— Je crains que les préliminaires ne soient pas au programme. J'attends ça depuis le moment où tu m'as largué.

Il tendit la main vers sa table de nuit, ouvrit son portefeuille et en sortit un préservatif, dont il déchira l'emballage avec ses dents avant de le recracher par terre.

Il s'enfonça lentement en moi, gainé, palpitant, avec une concentration et une intensité qui m'empêchèrent de fermer les yeux.

Je me cambrai en réalisant combien ça m'avait manqué. Combien *il* m'avait manqué. Puis il s'arrêta. Chase me dévisagea tout en étant au fond de moi. J'avais l'impression que le poids du monde entier était logé dans les quelques centimètres qui séparaient nos poitrines.

— Hé.

Sa voix était un croassement.

— Hé.

Je croassai *moi aussi*.

— Je suis en toi. De nouveau.

Il cala une mèche rebelle derrière mon oreille.

— Toutes les preuves vont dans ce sens, oui.

Je baissai les yeux sur le point où nos corps se rejoignaient.

Il rit, embrassa mon cou puis s'empara de ma bouche en reprenant ses coups de reins. Il engloutit mes gémissements dans ses baisers, et mes paupières finirent par se fermer à mesure que je m'abandonnais à l'instant.

Chase saisit l'arrière de mes cuisses en intensifiant la cadence. Je me mordis la lèvre inférieure pour étouffer un cri de plaisir. Je sentais ma poitrine rebondir à mesure qu'il accélérait le rythme. Il regardait mes seins tressauter d'un œil licencieux, et je me cramponnais à lui de plus belle. Les ressorts du matelas grinçaient à chaque fois qu'il s'enfonçait en moi. Nos mouvements étaient parfaitement synchronisés.

— Mad, gémit-il en détournant les yeux, comme s'il était embarrassé de vivre avec une telle intensité l'instant présent.

J'allais à la rencontre de ses coups de reins en oscillant des hanches, et je le sentis agité de secousses incontrôlables.

— Putain, grommela-t-il en appuyant ses paumes à plat sur mon bas ventre.

Il me martelait comme s'il essayait de se débarrasser d'un démon qui s'était emparé de son corps.

— Non, non, non.

Non ?

Un deuxième orgasme montait sous mon nombril et se déployait dans mes jambes, ma poitrine, jusqu'au bout de mes doigts, lorsque Chase me retourna sur le ventre, me souleva et me prit par-derrière. Je laissai échapper un grognement en m'adaptant à cette nouvelle position.

— Putain, répéta-t-il. Ça ne marche pas non plus.

Mais il continuait pourtant à me pilonner, et sa voix semblait tellement tendue que je n'arrivais pas à concevoir qu'il ne prenait *pas* son pied. À moins…

La satisfaction que j'éprouvai lorsque je compris me submergea. Elle se répandit dans ma poitrine comme une vague de miel chaud.

Il essayait de ne pas jouir. *En vain.*

— Tu approches ? lança-t-il, le souffle court.

Le son de la chair qui heurte la chair et le claquement humide de mon entrejambe résonnaient dans la pièce. Je me demandais s'il était excité par la drôle de paire qu'on formait au lit. Ma petite taille menue contrastant avec ses muscles et son immense silhouette.

— Presque, murmurai-je.

Il se mit à masser mon clitoris en continuant ses mouvements. Mon corps entier tremblait.

— Je vais jouir.

— Putain, merci. Laisse-moi voir.

Il attrapa mes cheveux courts et étira mon cou pour me regarder dans les yeux. C'était un geste étrange et intime. Je plongeai dans son regard tandis que l'orgasme me parcourait comme un courant électrique. Ma bouche forma un *o* béant et il me lâcha les cheveux, s'enfonça encore plusieurs fois en moi avant de s'effondrer sur mon corps.

Je sentis le liquide chaud se répandre dans le préservatif. Son torse moite était plaqué contre mon dos, ma tête nichée sous son cou. Il poussa des grognements supplémentaires en donnant quelques derniers coups paresseux. Je laissai échapper un faible râle. Quatre-vingt-dix kilos de muscles et un ego de la taille de Staten Island. Il était lourd.

— Est-ce que je suis en train de te transformer en pain pita ? demanda-t-il sur un ton endormi.

— Je n'ai jamais pu résister aux glucides.

Il rit.

— Comment ça se fait que tu me donnes l'impression d'être un ado qui vient de découvrir les joies du sexe ? Qu'est-ce qu'il y a chez toi, Madison Goldbloom, qui me rend aussi sauvage ?

— Ça doit être les robes à motifs, répondis-je dans l'oreiller.

Il déposa un baiser sur ma nuque en riant.

— Enfin quoi, tu as parlé de ton père alors que j'avais ma langue *en toi*. Ma queue aurait dû s'enfuir en courant. Qu'est-ce qui te rend aussi différente des autres ?

Cette question posée à voix haute était à moitié insultante, à moitié flatteuse.

— Je suis moi-même. (Je haussai les épaules en fermant les yeux.) Je suis moi-même et tous les autres essaient de devenir quelqu'un d'autre avec toi. Pour coller à l'univers bien soigné de M. Black. Moi, je vis en couleurs. J'imagine que ça doit être un défi pour toi.

Tout à coup, je n'avais plus envie que d'une seule chose : m'endormir.

Je me laissai aller.

Un ange déchu, plongé dans l'obscurité du diable, englouti dans ses bras forts et implacables.

19

Chase

Le reste du week-end m'a bien vidé, tout comme Madison, qui m'a rappelé que sa bouche était la huitième merveille du monde. Je ne m'étais pas senti aussi bien depuis des mois. D'accord, des *années*. Le week-end se composa de bonne bouffe, d'agréables conversations et de sexe hallucinant. J'en serais venu à soupçonner que j'étais mort et monté au paradis sans l'email de mon comptable, qui me rappelait de payer mes impôts trimestriels.

Si j'avais pensé avoir idéalisé le sexe avec Madison après notre rupture pour me consoler des médiocres plans cul dont j'avais dû me contenter, je me trompais. La réalité était encore meilleure que dans mes souvenirs.

Plus long, plus fort, plus humide.

Le seul point noir du week-end, c'était la présence d'Ethan Goodman. Il montait à cheval avec nous, il prenait ses repas avec nous, il flirtait avec Katie (qui paraissait moins écœurée à l'idée de se taper l'ex de ma petite amie que je l'aurais cru).

Pour maintenir notre couverture, ça ne me dérangeait pas qu'il fréquente ma sœur. Il n'était pas, comme je m'en étais rendu compte après une réflexion plus poussée, le minable méprisable que je pensais. Il semblait plutôt être du genre bon pratiquant en socquettes qui ne prend aucun risque, avec lequel ma sœur pourrait être heureuse. Seulement, il n'était pas le bon partenaire pour ma Madison. Enfin, Madison. Pas *ma* Madison. Elle ne m'appartenait pas. Je le savais.

La soirée précédant notre retour en ville, Ethan dut retourner à Manhattan pour une urgence. Il proposa à Katie de la ramener, après avoir consulté Madison du regard qui lui donna le feu vert avec un grand sourire.

Le petit déjeuner se déroula donc sans Ethan et Katie. Ce qui signifiait que je pus faire la chose dont je rêvais depuis le début de ce programme de fausses fiançailles. Pendant le petit déjeuner, le plus nonchalamment du monde, je me penchai et embrassai Madison sur la bouche. Rien de plus qu'un chaste baiser. J'estimais jusque-là que les gens qui se bécotaient devant tout le monde méritaient d'être exécutés sur la place publique. Mais ça suffisait à montrer à tout le monde que c'était bien réel.

La tête d'Amber – on aurait dit qu'elle avait avalé une mouche – associée à la mine effarée de Julian faillit me faire éclater de rire.

Maintenant qu'on était sur le trajet de retour, j'étais perturbé par la perspective de notre séparation. Mon ex/actuelle petite amie temporaire était exquise, et elle me permettait d'oublier un peu la maladie de mon père, ce qui était assurément un vrai bonus.

— Tu veux dormir où, ce soir ? demandai-je en conduisant à une vitesse qui faisait ressembler le troisième âge à une bande de délinquants.

Le paysage rural défilait comme les illustrations d'un livre, puis se transforma progressivement pour laisser la place à des bâtiments plus élevés et des chaussées plus étroites à mesure qu'on approchait de New York.

— Dans mon lit. (Elle rit.) Où veux-tu que je dorme ?

— Dans le mien, répondis-je d'une voix neutre.

— Et Daisy, fit-elle remarquer. Je dois beaucoup lui manquer.

— Tu pourrais l'amener chez moi.

Mais qu'est-ce que je raconte ? Rien que de voir des cheveux de femme sur mon oreiller me donnait envie de remeubler tout mon appartement. Une boule de poils sur mon parquet me donnerait sûrement envie de brûler l'immeuble tout entier.

— Je pense qu'elle paniquerait. (Mad marqua une pause.) Et toi aussi. Non, merci.

J'attendis une invitation pendant que Mad feuilletait un magazine de mariage qu'elle avait emporté avec elle. *Pour ses recherches*, me rappelai-je. Elle connaissait la chanson. Au moment où on pénétrait dans Manhattan, je finis par dire :

— Ou je pourrais dormir chez toi.

Elle ferma le magazine et le posa sur ses jambes croisées.

— Tu ne veux pas retrouver ton espace ? On vient de passer le week-end ensemble.

— Les parties de jambes en l'air l'emportent sur l'espace personnel, répondis-je avec ironie. N'importe quel jour de la semaine. C'est scientifique.

— Ça veut dire que tu veux bien accorder une chance à la monogamie pendant qu'on est temporairement ensemble ?

C'était davantage du sarcasme qu'une véritable question.

— Tu le veux ?

On aurait dit ma mère et ma sœur qui essayaient de se convaincre l'une l'autre de manger la dernière part de tarte à Thanksgiving.

— *Toi*, tu le veux ? répondit-elle.

Mon clavier cérébral tapa une réponse grossière. Elle avait quoi, cinq ans ?

— Bien sûr. Je veux bien essayer la monogamie *temporaire*. Si tu le fais aussi.

— Si je le fais aussi ? (Elle sourit de son côté.) Est-ce que je suis célèbre pour me taper tout ce qui bouge ?

Un point pour elle. Il était vrai que, depuis qu'on avait recouché ensemble, j'avais l'impression de perdre quelques points de QI chaque fois que je jouissais en elle. C'était comme si elle aspirait tout mon bon sens. Elle était Dalila et moi Samson, si Samson était un génie et si Dalila était… eh bien, une hipster excentrique. Je bus une gorgée de mon café.

— Si un jour on fait une *sex tape*, tu penses que ça aurait l'air incongru ? Tu es tellement grand, lança Mad d'un air songeur.

Je faillis recracher mon café sur le parebrise.

— Pour commencer, je ne ferais jamais de *sex tape* - ni rien qui fournirait des preuves que je suis capable de montrer de l'affection à une autre personne de quelque manière que ce soit. (Je reposai mon café dans le porte-gobelet.) Mais laisse-moi te dire qu'il n'y a rien d'incongru au sujet de nos ébats.

— Qu'est-ce que tu en sais ?

— Je nous ai regardés dans le miroir de ma chambre pendant qu'on le faisait. (Une pause.) C'était épique. Me remercie pas.

Mad joua avec sa bague de fiançailles, une moue aux lèvres. On était à dix minutes de chez elle. Elle ne m'avait toujours pas dit si je pouvais y dormir. Ça m'agaçait. Ce n'était peut-être pas plus mal de passer un peu de temps à part.

— J'aimerais dormir toute seule, ce soir, finit-elle par dire. Tu sais, juste pour m'assurer que la relation n'est pas trop intense, et qu'on ne risque pas de développer des sentiments l'un pour l'autre.

— Très bien.

Je n'avais pas le cœur à la reprendre et à souligner que… eh bien, que je n'avais *pas* de cœur, alors il n'était pas prévu au programme de développer des sentiments de mon côté.

— Super.

Je me garai devant son immeuble et l'aidai à monter ses bagages. Après les avoir déposés dans son salon, on s'embrassa sur la bouche et je tournai les talons pour remonter dans ma voiture.

Je m'arrêtai sur le seuil de l'immeuble.

Je fis demi-tour et remontai les étages. J'avais le poing déjà levé, prêt à frapper à la porte. Mais celle-ci s'ouvrit juste avant que j'aie pu le faire. Madison apparut, le souffle court.

Je clignai des yeux, dans l'attente d'une quelconque indication. Est-ce que je devais l'embrasser ? Lui laisser de l'espace ? Lui reprocher sa fichue hésitation ?

— Bon, principes de base (elle leva la paume en signe d'avertissement). Parce que je sais que tu n'as pas de sentiments, mais moi j'en ai, et ma priorité est de me protéger.

Je dressai le menton pour lui indiquer que j'étais tout ouïe. Je me tenais hors de son appartement, et elle à l'intérieur. Je voulais l'autorisation d'entrer. J'aurais été prêt à vendre des parts de Black & Co sur-le-champ pour une petite pipe.

— Premièrement, pas plus de trois nuits par semaine chez l'un ou chez l'autre. C'est le ratio.

— Accordé.

— Deuxièmement, tu devras t'occuper de Daisy quand je ne suis pas en ville. Ce n'est pas juste pour Layla de devoir la garder. C'est toi qui me l'as offerte.

— Chaque fois qu'on croisait un aussiedoodle dans la rue, tu disais que tu voulais un chiot, lui fis-je remarquer.

À l'époque, je pensais lui offrir un sacré cadeau.

Elle me dévisagea comme si j'étais fou.

— Je dis beaucoup de choses, Chase. J'ai aussi dit que je voulais me marier dans un château italien.

— Et ?

Je la fixai d'un regard vide.

— Et, bien sûr, je me marierai dans le jardin de mon père !

Elle leva ses mains en l'air comme si c'était évident.

— Bref. Je m'occuperai de Daisy quand tu seras absente et je ne t'offrirai rien dont la survie nécessite autre chose que de l'eau ou des piles.

Je notai mentalement de ne lui offrir que des choses horribles. Des chaufferettes, des agendas à fleurs et des crèmes pour les mains saveur dessert. Les conneries pas chères qui donnaient le sourire à Mad.

— Autre chose ? demandai-je d'un air théâtral.

— Hmm. (Elle se tapota la lèvre inférieure.) Ah oui. Ne rien dire sur nous deux à nos boulots. Il y a une date d'expiration à notre relation, et je ne veux pas qu'on pense que tu m'as larguée. Une deuxième fois.

Mad n'avait dit à personne qu'on se fréquentait, ni à l'époque ni aujourd'hui. De mon côté, en revanche, je me foutais pas mal de savoir qui nous voyait nous embrasser le matin quand on arrivait ensemble au travail.

— Je ne t'ai pas larguée, la première fois.

Elle agita la main.

— C'est ce qu'ils se disent.

Elle n'avait pas tort. Les gens supposaient toujours que c'était le plus riche des deux qui larguait l'autre.

— Une dernière chose.

Elle leva l'index. J'espérai effectivement que c'était la dernière, car je commençais à me dire que j'aurais dû faire venir mon avocat. Mad posait beaucoup de règles, pour une aventure qui allait certainement ne durer que quelques semaines, et encore. Mon estomac se noua à la pensée de ce que ça signifiait pour mon père.

— Finissons-en, fis-je en levant les yeux au ciel.

— Quand ce sera terminé, promets-moi que tu n'essaieras pas de prolonger cette relation. Tu as dit que j'étais obsédée par le mariage et les cérémonies, et ce n'est pas faux. Ce sont des choses qui comptent beaucoup pour moi, même si ce n'est pas féministe ou *hipster* ou très Manhattan 2020. Promets-moi que tu me laisseras partir pour de bon. Sois convenable et arrête de me poursuivre quand on devra se quitter.

— C'est promis.

Je fis un pas en avant pour me retrouver nez à nez avec elle. Bouche à bouche. Poitrine à poitrine. Queue à minou.

— Je promets d'épargner ton cœur. Est-ce que je peux avoir le reste de toi, maintenant ?

Elle passa ses bras autour de mon cou.

— Quand on aura pris une douche, tu pourras.

Je l'embrassai avec détermination. Je la fis reculer à l'intérieur de son appartement tout en retirant mes chaussures. Le degré de satisfaction et de soulagement que j'éprouvai à l'idée de rester dormir chez elle aurait dû m'inquiéter. Heureusement, quatre-vingt-dix pour cent de mon flux sanguin se trouvaient maintenant sous ma ceinture, il ne restait donc pas grand-chose pour faire fonctionner mon cerveau.

— Destin, murmura-t-elle contre mes lèvres.

— Répète ?

— C'était le mot du jour de Layla vendredi, « destin ». Je viens de le voir sur sa porte.

J'émis un nouveau bruit pour lui indiquer que je l'avais entendue, puis je continuai de la faire reculer jusqu'à sa douche. Je fis couler l'eau avant qu'on ait retiré nos vêtements, et je lui ôtai sa robe avec mes dents.

Ce fut incontestablement la douche la plus longue et la plus cochonne que j'avais jamais prise.

Deux jours plus tard, je courais avec Grant à Central Park. C'était une habitude qu'on avait gardée depuis notre adolescence, étant donné qu'on vivait dans le même quartier et qu'on s'était auto-diagnostiqué un trouble du déficit de l'attention avec hyperactivité et qu'on avait besoin de dépenser notre trop-plein d'énergie. Parfois, on courait en silence ; d'autres fois, on parlait des cours, des filles, du travail et autres merdes (pas littéralement, en dehors de la fois où Grant avait fait une intoxication alimentaire pendant ses vacances de ski à Tahoe, ce dont on avait parlé en long et en large).

On faisait généralement le tour complet, un circuit quotidien de dix kilomètres, suivi par une séance de musculation dans la salle de mon immeuble avant de commencer notre journée de travail. Étant donné que j'avais passé la veille chez Mad, et que je n'étais rentré chez moi que pour prendre une tenue propre et m'accorder une demi-heure aux chiottes (c'était décidément inconvenant d'occuper les toilettes du studio d'une dame pour parcourir un article du *New York Times* en coulant un bronze, d'après ce qu'on m'avait dit), on avait manqué une journée d'entraînement.

— Alors les choses deviennent sérieuses.

Grant était le modèle du coureur avec ses baskets rembourrées, son short de sport, sa casquette de base-ball, son Apple Watch et ses coussinets de gel dans les chaussettes. Tout ce qui manquait à sa tenue, c'était un fichu numéro collé dans le dos, à la Usain Bolt. De mon côté, j'étais plus discret, avec – vous me voyez venir – un short de sport *noir*, un T-shirt *noir* et des baskets *noires* dont Katie m'offrait une nouvelle paire tous les trois mois pour s'assurer que mes pieds ne soient pas couverts d'ampoules. Mais les semi-marathons n'étaient pas mon truc, comme Katie et Ethan. Je faisais du sport parce que je ne voulais pas mourir jeune, ni arborer le bide des trente-cinq ans.

— *Au contraire*, Gerwig. On a une date limite bien précise, alors j'en profite un max. J'ai tout calculé.

La mort de mon père signerait la mort de ma relation avec Madison.

— Je serais ravi d'en savoir plus, dit Grant en faisant mine de poser son menton sur son poing, sans ralentir l'allure. Raconte-moi comment tu as calculé tout ça.

— Je vais passer mes journées avec mon père. Je vais chez lui après le travail, on joue aux échecs, on dîne, on regarde la télé, on discute, et ensuite je vais chez Mad pour succuler la soirée et la nuit avec elle. Comme ça, je profite des deux sans me faire avoir.

— Sans te faire avoir, répéta Grant en attendant des précisions.

— La dernière fois, je me suis fait aspirer dans un gouffre de bonne baise et de gentilles conversations. Plus jamais.

— Ça s'appelle tomber amoureux, espèce d'idiot. Tu es tombé amoureux et tu as pris la mouche parce que personne ne t'a envoyé de mémo. Alors tu as fait un truc incroyablement stupide, tu l'as regretté, tu as eu une seconde chance, et maintenant, d'après ce que je comprends, tu es sur le point de tout refaire foirer.

« Tomber amoureux. » C'étaient les mots qu'il avait employés. Grant était dérangé. Ça, c'était certain. Je m'inquiétais un peu de lui avoir confié la santé de mon père.

— Je ne veux pas de relation, répliquai-je sèchement.

— Pourtant, tu en as une.

— Elle sait que ce n'est pas réel, dis-je, même s'il ne m'échappait pas qu'on était sur le point d'envoyer balader la règle des trois nuits par semaine.

— Ce n'est pas pour elle que je m'inquiète, Chase.

On prenait un virage pour remonter. Je me souvenais que mon père m'avait expliqué que les allées de Central Park étaient courbées pour éviter les courses de calèche. Je me demandais combien d'anecdotes il n'avait pas encore eu le temps de me confier. Grant se laissa un peu distancer et j'en profitai pour renverser la conversation.

— Et Layla et toi ?

— C'est terminé.

— Intéressant, dis-je.

Mais ça ne l'était pas. Grant et Layla étaient à peu près aussi compatibles que Frank et Daisy. Grant cherchait quelque chose de sérieux, et Layla voulait se taper autant d'amants que possible avant de rencontrer son Créateur.

— Ouais, soupira Grant. J'ai découvert qu'elle ne voulait pas d'enfants.

— Tu savais qu'elle ne voulait pas d'enfants, répliquai-je.

Ça avait littéralement été le premier sujet de conversation de Layla quand il l'avait rencontrée. *Salut, je m'appelle Layla. Je ne veux pas d'enfants, mais je suis institutrice. Merci de m'épargner votre opinion là-dessus. Oh ! dis donc, jolie chemise.*

— Eh bien, je pensais que c'était flexible. Tu sais, comme les gens qui disent qu'ils feront attention au dîner de Thanksgiving parce qu'ils surveillent leur ligne, mais qui s'empiffrent quand même le moment venu.

— Les enfants et les tartes à la citrouille ont *beaucoup* en commun, dis-je avec sarcasme en accélérant le rythme. (Grant me rattrapa.) Je ne comprends toujours pas pourquoi tu n'as pas laissé la relation suivre son cours tout en profitant du plan cul.

— Parce que je ne suis pas un idiot fini, expliqua-t-il, la mâchoire crispée. Je n'ai pas envie de me réveiller dans deux ans à côté d'une femme qui veut tout l'opposé de moi.

— Comment elle l'a pris ? demandai-je, parce que ça semblait être une question à poser.

— Plutôt bien, étant donné que c'est elle qui m'a plaqué.

— Merde. Désolé.

J'étais un excellent ami, à l'évidence, avec de précieuses remarques à offrir.

— Tu ne trouves pas ça ironique ? Layla m'a plaqué parce que je voulais du sérieux. Tu as essayé de faire peur à Maddie parce qu'elle *était* sérieuse. Tout aurait fonctionné à la perfection si seulement j'avais rencontré Maddie avant toi. Alors elle aurait pu te brancher avec Layla.

— Mad et toi ? Aucune chance. Elle est trop bizarre, et tu es trop… *toi.*

— Ah vraiment ? demanda Grant, amusé.

Il me provoquait.

— Je me trompe peut-être. Vous feriez peut-être un super couple. Peu importe. Le *Bro Code* t'interdit de toucher à un seul de ses cheveux parce que c'est moi qui l'ai touchée le premier. (Je fis une pause.) Et je l'ai touchée *partout.*

— Je ne pense pas que ça marche comme ça. (Grant éclata de rire et je sentis mon corps se raidir. J'avais envie de lui faire monter la colline juste pour pouvoir le pousser ensuite et qu'il se casse une hanche.) On n'est plus au lycée. Tu n'es même pas amoureux. D'après ce que tu dis, en tout cas.

— Qu'est-ce que tu insinues, Grant, bordel ?

Je m'arrêtai pour le fusiller du regard. Grant continua de courir sur place. J'avais toujours trouvé que la course sur place était le signe international des connards prétentieux. Ethan ne l'avait-il pas fait l'autre jour ? Tout à coup, je ne pouvais plus supporter la vue de mon meilleur ami.

— Ne t'énerve pas comme ça. Même si je décidais de tenter quelque chose avec Maddie, elle ne sortirait jamais avec moi. Le *Bro Code* n'existe peut-être pas, mais le *Sister Code* est bien réel, et Maddie est une fille bien. Elle ne ferait jamais ça à Layla.

Je savais qu'il avait raison. Je repris mon jogging sans prêter attention à ses gloussements. Ce n'était pas drôle. Je ne voulais pas que mon meilleur ami couche avec mon ex, et alors ? Ça ne voulait pas dire que j'étais *amoureux* d'elle.

— Quant à ce que j'insinuais, dit-il avec un grand sourire, je crois que le mot que je cherchais pour toi, mon ami, c'est que tu es royalement, indiscutablement et officiellement baisé.

20

Maddie

Près d'une semaine s'était écoulée depuis ma rupture d'adultes à l'amiable avec Ethan.

Elle se déroula comme un album photo souvenir. Dîners de famille photoshopés chez les Black, échange d'opinions tranchées au sujet des meilleurs fashionistas de la famille royale avec Lori, confidences d'écolières avec Katie et coiffures pour Clemmy, à qui j'apprenais à préparer des cupcakes. J'échangeai autant que possible avec Ronan, sans monopoliser son temps. J'avais une expérience directe en ce qui concernait la gestion de la maladie d'un proche. Les gens préféraient généralement éviter ces derniers, et discuter avec les autres membres de la famille. Ceux qui devaient être plus faciles à regarder, j'imagine.

J'appris à ignorer Amber et Julian sans m'éclater de vaisseaux sanguins dès qu'ils s'adressaient à moi comme si j'étais une domestique. Ce n'était pas si difficile, en réalité. Amber abusait généralement de l'alcool dont elle se servait comme lubrifiant social, et elle était facile à déjouer. Julian continuait à jouer les vipères, mais il passait une bonne partie de son temps à essayer de voir Ronan en privé ou à s'enfermer avec Chase dans la bibliothèque, où les octaves atteignaient des sommets dignes de Broadway derrière les portes closes.

Je ne posai aucune question à Chase au sujet de ces entrevues. Ce n'étaient pas mes affaires. Je savais que Julian était au courant de mon baiser avec Ethan, mais je supposai que Chase s'en était occupé. Je ne voulais pas m'impliquer. Plus j'en savais, plus je risquais de m'attacher, et j'essayais désespérément de m'accrocher à ce qu'il me restait de raison et de protéger mon cœur de cet arrangement.

Mon corps, en revanche, était un participant assidu. Chase et moi faisions l'amour comme si c'était un sport de compétition. *Et on gagnait haut la main.* Dans mon lit et le sien, sous la douche, dans sa baignoire, sur le comptoir de la cuisine (la sienne – je n'étais pas une débutante), contre ses baies vitrées et sur ma machine à laver (un de mes fantasmes personnels).

Je continuai de me répéter à chaque réveil que Chase Black était temporaire. Comme un pansement, ou comme SlimFast. Quelque chose pour m'occuper, le temps de voir venir la réalité. Je refusai d'assister à des événements avec lui, et le jour où Chase proposa une sortie à quatre avec Grant et une collègue à lui (*Sérieux ? Aussi vite ?*), je lui répondis tout net qu'il était hors de question qu'on nous voie ensemble en public. Voilà les mesures de sécurité que je veillais à prendre, même si la règle des trois nuits maximum par semaine était passée à l'as.

Puis je reçus un message d'Ethan. C'était la seule matinée que je passais sans Chase. À un moment, la veille, je l'avais physiquement poussé hors de chez moi pour me réserver un peu de temps à moi.

Ethan me renvoya mes azalées. Ce qu'il en restait, du moins. Les fleurs étaient fanées, les feuilles recroquevillées sur elles-mêmes étaient bordées de noir et de gris. Le pot dans lequel elles se trouvaient était couvert de sable couleur goudron aggloméré. Je la pris dans mes bras et jetai un regard sur le rebord de ma fenêtre, où mes fleurs prospéraient. Une sensation de brûlure et de colère bouillonna dans ma cage thoracique. Il y avait un mot.

Vraiment désolé.
Trop occupé à sauver des gens, j'ai oublié la plante. Tu peux peut-être encore faire quelque chose pour elle ?
Merci quand même pour le cadeau.

– E

Les azalées mourantes occupèrent mes pensées une bonne partie de la matinée pendant que je travaillais sur ma Robe idéale. Je poignardai mon carnet de croquis avec mon crayon et le transperçai plusieurs fois.

— Qu'est-ce qui se passe ? Un de tes enfants est mort ? railla Nina depuis son coin du studio aussitôt que Sven fut hors de portée, en faisant référence à la plante fanée. Quelle mauvaise mère, Maddie.

Je baissai la tête et repris mon travail.

— Maddie.

Sven apparut derrière mon épaule. Je sursautai.

— Comment ça va ?

Je m'apprêtai à répondre, mais il m'interrompit d'un geste de la main.

— Laisse tomber. Je ne suis pas là pour papoter. Est-ce que ton dessin est terminé ?

— Presque.

Je le serrai contre ma poitrine d'un air protecteur. Je m'étais attachée à ce modèle. Il représentait beaucoup pour moi. J'avais conçu la robe en m'imaginant la porter.

— Voyons voir ça.

Il tira un tabouret d'un autre poste et s'assit devant moi.

— Maintenant ?

Je regardai autour de moi pour gagner du temps.

— Rien ne vaut l'instant présent.

Il me prit mon carnet des mains. Je hoquetai et retins mon souffle. J'avais l'impression que les murs du studio se rapprochaient. Mes poumons étaient en feu. J'étais tellement nerveuse !

— Oh ! fut tout ce que Sven trouva à dire après une minute entière de silence.

Oh ! ça ne pouvait pas être bon signe. Il n'avait même pas étiré le mot. *Oooooh !* Non. Juste *Oh.* Je sentis la nausée monter.

Sven fronça les sourcils.

— Il y a beaucoup de détails là-dedans.

— Oui. Tu m'as demandé de laisser parler l'artiste.

— Je pensais que tu aurais toute ta tête, aussi.

Il plissa le nez sans quitter le dessin des yeux.

— Tu as utilisé les mots « y aller à fond », rétorquai-je sans en croire mes oreilles.

Est-ce que j'étais en train d'argumenter avec Sven ? C'était vraiment une première. Je n'avais jamais défié mon patron. Et c'était sans doute la raison pour laquelle il m'avait promue aussi rapidement. J'étais celle qui disait toujours oui. Mais pas aujourd'hui. Pas quand cette robe était mon meilleur modèle à ce jour.

Sven brandit le dessin devant moi et croisa mon regard.

— Écoute, je ne dis pas que ce n'est pas bien, mais l'objectif est de gagner de l'argent, et cette saison, il est question de lignes simples.

— Tu m'as expressément dit qu'il n'y avait aucune règle à respecter. (Je lui repris le dessin des mains.) Et c'est exactement ce que j'ai fait. Tout le monde va se pointer à la Fashion Week avec des variations de la même robe simpliste, et je vais leur proposer du nouveau. Quelque chose de grandiose. Quelque chose qui sort de l'ordinaire. Tu m'as confié cette mission parce que tu disais que j'étais prête. Eh bien, je le suis, Sven. Et je crois en ce modèle. De tout mon cœur.

Je repensai aux paroles d'encouragement de Chase. Il avait semblé l'aimer. Non, plus que ça. Il avait semblé fasciné. Il m'avait convaincue de m'en tenir à ce dessin. Les robes de mariées n'étaient pas qu'une affaire de haute couture. Parfois, il s'agissait seulement de voir des étoiles dans les yeux des hommes – des hommes comme Chase – et d'éprouver cette sensation poignante.

Sven me dévisagea longuement. Je soutins son regard. Même si j'avais conscience que ça ne me ressemblait pas, je savais que j'avais raison. Pas seulement pour moi-même, mais pour l'entreprise.

— Les gros bonnets vont m'en faire voir de toutes les couleurs, tu sais.

Je continuai de le fixer.

— Et elle est blanc cassé.

Il écarquilla les yeux.

— Mais le blanc pur…

Je secouai la tête en levant la main.

— Elle se vendra, Sven. Je te le promets.

Il quitta son tabouret en se grattant la joue. Il paraissait choqué. Il l'était certainement, mais par mon entêtement.

— Quand est-ce que tu es devenue aussi… (il chercha le bon mot) acharnée ?

Je souris.

— Depuis que j'ai découvert qu'être gentille et se laisser marcher sur les pieds étaient deux choses différentes. La force n'est pas seulement bénéfique pour moi-même – elle l'est aussi pour les autres.

À midi et demi, alors que tout le monde était parti déjeuner, quelqu'un me tapota l'épaule. J'étais toujours voûtée sur ma table de dessin, la langue pointant au coin de la bouche, en plein travail. Je me retournai.

Chase se tenait là, tenant un sachet plastique rempli de tupperwares. Je reconnus le parfum de la soupe Pho et des raviolis chinois. Je me mis à saliver pendant exactement cinq secondes avant de comprendre.

Je le poussai légèrement pour voir si Nina était à son poste. Elle n'y était pas.

— Tu es fou ? murmurai-je en écarquillant les yeux. Quelqu'un pourrait te voir.

— Et alors ? (Il plissa les yeux.) Je t'apporte de la soupe, pas du cul. Les rumeurs ne vont pas s'emballer parce qu'on déjeune ensemble.

Je pris conscience de mon ingratitude. Il était venu dans l'intention de m'offrir à manger. Je respirai profondément et plaquai un sourire sur mon visage.

— J'ai beau être très touchée par ta sollicitude, je suis inflexible : personne ne doit savoir pour nous deux. C'est temporaire, et comme je t'ai dit…

— Oui, oui. (Il agita la main comme s'il avait déjà entendu ce discours des centaines de fois.) Pourvu que personne ne pense que tu t'es fait larguer par le boss.

— Il n'y a pas que ça.

Je serrai les dents. Il appuya sa hanche contre ma table dans l'attente d'une explication. Je jetai un regard alentour. Le studio était désert. C'était l'une de ces journées d'été où il aurait été presque masochiste de rester enfermé. Je consultai mon téléphone. On avait une bonne demi-heure avant que les employés reviennent de leur déjeuner. En plus, il avait raison. On allait partager de la nourriture, pas des orgasmes. Je secouai la tête.

— D'accord. Mais seulement parce que tu t'imposes.

— Si tu savais jusqu'où je vais m'imposer, quand on en aura terminé avec le plat principal…

Il me lança un clin d'œil.

Chase dressa rapidement la table de notre kitchenette pendant que je sortais deux canettes de Coca light. Je lui parlai des azalées d'Ethan en guettant attentivement sa réaction. J'étais allée chez Chase plusieurs fois depuis que je lui avais donné les siennes, il devait s'en être débarrassé à un moment ou un autre. Elles n'étaient plus sur la table de son salon, ni nulle part ailleurs dans l'appartement. Il avait échoué au défi qu'il s'était lui-même lancé. Ça n'avait pas grande importance – comme on se l'était dit, ce n'était que temporaire.

— Tueur de fleurs, railla Chase en faisant claquer sa langue. (Il saisit une crevette avec ses baguettes et la fourra dans sa bouche.) Quel dommage que Katie mouille pour lui.

— Vraiment ?

J'aspirai une bouchée de nouilles. Ils allaient bien ensemble, comme le lait et les cookies. Un duo évident. Un classique. Chase fronça les sourcils et je compris qu'il avait pris ma contemplation pour autre chose.

— C'est un problème pour toi ?

Il posa ses baguettes dans son bol de soupe. Je mordis dans un gâteau de crabe pour le laisser mariner. Son ton ne me plaisait pas.

— Nope, finis-je par répondre en faisant éclater le *p*.

Chase ne se départit pas de sa moue. Je vis le moment précis où il décida de laisser tomber. De changer de sujet. Il se tamponna le coin des lèvres avec sa serviette.

— Voudriez-vous m'accompagner aux toilettes, mademoiselle Goldbloom ?

— Hmm. (Je jetai un regard autour de moi. Le bureau était toujours désert.) Tu peux y aller tout seul. Je pense que tu es propre, à ton âge.

— Je ne sais pas vraiment où se trouvent les toilettes à cet étage, répondit-il sèchement.

— C'est l'excuse la plus idiote que j'aie jamais entendue.

Je le fixai, vaguement amusée par les efforts qu'il faisait pour m'attirer dans ses griffes.

Il haussa une épaule.

— Je canalise mes neurones dans la gestion d'une entreprise pesant plusieurs milliards de dollars. J'ai des priorités, bébé.

— Cette fausse modestie, raillai-je.

— Tu as raison. Je n'ai pas choisi la bonne manière. Laisse-moi te le montrer.

Chase me tendit la main par-dessus la table. Je l'acceptai et regardai nos doigts s'entremêler. Il me tira vers lui. Je me levai pour m'asseoir sur ses genoux. J'avais une vue directe sur les ascenseurs. Ça me laissait un intervalle de trois secondes pour me relever s'ils s'ouvraient. Sauvée.

— C'est mieux. (Assombris par le désir, ses yeux prenaient la couleur de l'argent en fusion. Il passa son pouce sur mes lèvres.) Beaucoup, beaucoup mieux.

Nos bouches se frôlèrent avant de se coller. On baissa les paupières en même temps, respirant au même rythme. Le même battement de cœur. Il bougea ses lèvres avec patience. Séduction. Douceur, même. Les bons baisers, c'était comme le bon vin. On était ivre avant même de s'en rendre compte. Un envoûtement.

— Est-ce que ça correspond à la politique des ressources humaines de Black & Co ? murmurai-je contre lui. Parce que ce n'est absolument pas autorisé ici, chez Croquis.

— Je ne connais ni l'une ni l'autre, mais si ce n'est pas le cas, je vais être obligé de racheter Croquis pour y remédier.

Cette fois, il n'y avait pas la moindre touche de sarcasme dans la voix. Je ris avant de mordre doucement sa lèvre inférieure.

— Je devrais venir te nourrir plus souvent, dit-il.

— Tu peux te charger de mon dîner.

Je l'embrassai de nouveau. Je savais qu'on prenait de plus en plus de risques d'être surpris, mais j'étais incapable de m'arrêter.

— Le rendez-vous est noté.

— Pas de rencard, lui rappelai-je. Tu te souviens des règles ?

Il fit mine de lever les yeux au ciel, m'attrapa par les fesses et me pressa contre son érection.

— Mais on fait quand même ça, alors laisse-moi te reposer la question : où sont les toilettes ?

— Quelqu'un pourrait nous voir.

— Non.

— Qu'est-ce que tu en sais ?

Je ronronnais presque. On aurait dit une préado vierge et légèrement ignare en train d'écouter le beau quarterback du lycée essayer de l'attirer à l'arrière de son pick-up en lui expliquant qu'il pourrait se retirer avant de la mettre en cloque.

— C'est simple. Je sais tout, répondit Chase avec une expression impénétrable.

— Tu ne…, commençai-je.

Il m'interrompit.

— Lâche-toi un peu, Mad. On ne vit qu'une fois.

Comme c'est vrai. Chase dut comprendre que cette dernière phrase avait fait mouche, car il sourit.

— Allez, viens. On n'a pas beaucoup de temps.

Je ne savais pas s'il parlait de ma pause déjeuner, ou de notre relation. Probablement des deux.

On fila aux toilettes main dans la main. Chase ouvrit un des cabinets et m'attira à l'intérieur en m'embrassant partout. Je marmonnai quelque chose au sujet de la politique des ressources humaines de Croquis et de mes doutes quant au manque d'hygiène. Puis la passion l'emporta et, avant que je comprenne ce qui se passait, je me retrouvais appuyée contre la porte, Chase entre mes cuisses. Il ouvrit sa braguette et se colla contre moi en écartant ma culotte sous ma robe.

— J'adore le fait que tu portes des robes.

Il m'embrassa sur le nez. Je capturai ses lèvres avant qu'il puisse s'écarter et le dévorai passionnément.

— Ça te rend baisable dans la théorie comme dans la pratique. En revanche, je n'ai pas de préservatif, murmura-t-il. Mais je suis *clean*.

— Je prends la pilule et je suis *clean*, dis-je.

— Bon, alors je crois que je vais te salir un peu.

Au moment où il me pénétra, il me vint à l'esprit que je brisais l'une de mes propres règles. Coucher sans capote, c'était la prérogative des vrais couples. Mais ne pas coucher avec lui, là tout de suite, aurait bien pu me tuer.

Il s'enfonça profondément, saisit ma cuisse et la plaqua contre son corps.

Je rejetai la tête en arrière et heurtai la porte avec un gémissement.

— Je vais mourir.

— Sois sympa et attends quelques minutes. J'aimerais vraiment jouir avant de quitter les lieux.

On rit tous les deux. Est-ce que c'était bizarre de rire pendant qu'on s'envoyait en l'air ? Sûrement. Mais c'était comme ça, entre Chase et moi. Il y avait toujours un grain de folie dans ce qu'on faisait ensemble.

Le sexe aux toilettes s'avéra moins sexy que la télé voulait nous le faire croire. Pour commencer, on transpirait tous les deux. La climatisation ne fonctionnait pas ici. Ma robe me collait à la peau comme du film alimentaire. Je levai les yeux vers le visage de Chase, et je fus surprise par la vulnérabilité qu'il exprimait quand il se pensait à l'abri des regards. L'orgasme monta en moi. Chaque fois qu'il me pénétrait, sa boucle de ceinture appuyait sur mon clitoris. Je tremblais de tout mon corps, sans vraiment comprendre ce qui me maintenait debout et m'empêchait de tomber par terre. La physique mise à part, je n'avais pas envie que ça se termine. Jamais. Et ça me faisait peur.

— Jouis, Mad.

— Non. (J'embrassai la courbe de sa mâchoire.) Non, non, non. Je veux continuer. Tu peux te retenir encore un peu ?

— Je peux, répondit-il péniblement, mais je voyais bien qu'il avait du mal.

Il avait le regard voilé, les premiers frémissements de la jouissance s'emparaient de lui et faisaient tressaillir ses muscles.

— Mais l'heure…

Au moment où il prononçait ces paroles, je craquai et laissai échappai un gémissement sonore en m'agrippant à ses épaules.

Il me retint en place, mais au lieu de continuer ses coups de reins pour assouvir son propre désir, il posa sa main sur ma bouche.

J'entendis la porte des toilettes s'ouvrir et se refermer. Ce fut comme si on jetait un seau d'eau glacé sur mon orgasme. J'ouvris de grands yeux en pinçant mes lèvres sous sa main.

Non, non, non, non.

Il me reposa et m'aida à rabattre ma robe sur mes cuisses, toujours en pleine érection. J'écartai sa main en sentant les larmes monter sous mes paupières. Évidemment, il m'avait assuré que tout se passerait bien. Et, évidemment, ça n'avait pas été le cas. Quelle idiote de lui avoir fait confiance. Mais je ne pouvais pas nier ma propre responsabilité. J'étais la pom-pom girl couillonne qui avait accepté de monter dans ce pick-up métaphorique.

— Mad, fit-il en remontant sa braguette.

Il y avait quelque chose d'étonnamment désolant à regarder Chase, encore dur, essayer de me consoler. Je savais qu'il ne voulait pas que ça se produise. Qu'il avait essayé de me prévenir quand il avait entendu la porte.

— La personne qui était là ne sait pas que c'était toi. Tu avais les jambes autour de moi, alors elle n'a pas pu voir tes chaussures. Tout ce qu'elle a entendu, c'étaient des gémissements. Ça pouvait même passer pour quelqu'un de constipé.

— Je n'avais qu'*une seule* jambe autour de toi, rétorquai-je.

Le cabinet semblait tout à coup beaucoup plus petit que lorsqu'on y était entrés. J'avais envie d'en sortir, mais je le redoutais tout autant.

— Une seule. J'avais l'autre pied par terre.

— Tes chaussures ne sont pas aussi reconnaissables, tenta-t-il de me raisonner.

On baissa tous les deux les yeux sur mes chaussures. Je portais des talons à fleurs avec un nœud jaune sur l'avant. Fichtrement reconnaissables, à moins de vivre sur le plateau de l'Eurovision.

— Peut-être qu'elle n'a pas regardé, suggéra Chase.

— Après avoir entendu un couple s'envoyer en l'air dans un cabinet des toilettes ? (Je lâchai un rire amer.) Tu rêves, Chase.

— Mad.

Il prit mon visage entre ses mains et posa sa tempe sur la mienne.

Je secouai la tête pour lui échapper, et lâchai avec amertume :

— Peu importe. Tu as eu ce que tu voulais. Est-ce que ce n'était pas ton objectif de la journée ?

Je ne me reconnaissais pas.

— *Mad.*

— *Quoi ?*

— Ne t'inquiète pas. Quoi qu'il arrive, on fera face ensemble.

Mes genoux s'entrechoquèrent tout le trajet jusqu'à mon bureau. J'essayai de m'encourager intérieurement. De me convaincre que Chase avait raison. Qu'il n'y avait aucune raison de croire que la personne savait ce qu'on faisait ou bien qu'il s'agissait de moi.

Je retournai dans la kitchenette pour rassembler et jeter les récipients. Une feuille était aimantée sur le frigo, tapée sur Word pour que personne ne reconnaisse l'écriture.

Petite devinette : Elle est petite et mimi, et un peu MAD,

Mais son sex-appeal rameute tous les gars du coin[1].
Plus précisément, je viens de la surprendre sans culotte en train de s'envoyer le big boss.
Celui qui porte du BLACK et se tape généralement des sosies de Katie Moss.
Pas étonnant qu'elle vienne d'obtenir un avancement.
Fini la Maddie Martyre dégoulinante de bienveillance et de dévouement.

J'arrachai la feuille du frigo et la jetai à la poubelle. Je filai à mon poste en jetant un regard par-dessus mon épaule. Nina était en train de se faire les ongles en fredonnant un air d'Ariana Grande avec un sourire aux lèvres. Elle capta mon regard, récupéra son gobelet de milkshake posé sur son bureau et but bruyamment une gorgée à la paille.

Her milkshake brings all the boys to the yard. Ahah. Pas besoin d'être un génie pour y voir un aveu de culpabilité. J'étais tellement gênée d'avoir été prise sur le fait que j'avais envie de pleurer. Je sortis mon téléphone.

Maddie : On est grillés.

Chase : Comment tu le sais ?

Maddie : Il y avait un mot sur le frigo.

Chase : Merde. Tu sais qui nous a surpris ?

1. « but her milkshake still brings all the boys to the yard » sont des paroles extraites de la chanson *Milshake* de Kelis.

Nous. Il avait dit *nous*. J'avais un espoir qu'il considère ça comme un problème mutuel.

Maddie : Nina Na, je crois. Évidemment, il fallait que ce soit mon ennemie jurée.

Chase : Elle s'appelle Nina Na et tu t'es moquée de MOI parce que mon nom avait l'air inventé ?

Maddie : Elle a un quart de sang coréen, je crois. Concentre-toi, Black.

Chase : Je m'en occupe.

Maddie : C'est bien mystérieux et super louche. Qu'est-ce que tu vas faire ?

Chase : Fais-moi confiance. Je te vois ce soir.

21

Chase

Dans l'ensemble, si je devais mettre un avis sur la journée de la veille, je mettrais zéro étoile, accompagné du commentaire : « Je ne reviendrai pas, je veux être remboursé. »

À part mourir dans un fichu accident de métro, j'aurais difficilement pu vivre une pire journée. Mad et moi avions été surpris en train de nous envoyer en l'air dans les toilettes de son service (par ma faute), Katie m'avait harcelé pour me demander si Mad ne voyait aucun inconvénient à ce qu'elle sorte avec Ethan (ce type semblait fermement décidé à se taper toutes les nanas de mon cercle proche), et, cerise sur le gâteau, mon père nous avait réunis, Julian, le directeur financier (Gavin) et moi, pour nous annoncer qu'il allait télétravailler la semaine suivante. Ce qu'il voulait dire en réalité, c'était qu'il ne tenait même plus sur ses deux jambes. Il n'avait toujours pas signalé son état de santé au conseil, et disons que je pouvais comprendre le point de vue de Julian à ce stade, mais j'aurais préféré mourir que de me rallier à ce connard.

Mon père avait perdu dix kilos en moins de deux mois et ressemblait beaucoup à un mourant. Ça devenait carrément débile de garder le secret sur sa maladie désormais. Pourtant, je ne pouvais pas le juger. Il y avait quelque chose d'embarrassant – presque humiliant – dans le fait d'être mourant, surtout pour un homme puissant.

Julian avait été le premier à réagir à l'annonce de mon père. Il l'avait pris dans ses bras en lui disant qu'il comprenait, et lui avait demandé s'il envisageait de prendre sa retraite. Cette fois-ci, mon père avait moins semblé s'y opposer. Il nous avait dit qu'il nous inviterait chez lui pour en discuter.

Julian cravachait dur en coulisses, à répandre des rumeurs au sujet de ma performance en tant que DG, à prévoir un vote de défiance une fois que j'aurais hérité du poste. Il y avait aussi ce stupide triangle Ethan-Madison-Chase avec lequel il ne cessait de me bassiner, mais étant donné que cette affaire pouvait facilement s'évaporer – Katie était à deux doigts de sortir avec Ethan, et Mad et moi étions réellement ensemble-ensemble – je me concentrai sur le travail et je restai à ma place. Je savais que j'allais devoir affronter Julian à un moment ou un autre, mais j'espérais faire traîner jusqu'à la mort de mon père, afin qu'il ne soit plus là pour me voir démembrer Julian et jeter ses restes dans les rues – pour l'obliger à recommencer de zéro dans une entreprise lambda parce que personne en ville ne voudrait plus travailler avec lui.

J'avais pigé. Vraiment. Julian s'était senti éclipsé par mon existence. Katie et moi avions été deux belles surprises pour nos parents, qui pensaient ne pas pouvoir avoir d'enfants.

Laissez-moi rectifier : j'étais un miracle. Katie, elle, était une belle surprise. Ma mère était atteinte du syndrome des ovaires polykystiques, et les médecins lui avaient annoncé que ses chances de tomber enceinte étaient quasi nulles. Julian avait passé une bonne partie de son enfance à se croire le seul héritier de l'empire Black. Mon arrivée inopinée, à ses dix ans, n'avait pas signifié grand-chose pour lui à l'époque, mais en grandissant il avait commencé à m'en vouloir de plus en plus lorsqu'il avait réalisé qu'il allait devoir partager le gâteau à la fortune et au pouvoir.

Et il avait encore moins apprécié le fait que j'avais prouvé être meilleur que lui dans le moindre domaine auquel on touchait tous les deux.

Après une catastrophique journée de travail, j'avais reconduit mon père chez lui, mais il était à peine conscient.

Le soir venu, j'étais trop épuisé pour aller chez Mad et éteindre l'incendie qu'on avait allumé en se faisant surprendre. J'étais rentré chez moi, je m'étais beurré, j'avais laissé des messages d'excuse à une Madison sérieusement paniquée, et je m'étais évanoui.

Ce matin, j'espérais régler le bordel que constituait ma vie. J'envoyai des fleurs au bureau de Maddie. Le genre bien cher et bien voyant. Des fleurs qui ne disaient pas « Merci pour le plan cul », mais qui ne laissaient aucun doute sur mon sérieux. De cette manière, cette Nina truc et les autres collègues de Mad sauraient au moins qu'elle n'était pas ma passade de la semaine.

Investir pour régler le problème Madison fut la première et seule chose positive de ma matinée. Dès mon arrivée au bureau, je compris que quelque chose clochait. Et quand je dis *clochait*, je parlais de la santé mentale de mon frousin.

Il se tenait au milieu du bureau, les bras écartés, en costume froissé couvert de taches de café, et donnait des instructions frénétiques à chaque secrétaire et chaque assistant en vue. Les gens autour de lui semblaient blêmes, effrayés, carrément dévastés. Des secrétaires et des stagiaires pleuraient. Qu'avait-il fait pour les mettre tous dans cet état ? Autre que le simple fait de vivre et respirer ?

Je sortis de l'ascenseur en me demandant si je devais prévenir la sécurité ou lui mettre moi-même une raclée. La deuxième option engendrerait beaucoup de paperasse, mais ce n'était pas l'envie qui me manquait.

Ses yeux globuleux roulaient sans but dans leurs orbites, comme si, eux aussi, cherchaient à échapper à l'homme auquel ils appartenaient. Une assistante lui apporta un costume propre et il fonça se changer aux toilettes. Je jetai un coup d'œil dans le bureau de mon père. Il n'était pas là. Je sortis mon téléphone pour envoyer un message à ma mère et lui demander s'il allait bien.

— Monsieur Black ! Je suis terriblement désolée.

— Monsieur Black, je veux que vous sachiez que si vous avez besoin de parler à quelqu'un, je suis là.

— Chase… je peux vous appeler Chase ? Je prierai pour votre famille…

Je dépassai un groupe d'assistants bredouillants et fonçai dans mon bureau. Je n'avais pas la moindre putain d'idée de ce dont ils parlaient, mais j'étais bien décidé à le découvrir après avoir avalé mon premier café. Une main s'abattit sur mon bras. Je relevai les yeux de l'écran de mon téléphone. Julian, revêtu d'un costume flambant neuf. C'était rapide. Possédait-il le plus inutile de tous les superpouvoirs, celui de s'habiller très vite dans les toilettes publiques ?

— Faut qu'on parle, gronda-t-il.

J'allai m'asseoir à mon bureau. Il m'emboîta le pas. Je m'enorgueillissais de mon sang-froid en ce qui concernait Julian, mais j'avais tout de même des limites. Quelque chose me disait que j'allais atteindre ces limites aujourd'hui.

— Alors ?

J'allumai mon ordinateur sans lui accorder un regard. Je bus une gorgée de la tasse de café fumant qui m'attendait sur mon bureau.

— Tu attends une invitation des Windsor ou tu vas cracher le morceau avant l'heure du déjeuner ?

Je fis exprès de consulter ma Rolex. Je remarquai qu'il portait une épaisse liasse de documents dans les mains.

— J'ai prévenu tout le monde, pour Ronan. Son cancer en phase terminale. Les quelques semaines qui lui restent à vivre.

Je relevai aussitôt les yeux. Sa lèvre inférieure tremblait, mais il gardait la tête haute.

— Ça n'a rien à voir avec nous, reprit-il. J'aime Ronan comme un père, mais il ne peut pas continuer à faire comme si de rien n'était. Cette entreprise nourrit des milliers de familles. Des familles qui méritent de savoir ce qui se passe.

Je ne pouvais pas lui reprocher cette logique, mais je pouvais le démolir pour avoir pris cette initiative.

— Tu n'avais absolument aucun droit de faire ça, aboyai-je en sentant mon sang-froid m'échapper.

Je ne pouvais plus le laisser faire en restant les bras croisés. J'en avais ras le bol.

— C'est faux. On a tous la responsabilité d'informer l'entreprise, mais aucun de nous ne voulait le faire par loyauté envers Ronan. Parce qu'on l'aime.

J'allais lui cracher quelque chose au sujet du fait qu'il n'avait jamais aimé mon père, à en juger par son comportement, mais il glissa une feuille de papier vers moi.

— Ronan n'est pas disposé à changer sa succession concernant le poste de P-DG. Alors c'est toi qui le feras. Refuse la succession.

— Tu es sous acides ou quoi ? (J'ajustai ma cravate.) Pourquoi diable est-ce que je ferais ça ?

— Parce que…, commença-t-il.

Je levai la main pour l'interrompre.

— Laisse-moi deviner : tu organiseras un vote de défiance. Sois tranquille, j'ai une certaine avance sur toi. Toutes les personnes que tu as essayé de retourner contre moi m'ont appelé pour me dire qu'il fallait qu'on te remette sous traitement. Je les ai tous dans ma poche, et j'ai leur entière coopération.

— Non. (Il rougit et serra les poings de rage.) Parce que…

— Quoi, Madison et Ethan ? Ce ramassis de conneries ?

Je m'adossai en lâchant un rire métallique et forcé. Évoquer Ethan me faisait encore l'effet de traverser l'enfer pieds nus.

— Madison et moi, on est fiancés. Je passe toutes les nuits chez elle. Mon costume est couvert des poils marrons de son chien. Elle passe plus de temps avec maman et Katie qu'Amber ne l'a fait pendant toute la durée de votre mariage. Merde, on s'est fait surprendre en train de s'envoyer en l'air dans les toilettes de son service, hier.

Je gloussai, mais ces aveux avaient un goût amer dans ma bouche. C'était déplacé de balancer ça. Je voulais simplement lui jeter au visage. Pour m'assurer qu'il sache que Mad et moi, c'était pour de vrai.

Julian frappa du poing sur mon bureau, ce qui fit rebondir mon clavier d'un centimètre.

— Non ! Je ne parle de rien de tout ça, connard. Si tu me laissais en placer une…

— Juste une, s'il te plaît.

— Clementine est ta fille ! cracha-t-il en me jetant au visage la liasse de papiers qu'il tenait à la main. (Ils voletèrent entre nous et atterrirent comme des plumes sur mon bureau.) C'est ta putain de fille, d'accord ? Ce n'est pas la mienne. Il n'y a plus de doute.

Je restai assis stoïquement, sans faire un geste pour ramasser les papiers. Inutile d'être un génie pour comprendre qu'il s'agissait d'un test de paternité. Julian prit une inspiration tremblante et passa ses doigts sur son crâne chauve.

— J'ai fait le test. Enfin. Amber me harcèle depuis un moment avec ça. Chaque fois qu'on se dispute, elle me le balance au visage. Je suis sûr que tu ne seras pas choqué d'apprendre que les choses vont mal entre nous depuis un moment. (Il plissa les yeux vers moi comme si c'était ma faute s'ils étaient deux trous du cul de première classe qui se détestaient et qui s'étaient mariés pour les pires raisons.) Trois ans, pour être exact, ajouta-t-il.

— Étrange, dis-je froidement.

— Pas vraiment. (Il souffla, et son corps sembla rapetisser en même temps.) Depuis le jour où elle a découvert que tu hériterais du poste de P-DG, elle est sur mon dos comme s'il n'y avait aucun avenir.

C'était donc ce qui l'avait rendu comme ça ? Cette satanée Amber ?

Julian se frotta le front en jetant un regard au bureau.

— J'ai fini par faire le test hier. Il faut croire que c'était la raillerie de trop, ce week-end, au ranch. Amber était de sale humeur et je voulais savoir si elle se fichait de moi ou non. Eh bien, non. Je ne suis pas le père de Clementine. Ce qui veut dire… (il afficha un sourire tellement infâme que je crus qu'il allait lui pousser des petites cornes de chaque côté de sa tête) que tu es papa, mon *frousin*. Dis-moi, maintenant, est-ce que ça ne tuerait pas tes parents de savoir que tu étais le père de leur petite-fille ? (Il pencha la tête sur le côté.) Ce n'est pas très orthodoxe. C'est le genre de truc dont Jerry Springer fait ses choux gras.

Je m'emparai du papier et le parcourus. Julian ne mentait pas. D'après le test, il n'était pas le père biologique de Clementine. Je relevai les yeux vers lui, froissai le papier dans mon poing et le jetai à la poubelle de l'autre côté de mon bureau avec une précision redoutable. Je ne répondis pas.

— Amber m'a avoué qu'elle avait essayé de te le dire je ne

sais combien de fois, ajouta Julian avec une moue de dégoût sauvage.

Il semblait bien plus empressé d'obtenir le poste de P-DG par le chantage que de digérer la nouvelle que Clementine n'était pas sa fille biologique au bout de neuf ans. Moi seul connaissais suffisamment Julian pour savoir que la vie l'avait marqué jusqu'à le transformer de l'intérieur. C'était sa manière de gérer la situation.

Je soupçonnais autre chose… le fait qu'il était au courant. Il ne pouvait pas ne pas l'être. Clementine ne ressemblait ni à Amber ni à lui. Elle n'avait pas mon teint, mes traits ni mes expressions.

— Je suppose qu'elle a oublié de mentionner que je lui ai plusieurs fois demandé de faire un test de paternité, dis-je.

— Eh bien, tu l'as, maintenant. (Julian désigna la poubelle derrière nous.) Évidemment, j'ai d'autres copies.

— Ce n'est pas comme ça que fonctionne un test de paternité, idiot. La seule chose que ça prouve, c'est que tu n'es pas le père. Le reste de la population masculine mondiale est officiellement devenu candidat.

— Tu te raccroches à n'importe quoi.

Julian serra les dents. Il avait les yeux brillants. Il avait envie de pleurer. Je me penchai en avant, et lui dis, sans la moindre trace de méchanceté dans la voix :

— Tu es en train de perdre tout ce que tu avais parce que tu as essayé de le voler plutôt que de le mériter. Maintenant, sors de mon bureau, Julian. Reviens avec des excuses si tu souhaites retrouver un frère. Je ne veux plus te voir, à aucun autre titre.

Je savais ce qu'il me restait à faire, ça allait prendre une minute.

Plutôt que de quitter mon bureau en laissant une traînée de fumée et l'odeur rance du désespoir dans son sillage, Julian s'affala sur le siège devant moi.

— Quant à Maddie…

Il s'interrompit. Entendre son prénom dans sa bouche me donnait envie de briser toutes les parois de verre du bureau avec sa tête en guise de marteau.

— Vous êtes peut-être ensemble aujourd'hui, mais je sais que vous ne l'étiez pas avant. Ethan m'a tout raconté. Que tu l'as trompée. Qu'elle t'a largué. Ta petite copine lui a même tout raconté des femmes qui ont suivi après elle. Toutes les pouffes que tu as vu dans ton penthouse. Maintenant, voyons voir. Tu as menti à ta famille à propos de tes fiançailles. Tu as fait un enfant à la femme que ton frère a épousée en leur cachant ce fait et tu m'as laissé l'élever comme ma fille. Je peux raconter à Lori et Ronan que tu ne verras plus Madison quand il aura cassé sa pipe. Que c'était un arrangement. Qu'est-ce que tu lui donnes pour qu'elle s'accroche à ton bras avec des étoiles plein les yeux ? De l'argent ? Des parts ? Une position sociale ? Est-ce que tu te rends seulement compte combien c'est pathétique vu de l'extérieur ? Ou peut-être…

Il se leva et se mit à rire en secouant la tête, comme si tout ça n'était qu'une petite blague personnelle. Il perdait la tête. Il pleurait, il riait, il tremblait de tout son être.

— Peut-être que je devrais aller voir directement Madison et lui parler du genre de mec qu'elle fréquente. Un homme qui a fait un enfant et ne…

Il ne put jamais terminer cette phrase.

Je bondis sur lui à une vitesse telle que mon élan nous envoya nous écraser tous les deux contre la porte en verre. Julian se cogna la tête. Je lui grimpai dessus sans plus me préoccuper qu'on puisse nous entendre. Objectivement, je savais que je passais pour un connard certifié. Mais j'avais atteint mes limites. Julian avait dépassé toutes les lignes rouges que j'avais tracées, à tel point qu'il ne pouvait même plus *voir* les lignes. La pensée de perdre Mad après tout ce qu'on avait traversé – tous les mensonges, les conneries, les suppositions, les interrogations – pour une chose aussi stupide, aussi malveillante, fit bouillir mon sang dans mes veines.

— Ne t'avise plus jamais de prononcer son nom, fis-je en agrippant les revers de sa veste pour le secouer sauvagement.

Julian rit en faisant rouler sa tête sur la moquette comme un dément.

— Abruti. Espèce d'abruti fini. Ta bite t'a coûté ton royaume. Clementine est à toi et l'entreprise est à moi.

Il essaya de me frapper au visage, mais je fus plus rapide. Les gens se regroupaient devant mon bureau pour regarder à travers la paroi vitrée, bouche bée. Je lui collai mon poing dans l'œil. Il poussa un cri et continua d'essayer en vain de m'atteindre.

— C'est *moi* qui aurais ton royaume quand le vieux cassera sa pipe !

— Ferme-la, grondai-je.

— Et au cas où tu te poserais la question, eh bien, oui, je me suis tapé Amber quand elle était encore avec toi. Avant même que tu lui passes la bague au doigt. Quand tu vivais encore à la résidence universi…

Je le frappai à nouveau.

Et encore.

Et encore une putain de fois.

Je ne voyais plus rien au-delà du brouillard rouge de ma rage et de ma fureur.

Deux agents de sécurité baraqués pénétrèrent dans mon bureau, suivis par mon père, qui avait dû arriver au beau milieu de ce bordel. Il s'appuyait péniblement sur une canne qui tremblait entre ses doigts. Son regard était éloquent. Il avait tout entendu. Le moindre mot.

Julian et moi nous relevâmes tant bien que mal, comme deux petits délinquants pris en plein vol à l'étalage. Julian était amoché, avec un œil au beurre noir et une lèvre fendue. J'étais stupéfait de constater qu'au fond de nous, on était encore les deux mêmes gamins qui se battaient pour obtenir la précieuse approbation de notre père.

— Retournez au travail, rugit mon père en se retournant pour fusiller du regard toutes les personnes qui se tenaient derrière lui et alternaient leur regard entre Julian, moi et Ronan, dont elles connaissaient maintenant l'état de santé.

Tout le monde reprit son poste au pas de course comme s'ils avaient le feu aux fesses. Mon père reporta son attention sur nous.

— En soixante-douze ans, je n'ai jamais été aussi déçu qu'aujourd'hui. Je pensais avoir élevé des hommes. Je sais que vous n'avez pas toujours partagé le même point de vue. Je ne suis pas aveugle, je vois bien les mots et les railleries que vous échangez à table depuis quelques années. J'étais terriblement attristé quand Amber a décidé de rompre ses fiançailles avec Chase pour ensuite se mettre aussi rapidement avec Julian, mais j'ai tenu ma langue en sachant que, dans le fond, vous étiez des hommes bien qui aviez le droit de commettre des erreurs et de retenir la leçon. Julian. (Il se tourna vers mon frousin. Celui-ci, les yeux rivés au sol, clignait rapidement des paupières.) À partir du moment où on t'a recueilli, tu as été la prunelle de nos yeux. Tu es mon fils au même titre que Chase.

Julian releva subitement la tête.

— Alors pourquoi tu as donné…

— Parce qu'il convient mieux à ce poste, le coupa mon père en frappant la moquette de sa canne. Il travaille plus dur et franchement, il a fait moins d'erreurs. Il a une approche plus analytique et ce n'est pas un fou de la gâchette qui perd les pédales à la moindre crise. Il sera P-DG car, d'après moi, il possède l'ensemble des compétences que réclame ce poste. Tu es trop émotif, Julian, avec une tendance à réagir sans réfléchir. Il suffit de regarder ton comportement ces dernières années, ou même ces dernières semaines. À railler Chase, à essayer de retourner les actionnaires contre lui, de me faire signer des contrats alors que je suis à moitié inconscient – oui, je m'en *souviens* – et à vendre la mèche concernant ma santé publiquement avant que je sois prêt à le faire.

Julian laissa échapper un gémissement en se couvrant le visage à deux mains. C'était la première fois depuis des années qu'il paraissait humain. Mon père tourna la tête vers moi et fronça les sourcils.

— Quant à toi, Chase, je ne sais vraiment pas quoi dire. Simuler des fiançailles avec Maddie. Manipuler ta famille dans le but d'assurer ta position…

— Ça n'avait rien à voir avec la position, rétorquai-je. Ça ne concernait que toi. (Cet aveu avait un goût amer dans ma bouche.) Je voulais que tu penses que je m'étais ressaisi avant de te dire adieu. Je voulais que tu sois fier de moi.

C'était pathétique, formulé à voix haute. À tel point que j'avais envie de rire. Mon père, lui, le fit. Sans le moindre humour, cela dit.

— Tu as échoué, à l'évidence. Tu ne t'es pas ressaisi. Tes conneries t'ont pété à la gueule, comme on dit, et maintenant tout le monde empeste.

Ce fut le tour de Julian de ricaner. Ce connard eut l'audace de s'en réjouir.

— Maintenant, parlons de Clementine.

Mon père frappa de nouveau sa canne au sol pour réorienter la conversation vers la partie importante. C'était surréaliste de le regarder dérouler toutes les choses embarrassantes dont ses deux fils s'étaient rendus coupables au cours de la dernière décennie.

— Tous les deux, vous allez devoir vous montrer à la hauteur.

— Compte sur moi, dis-je sans hésitation, malgré ce que je savais.

Peu importait. Je serais toujours là pour Crotte de Nez, jusqu'à la fin des temps, à n'importe quel titre que ce soit, qui que soit son vrai père.

— Moi aussi, acquiesça Julian, calmé. Seigneur, je ne suis pas un monstre. De toute façon, je pense que d'une certaine manière, je m'en suis toujours douté. Clemmy est ma fille. Ça ne changera pas.

Mon père usa de ses dernières forces pour lever sa canne et pousser légèrement le bras de Julian.

— Ne t'avise pas de traiter cette petite différemment. Ce n'est pas sa faute si elle est née dans le mauvais contexte. Je me fais bien comprendre ?

Il fit osciller sa canne entre nous deux.

— Oui, m'sieur, répondit-on à l'unisson.

Mon père secoua la tête en soupirant.

— Maintenant, si vous voulez bien m'excuser, je vais aller présenter mes excuses à Lori pour l'avoir laissée et lui résumer la situation.

Il tourna les talons et sortit de mon bureau. Ce ne fut que lorsqu'il pénétra dans l'ascenseur que je remarquai Madison, de l'autre côté de la paroi.

Elle avait entendu.

Au sujet de Clementine. Ou du moins, ce qu'elle pensait avoir compris au sujet de Clementine.

La révélation de notre simulacre.

Tout.

— Mad, attends.

Mais il était trop tard. Elle pivota sur elle-même et monta dans l'ascenseur avec mon père.

Chase : Tu n'es pas au bureau.

Maddie : Merci pour l'info.

Chase : Je viens chez toi.

Maddie : J'éviterais, à ta place.

Chase : Je peux tout t'expliquer.

Je ne l'aurais pas pu, à ce stade, mais c'était souvent ce que disaient les gens.

Maddie : Quelle partie, celle où ton père a appris pour nous ? Ou peut-être la partie où tu m'as sautée dans mon bureau avant de le balancer au visage de Julian quand il a cherché la petite bête ? Oui, Chase. Les portes en verre sont fines. TOUT LE MONDE a entendu.

Maddie : Ou alors tu pourras m'expliquer la partie où tu ES LE PÈRE DE CLEMENTINE ET QUE TU AS OMIS DE LE DIRE ?

Maddie : Je pensais te détester à l'époque. Je me trompais. Là, tout de suite, ça c'est de la haine.

Maddie : On n'a rien à se dire. C'était temporaire, non ? Tu l'as dit toi-même. Mission accomplie. Tu m'as baisée. Tu t'en es vanté. Tout le monde est au courant. Maintenant, laisse-moi tranquille.

Maddie : Et une dernière chose. Sois bon avec Clemmy. C'est le moins que tu puisses faire.

Au moment où le taxi s'arrêta en bas de chez Maddie, il pleuvait comme vache qui pisse. Je fourrai les papiers sous ma veste pour qu'ils ne prennent pas l'eau, j'enfonçai la tête dans mon col et descendis de voiture. J'appuyai trois fois sur la sonnette en arpentant le perron. Aucune réponse. J'essayai de l'appeler. Pas de réponse. Je distinguais clairement la lumière à sa fenêtre. Ses plantes bien rangées à l'abri tandis que la pluie martelait la vitre de l'autre côté. Je l'appelai, je lui envoyai des messages et je la suppliai pendant vingt bonnes minutes avant que la porte s'ouvre de l'intérieur.

— Bon sang, Mad. Enfin. Je…

Je m'arrêtai net. *Layla.*

— Waouh, Satan, tu as une sale gueule. Ce qui est vraiment fort, compte tenu de ton code génétique.

Elle mordit dans une confiserie en prenant un grand plaisir à me regarder trempé jusqu'aux os. Elle était toujours à l'intérieur. J'étais toujours à l'extérieur. Tout à coup, je ne savais plus très bien ce que je faisais là. Madison avait avancé des arguments pertinents dans ses messages – c'était censé être temporaire, et à présent on avait été percés à jour. C'était terminé. Qu'est-ce que ça pouvait me faire qu'elle sache ou non la vérité ? En particulier maintenant, alors que ma vie n'était plus qu'un incendie général qu'il fallait éteindre.

— Laisse-moi entrer.

Je me rendis compte que la pluie dégoulinait de mes cheveux et gouttait au bout de mon nez. Comment se faisait-il que je ne me sentais même pas mouillé ?

— Essaie encore. Plus gentiment, cette fois, chantonna-t-elle en croisant les bras.

Son blouson vert fluo s'accordait à ses cheveux.

— Ce mot ne me dit rien, répliquai-je.

— Quel dommage.

Elle commença à refermer la porte.

— Puis-je entrer, s'il te plaît ? demandai-je tout fort.

Merde. Elle rouvrit la porte.

— Quelles sont tes intentions envers mon amie ?

Elle fit mine de considérer ma demande en avalant un autre bonbon.

Eh bien, je voudrais m'expliquer, me l'envoyer dans tous les sens jusqu'à dimanche, ensuite l'engueuler pour être aussi insupportable, et me la faire encore une fois.

— Parler, répondis-je, optant pour la réponse brève et prudente. Je veux seulement lui parler.

La pluie martelait ma tête. Layla prit son temps pour arriver à sa fichue décision. La liste des personnes que j'avais envie de tuer s'allongeait à vue d'œil.

— Elle est sacrément remontée contre toi, alors tu peux passer cette porte, mais pas forcément la *sienne.* (Elle finit par ouvrir le battant.) Bonne chance, Satan.

Je grimpai les marches de l'escalier quatre à quatre. Une fois devant la porte de Madison, une vague étrange me submergea. Par la fente, je pouvais presque sentir Daisy, et les fleurs, et le shampooing de Mad, et les pâtisseries encore chaudes. J'avais envie d'aller aux chiottes, de prendre une douche et faire une sieste, puis d'avaler deux de ses cupcakes avec une petite pipe en accompagnement. Je voulais son réconfort, pas une énième engueulade en plus des trois cents qu'on avait quotidiennement.

— Madison.

Je frappai à la porte. Je dégoulinais sur son palier et mes vêtements étaient alourdis par la pluie. Je ne sentais plus le bas de mon corps. J'allais probablement devoir me faire amputer de mon fichu postérieur congelé.

— Ouvre la porte.

Je me demandai comment j'en étais arrivé là. Pas seulement aujourd'hui, mais en général. J'avais si souvent vu ce côté de sa porte, toujours avec des plans irréfléchis, toujours avec des explications à donner et du travail de persuasion à mener, sans jamais y être invité.

Je l'avais suppliée, je l'avais manipulée, j'avais négocié avec elle si souvent que c'était devenu un job à plein temps. Et chaque fois qu'on se retrouvait seuls, quand je finissais par l'avoir pour moi, je ne cessais de lui rappeler que ce n'était pas sérieux. Que c'était temporaire. Que je m'en fichais.

Spoiler : je ne m'en fichais pas. Loin, très loin de là. C'était un rebondissement que je n'avais pas vu venir, et j'en trébuchai jusqu'à heurter la porte de Layla (heureusement qu'elle venait de sortir.) Je poussai un grognement de frustration.

Merde. J'étais amoureux de Mad.

Madison « Maddie » Goldbloom, de toutes les femmes de la planète. La fille qui portait d'horribles vêtements à motifs, et qui avait une coupe de cheveux passée de mode depuis les années 1990, et qui était *obsédée* par l'envie de faire plaisir aux gens, par les fleurs et le mariage. J'adorais sa douceur, sa gentillesse et son attention, mais aussi son impertinence, sa vivacité d'esprit et son indépendance financière.

J'étais douloureusement amoureux de Mad, et je m'en étais rendu compte une seconde trop tard.

— Mad.

Je me rapprochai de sa porte et y posai le front en fermant les yeux. Seigneur. Perdre mon père et la femme que j'aimais à bref intervalle, c'était trop. Qu'est-ce que j'avais fait au karma pour mériter de me faire baiser comme ça sans lubrifiant ?

Je sais. La liste était longue.

— S'il te plaît.

— Chase, entendis-je de l'autre côté de la porte. (Sa voix était douce, implorante.) Il n'y a pas grand-chose de plus à dire. Je me suis sentie humiliée. Nina m'a harcelée toute la journée au bureau, et ta famille doit sûrement me détester, ce que je n'ai vraiment pas envie d'affronter, et l'histoire avec Clemmy, on se croirait dans un pitoyable épisode de téléréalité.

Au moins, elle n'avait pas dit *Jerry Springer*. Il y avait du progrès, non ?

— Allez, ouvre. S'il te plaît. Je vais tout t'expliquer ; ensuite je m'en irai.

— Je ne mordrai pas à l'hameçon, cette fois. (Je l'entendis sourire amèrement de l'autre côté de la porte.) C'est comme ça que tu as réussi à revenir dans ma vie au commencement.

Constatant que je ne réussirais pas à la convaincre, je me retournai et m'assis contre sa porte. J'attendrais. Elle savait que j'étais là. Il y eut une pause.

— Est-ce que tu es assis contre ma porte ?

— Exact.

— Pourquoi ?

— Je veux que tu voies quelque chose. J'attendrai.

Et j'attendis. J'attendis une putain d'heure et demie. J'entendis Madison mener sa soirée. Cuisiner (pâtes, basilique et huile d'olive – les arômes étaient trop forts pour être ignorés), nourrir Daisy et regarder un épisode de *You* que je n'avais pas encore vu (bordel). Alors, seulement à ce moment-là, je l'entendis s'approcher de nouveau de la porte.

— D'accord. Je suis prête à entendre ce que tu as à me dire, mais sois bref.

La porte restait fermée. Je me retournai pour la fixer des yeux. D'accord. On ferait à sa manière.

— Je ne suis pas le père de Crotte de Nez. Tiens. J'ai fait un test de paternité cet après-midi. Dès que Julian m'a montré le sien.

Je glissai la feuille sous la fente de la porte. Je savais que je ne pouvais pas être le père de Clemmy. Les dates ne coïncidaient pas. Pas à moins d'avoir fécondé Amber depuis Malte, si mes calculs étaient bons (et mes calculs étaient toujours bons).

Je fixai des yeux le bord de la feuille posée par terre. Mad la récupéra de son côté. Je soufflai en fermant les yeux de soulagement.

— J'ai toujours su que je ne pouvais pas être le père de Crotte de Nez. C'est pour ça que je n'arrêtais pas de demander à Amber de faire un test de paternité chaque fois qu'elle me bassinait avec ça. Tu crois que je tournerais le dos à mon enfant ? grondai-je. Putain, je l'aime comme si c'était ma fille, et ce n'est même pas la mienne. Elle était censée être précisément le produit des galipettes de ma fiancée et de mon frère dans mon dos.

Silence. Aïe. D'accord. En toute honnêteté, je l'avais vu venir. Mon attitude était loin de pouvoir se justifier par le fait de lui avoir caché que j'étais possiblement le père du bébé de mon ex-fiancée.

— Qui est son père biologique ? demanda Mad.

— Un coureur du Winsconsin. Je suis allé interroger Amber

après avoir fait le test. (Je passai une main dans mes cheveux.) Quand on a rompu, Amber et moi, elle s'est rendu compte que c'était irrévocable et elle a essayé de m'appeler, de tourner le dos à Julian, de se racheter. À ce moment-là, j'étais en voyage et je n'ai pas décroché. Elle est rentrée pour soigner le putain de truc qu'elle a à la place du cœur. Le père de Clemmy est un vieil ex du lycée. Amber m'a dit qu'elle lui parlerait. On cherche la solution pour que Crotte de Nez ait la meilleure enfance possible.

— Quel bazar, soupira Mad.

— Ouais.

— Pauvre Clemmy.

— Ouais.

J'aimais ma nièce à la folie, mais ce n'était pas d'elle que j'étais venu parler.

— En tout cas (je me raclai la gorge), ma famille ne te déteste pas. Je dis ça en passant. Ma mère pense que je suis un connard de première, et mon père va sûrement me rayer de son testament. Mais ils t'aiment toujours. En fait, quand je leur ai expliqué que tu n'avais même pas demandé d'argent ou quoi que ce soit, et que tu l'avais seulement fait pour mon père, tu es devenue encore plus héroïque et parfaite.

Je l'appelais Maddie Martyre, mais la vérité, c'était que ces derniers temps elle n'était plus la fille humble et peu sûre d'elle que j'avais rencontrée, plusieurs mois auparavant. Elle s'affirmait et ne faisait que ce en quoi elle croyait.

Et malheureusement, ça la rendait incroyablement irrésistible.

Le silence de l'autre côté de la porte me rendait nerveux. Je fermai les yeux.

— Je ne veux pas que ça se termine.

L'aveu m'échappa dans un murmure.

Je n'étais pas encore prêt à tout lui dire. Je reconnaissais que le moment semblait très opportun pour moi de me rendre compte que j'étais amoureux d'elle. Mais me réveiller le lendemain en sachant que Mad n'était plus dans ma vie semblait être une perspective qui ne valait pas la peine d'être vécue.

— S'il te plaît, dit-elle d'une voix tremblante. Pars.

J'appuyai mes doigts contre la porte avant de m'éloigner, respectant ses limites pour la première fois depuis notre rencontre. On dit que quand on fait ce qui est juste, on se sent bien.

C'est faux.

Je me sentais minable de faire ce qui était juste. Carrément pitoyable. Une fois de retour dans la rue, je levai les yeux vers sa fenêtre sans prêter attention aux gouttes qui me tombaient sur les joues. Je vis son visage apparaître. Elle pleurait.

Et au moment de monter dans mon Uber, alors que les gouttes dégoulinaient sur mon visage, il me sembla que, peut-être, moi aussi.

22

Maddie

Je l'avais fait.

J'avais tenu bon.

Envolée, Maddie Martyre. J'avais tenu bon face à Chase Black. Je l'avais tout bonnement repoussé. J'avais tout arrêté avec Ethan. J'avais même envoyé un message à Katie pour lui expliquer que j'étais tout à fait d'accord pour qu'elle sorte avec mon ex-je-ne-sais-quoi. Je prenais une part active dans ma vie.

Alors, pourquoi je ne me sentais pas fière de moi ?

J'avais toujours cru que m'affirmer me donnerait des ailes. Comme un papillon qui jaillit de son cocon. En réalité, j'étais dégoûtée de moi-même et de la façon dont j'avais repoussé Chase le jour où il s'était rué à la clinique pour faire un test de paternité. Je ressentais un tel vide, en pénétrant dans le studio, le lendemain matin, que je sentais mes os s'entrechoquer dans mon corps. La Fashion Week de New York avait lieu dans quelques semaines à peine. Le mois de septembre était arrivé et mon croquis avait été présenté à Sven. On était censés commencer à coudre la robe aujourd'hui. Le mannequin était en route pour le bureau. Sven m'avait dit qu'il avait tenu compte de notre discussion au sujet de la robe. Non seulement il n'avait pas procédé au moindre changement, mais il avait également suggéré qu'on fasse appel à une femme ordinaire pour la porter. Et par « femme ordinaire », il parlait tout de même d'une fille de dix-neuf ans d'une beauté incroyable, avec un teint parfait et des cheveux soyeux. Mais contrairement à la plupart des mannequins de défilé, elle faisait un énorme 38. Très mince pour le reste du monde, mais plutôt pulpeuse selon les critères de la mode.

Tout ce que j'avais à faire, c'était superviser la création de la robe, étape par étape.

— Mais c'est notre Marie-couche-toi-là. Prenez un ticket, messieurs. Tout le monde aura son tour, lança Nina au moment où j'entrai dans le bureau.

Nous étions seules. Tout le monde, chez Croquis, trouvait que c'était à la mode d'être en retard. La veille, l'attitude de garce de Nina avait atteint des sommets. Le genre habituellement réservé aux séries coréennes pour lycéens ou aux feuilletons de l'après-midi. Au moment où je descendais au rez-de-chaussée m'acheter une salade, des préservatifs s'étaient déversés de mon sac à main. Elle les y avait fourrés quand j'avais le dos tourné.

— Ferme-la, Nina, dis-je d'un ton las en m'effondrant sur mon siège pour allumer mon ordinateur.

En réalisant que je lui avais répondu, pour une fois, Nina tourna la tête et afficha une moue de dégoût. Elle portait une robe noire Stella McCartney et des Louboutin plates.

— Alors maintenant, tu as une bouche ? Enfin, qui te sert à autre chose qu'à sucer les gens haut placés ? CQFD.

CQFD ? Qu'est-ce qu'elle voulait dire ?

— Sérieusement, fis-je en levant les yeux au ciel, excédée par son comportement. Ce cliché de la méchante, c'est très début des années 2000. On est en 2020. Dézingue-moi sur les réseaux, crée-moi un faux Instagram, oublie un peu ton *slut-shaming* mesquin. Ça devient vraiment fatigant.

— Tu as tellement de chance de n'avoir aucun principe, reprit-elle sans se décourager. Moi aussi, je suis sûre que je pourrais arriver où tu en es si je choisissais d'offrir mon corps aux grands patrons.

Je refermai mon ordinateur portable.

— Nina, fis-je en la regardant enfin bien en face.

Elle était en train de fourrer des photos d'elle et de son lobbyiste de petit copain dans un carton. Elle avait les yeux rouges. Elle était… oh, mon Dieu, elle était en train de *remballer ses affaires*.

— Épargne-moi ton petit discours victorieux, tu veux ? me coupa-t-elle. Je me suis fait virer hier, comme tu le sais. Sven m'a remis ma lettre de renvoi en mains propres. Chase Black lui aurait parlé de la politique des RH de Croquis. Apparemment, M. Black a lu l'intégralité hier pendant qu'il attendait à la clinique je ne sais quels résultats. Pour la chlamydia, j'imagine. J'espère qu'il sera positif. (Elle renifla. Je savais qu'elle parlait du test de paternité.) Bref, en tout cas, Chase était tout content d'annoncer à Sven qu'apparemment, je te harcelais. De toute façon, je m'en fiche. Mon premier choix de stage, c'était Prada, et le deuxième, Valentino. Croquis n'était que le *cinquième.*

Elle essuya rapidement une larme sur sa joue.

Je me levai pour m'approcher d'elle. Elle attrapa l'un des cartons et me tourna le dos. Je la tirai par la manche.

— Regarde-moi, lui dis-je sévèrement.

Aucun signe de Maddie Martyre en vue. J'étais furieuse, et j'avais de quoi.

Elle baissa les yeux en secouant la tête.

— Nina. Tu me harcèles *bel et bien.*

— Ce n'est que pour te charrier ! s'exclama-t-elle.

N'importe quoi.

— Pourquoi est-ce que tu me détestes autant ?

Elle releva les yeux pour me jeter un regard qui semblait dire « Sans blague ? »

— Comment je pourrais ne pas te détester ? Regarde-toi. Tu as des goûts vestimentaires abominables, et pourtant tu es bien dans ta peau. Tu es la personne la moins cool que je connaisse, sans vouloir t'offenser. Et pourtant, tu es l'employée préférée de Sven. Des hommes comme Chase Black se jettent à tes pieds, s'envoient en l'air aux toilettes avec toi et virent des gens pour toi. Tu as une grosse longueur d'avance pour notre âge, alors que tu n'as même pas fait de bonne école. Tu… tu as tout. Je ne sais pas, ça ne me semble pas naturel pour une fille de vingt-six ans. On dirait que tu as eu beaucoup de passe-droits.

— Tu ne t'es jamais dit que ma vie n'était peut-être pas faite de licornes, de cœurs et de paillettes ?

J'étais la première surprise de lui crier dessus, c'était pourtant littéralement ce que j'étais en train de faire.

— Je manque d'assurance sur… sur beaucoup de choses, en réalité. Je vis dans un minuscule appartement avec un chien auquel je suis allergique. Ma vie amoureuse est un désastre, ma mère est morte quand j'étais adolescente et je ne m'en suis jamais vraiment remise. Pour en être là où j'en suis aujourd'hui, je n'ai eu pratiquement aucune vie sociale au cours des cinq dernières années et je me suis concentrée sur le travail. Je ne pouvais pas me permettre le luxe de rester stagiaire, car je me serais vite retrouvée sans logement. C'est comme ça que j'ai obtenu une promotion rapide de la part de Sven, au prix de semaines de cinquante heures. L'herbe est toujours plus verte à travers les filtres Instagram des autres. Personne n'a le contrôle de tout. On fait tous seulement semblant de savoir ce qu'on fait. Mais ceux qui le font avec le sourire ont simplement l'air d'y prendre plus de plaisir.

Nina renifla.

— Oui, bon, j'imagine, mais…

— Tu as été une garce jalouse et mesquine avec moi, Nina. Et je ne permettrai plus à personne ne me traiter comme ça. Trop c'est trop. Pour être honnête, tu mérites sûrement d'être virée. Tu as rempli mon sac de préservatifs, bon sang. Mais tu sais quoi ? Je ne veux pas avoir ton chômage sur la conscience, alors je vais te laisser une chance. Je vais demander à Sven de te laisser ton poste. Il m'écoutera sûrement, étant donné que c'est moi la victime. Mais tu vas devoir me promettre que tu ne laisseras plus ce monstre prendre le contrôle de ta bouche et que tu ne me diras plus jamais le moindre mot de travers. La jalousie, c'est comme un pet. Ça pue, tout le monde en a, mais il vaut mieux les garder pour toi ou les libérer quand personne ne peut te voir ou t'entendre. Tu m'as bien comprise ?

Elle me dévisagea avec stupeur en clignant ses yeux remplis de larmes.

— Nina, réponds-moi.

— Oui, murmura-t-elle, toujours médusée par mon revirement. C'est promis. Je… je suis désolée.

— Tu peux.

— Je le suis.

Il y eut une pause.

— Pourquoi tu fais ça ? demanda-t-elle en se frottant le nez. Tu n'es pas obligée. Tu continues d'être sympa avec moi, même quand tu m'engueules.

— Oh ! fis-je avec désinvolture. Je ne le fais pas pour toi. Je le fais pour moi. Je dors mieux la nuit quand je me comporte bien. Ce n'est pas que je ne souffre pas des mêmes symptômes que toi ; la jalousie, le manque d'assurance, les chagrins d'amour. Ce sont les effets secondaires de la vie, disons. Mais j'ai appris quelque chose récemment. L'intervalle entre la réalité et tes rêves ? C'est là que se trouve la vie.

En définitive, j'en fus incapable.

Rompre le contact avec Chase sans apaiser les tensions, même si je savais que je souffrirais en revoyant son visage. En plus, il y avait ce petit détail : la bague à 10 milliards de dollars qu'il fallait que je lui rende.

Le pire, c'était que la décision n'avait même pas été consciente. Je n'avais pas utilisé la méthode classique, à savoir décrocher mon téléphone pour lui proposer un lieu et une heure. Vous savez, comme le font les personnes normales. Non, je choisis de passer chez lui à l'improviste après le travail.

J'espérais – d'accord, je *priais* pour avoir quelques minutes seule dans son appartement pour pouvoir reprendre mes esprits (traduction : faire une crise de nerfs et me passer le visage sous l'eau). Toutes les chances étaient de mon côté. Je connaissais les horaires de Chase, et ils comprenaient une visite chez ses parents après le travail pour prendre des nouvelles de son père.

Le portier de son immeuble, un vieil homme prénommé Bruce, me connaissait et me laissa entrer. À croire qu'il y avait un avantage à être la personne la moins cool de l'Univers, comme m'avait qualifiée Nina. Je n'avais pas la tête à dévaliser l'appartement d'un millionnaire.

— On ne vous voit plus beaucoup ces derniers temps. M. Black a petite mine depuis que vous ne venez plus.

Bruce m'escorta jusqu'à l'ascenseur. J'avais toujours la clé depuis notre premier rodéo. Chase ne me l'avait jamais réclamée, et je n'avais pas été d'humeur à initier ce genre de conversation avec lui. Je reçus un message au moment où je poussais sa porte d'entrée.

Sven : Mauvaise nouvelle. Le mannequin de la Robe idéale ne s'est jamais pointé.

Maddie : Merde ! On peut remettre le rendez-vous ?

Sven : On n'a pas le temps. On doit commencer à la faire demain si on veut avoir quelque chose à temps. Tu ne fais pas un 38 ?

Maddie. Si. Mais je fais aussi la moitié de sa taille.

Sven : Envoie-moi tes mensurations. Je l'ajusterai en conséquence quand la diva daignera venir faire l'essayage.

Je lui envoyai mes mensurations. Pendant l'heure suivante, je m'offris une petite visite de l'appartement de Chase en archivant tout dans ma mémoire, consciente que c'était la dernière fois que je le verrais. Pour de vrai, cette fois-ci. Les azalées, comme je m'en doutais, étaient introuvables. Ni dans les chambres, les salles de bains, le salon ou la cuisine. Je finis par m'effondrer sur son canapé, je fixai le plafond et poussai un soupir.

Je ne me souvenais pas m'être endormie. Lorsque je me réveillai en sursaut, mon téléphone indiquait près d'une heure du matin. J'entendis Chase s'échiner sur la serrure à l'extérieur et me redressai d'un bon en lissant mes cheveux collés par la salive sur mes joues.

J'entendis ses clés tomber par terre, un grognement, puis le râle d'une femme qui les ramassait à sa place. *Une femme.*

L'impression de déjà-vu me saisit comme une gifle. Je bondis du canapé, prête à en découdre. Même si ce n'était pas justifié, étant donné que, cette fois, on n'était plus ensemble. Voire qu'on ne l'avait jamais été. Pourtant, je ne pouvais m'empêcher de penser à lui comme s'il m'appartenait.

— Attends, murmura la femme.

Il eut un hoquet. Il était soûl. La porte s'ouvrit. Chase entra en trébuchant, la chemise ouverte, soutenu par une femme mince qui l'agrippait par l'épaule.

Ils levèrent la tête vers moi en même temps et me fixèrent tous les deux.

Katie.

C'était Katie.

Mon Dieu, quelle idiote. Le moment était bien choisi pour poser la bague de fiançailles sur la table et prendre mes jambes à mon cou. Mais j'étais figée.

— Tu es là, dit-il d'une voix dénuée d'expression.

— Tu es… bourré, rétorquai-je en jetant à Katie ce que j'espérais être une expression confuse.

Elle sourit, déposa Chase contre la porte pour pouvoir venir m'enlacer brièvement.

— Hé. Ne t'inquiète pas. Il n'y a aucune gêne entre nous. Mon frère ne s'est pas senti bien après le travail et il est parti boire des verres avec des amis. Je suis passée au bar où il était avant de rentrer chez moi et je l'ai trouvé comme ça. Je me suis dit qu'il ferait mieux de dormir avant d'avoir la gueule de bois.

— Bien vu.

— Je vous laisse tous les deux.

Katie s'en alla. On se retrouva seuls, Chase et moi. Une version de lui complètement bourrée, en tout cas. J'en voulais à l'Univers de m'avoir amené Chase dans cet état, à peine cohérent, alors que c'était la dernière fois qu'on allait se parler et que j'avais tant de choses à lui dire.

Je retirai la bague de mon doigt. C'était bizarre. Au cours des semaines de notre simulation de couple, j'avais pris soin de la retirer au travail, mais le reste du temps, j'avais été toute contente de l'exhiber. Dans le métro, ou quand je sortais avec des amis, ou que je promenais Daisy. Je voyais des gens la regarder quand je tenais la barre dans les transports, ou que je hélais un taxi, ou que je tournais une page sur ma Kindle en patientant chez le coiffeur. Je pouvais imaginer leurs pensées. Les histoires qu'ils s'inventaient au sujet de cette bague spectaculaire. C'était la partie que j'aimais le plus. Celle des suppositions. Je me rendais compte que mon obsession des mariages concernait aussi l'histoire de la rencontre. L'histoire du coup de foudre. J'aurais voulu pouvoir parler de Chase à chacun d'eux. Leur raconter combien il était drôle et beau. À quel point il aimait sa famille, combien sa nièce comptait pour lui.

— Bon, je me suis dit que je passerais te rendre ça.

Je lui tendis la bague.

Il ignora ma main tendue et cligna des yeux pour essayer de se concentrer sur mon visage.

— Garde-la.

— Chase…

— Vends-la. Donne-la. Tu l'as méritée.

Je secouai la tête, le cœur serré.

— C'est beaucoup trop.

— Je ne la ramènerai pas. (Il pénétra en titubant dans son salon, s'effondra sur son canapé et alluma la télévision. ESPN était sa chaîne d'ouverture.) Je ne peux même pas la regarder.

Il semblait très fatigué. Il serait plus avisé de garder la bague plutôt que de me disputer avec lui.

— Écoute. (Je m'assis à côté de lui, comme si je le sentais m'échapper et voulais l'ancrer à moi.) À propos de Nina. J'apprécie ce que tu essaies de faire, vraiment, mais s'il te plaît, dis à Sven de lui rendre son boulot. Elle en a besoin, et je n'ai pas envie d'entrer là-dedans avec Sven.

— Ce dont elle a besoin, c'est d'une bonne leçon, marmonna-t-il avec une moue puérile. Et peut-être d'un vieux plein aux as pour payer tout le Prada dans lequel elle se pavane. Je l'ai cherchée sur Instagram. Tu te transformes de nouveau en Maddie Martyre ? Parce que je ne tolérerai pas que tu subisses ce genre de conneries.

— On est arrivées à un accord.

Je remis la bague à mon doigt avant de me rendre compte de mon geste. Je m'efforçai de ne pas prêter attention au courant brûlant qui me traversa à ce moment-là.

— Ça te ferait plaisir ? (Il tourna la tête vers moi. Je fus désemparée par la vulnérabilité de son expression. Je hochai la tête.) Très bien. Elle peut récupérer son job. J'en parlerai à Sven.

— Merci.

— Mais je lui conseillerai amicalement de la mettre sous tes ordres. Ça me paraît juste.

Je ne discutai pas.

— Comment va ton père ? demandai-je.

Il était impossible pour moi de le laisser comme ça, ivre, amer et blessé.

Il haussa vaguement une épaule. D'accord. Question idiote.

— Je veux que tu saches que je serai là pour toi et pour ta famille, quoi qu'il arrive. En tant qu'amie.

— Je ne veux pas être ton ami. (Chase soutint mon regard, l'air provisoirement dégrisé.) Je veux être tout pour toi. Même ça, ça ne suffit pas. Alors merci, mais non merci.

Il est soûl, me hurla mon cerveau tandis que mon cœur bondissait dans ma poitrine. *Bourré. Torché. Il ne le pense pas.*

Je l'attirai maladroitement contre moi, je l'embrassai dans le cou en inspirant son parfum, dilué dans les vapeurs de l'alcool qu'il avait avalé ce soir.

— Ça fait beaucoup, dis-je avec un sourire triste.

Je déposai un baiser derrière son oreille. Sa réponse résonna à l'intérieur de mon corps.

— C'est plus que ce que je mérite.

23

Maddie

2 novembre 2009

Chère Maddie,

C'est un adieu. Je le ressens dans mes tripes. Je suis tellement désolée de ne pas être là pour voir le jour où tu te marieras. Pour t'aider avec tes petits si tu décides d'avoir des enfants. Je suis terriblement désolée de ne pas être là pour les ruptures, même pour tes drames adolescents, et pour les petites victoires, et tous les accomplissements qui ponctueront ta vie comme des petits chocolats. Ils ont tous un goût différent, ma chérie. Chaque leçon que t'apprend la vie est un cadeau, quels que soient les obstacles qu'elle met en travers de ton chemin.

Je t'aime, Madison. Pas seulement parce que tu es ma fille, mais parce que tu es quelqu'un de merveilleux, tu es attentionnée, vivante et douce. Parce que tu es créative et que tes rires me rappellent les cloches de Noël. Parce que tu représentes tout ce qu'il y a de meilleur chez ton père, et le meilleur chez moi. Tu me rends égoïstement fière.

Avant de te faire mes adieux, j'ai une autre anecdote pour toi à propos des fleurs. Les jolies têtes roses en forme de pompon des plantes sensitives sont éclatantes et duveteuses, mais elles sont très sensibles. Les pompons se referment timidement quand on les touche. Ils sont vivants et épanouis, mais seulement de loin. Ils sont fondamentalement intouchables.

Ne te ferme pas au monde. Tu seras blessée. Tu blesseras les autres, même si tu n'en as pas l'intention. La souffrance est inévitable dans la vie. Mais la joie l'est aussi. Alors saisis l'instant.

Aime passionnément.

Dors beaucoup.

Mange bien.

Et souviens-toi d'une autre règle des fleurs : si ça ne te fait pas grandir ou t'épanouir… laisse tomber.

Avec tout mon amour,

Maman

Trois jours plus tard, je pris le train pour aller rendre visite à mon père à Philadelphie. Je ne lui avais pas parlé de Chase depuis qu'on s'était remis ensemble quelques semaines plus tôt. Ça me paraissait inutile, puisque ce n'était pas censé durer. Mon père et moi avions notre routine. On se retrouvait chez Iris's Golden Blooms, où je l'aidais à gérer la comptabilité deux fois par mois et, en échange, il m'offrait un bon repas chinois au restaurant situé près de chez nous, suivi par une glace devant la télévision pendant qu'il me mettait au courant des potins de sa petite ville. Mon père avait une compagne. Une dame gentille qui s'appelait Maggie, et qui avait toute ma reconnaissance car elle l'occupait, le rendait heureux et lui apportait toute l'attention que je ne lui donnais plus. Elle nous comprenait aussi à un autre niveau, et ne s'était jamais plainte une seule fois du fait que la boutique portait encore le nom de sa défunte femme.

Ce fut la même chose aujourd'hui. Comptabilité, repas chinois, et une énorme glace. Mon père me demanda si je voulais dormir chez eux. Pour son plus grand plaisir, j'acceptai. New York me rappelait trop Chase. Chaque coin de rue, chaque gratte-ciel était imprégné de son souvenir.

Le lendemain matin, je me rendis au cimetière. Je n'étais pas très fan des cimetières. Ça m'évoquait trop le jour où je deviendrais l'une des résidentes. Mais pour ma mère, j'y allais une fois par an, le jour de son anniversaire.

Qui tombait aujourd'hui.

J'apportais toujours des pâtisseries, un ballon et – roulement de tambour – des fleurs. Beaucoup, beaucoup de fleurs. Cette fois, j'arrivai avec du lilas, des tulipes et des soucis, que je déposai sur sa tombe après l'avoir briquée. Puis je m'assis à côté d'une assiette de muffins que j'avais préparés à l'aube, et je caressai la pierre en lui racontant les dernières magouilles de Layla.

— J'ai oublié de te dire. On m'a choisie pour dessiner la Robe idéale au travail. Après avoir épousé la moitié des gamins du quartier, j'ai fini par créer ma propre robe de rêves. Tu connais la meilleure, maman ? Même quand mon patron m'a fait comprendre qu'il n'aimait pas vraiment le modèle, je lui ai tenu tête. Pourtant, j'ai réalisé que ce n'est pas de la robe parfaite qui m'a toujours obsédée dont je devais me préoccuper. Je crois que j'ai laissé tomber mon rêve de l'homme parfait. Et… ça me fait peur.

Un silence s'abattit dans l'air frais matinal. Les oiseaux gazouillaient et tout était recouvert de rosée. Je pris une profonde inspiration en fermant les yeux.

— Maman, j'ai enfin compris que ce n'était pas ma faute. Je sais que ça paraît bizarre, et peut-être un peu puéril à vingt-six ans, mais il y a une petite partie de moi qui s'est toujours demandé si on t'avait enlevée à moi parce que j'étais quelqu'un de mauvais. Mais je ne le pense plus. Je vois Katie, Chase et Lori qui sont en train de perdre la personne qu'ils aiment le plus, et je comprends. La vie, c'est comme la roulette russe. On ne sait vraiment pas comment ça va tourner pour nous ; on n'est là que de passage. La tragédie, c'est comme de gagner à la loterie, mais dans le sens inverse. Je ne peux plus avoir peur de vivre. De laisser tomber des gens. De me recroqueviller sur moi-même. Terminé Maddie Martyre. Je pensais qu'en étant gentille et bonne avec tout le monde, je pourrais empêcher d'autres drames. Mais on ne peut pas s'attendre à gagner à la loterie, alors pourquoi m'inquiéter sans cesse de voir un autre drame arriver sur mon perron ? J'en ai assez de ne prendre aucun risque.

J'embrassai la pierre tombale et caressai une dernière fois le nom de ma mère.

— Au fait, tu aurais adoré Daisy. C'est une petite rigolote. J'apporterai une photo la prochaine fois que je viens. Tu sais que Chase est le seul homme à être entré chez moi qui n'ait pas eu droit à son traitement spécial pipi-dans-les-chaussures ? Tu penses que c'est un signe ?

Je jetai un regard alentour, comme si j'attendais véritablement un signe. Comme dans les films. Un éclair qui zèbre dramatiquement le ciel. Une fleur qui s'ouvre entièrement. Même un appel téléphonique de Chase aurait suffi. Et l'immobilité des alentours m'arracha un gloussement. Le destin ne fonctionnait pas comme ça dans la vie réelle.

Alors que je me retournai pour partir, un jardinier apparut derrière un arbre, muni d'un souffleur de feuilles, et m'adressa un sourire las. Il portait un uniforme noir. Sur son T-shirt était écrit en blanc : *Black Solutions.*

— Merci, maman.

Je souris. Pour moi, c'était suffisant.

Chase : Est-ce que ta proposition de rester amis tient toujours ?

Maddie : Celle que tu as refusée, tu veux dire ?

Chase : *pendant que j'étais totalement ivre et en train de soigner un ego brisé. Oui.

Maddie : Oui. J'aimerais beaucoup être là pour toi.

Chase : Tu as des projets pour ce soir ?

Maddie : Regarder Daisy pourchasser Frank l'écureuil pour essayer de lui faire l'amour.

Chase : Je peux me joindre à toi ?

Maddie : Eh bien, il faudrait que tu leur poses la question, mais je pense que Daisy n'est pas trop regardante, étant donné qu'elle a choisi Frank comme amant.

Chase : En plus, ce serait cohérent avec ma diabolique réputation de me taper sa coloc.

Maddie : Oh purée. Je serais prête à payer pour voir ta tête quand Daisy et Frank se la donneront.

Chase : Il te faut un passe-temps.

Maddie : Tout le monde n'a pas les moyens de s'offrir de divertissement sous forme de ranchs exotiques au bord d'un lac ou de demeures dans les Hamptons. Nous autres mortels, on doit se contenter de perdre notre temps sans aucun luxe.

Chase : Vous autres mortels, vous avez aussi Netflix.

Maddie : Je retire mon invitation à venir voir Daisy et Frank recréer Autant en emporte le vent.

Chase : Et si je viens avec des plats ?

Maddie : Des sushis ?

Chase : Évidemment.

Maddie : C'est d'accord. Mais pas un mot sur mes goûts cinématographiques quand tu seras là. Je n'aime pas ton insolence.

Chase : Franchement, ma chère, je m'en fiche pas mal.

Chase : Merci d'avoir emmené Katie et ma mère déjeuner. Elles ont beaucoup apprécié.

Maddie : Techniquement, ce sont elles qui m'ont emmenée.

Chase : C'est toi qui as payé.

Maddie : En douce.

Chase : Tu es douée pour faire les choses en douce.

Maddie : Comme quoi ?

Chase : Te faufiler dans mon cœur.

Chase a retiré un message de la discussion.

Maddie : J'étais en train d'acheter des sex-toys avec Layla. Qu'est-ce que tu as effacé ? Qu'est-ce que je fais en douce ?

Chase : Rien.

Maddie : *CHASE.*

Chase : Une pizza platonique, ce soir ?

Maddie : Pas sûre de connaître cette garniture.

Chase : C'est celle que j'aime le moins, elle implique que tu portes tous tes vêtements. Ensuite je rentrerai chez moi me branler pendant que tu étrenneras tes nouveaux sex-toys.

Maddie : Va pour la pizza platonique.

Chase : C'est mon tour de choisir le film.

Maddie : Je veux que tu saches que je ne te le pardonnerai jamais pour Scarface.

Chase : J'ai failli choisir Love, Actually, mais je ne voulais pas ruiner mon mascara.

Maddie : Tu n'as même pas pleuré devant La Liste de Schindler. Tu n'as pas de cœur, tu te souviens ?

Chase : Oui, parce que tu me l'as volé.

Chase a retiré un message de la discussion.

Maddie : Qu'est-ce que tu as effacé ? J'ai emmené Daisy se promener et c'est devenu intense avec Frank. Elle a bien failli l'attraper, cette fois.

Chase : Je disais que j'avais bel et bien un cœur.

Chase : Il est posé dans un bocal en verre sur mon bureau.

Chase : D'accord, c'est une citation de Stephen King. Mais l'idée est là.

Maddie : J'exige une revanche.

Chase : Une revanche ?

Maddie : Un film de mon choix que tu devras regarder jusqu'au bout. J'envisage même de rendre ça encore plus pénible. Et si on laissait Clemmy choisir ? Elle est rentrée du Winsconsin ?

Chase : Oui, hier soir. J'appelle Amber et j'organise ça.

Maddie : Comment ça se passe, entre Amber et toi ?

Chase : Je crois qu'elle commence à comprendre qu'il ne se passera rien entre nous.

Maddie : Et Julian ?

Chase : Il ne se passera définitivement rien non plus entre Julian et moi.

Maddie : 🙄

Chase : Il est pris par le divorce. On n'a pas vraiment parlé de nous (je ne sais pas ce qu'il y a chez toi qui me pousse à parler comme une meuf, mais voilà où j'en suis.)

Maddie : J'ai un aveu à te faire.

Chase : J'étais ton meilleur coup, c'est ça ? Je le savais.

Maddie : Notre complicité me manque, mais j'ai tellement peur que tu me brises encore le cœur ou que tu me largues quand tout sera terminé.

Maddie a retiré un message de la discussion.

Chase : ?

Maddie : Désolée, je ne sais pas ce qui m'a pris. Oublie.

Chase : 🖕

24

Chase

— Je vois Clementine aujourd'hui.

Julian se tenait sur le seuil de mon bureau. Il affichait les vestiges d'un œil au beurre noir et d'une lèvre fendue, ainsi que la moue boudeuse d'un crétin entre deux âges qui s'était fait démolir dans une bagarre.

Je relevai les yeux de mon écran d'ordinateur uniquement parce qu'il était question de Crotte de Nez. J'appuyai mon index sur ma lèvre.

— Pour la première fois, tout ça ? demandai-je en m'adossai à mon fauteuil de président.

C'était devenu un gros bordel depuis le moment où Julian avait appris pour le type du Winsconsin. Les conneries de P- DG avaient fini par être reléguées au second plan, et les révélations concernant l'imposture de son mariage – de sa *famille* – l'avaient rattrapé. Il paraissait anéanti. Comme si la réalité avait fini par lui mettre du plomb dans la cervelle. Surtout qu'Amber s'était empressée de traîner Clementine dans le Wisconsin pour échapper à l'humiliation sociale, et en avait profité pour lui présenter le type comme un « bon ami de la famille ».

Julian hocha la tête en se frottant la mâchoire.

— Je ne sais pas quoi lui dire.

— Qu'est-ce que tu dirais de lui présenter tes putains d'excuses ?

— Peut-être sans le « putains ». Amber me tuerait, et je pense que ça ferait 100 dollars dans la tirelire aux gros mots. (Il passa une main sur sa nuque.) Attends, pourquoi je devrais lui présenter mes excuses, exactement ?

— Pour la situation dans laquelle elle se retrouve, pour commencer. Pour les circonstances. Où est-ce que tu l'emmènes ?

— Je ne sais pas. Amber m'a seulement dit de venir la récupérer à 5 heures. Où est-ce que je devrais… Qu'est-ce qu'elle aime ? Seigneur, je ne sais même pas ce qu'elle aime.

Julian se laissa tomber dans le fauteuil en face de moi avec un soupir, sans attendre d'invitation formelle à s'asseoir. Je le dévisageai comme s'il venait de couler un bronze sur mon bureau. On n'était pas vraiment en bons termes depuis qu'il avait annoncé à tout le monde la maladie de mon père et que je lui avais refait le portrait. On ne s'était même pas parlé depuis que j'étais venu agiter sous le nez de Julian et Amber le test de paternité négatif. (Littéralement. Je l'avais fourré sous le nez de Julian et j'avais secoué. Ce moment aurait été l'acmé de mon année si ça n'avait pas impliqué des mauvaises nouvelles pour Clemmy.)

— Pourquoi tu ne l'emmènerais pas manger un hamburger ?

Et Mad et moi on passera la prendre après pour l'emmener au cinéma, proposai-je. Ça amortira le choc.

Julian releva brusquement la tête.

— Tu la vois toujours ?

— De façon platonique.

Je crachai le mot comme s'il s'agissait d'une obscénité. Je trouvais parfaitement injuste de me retrouver ainsi *friendzoné* comme une paire de vieilles chaussettes, après lui avoir donné suffisamment d'orgasmes pour enflammer une raffinerie. Je haussai les épaules d'un geste qui se voulait insouciant. Je ne l'étais *pas*.

— Tant pis pour elle.

— Au fait…

Julian prit une inspiration en évitant de croiser mon regard. Il ramassa un bloc de post-it sur mon bureau et se mit à les feuilleter nerveusement.

— Quand j'ai dit à tout le monde pour Ronan… c'était terrible. Je me suis excusé auprès de lui. Je lui ai assuré que je ne me mêlerais plus de ses projets pour le poste de P-DG de sitôt. Je voulais que tu le saches.

Je ne répondis pas. Comme on pouvait aisément le comprendre, je me méfiais. Il renversa la tête en arrière et poussa un soupir en fixant le plafond.

— Tout ce que je voulais, c'était quelque chose bien à moi.

— Tu avais quelque chose bien à toi. Une femme. Une fille. Une bonne carrière.

— Une femme qui me détestait malgré tout ce que je faisais pour essayer de la satisfaire. Une femme à qui j'avais promis qu'elle deviendrait l'épouse d'un P-DG, et qui n'a pas cessé de me menacer de me quitter dès qu'elle a compris que ma promesse ne serait vraisemblablement pas tenue. Je voulais le poste de P-DG parce que je pensais que c'était ce qui me permettrait de garder Amber. Clemmy et elle, c'étaient les deux seules choses que j'avais et que tu n'avais pas. En essayant de les garder, je les ai négligées en passant tout mon temps au boulot. Et maintenant, je vais divorcer. (Il jeta les bras en l'air et rit amèrement.) Quelle foutue ironie.

— Tu n'as pas perdu Clemmy. Tu es le seul père qu'elle connaisse. Quant à Amber, j'ai sincèrement envie de te dire que tu auras plus de satisfaction en te la mettant derrière l'oreille qu'avec une femme qui ne s'intéresse qu'à ton portefeuille et ton statut. Même toi, tu peux faire mieux que ça.

Je n'étais pas préparé à devoir consoler mon frousin après qu'il m'en eut fait baver pendant trois années consécutives, mais ce n'était pas mon genre de frapper un homme à terre.

— Bref, fis-je en constatant que Julian ne bougerait pas tant que je ne le mettrais pas dehors. J'ai du travail. Envoie-moi un message pour me dire où venir chercher Crotte de Nez.

Il se leva, jeta un regard autour de lui comme s'il avait oublié quelque chose. Peut-être ses bonnes manières. Il aurait dû frapper avant d'entrer. Il aurait aussi dû me présenter ses excuses pour ces trois dernières années. Les remords, ça ne valait pas un pet de lapin sans des aveux officiels.

— Tu sais, Chase, tu n'es pas si mauvais.

Il s'arrêta à la porte.

Je le fixai, incrédule.

— Merci pour ton soutien et ton enthousiasme. Est-ce que « pas si mauvais », c'est synonyme de « Des connards, j'en ai vu d'autres ? »

Il laissa échapper un petit ricanement.

— Tu vois ? C'est ce que je veux dire. J'ai toujours cru que tu n'avais pas de cœur, ce qui me facilitait les choses pour te faire passer pour le méchant. Tu as l'air tellement détaché de tout ce qui t'entoure. Tu te trimballes un halo de morosité. Comme le diable.

Il fronça les sourcils, et un frisson remonta le long de ma colonne vertébrale. C'était ainsi que me qualifiait Madison. Je pensais qu'elle plaisantait. Je n'en étais plus certain.

— Mais je me suis rendu compte que tu étais simplement comme ça. Et que tu étais capable de te préoccuper des autres. Lori et Ronan comptent pour toi, Katie et Clemmy comptent pour toi.

Et Madison. Madison aussi comptait pour moi.

En fait, une partie de moi se demandait si j'étais si différent de mon ex-petite amie. D'une certaine manière, moi aussi, je me mettais en quatre pour faire plaisir aux personnes que j'aimais. C'était pour ça que j'avais pris autant de risques pour mon père. Mais, contrairement à Madison, mon envie de satisfaire les gens m'avait amené à faire une promesse que je n'avais pas pu tenir. J'avais promis le mariage à Amber. Et sa trahison m'avait fait l'effet d'une gifle.

Mais je restais une pâte pour ceux que j'aimais.

Ma famille pourrait toujours compter sur moi.

Julian me jeta un regard empli d'espoir. Oh ! pour l'amour

du ciel ! Tout juste quand je pensais qu'on sortait du domaine de Jerry Springer, voilà qu'il me la jouait Brady Bunch. Il ne me laissait aucun répit. Je pris une profonde inspiration.

Dis-le.

Ça va avoir un goût amer dans ta bouche, mais tu as besoin de le dire.

Il fait partie de ta famille.

— Tu comptes aussi pour moi.

J'essayai de ne pas trop serrer les dents. Le regard de Julian s'illumina. Dans son esprit, il s'était fait entuber, il avait reçu le nom des Black sans les avantages, alors il s'était rebellé. Ça n'excusait pas son attitude, mais ça l'expliquait.

— Vraiment ? demanda-t-il.

— On dirait bien.

— Est-ce que ça veut dire que je vais garder mon poste de directeur informatique ?

Ou peut-être qu'il veut seulement se couvrir et assurer sa place.

— Trop tôt, l'avertis-je.

— Merci, frérot.

Il m'adressa un clin d'œil.

J'attendis qu'il ait quitté mon bureau pour avoir un haut-le-cœur.

Je passai prendre Mad chez Croquis. Sven était devant l'ascenseur et caressait le ventre d'une employée enceinte comme s'il s'agissait d'une boule de cristal. Je lui adressai un signe de tête au passage. Une fille dont le visage me rappelait quelque chose, avec des cheveux d'un blond Khaleesi, me courut après.

— Monsieur Black, attendez ! Je voulais encore vous remercier d'avoir convaincu Sven de me laisser une autre chance. Je ne sais pas si vous avez lu mes deux emails… ou si vous avez reçu mes fleurs. Je veux que vous sachiez que je ne le prends pas du tout à la légère et que je ne gâcherai pas cette nouvelle opportunité.

Je murmurai un *hmm-hmm.* Aucune idée de qui elle était ni de ce qu'elle me voulait. Mes yeux étaient rivés sur ma cible – Madison Goldbloom, assise à son poste, en robe bleu pastel à motifs cygnes.

— Maddie et moi, on est en train de devenir copines. On est allées déjeuner l'autre jour. Je ne sais pas si elle vous l'a dit. Tout va bien entre nous.

Elle se tenait sur mon chemin à présent, il fallut donc bien que je lui réponde.

— Nadia, c'est ça ?

— Nina. (Grand sourire.) Maddie dit que vous n'êtes plus ensemble. Je suis vraiment navrée. (Elle posa la main sur son cœur. Ouais. Elle avait l'air aussi navré que Daisy après avoir essayé de féconder le pauvre Frank.) Si vous avez besoin de parler à quelqu'un…

J'irai chercher de l'aide auprès d'un professionnel qui ne veut pas de ma queue dans sa bouche, fus-je tenté de terminer à sa place, mais je savais que Mad m'en voudrait et je n'avais *vraiment, vraiment* plus envie qu'elle me voie comme le diable incarné.

— J'apprécie.

Je la contournai en marchant droit vers Madison, qui était au téléphone, les sourcils froncés. Elle releva les yeux en m'apercevant, m'attrapa le bras et me déposa un baiser distrait sur la joue, qui faillit bien faire exploser mon putain de cœur.

— Merci. En tout cas… (elle me sourit) j'espérais qu'on pourrait faire un coucou à Ronan en sortant du cinéma. Je lui ai préparé du *banana bread* pas secoué.

— Pas secoué ?

Je penchai la tête pour croiser son regard. Elle l'évita. Tous ces principes platoniques rendaient le moindre geste impersonnel.

— C'est-à-dire que je ne l'ai pas frappé. L'apparence n'est pas forcément jojo, mais c'est vraiment très bon.

— L'extérieur est bien plus beau que tu le crois, murmurai-je, conscient que l'heure était venue de plonger dans le grand bain et enfin – *enfin* - de me sortir la tête de l'eau.

La soirée fut agréable, tout bien considéré (les choses à prendre en considération : je dus revoir la tronche de Julian, et Madison resta entièrement vêtue du début à la fin).

Après le film, on emmena Crotte de Nez voir mon père et on resta prendre le thé. Au moment de partir, Madison m'arrêta devant la porte et posa la main sur ma poitrine. Mes muscles tressautèrent sous ses doigts comme s'ils étaient en feu.

— Il n'a pas très bonne mine, murmura-t-elle en effectuant des cercles sur mon torse. Reste avec lui. Je vais rentrer en métro.

Généralement, j'aurais essayé de gagner du temps avec elle. Aujourd'hui, je savais qu'elle avait raison. Je l'embrassai sur la joue.

— Merci d'avoir anéanti ma libido et probablement tué mes rétines avec ce film. Je ne verrai plus jamais les robes de bal et les diadèmes de la même façon.

— Merci d'avoir été beau joueur.

Elle s'attardait. Ma mère et Clemmy faisaient un puzzle au salon. Mon père était dans la chambre principale. J'aurais pu me pencher et l'embrasser, elle m'aurait laissé faire. Une flamme que j'avais appris à reconnaître brûlait dans son regard. Celle du désir.

Mais le moment était mal choisi.

Et le lieu aussi, à l'évidence.

Je me redressai et touchai le bout de son nez en souriant.

— Bye.

— Bye, fit-elle d'une voix embrumée.

Dès qu'elle fut dans l'ascenseur, je sortis mon téléphone pour lui écrire, sachant que la réception y était mauvaise.

Chase : Putain je t'aime, Madison Pétale Goldbloom. À tel point que parfois ça me fait mal de te regarder.

Chase a retiré un message de la discussion.

Une minute plus tard, elle répondit.

Maddie : Qu'est-ce que tu as écrit et effacé ? Un jour je vais te tuer, Chase.

Chase : Mon père dit que le banana bread est pas mal, c'est tout. Je ne voulais pas te vexer.

Maddie : Branleur.

Chase : Il faut bien que quelqu'un s'en occupe.

— Entrez.

Les poumons de mon père, qui ne fonctionnaient plus qu'à dix pour cent de leur capacité, lui donnaient une voix rauque. Je poussai les doubles portes de sa chambre.

Je m'adossai ensuite au battant et enfonçai mes pouces dans mes poches avant. Il était allongé dans l'ombre. Grant m'avait expliqué qu'il prenait beaucoup d'antidouleurs mais que la souffrance restait bien présente. Sa respiration était si laborieuse qu'il ressemblait à une vieille voiture qui faisait ses derniers mètres avant de tomber en panne sèche. La fin paraissait à la fois proche et lointaine.

— Ne reste pas planté là, mon garçon. Approche. Je ne mords pas.

Il toussa.

Je fis quelques pas à l'intérieur de sa chambre ; j'avais l'impression accablante d'être totalement impuissant pour la première fois de ma vie. Il lui restait peut-être quelques jours. Ou plutôt quelques heures. Et pourtant, le monde tournait toujours. On emmenait Crotte de Nez au cinéma. On allait au travail. On vivait. Chaque instant que je passais loin de lui me faisait l'effet d'une trahison.

Il s'adossa contre la tête de lit et s'empara d'une cigarette roulée sur sa table de nuit. Je haussai un sourcil en le voyant récupérer un briquet.

— Tu te défonces ? demandai-je avec sarcasme.

— Autant que possible, vu l'état de mes poumons. Cannabis thérapeutique. Ça fait des merveilles pour la douleur. (Il l'alluma, inspira profondément. Puis il recracha la fumée en toussant.

Je m'assis à côté de lui.) Maddie a l'air de bonne humeur, fit-il remarquer.

— Tu veux vraiment parler de Maddie ?

Je récupérai le petit sachet de marijuana sur sa table de nuit et l'examinai.

— Non, désolé. Parlons de mon sujet préféré : ma mort.

— *Touché.* (Je frottai ma mâchoire.) Oui, elle va bien. Mais elle s'inquiète pour toi.

— Est-ce que tu fais la cour à cette pauvre petite ?

Il pencha la tête sur le côté en prenant une nouvelle bouffée. C'était surréaliste d'être assis là à le regarder fumer de l'herbe. Tout ce qu'il lui manquait, c'était une casquette de base-ball et un abonnement premium à Pornhub, et il ressemblerait à tous les types que j'avais fréquentés à la fac.

Je gloussai.

— Elle n'a pas cette malchance pour l'instant, mais j'y travaille.

— Lentement.

Il fit tomber la cendre dans le cendrier.

— Laisse-moi gérer la cadence. Toi, occupe-toi de t'amuser le plus possible pendant les prochaines semaines. Écoute, je veux mettre à plat tout ce foutoir avec Julian au bureau. On n'en a jamais vraiment reparlé.

Mon père agita la main.

— Inutile. Je savais, inconsciemment, que ça finirait par arriver à un moment ou un autre. Vous aviez besoin de comprendre certaines choses, et vous l'avez fait. L'équilibre de pouvoir. Julian a tenté sa chance comme chef de meute et a échoué. Maintenant, il s'occupe de ses blessures de guerre, et tu ferais mieux de ne pas les égratigner alors qu'elles sont encore fraîches. Comme je l'ai dit, je le considère comme un fils. Clementine est ma petite-fille. Rien ne changera jamais ça. La biologie ne pourra jamais rivaliser avec la famille. Mais je vais te dire une chose, Chase. De tous mes enfants, c'est en toi que je me reconnais le plus.

Il prit ensuite une grande inspiration, comme si ces quelques phrases représentaient trop d'efforts pour ses poumons.

— Merci.

J'inclinai la tête.

— Ce n'est pas un compliment, répliqua-t-il, impassible.

Je relevai les yeux. Il soupira, tira une nouvelle bouffée et reprit la parole, le joint entre ses doigts.

— Je suis têtu comme une mule, et parfois excessif. J'aime ta mère, mais je suis le premier à admettre que je lui en ai fait voir de toutes les couleurs avec mes humeurs radicales. Je n'ai pas forcément de bonnes manières, et je fais du sarcasme même quand le moment ne s'y prête pas – c'est-à-dire à chaque fois. Je veux que tu me promettes quelque chose.

J'espérais bien qu'il n'allait pas me demander de ne plus faire de sarcasme. Il faudrait que je m'ampute de la moitié de mon cerveau et de ma langue.

— Je t'écoute, répondis-je prudemment.

— Donne une chance à l'amour. Il est rare, pur et totalement bouleversant. Tu ne mettras pas la main tous les jours sur une fille comme Madison. Si tu laisses passer ta chance avec elle, tu n'as aucune garantie de voir une autre fille faite sur mesure pour toi apparaître dans ta vie. Je sais qu'Amber t'a fait du mal, beaucoup de mal. Mais tu ne l'aimais pas. Tu voulais te caser et te débarrasser de la romance. J'ai vu comment elle te regardait. J'ai vu comment tu la regardais.

Je savais ce qu'il voulait dire. Je regardais Amber, après la fac, comme on regarde une voiture flambant neuve en édition limitée. J'avais l'impression qu'elle augmentait ma crédibilité et représentait un ajout bénéfique dans ma vie à l'époque. Madison, je la regardais comme si elle était une piñata remplie de surprises et d'orgasmes que j'avais envie de faire exploser. Avec ma batte en forme de queue. Elle me tenait en haleine, à anticiper ce qu'elle allait dire ou faire. J'avais même fini par regarder *Avant toi*. Devinez quoi ? Louisa Clark était sexy comme pas deux.

— Ouvre ton cœur. La vie est plus courte que tu le crois. Et quand tu es dans ma situation, cloué au lit et grabataire, ce n'est pas à l'argent que tu as gagné que tu penses, ni aux contrats lucratifs que tu as signés, au chiffre d'affaires, aux personnes qui t'ont entubé ou à celles que tu as entubées dans les affaires. Non, tu penses à la chance que tu as de pouvoir manger du *banana bread* fait maison, d'écouter ta petite-fille rire dans la pièce d'à côté avec l'amour de ta vie.

Je fermai les paupières et hochai la tête.

— Je te promets que je…, commençai-je, mais en rouvrant les yeux, je me rendis compte que mon père était inconscient.

Il dormait à poings fermés, le joint toujours à la main. Je lui retirai, l'écrasai dans le cendrier, embrassai mon père et quittai la pièce.

25

Maddie

— Est-ce que ça va ? me demanda Sven en lissant la robe sur moi.

Non, ça n'allait pas.

Ça n'allait pas du tout.

Le mannequin de la Robe idéale était aux abonnées absentes, encore une fois, et je dus la remplacer. J'étais furieuse. C'était une chose de lui avoir donné mes mensurations. C'en était une autre de porter ce fichu vêtement, surtout lorsqu'elle faisait au moins vingt centimètres de plus que moi. Quel manque de professionnalisme.

— Ça va, répondis-je sèchement. Tu devrais parler à l'agence de cette fille. Elle nous a fait faux bond deux fois de suite. Peut-être que tu devrais prendre une taille 34 pour la remplacer.

Maddie Martyre était aux oubliettes à présent. L'ancien moi n'aurait jamais rien dit d'un tant soit peu négatif sur qui que ce soit. Le nouveau moi, en revanche, voulait tenir les gens responsables de leurs actes. Et je me rendais compte que vivre avec le nouveau moi était bien plus commode que de partager un corps avec l'ancienne version.

— Nan, c'est trop tard pour ça.

Sven s'accroupit devant moi et planta des aiguilles dans le tissu qui faisait des plis autour de ma taille. D'autres aiguilles étaient calées entre ses lèvres.

— En plus, même si j'arrivais à trouver un autre mannequin, je veux celle qui ressemble à une vraie femme. Elle en vaut la peine. Crois-moi.

— Les top-modèles sont de vraies femmes aussi. En fait, les femmes existent sous différentes formes, tailles et couleurs, et aucune de leurs caractéristiques n'en font moins une femme qu'une autre, lança Nina en levant le bras comme pour demander une autorisation.

— Amen.

Je tapai dans la main de Nina avant de tournoyer, comme le font les futures mariées, devant le miroir en pied dans lequel Sven pouvait s'admirer au quotidien. Créateurs, stagiaires et assistants étaient regroupés autour de moi pour contempler la robe. J'avais les joues écarlates, et la gêne commençait à me créer des taches rouges sur la peau. Je n'avais pas l'habitude d'avoir tous les yeux posés sur moi.

— D'accord. Je rectifie. L'intérêt du mannequin, c'est qu'elle a l'air d'être née pour porter cette robe, et je me fiche qu'elle soit occupée. Maintenant, Maddie, tu veux bien me rendre service et te redresser ? On dirait que tu voudrais te cacher à l'intérieur de cette robe.

Je m'exécutai et lissai le luxueux tissu de la *Fleur de Lune*. J'avais donné à la robe le nom de la fleur blanche qui ressemblait à une longue robe en train de tournoyer quand elle s'ouvrait. Il y avait un détail qui avait déterminé ce choix : la fleur de lune ne s'ouvrait que la nuit. Elle s'épanouissait dans l'obscurité. Sven m'avait conseillé de lui donner un nom qui me ressemblait.

Rien ne me ressemblait davantage que l'épanouissement dans les bras des ténèbres.

J'avais perdu ma mère en beau milieu de la bascule vers l'âge adulte. Avec pour seul guide mon père veuf, qui s'était attelé à sauver l'autre héritage de ma mère : sa boutique de fleurs.

J'étais tombée amoureuse de Chase Black alors que son père était mourant.

Et j'étais également tombée amoureuse de moi-même, une fois que j'avais compris que j'étais à la hauteur d'un homme comme Chase Black. Franchement, j'étais à la hauteur de n'importe qui.

Je regardai mon reflet dans le miroir et me mordis la lèvre, pensant à toutes les femmes qui, je l'espérais, allaient remonter l'allée avec cette robe. Puis aux vies qu'elles mèneraient avec leurs époux (ou épouses) par la suite. Je pensai aux enfants qu'ils auraient. Aux tests de grossesse positifs. Aux promotions. Aux matins de Noël. Aux vacances en famille. Des vies entières seraient liées à la *Fleur de Lune*. Cette robe serait ressortie des placards, des années plus tard, par des milliers de femmes, et elle représenterait un symbole différent pour chaque d'elles. L'amour. L'espoir. Le chagrin. Mon cœur se gonfla d'allégresse.

— Maddie. (Nina s'approcha en me tendant mon téléphone, qui vibrait dans sa paume.) Tu as un appel.

J'avisai l'écran avec un froncement de sourcils. Katie. Voulait-elle annuler notre déjeuner ? Je décrochai.

— Hé, K. Quoi de neuf ?

— Maddie, dit-elle d'une voix étranglée.

Mon cœur se serra immédiatement.

— Katie, fis-je d'une voix tremblante. Qu'est-ce qui se passe ?

C'était horrible. Poser une question dont on connaissait la réponse, uniquement pour qu'elle soit prononcée. Pour qu'on puisse y faire face. Le mot du jour de Layla était *désastre*. J'aurais dû m'en douter.

— C'est mon père. (Elle avait une voix douce et rauque, comme si elle était en train de fondre dans sa gorge.) Il est mort.

L'heure qui suivit passa dans la confusion. J'avais du mal à respirer. Du mal à réfléchir. La vue brouillée.

Ce fut peut-être ce qui me poussa à débouler du bâtiment, vêtue d'une une robe de mariée qui ressemblait à un gâteau à trois étages, avant que Sven et Nina me ramènent de force à l'intérieur tandis que je me débattais en hurlant que je devais aller voir les Black. Nina me poussa dans la salle de bains et me retira la robe avant de m'enfiler une tenue normale. Je tremblais de tous mes membres. J'essayai de joindre Chase et je tombai inlassablement sur la voix froide et impersonnelle de son répondeur. Heureusement, Nina avait fait de gros efforts pour se racheter et devenir une meilleure version d'elle-même : elle veilla à ce qu'un taxi m'attende en bas.

Le trajet jusqu'à l'hôpital passa en un clin d'œil. Je fus incapable de déchiffrer les visages ou les paroles du personnel qui m'indiqua la chambre de Ronan Black. Il n'était plus là à mon arrivée. Chase me tournait le dos et regardait par la fenêtre devant le lit vide et encore froissé. Lori était recroquevillée sur elle-même dans un fauteuil vert, la tête posée sur l'épaule de Katie. Julian était assis au bord du lit et fixait des yeux ses mains posées sur ses genoux. Amber et Clementine n'étaient nulle part en vue. Je m'approchai d'abord de Katie et Lori, pas encore prête à voir la peine de Chase de trop près.

— Comment c'est arrivé ? demandai-je, sachant pertinemment que ce n'était pas une question à laquelle elles avaient envie de répondre.

Le jour où j'avais appris pour ma mère, mon père n'avait voulu parler de rien, encore moins des détails techniques de ce qu'il s'était passé. Pourtant, au fur et à mesure de l'arrivée des amis et de la famille, les questions avaient fusé. Comment était-elle morte, qui l'avait trouvée, et comment mon père m'avait-il appris la nouvelle ?

— Maman est allée dans sa chambre pour lui demander s'il voulait qu'elle vienne déjeuner à côté de lui. (Katie renifla en tenant la tête de sa mère.) Il n'a pas réagi. Elle a appuyé sur le bouton d'urgence. (Les Black avaient installé une alerte médicale à côté du lit de Ronan.) À l'arrivée des secours, il avait toujours un faible pouls, alors ils l'ont amené ici. Il est mort quelques minutes plus tard.

Je passai un bras autour de chacune d'elles, comme pour les maintenir ensemble. J'inspirai leur peine et déposai un baiser sur leur crâne. Je ne savais pas si j'en avais le droit, mais j'éprouvais l'envie désespérée de les réconforter.

Dès que leur respiration se fut calmée, je me relevai. Julian et Chase me tournaient tous les deux le dos, chacun dans un coin de la pièce. Je m'approchai d'abord de Julian. Il était blanc comme un linge. Il dégageait une impression de solitude plus prononcée encore, celle d'une personne qui avait récemment perdu bien davantage que son père. Je savais qu'il était en plein divorce et qu'il n'était pas facile pour lui de s'adapter à la nouvelle réalité avec Clementine. Je retins mon souffle et posai prudemment la main sur son épaule, que je serrai fermement. Son regard se déplaça au ralenti vers le mien, centimètre après centimètre, comme s'il redoutait une forme de confrontation.

— Je suis sincèrement désolée, dis-je simplement.

— Tu ne devrais éprouver que du mépris pour moi. (Il inclina la tête.) Mais merci, j'apprécie.

— Et je sais que ça ne veut rien dire pour l'instant, alors que la blessure est béante, mais je te promets que des jours meilleurs vous attendent. Il faut seulement s'accrocher.

— Pourquoi tu fais ça ? (Il déglutit péniblement.) Pourquoi tu te donnes cette peine ? J'ai été horrible avec toi.

— En effet, avouai-je, incapable de retirer ma main de son épaule. Tu as dévoilé mon mensonge et tu m'as traitée de 6 sur 10. Tu as été désobligeant avec moi, mais ça ne veut pas dire que je dois être désobligeante avec toi. Il se trouve que je me plais comme je suis. Un 6 peut-être, mais un 10 à l'intérieur.

— Tu as entendu ça ? demanda-t-il en haussant les sourcils d'un air presque comique.

Je haussai les épaules.

— La beauté, c'est subjectif.

Ce n'était ni le lieu ni le moment de parler de ça, mais j'avais l'impression que c'était une façon d'occuper les pensées de Julian et que c'était ainsi qu'il fallait gérer la peine et le deuil. Continuer d'avancer, de parler, d'agir.

— J'avais envie d'énerver Chase, fit Julian en reniflant. Je ne le pensais pas. Et pour info… j'ai réussi. À l'énerver, je veux dire. Alors… (Son regard dériva vers Chase, toujours debout devant la fenêtre, inconscient de ma présence, plongé dans ses pensées.) Fais-en ce que tu veux.

Ce que ça voulait dire, finalement, c'était que Chase et Julian adoraient se détester. Je ne pouvais me permettre de penser différemment. Je tournai les yeux vers Chase. Il avait le front appuyé contre la vitre et son haleine créait un nuage de condensation gris sur le verre. Le besoin de serrer contre moi cette bête féroce et ténébreuse me prit aux tripes.

— Va. (Julian tapota ma main sur son épaule.) C'est pour lui que tu es venue.

Je m'approchai de Chase. Je posai la main sur son dos musclé. Mon cœur se serra dans ma poitrine, bondit et se tordit. *Laisse-moi sortir.* Jamais de ma vie je n'avais autant craint de parler à quelqu'un. Je ne savais pas si je pourrais survivre à sa douleur.

— Chase.

Il se retourna et s'effondra dans mes bras. Je reculai sous l'impact, mais je m'enroulai autour de lui comme un étau. Nous étions intégralement connectés, pressés l'un contre l'autre. Comme si on était branchés, que j'étais le chargeur et qu'il aspirait mon énergie. Son visage était un tourbillon d'émotions que je n'avais jamais vues auparavant. J'y décelais une telle vulnérabilité que j'avais l'impression d'avoir été lacérée avec une lame tranchante. Je pris son visage entre mes mains et l'écartai pour pouvoir le regarder dans les yeux. Les larmes coulaient sans discontinuer sur mes joues. J'adorais Ronan, mais je ne le connaissais pas suffisamment pour que sa mort m'inspire une pareille réaction. Tout ce que je savais, c'était qu'il laissait une famille qui l'adorait. C'était un être qui méritait mes larmes.

— Je vais te ramener à la maison maintenant, murmurai-je.

Il secoua la tête.

— Il y a tellement de choses à faire.

— Non, dirent Katie et Lori à l'unisson en se levant.

— Ce n'est plus que de la paperasse, maintenant. On se retrouvera dans quelques heures, insista Lori. Je veux aller prendre une douche. Je veux me ressaisir. Je dois l'annoncer à mes sœurs.

Le trajet en taxi jusqu'à chez Chase se déroula dans le silence. On se tenait la main sur la banquette arrière et on regardait New York défiler par les vitres. Une fois dans son appartement, je lui servis un généreux verre de whisky et le glissai entre ses doigts. Je l'assis à l'îlot central de la cuisine en forme de U, puis j'allai faire couler la douche. Les cinq jets projetèrent de la vapeur sur la paroi. Je posai une serviette sur le radiateur, je retournai dans la cuisine, inclinai le verre contre ses lèvres pour l'obliger à le terminer d'une seule gorgée. Puis je le traînai dans la salle de bains.

— Appelle si tu as besoin de moi.

— Je suis pas infirme, dit-il d'un ton bourru, avant de se reprendre. Merde. Désolé. Merci.

Je voulais lui préparer quelque chose de copieux pendant qu'il prenait sa douche. Je n'étais pas une grande cuisinière, mais je savais qu'il n'avait pas besoin de quelque chose de recherché, simplement d'un bon petit plat. Il était évident que son frigo avait été rempli par quelqu'un d'autre, quelqu'un qui savait que c'était un célibataire qui ne fréquentait pas la cuisine. Je me décidai pour un chili au bœuf avec champignons et aubergines, ainsi qu'un potiron bio que je trouvai dans un panier, certainement offert par quelqu'un et oublié sur un coin du comptoir.

Je lus attentivement la recette sur mon téléphone tout en remuant le chili fumant avec un cuillère en bois. Il ne manquait qu'un seul ingrédient, le paprika. J'ouvris le cellier de Chase pour voir si, par le plus grand des hasards, il n'avait pas quelques épices qui traînaient. Je me figeai. Je plaquai une main sur mon cœur, laissant mon téléphone tomber.

Les azalées étaient là, à l'abri dans l'obscurité du cellier, qui ne contenait plus que trois humidificateurs en fonctionnement. Les azalées étaient en fleur, éclatantes de couleurs. Des pétales bordés de blanc, l'intérieur rose vif. Je fis un pas à l'intérieur et soulevai précautionneusement le pot pour chercher le trait de marqueur que j'y avais tracé pour m'assurer que c'était la même plante.

Il était bien là.

« Les endroits sombres, frais et humides. C'est ce qu'il faut aux azalées pour fleurir », lui avais-je dit.

Il s'en était souvenu.

Il ne les avait pas jetées ni laissées mourir. Il les avait soignées.

Je refermai la porte et reculai, le souffle court. Mes poumons semblaient dix fois trop petits pour le reste de mon corps.

Il avait réussi l'impossible. Il avait maintenu les fleurs en vie pendant de nombreuses semaines, en avait pris soin et vidé entièrement son cellier.

Chase était prêt à s'engager. Je le sentais dans toutes les fibres de mon être. Mais je savais aussi qu'il était en deuil, perdu, et dans un autre état d'esprit.

— Hé.

J'entendis sa voix derrière moi et je sursautai avant de me retourner.

— Oh ! coucou.

— Tu prépares quelque chose ?

Il se frottait les cheveux avec une serviette, l'air épuisé.

— Oui. Du chili. Tu as faim ?

— Bien sûr, si ce n'est pas brûlé.

C'est alors que je me rendis compte que le chili était, en réalité, à un stade avancé de carbonisation. Une croûte de haricots brûlés recouvrait le plat.

Chase passa la tête derrière mon épaule pour jeter un œil au résultat.

— Pizza ? fis-je en soupirant.

Il hocha la tête et posa le menton sur mon épaule.

— Avec des pepperoni et des cœurs d'artichaut. Comme l'aimait mon père.

Chase

Cinq jours plus tard, on enterrait mon père.

Ma mère avait voulu le faire le troisième jour, mais nous

avions des proches qui venaient d'Écosse, de Virginie et de Californie, et il fallait prendre en compte les différents vols et emplois du temps. Madison avait été présente à toutes les étapes, comme elle l'avait promis. Elle était allée choisir un cercueil avec ma mère, s'était personnellement chargée des arrangements floraux pour les funérailles, et avait été d'une aide précieuse pour l'accueil des visiteurs et pour signer les livraisons de condoléances.

Le cercueil de Ronan Black descendit dans un trou béant par un jour gris d'automne. Les funérailles en elles-mêmes avaient été un grand événement auquel avaient assisté un millier de personnes, mais nous n'avions ouvert la cérémonie d'enterrement qu'à la famille proche. Mad avait calé sa petite main chaude dans la mienne pendant tout ce temps. C'était dingue de ne pas pouvoir l'embrasser quand j'en avais envie. M'enfouir en elle chaque fois que la vie devenait trop insupportable. Les jours suivant l'enterrement restèrent collés ensemble comme les pages d'un livre qui n'a pas été lu.

Les gens nous amenaient à manger, comme si quiconque avait de l'appétit à la maison, et quand la réalité prenait le dessus, quand je n'étais plus capable d'afficher encore un autre sourire poli, Mad prenait la relève et s'occupait des invités à notre place. Elle ne dut pas beaucoup dormir pendant ces quelques jours. Elle continuait de travailler – à moitié de la maison, à moitié au bureau – et restait à nos côtés jusqu'à des heures tardives.

Une semaine après les funérailles, nous étions tous réunis pour faire la lecture du testament. Madison avait insisté pour ne pas y assister. Elle avait qualifié ça de « l'aspect clinique de la mort, celui avec lequel je ne suis pas à l'aise ». Nous avions respecté son choix, bien que nous la considérions tous comme un membre de la famille désormais. J'étais le premier à le reconnaître : on marchait sur la tête. On se retrouva chez ma mère. La gouvernante nous servit un cranachan, le dessert écossais préféré de mon père. On le dégusta en sirotant l'imbuvable vodka de pommes de terre Ogilvy, comme il aimait le faire.

Ce fut Katie qui fit la lecture du testament. C'était la seule de la fratrie qui ne semblait pas prête à tuer quelqu'un si elle n'en obtenait pas ce qu'elle voulait, ça nous paraissait donc plus sage.

— Maman hérite des propriétés, de vingt-cinq pour cent des parts de Black & Co, et des bijoux de famille.

Katie releva les yeux et serra la main de notre mère.

— Merde, je n'étais venu que pour le collier de chez Tiffany. Eh bien, c'était rapide, lança Julian en faisant mine de se lever.

Ma mère lui donna une tape sur la cuisse et l'enjoignit à se rasseoir. Ils échangèrent un petit rire las. J'appréciais que Julian réintroduise le sarcasme dans notre routine quotidienne post-papa, mais je n'étais pas d'humeur à rire. Katie reporta son regard sur la feuille, qui tremblait dans sa main. Elle plaqua la main sur sa bouche, les yeux brillants de larmes.

— J'hérite de toutes les robes de collection qui appartiennent à Black & Co qui ont été créées pour ou portées par des icônes de la mode. Quinze pour cent des parts. Et le loft !

Je savais ce qui lui tirait des larmes. C'étaient les robes. Elles étaient précieuses pour elle. Il y avait un musée Black & Co, en ville, qui contenait les robes historiques et célèbres qu'elle adorait. Petite, elle s'y rendait presque chaque mois. Je me demandais si Mad y était déjà allée. Je me demandais si je pouvais l'y emmener. Et si elle me *laisserait* l'y emmener.

— Julian, c'est ton tour.

Elle se pencha en avant et lui serra le genou.

S'il y avait bien quelque chose de positif à la mort de mon père, c'était que Julian avait obtenu une seconde chance sans même en avoir demandé. Il était communément admis que c'était un idiot de compétition qui s'était comporté comme un connard de grande envergure au cours des dernières années, mais il s'était fait baiser tellement fort par le karma – à sec, sans lubrifiant – qu'aucun des membres de la famille n'avait particulièrement envie de l'enfoncer davantage. Laissez-moi rectifier : je ne laisserais jamais passer une occasion de torturer Julian, mais je ne voulais plus lui gâcher complètement la vie.

— Julian obtient vingt pour cent des parts, les deux propriétés dans lesquelles tu vis avec Amber, le château d'Édimbourg et ta maison d'enfance de Dundee. Il y a aussi un message personnel.

Elle se racla la gorge en lui jetant un regard prudent. Julian baissa la tête et joignit les mains. Son dos tremblait. Il sanglotait. C'était une belle attention, la maison de Dundee. Aucun de nous ne savait que mon père l'avait gardée. On avait toujours pensé, étant donné qu'il avait géré l'héritage de Julian, qu'il vendrait la maison. Ça paraissait plus sensé. Julian obtenait également davantage de parts que Katie, preuve que mon père n'avait pas dit de conneries. Il considérait réellement Julian comme un fils.

Lorsqu'il releva la tête, il avait les yeux rouges et humides.

— Un message personnel ? répéta-t-il. Pourquoi vous n'en avez pas eu, Lori et toi ?

— On en a eu un. En privé, expliqua ma mère depuis le canapé. J'ai le sentiment que ce qu'il a à te dire doit être dit en public et entendu par tous les membres de la famille.

— D'accord. (Julian hésita.) Je t'écoute.

— Il dit… (Katie fronça les sourcils.) Bon, je lis mot pour mot, donc ne t'en prends pas au messager : « Cher Julian. Est-ce que tu es tombé sur la tête ? Tu as tout ce dont un homme peut rêver, et tu le gâches pour davantage de boulot, davantage de maux de tête, davantage de responsabilités ? Commence par te concentrer sur les choses importantes. L'argent, le statut et Amber n'ont jamais fait partie de ces choses. Je t'aime, fiston, mais tu es un sacré boulet. Si tu ne revois pas tes priorités, tu seras banni du paradis. Je m'en assurerai. Crois-moi quand je te dis que l'alternative ne te plaira pas. Fais les bons choix, et aime fort. Papa. »

Tout le monde éclata de rire. C'était la première fois qu'on riait depuis la mort de mon père, près de deux semaines plus tôt. Katie me jeta un regard en biais et leva un ongle manucuré en signe d'avertissement.

— Je ne jubilerais pas trop vite, à ta place. Tu es le prochain, frérot.

— Balance, dis-je sur le ton de la plaisanterie en m'affalant sur le canapé damassé.

— Vingt-cinq pour cent des parts, déclara simplement Katie.

— C'est tout ? demanda ma mère en haussant les sourcils.

Je répétai la question dans ma tête, mais je n'étais tout de même pas assez merdeux pour la prononcer à voix haute.

Quinze autres pour cent des parts étaient verrouillées chez des actionnaires extérieurs.

— Non, tu as un mot aussi.

Katie sourit. Elle s'amusait bien. C'était moi qui avais eu le moins de biens matériels. Ce qui m'allait très bien, étant donné le peu d'importance que je leur accordais.

Julian me tendit un objet imaginaire.

— Votre lubrifiant, m'sieur.

Je fis mine de m'en saisir. C'était comme au bon vieux temps. Quand on était petits.

— Un bon frère proposerait aussi de l'appliquer, lançai-je.

— C'est vrai, vu que mon passe-temps préféré, c'est de te botter le cul aux échecs.

On se fixa des yeux l'espace d'une seconde avant d'éclater de rire. Katie secoua la tête, habituée aux singeries de ses grands frères.

— Voici le message de papa : « Cher Chase, si tu es assis en ce moment sans Maddie à ton bras, tu me déçois et, franchement, tu déçois toute la gent masculine. Va immédiatement rectifier la situation. Cette femme t'a ramené à la vie après des années où tu n'étais qu'une coquille vide. Je ne sais pas ce qu'elle a fait, ou ce qui t'a rendu comme ça au commencement, mais tu ne peux pas te permettre de la laisser partir. Je t'aime, papa.

Les mots imprégnèrent la pièce, s'imprimèrent sur les murs. Katie hocha brièvement la tête, comme pour approuver, puis poursuivit :

— « J'ai laissé quelque chose pour Maddie. C'est dans le coffre. Sois gentil de lui donner dès que possible. P-S : si tu vires ton frère, toi aussi, tu seras banni de la maison que je suis en train de construire au paradis. »

Je me tournai vers Julian en lui rendant son lubrifiant imaginaire.

— On dirait que je vais être ton patron pendant un sacré bout de temps. J'imagine qu'il te faudra du lubrifiant pour ça aussi.

— Les garçons. (Ma mère agrippa ses perles, comme si nous étions retombés dans la pré-adolescence.) Tenez-vous bien.

— Bon, ça va, bouda Julian.

— C'est lui qui a commencé, marmonnai-je.

Julian éclata de rire en me donnant un petit coup de coude dans les côtes.

Katie nous regarda et se mit à rire et pleurer en même temps. J'étais parfaitement en phase avec ce mélange d'émotions. J'étais reconnaissant que mon père nous ait quittés ainsi. En fanfare, si l'on peut dire.

— Il y a un autre message général, adressé à nous tous. (Katie essuya une larme sous son œil.) « Chère famille, n'oubliez pas, s'il vous plaît, que je n'ai jamais manqué de ressources pour me débrouiller tout seul. Ne vous inquiétez pas. Où que je sois, tout va bien. Vous me manquez et je vous aime, et je vous demande gentiment de prendre votre temps avant de me rejoindre. Je vous aime, papa. »

— C'est faux, murmura ma mère. Il n'a jamais su se débrouiller tout seul.

Nouvelle tournée d'éclats de rire.

— Mais si, fit Julian en se frottant le menton. Si la situation au paradis ressemble à *Sa Majesté des mouches*, tu sais que papa sera Ralph.

Papa. Il l'appelait de nouveau papa. Je souris.

Si on riait comme ça moins de deux semaines après sa mort, peut-être qu'on pourrait y survivre, finalement.

26

Maddie

J'étais blottie sur le canapé quand on sonna chez moi. Je me levai pour aller ouvrir, Daisy sur mes talons qui aboyait avec frénésie, comme chaque fois que Chase passait. On ne s'était pas concertés, mais le vide que je ressentais en son absence aujourd'hui, pour la première fois depuis des semaines, me terrifiait. J'ouvris la porte. Le couloir était désert. Je me demandai comment la personne qui était montée avait pu passer la porte du bas, pour commencer. L'Interphone n'avait pas sonné. Je supposai qu'il s'agissait de Layla. J'inspectai le couloir désert en fronçant les sourcils.

— Layla ? Chase ?

Ma voix résonna entre les murs. Daisy gémit, baissa la tête et donna un coup de museau contre un objet posé sur mon perron. Je baissai les yeux. C'était… une machine à coudre ? Elle paraissait ancienne. Lourde. Du genre très cher. Une Singer vintage noir et or. Je m'accroupis, la ramassai et l'emportai dans l'appartement. Il y avait un mot. Pas de boîtier.

Maddie,

Quand j'étais petit, à Dundee, ma mère était la voisine de la couturière. J'ai pu constater personnellement à quel point les vêtements pouvaient transformer les gens. Pas seulement visuellement. Mais aussi leur humeur, leurs capacités et leur ambition. Quand je suis arrivé aux États-Unis, j'ai décidé d'intégrer Black & Co, en basant tout mon plan de développement sur une chose que j'avais apprise auprès d'une veuve pauvre qui n'avait pas les moyens de se payer du lait. Auprès de ma mère.

Voici ce que m'a appris Gillian Black : quand on aime ce qu'on fait, on n'aura jamais l'impression de travailler.

Pour créer de nombreuses robes, et avec je l'espère des souvenirs heureux avec mon fils.

– Ronan Black

Je clignai des yeux pour retenir mes larmes afin de pouvoir relire la lettre, encore et encore. Ronan m'avait laissé quelque chose. Je ne savais pas pourquoi ça me touchait autant. Peut-être parce que les circonstances me rappelaient ma mère et tout ce qu'elle avait pu me laisser : des lettres. Il me fallut vingt minutes et deux verres d'eau pour me calmer. Je sortis mon téléphone pour écrire à Chase. Je savais qu'une personne normale aurait appelé, mais les messages étaient notre filet de sécurité. Nous prenions toujours nos précautions pour ne pas trop révéler nos sentiments. Les messages pouvaient s'effacer. Les paroles prononcées à voix haute, elles, seraient gravées à jamais dans notre mémoire.

Maddie : Merci pour la machine à coudre. Comment s'est passée la journée ?

Chase : Étonnamment, pas trop mal. Je crois que ma relation avec Julian est récupérable.

Maddie : Je suis ravie de l'entendre.

Chase : *De le lire.

Maddie : Toujours aussi con, je vois.

Chase : Heureusement que tu m'as largué, hein ?

Maddie : Ce n'est pas exactement ce qui s'est passé.

Je ne lui avais toujours pas dit que j'avais trouvé les azalées. J'estimais déplacé de parler de nous alors qu'il se passait quelque chose de si grave dans sa vie. Encore une fois, je me sentais prise au piège dans un imbroglio de sentiments que je n'arrivais pas à démêler. Le pire, c'était qu'il n'y avait pas grand-chose à dire, en réalité. J'étais amoureuse de Chase Black, et il m'avait *frienzonée* uniquement parce que je le lui avais demandé. Car même s'il avait réussi le test des azalées et qu'il avait bien failli virer quelqu'un dans mon intérêt et pris soin de moi de bien des manières – plus que personne ne l'avait jamais fait, pour être honnête – je choisissais de croire la chose lâche et stupide qu'il n'avait cessé de me répéter : il n'était pas prêt à tomber amoureux.

Sauf qu'il ne te l'a pas dit depuis plusieurs semaines.

Chase : On dîne ensemble demain soir ?

Maddie : D'accord. Du chili brûlé, ça te va ?

Chase : C'est mon plat préféré.

Le jour du défilé de la Fashion Week était arrivé et j'arpentai la pièce, les nerfs en pelote.

— Je te l'avais dit ! maugréai-je auprès de Sven en pointant mon doigt dans sa direction. Je t'avais dit qu'on ne pouvait pas compter sur elle. Quel genre de mannequin ne vient pas à la Fashion Week ? De quelle agence elle a dit qu'elle était ?

Le mannequin nous avait posé un lapin. Je répète : nous n'avions personne pour porter la Robe idéale que j'avais créée. Dans laquelle j'avais mis tout mon cœur et toute mon âme.

— Enfin quoi, elle a attrapé une pneumonie. Je sais que Maddie Martyre a disparu, mais un peu de compassion serait la bienvenue, fit Sven avec une grimace.

Je me laissai tomber sur une chaise et me pris le visage entre les mains.

— Je n'arrive pas à y croire. C'était un rêve devenu réalité.

Sven, Nina et Layla, qui avait pris un jour de congé pour me soutenir moralement, me regardaient tous avec un mélange de fascination horrifiée et de pitié.

— Tu sais, commença Layla, tu pourrais toujours porter la robe toi-même.

Je relevai la tête, effarée.

— Quoi ?

— Ce sont tes mensurations, ajouta doucement Nina en croisant les bras avec un haussement d'épaules.

— Et… enfin, on a la robe. Tout ce qu'il nous faut, c'est un mannequin, acheva Sven en se frottant le menton.

— Je ne peux pas présenter ma propre robe. (Je secouai violemment la tête.) Impossible.

— Techniquement, tu le peux, souligna Layla.

— Logistiquement aussi, ajouta Sven.

Je les regardai tous les trois avec mes yeux rougis. Mes mains tremblaient. Je détestais les projecteurs. Je détestais être le centre de l'attention. Mais j'avais également conscience qu'il n'y avait pas d'autre solution. N'importe quel autre mannequin de cet événement nagerait dans cette robe. Elle était bien trop large pour une taille mannequin habituelle.

— Seigneur. (Je fermai les yeux.) Je vais devoir le faire, n'est-ce pas ?

— On dirait bien. (Layla me prit les mains et me tira sur mes pieds.) *Showtime*, ma chérie.

Une demi-heure plus tard, vêtue de la robe de mariée que j'avais moi-même dessinée, je vomissais tripes et boyaux dans un seau en coulisses. Sven avait fait un rapide ourlet sur la longueur, ce qui avait été étonnamment facile. La robe était composée de manches longues en dentelle couleur crème, d'un profond décolleté en V et d'une traîne d'un mètre. Les finitions en satin couleur chair, les lignes douces et le dos nu rendaient le modèle mémorable, d'après ce que Layla ne cessait de me répéter.

J'aurais apprécié de savoir où était Sven, mon patron, à cet instant précis où j'avais le plus besoin de son soutien et où je vomissais le sandwich dinde-bacon allégé que j'avais avalé au petit déjeuner dans un seau qui contenait encore des bouteilles de champagne quelques minutes auparavant.

— Laissez-moi juste aller aux toilettes, s'il vous plaît. Ma nausée ne fait qu'empirer, grognai-je dans le seau.

Layla me tapotait le dos pendant que Nina me tenait le seau.

— Sûrement pas, entendis-je Nina répondre en faisant claquer sa langue avec dégoût. La robe pourrait être salie et Sven nous tuerait toutes les deux. Je ne prends aucun risque.

— Allez, les toilettes ne sont utilisées que par des mannequins. Les seules traces qu'il doit y avoir là-dedans, c'est de la cocaïne, et elles sont déjà blanches comme la robe.

Layla tentait de convaincre Nina, mais cette dernière secoua la tête.

— Je suis désolée, ne comptez pas sur moi. Pour une fois, j'essaie vraiment de garder mon travail.

Je sortis la tête du seau pour jeter un regard alentour. Les coulisses du défilé regorgeaient de coordinateurs, de mannequins et de stylistes. Toutes les filles semblaient faire deux fois ma taille, et elles étaient si maigres que je pouvais distinguer leurs côtes quand elles étaient torse nu. Ce qui était le cas de la moitié d'entre elles. Elles se baladaient en talons et string couleur chair, en bavardant.

— Où est Sven ? gémis-je alors qu'une assistante s'approchait d'un pas vif en parlant dans son micro, à la Madonna.

Elle m'adressa un clin d'œil.

— C'est à toi dans dix minutes. On est en train de conclure avec Valentino.

Layla tira une chaise en plastique derrière moi et je m'y

effondrai en fermant les yeux. Je n'étais pas particulièrement timide, mais je n'avais jamais aimé me pavaner non plus. Ma nervosité n'était pas uniquement due au défilé. Chase était étrange ces derniers jours. Et par *étrange*, je voulais dire gentil. Tellement gentil. Attentif, doux, attentionné… pas lui-même. Je m'inquiétais qu'il soit en pleine dépression ou je ne sais quoi.

C'était horrible. Je ne pouvais m'empêcher de penser que quelque chose n'allait vraiment pas, mais quand je lui avais posé la question, il avait joué les innocents. J'aimais quand on se chamaillait, qu'on se taquinait et qu'on se cherchait. Cette nouvelle version de lui me déconcertait.

— Laissez passer, laissez passer. Mon Dieu, qu'est-ce que c'est, *American Horror Story ?* Je plaisante, madame Westwood. J'adore votre travail. Tout mon respect. Les Sex Pistols étaient mon groupe préféré au lycée. Bon, c'est vrai, uniquement parce que ça me donnait l'air cool – la musique n'a *jamais* été mon truc –, mais quand même. Vous avez vu ma créatrice ? Maddie ? Maddie Goldbloom ? Petite, les cheveux courts, un air horrifié… Oh ! laissez tomber. La voilà, gloussa Sven en se frayant un chemin entre les stylistes, les assistantes et les mannequins, une tasse de café à la main.

Il me saisit par l'épaule et me leva brutalement de ma chaise. Je fus prise d'une nouvelle vague de nausée.

— Waouh. Sérieux, Maddie, la robe n'est vraiment pas si mal. Je dirais même qu'elle est mignonne.

Je lui jetai un regard sceptique – *pitoyable* - et hochai la tête.

— Heu, merci ?

— Il faut que je te parle.

Il m'attira dans le couloir. Un truc blanc et étroit rempli de portes.

J'envisageai de lui rappeler que j'avais un défilé dans moins de dix minutes, mais franchement, je n'allais pas pleurer si je devais manquer ce qui allait se transformer en humiliation publique.

Je trébuchai, entraînée un peu trop énergiquement par Sven. Non seulement j'étais empotée par nature, mais à cause de ma taille médiocre (*format poche*, comme avait dit Layla pour me réconforter), je devais porter des talons de quinze centimètres, ce qui rendait la marche difficile et la course impossible.

— Bon, félicitations – ta Robe de mariée du siècle a été officiellement achetée, lança joyeusement Sven.

— Achetée ? (Je restai bouche bée.) Par Black & Co, tu veux dire ? Ils prennent toujours notre collection ? Je croyais qu'on avait un accord de trois ans avec eux.

— Non, pas par Black & Co. C'est un acheteur privé.

— Comment un acheteur privé a-t-il pu l'acheter ? Elle n'est pas encore en vente. Personne ne l'a encore vue. C'est pour ça qu'on est là. Pour la présenter au public.

— Oui, eh bien, l'acheteur sait d'avance que la robe lui plaira.

— Et notre engagement auprès de Black & Co ?

— On a trouvé une faille dans le contrat. La somme était trop importante pour qu'on refuse.

— Mais…

— La robe est vendue. Ce n'est pas le problème, me coupa-t-il en continuant de m'entraîner plus loin, et on finit par arriver dans une sorte de zone de bureaux.

— Quel est le problème, alors ?

Je m'efforçai de maîtriser ma respiration. Oh ! mince. Et si elle avait été achetée par une célébrité ? Et si la célébrité voulait que personne d'autre ne la voie pour être la prems à apparaître dedans, et frimer ? Et si tout le défilé était annulé et que je pouvais tranquillement continuer ma journée et assister au défilé en tant que spectatrice ? Je m'imaginais déjà voir la robe portée par Dua Lipa en couverture du magazine *OK !* - est-ce qu'elle sortait avec quelqu'un en ce moment ? – et en avoir la tête qui tourne. Ma poitrine se gonfla de fierté.

— L'acheteur a une requête inhabituelle.

Sven finit par s'arrêter. Nous étions suffisamment loin des coulisses pour être à l'abri des regards et nous nous tenions devant une porte en bois blanc.

Je calai mes mèches rebelles derrière mes oreilles. Sven chassa mes mains.

— On n'a *pas* passé quarante-cinq minutes à te boucler les cheveux pour que tu gâches tout une seconde avant le défilé.

Il y a donc bien *un défilé ? Et mon rêve de Dua Lipa ?*

— Quelle requête ? soufflai-je, fatiguée de ce suspense.

— Eh bien (Sven regarda autour de lui), il faudra le demander au marié.

— Au *marié ?*

Sven ouvrit la porte devant nous, et le choc me fit trébucher sur mes talons. Deux grandes mains assurées me rattrapèrent à la dernière seconde.

Chase.

Chase me rattrapa.

Non seulement il me tenait, mais il plongeait dans mon

regard ses yeux étincelants, emplis de malice et d'une chaleur que je n'y avais jamais vues auparavant.

— Coucou, murmura-t-il.

— C-coucou…

Je me redressai tant bien que mal, consciente que je devais avoir une haleine de vomi, et regardai autour de moi. Tout le monde était là. Enfin, tous mes amis de New York, en tout cas. Lori, Katie, Julian, Clementine, Sven, Ethan (*Ethan ?*), Grant, Francisco, et tous mes collègues proches. Nina et Layla se glissèrent à l'intérieur tandis que je comptais les personnes présentes. Apparemment, elles étaient derrière Sven et moi depuis tout ce temps.

Je regardai tour à tour Chase et Sven en essayant d'empêcher mon cœur de sortir de ma poitrine. Je risquais de m'anéantir en tirant des conclusions hâtives. En plus, je connaissais Chase depuis à peine plus d'un an. Certes, ça avait été l'une des années les plus intenses de toute ma vie.

— Tu as une requête pour moi ?

Ma bouche défiait mon cerveau en prononçant ces mots, tandis que je le suppliais intérieurement d'être le futur marié. Ou… de ne pas l'être. Et s'il épousait quelqu'un d'autre ? Et s'il mettait en application son projet pour faire plaisir à sa famille, mais avec une autre fille ? Et si c'était pour ça qu'il était si gentil et si bizarre avec moi depuis plusieurs jours ?

Seigneur, et si c'était Ethan le futur époux de Katie, et que je venais de me faire de faux espoirs ? Ma tête tournait. Il fallait que je m'assoie. Chase acquiesça brièvement. Il me fallait plus que ça. Il me fallait des mots.

— Dis quelque chose, pitié, fis-je, la bouche sèche. N'importe quoi. Je panique.

Chase se gratta le front. C'était un geste tellement terre-à-terre, pourtant je ne l'avais jamais vu le faire. Je ne l'avais jamais vu avec cet air incertain ou songeur.

— Tu planifies ton mariage depuis ta naissance. Je le sais parce que j'ai posé la question à ton père. J'ai posé la question à ton père parce que je suis allé en Pennsylvanie la semaine dernière pour le rencontrer. Je l'ai rencontré parce que j'essayais de te comprendre. Je crois que j'ai réussi.

— Tu as réussi ?

Je clignai des yeux.

— Tu es du genre à vouloir des déclarations d'amour publiques. À vouloir le conte de fées grandiose et multicolore. Je ne suis pas sûr de pouvoir faire plus public que ce que je m'apprête à faire.

Sven frappait dans ses mains avec excitation dans le coin de la pièce en sautillant sur ses pieds.

— Il libère son Hugh Grant intérieur, commenta-t-il. Je veux *trop* voir ça.

Chase lui jeta un regard avant de se tourner vers moi.

— Je me demandais seulement si…

Il parcourut des yeux mon décolleté, et un petit sourire apparut sur ses lèvres. Il avait retrouvé ses marques. Oui, qu'il trouve ses marques, et qu'il *parle.*

— Si ? demandai-je d'une voix que je m'efforçais de garder neutre.

— Si je pouvais être le petit veinard qui déchirera cette

œuvre d'art avec les dents pendant ta nuit de noces, à moitié bourré et ivre de toi.

— Oh ! soufflai-je.

— *Oh*, répéta-t-il avec un sourire de plus en plus grand. Je me demande aussi si je pourrais être l'homme qui te tient les cheveux quand tu vomis et ne pas être la raison pour laquelle tu t'es soûlée en premier lieu.

Mon souffle se bloqua dans ma gorge. Ça me rappela que j'avais une haleine abominable. Comme si elle avait lu dans mes pensées, Layla me glissa deux petits chewing-gums dans la main avant de reculer. Je les fourrai dans ma bouche. *Goût menthe.* Chase poursuivit.

— Je me demande si on pourrait faire des photos de fiançailles ensemble dans un lieu qui n'empeste pas les années quatre-vingt, peut-être, sans que tu aies à t'inquiéter de devoir partir rejoindre une espèce d'enfoiré en cravate ridicule et leggings – sans vouloir te vexer, Ethan.

Il se tourna pour lancer un clin d'œil à mon ex-je-ne-sais-quoi.

— Pas de souci, on va dire, répondit Ethan avec un haussement d'épaules à côté de Katie, dont il tenait la main.

Je ris à travers mes larmes. C'était la meilleure et la pire des demandes en mariage à laquelle j'avais assisté de ma vie, et Chase n'avait même pas terminé.

— Tu veux savoir ce que je me demande d'autre ? demanda-t-il en haussant un sourcil.

— J'en meurs d'envie.

— Je me demande si tu pourrais me regarder de la façon dont tu m'as regardé la première fois qu'on s'est rencontrés.

Comme si j'étais une réelle possibilité. Comme si j'avais le potentiel d'incarner l'idéal que tu recherches. Je veux être tout pour toi, jusqu'à ce qu'on mette au monde des répliques de nous deux et qu'on devienne leurs esclaves, parce que tu veux les gamins et tout le bordel.

Je pouffai. Les larmes ruisselaient toujours sur mes joues et je ne le quittai pas des yeux, me délectant de son air juvénile et plein d'espoir, de sa beauté et de son allure avec sa taille impériale, sa chevelure noire et ses yeux étincelants qui changeaient sans cesse de couleur et me captivaient. Il me prit la main. Il tremblait et, pour une raison inconnue, j'en fus bouleversée.

— En résumé, je me demandais si, étant donné que tu as ta robe de mariée sur le dos et des fleurs que j'ai réussi à maintenir en vie pour toi – d'ailleurs, c'était une putain de *tannée* –, tu voudrais peut-être m'épouser. Parce que, Madison (la lueur de malice et d'excitation qui brillait dans ses yeux semblait me promettre un bel avenir), je t'appelais Mad[1] parce que j'étais fou de toi et je ne m'en étais même pas rendu compte jusqu'à ce que tu t'en ailles. Ensuite, je ne cessais de penser à des moyens et des raisons de te contacter. Pendant des mois, je me suis convaincu que ce n'était qu'un truc qui me démangeait, et quand mon père est tombé malade, ça m'a donné une excuse bidon pour revenir vers toi, et les jeux étaient faits. Je t'aime comme un dingue, Goldbloom. Tu m'as adouci, dit-il d'une voix grave en regardant nos doigts entrelacés. Mais enfin… pas *partout*.

La pièce éclata de rire. L'adrénaline affluait si intensément dans mon sang que je tremblais de tout mon corps. Le rire eut

1. *Mad about* : fou de.

l'effet d'un filet de miel dans ma gorge. Voilà donc pourquoi il avait été bizarre ces derniers temps.

L'assistante au micro de Madonna fit irruption dans la pièce en agitant son iPad comme une hystérique.

— Vous voilà ! Vous êtes la prochaine. Allez, et que ça saute !

Tous les yeux se tournèrent vers elle.

— C'est moi qui vais te faire sauter si tu restes là. Je suis en train d'assister à la scène la plus romantique depuis *The Bodyguard* avec Whitney Houston, et je ne te laisserai *pas* me gâcher tout ça, gronda-t-elle avant de nous jeter un regard. Ni à eux, j'imagine.

— Alors, qu'est-ce que tu dis ?

Chase sondait mon regard avec urgence. Il fouilla dans sa poche arrière pour en sortir une bague. Je posai la main sur son bras pour arrêter son geste.

— En fait…

Je me mordis la lèvre inférieure en coulant un regard en biais à Layla, qui écarquilla les yeux en m'indiquant de dire oui.

— Je n'ai jamais revendu ta bague. Je n'ai pas pu m'y résoudre. Je savais que nos fiançailles n'étaient pas réelles, mais pour moi, ça y ressemblait. Beaucoup, même. Alors je… je l'ai gardée.

— Tu as gardé la bague ? fit-il, stupéfait.

J'acquiesçai. C'était gênant. Mais peut-être pas autant que de faire sa demande dans une salle remplie de proches alors que vous n'étiez pas officiellement ensemble.

— Et toutes les fois où tu effaçais tes messages…

— Je te disais que je t'aimais, acheva-t-il. Et toi ?

Il pencha la tête sur le côté.

Je ris en essuyant mes larmes. Au diable le défilé.

— Pareil.

L'assistante frappa de nouveau à la porte et passa la tête à l'intérieur.

— Croquis aurait dû commencer il y a huit minutes. Juste pour info. Quelqu'un va se faire virer.

— Ouais, tonna Chase. Et ce sera toi, parce que c'est moi le P-DG de Black & Co, le sponsor officiel de cet événement. Maintenant, dehors !

Le voilà. L'homme dont j'étais tombée amoureuse, contre toute attente. Et contre tout bon sens. Et… inutile de le nier, contre toute logique. Il fallait qu'on conclue, même si je voulais que ce moment ne cesse jamais.

— Je n'ai pas envie que tu aies l'impression de te plier à mes conditions, dis-je doucement. On pourrait attendre si tu veux.

— Me plier à tes conditions ? (Il fronça les sourcils, l'air sidéré.) Je ne fais pas ça pour te faire plaisir, Madison. Je fais ça pour *nous deux*. Tu me rends heureux. Ça me rend heureux de te couvrir de cadeaux, d'amour et d'orgasmes.

J'entendis Ethan gémir, Layla couiner et Sven soupirer rêveusement. Je me mordis la lèvre pour réprimer un gloussement.

— Alors oui. Oui, je veux t'épouser, Chase Black.

J'allais jeter mes bras autour de son cou, ainsi que je me l'étais toujours imaginé. Comme dans les films. Mais il me souleva comme on soulève une mariée et ouvrit la porte d'un coup de pied. L'assistante faillit basculer en arrière sous l'impact. Il remonta le couloir en courant pendant que je riais et que j'enfouissais mon visage contre sa poitrine pour inspirer son parfum singulier. Quelques minutes plus tard, il déboula sur le podium, tandis que j'agitais mes jambes, toujours dans ses bras. L'enseigne de Croquis en néons étincelait dans notre dos.

Les projecteurs se rivèrent sur nous. D'interminables rangées remplies de journalistes, célébrités, personnalités des médias et autres stylistes nous fixèrent. Les appareils photo nous mitraillèrent. Les gens sifflèrent, rirent et applaudirent.

Et Chase ? Il adressait à l'assemblée ce sourire désinvolte qui pouvait me faire fondre littéralement.

— Je m'appelle Chase Black et je suis le P-DG de Black & Co. Vous voulez voir ma création nuptiale préférée de cette saison ? demanda-t-il en me reposant doucement. (La robe gonfla à la base et je sentis tous les regards brûlants parcourir ma silhouette et ma robe.) C'est elle.

Épilogue

Chase

Six mois plus tard

Cher Chase,

Quand on était dans les Hamptons et que tu étais occupé à te chamailler avec Julian, et que ta mère, ta sœur, Amber et Clemmy étaient parties faire les boutiques en ville, Maddie est venue me trouver dans la bibliothèque. J'ai trouvé ça audacieux, étant donné qu'on ne se connaissait pas et que, dans le fond, j'étais son patron.

Madison m'a expliqué que sa mère lui écrivait des lettres tout au long de son combat contre le cancer, pour immortaliser ses sentiments longtemps après sa disparition. Naturellement, ça m'a intéressé. J'ai demandé à Madison si elle pouvait m'envoyer des copies de ces lettres. Elle a accepté. J'ai passé de nombreuses nuits à lire les lettres d'Iris Goldbloom à sa fille. C'était, à n'en pas douter, une femme bien.

J'ai essayé de vous écrire des lettres, à Julian, Katie, Clementine et toi. Mais en vérité, ça n'a jamais été mon fort d'exprimer mes sentiments avec des mots. Je crois que je suis plus un homme du genre à m'exprimer avec des actes. Jusqu'à aujourd'hui. J'ai fini par trouver quelque chose qui valait la peine que je te l'écrive. Quelque chose qui ne me paraissait pas insipide et dénué d'intérêt.

Aujourd'hui, j'ai découvert que ta relation avec Madison était un simulacre. Que tu as fait ça en partie pour m'apaiser. Le fait que tu te sois donné tout ce mal pour assurer ma paix de l'esprit me touche.

Je t'aime.

Je suis fier de toi.

Quant à tes fiançailles avec Maddie, même si tu as l'air de croire que ça ne concernait que moi, j'ai su, le jour où j'ai vu ton regard s'illuminer dans les Hamptons, quand elle est arrivée pour ce dîner tardif, que c'était la bonne.

Prends soin d'elle. Prends soin de ta mère. Protège ta sœur. Prends part à l'éducation de ta nièce.

Oh ! et essaie de ne pas tuer ton frère.

Je t'aime,

Papa

Je rangeai la lettre de mon père dans ma poche de poitrine avant de resserrer mon nœud papillon devant le miroir de la minuscule salle de bains au papier peint jaune et vieillot. J'étais impeccable dans ce costume noir Black & Co.

— Tu sais ce qui m'épate le plus ? demanda Grant derrière moi en passant une main dans ses cheveux.

Évidemment, mon témoin voulait être à son avantage devant la demoiselle d'honneur, alias Layla. Il ne s'était toujours pas remis du fait d'avoir été rejeté. Je doutais même que ce mot existe dans son vocabulaire.

— Ma beauté fatale ? demandai-je, pince-sans-rire.

Du coin de l'œil, je vis Julian secouer la tête, se pencher et ajuste la couronne de fleurs de Clementine. Elle était la demoiselle d'honneur qui sème les pétales, et quelle jolie demoiselle d'honneur elle faisait. Mad lui avait dessiné une robe rien que pour elle, et on aurait dit que c'était elle qui allait prononcer ses vœux aujourd'hui.

— Idiots, murmura Julian, tout sourires. Ne te marie jamais, Clementine.

— Oh si, j'en ai envie, papa. (Elle ouvrit de grands yeux.) Avec Chase.

Grant pouffa avant de reprendre :

— Ce qui m'épate, c'est que Maddie veuille toujours t'épouser alors qu'elle sait quelle espèce de petit arrogant et de gros ba…

Grant s'interrompit en voyant Clementine relever subitement la tête. Elle mourait d'envie que quelqu'un balance des gros mots et mette un billet de cinq dollars dans sa tirelire à gros mots. Elle voulait un nouveau vélo Barbie pour Noël.

— Arrête-toi là, mon bon ami, le prévint Julian.

Clementine se renfrogna.

— Bassiste, acheva Grant. Tu savais que ton oncle pouvait jouer de la basse, Clem ?

Il se tourna vers elle, debout à côté du lit, et lui adressa un sourire éclatant.

— Non. (Elle plissa les yeux, sceptique.) Il ne sait pas.

— Ça sent le défi, dis-je avec un sourire.

— Ce que tu vas sentir, c'est mon pied dans ton derrière pour ce retard passé de mode, lança Layla en passant sa tête dans ma suite.

Et quand je dis *suite*, je voulais dire la chambre principale de chez M. Goldbloom.

Oui, je me mariais dans une petite ville de Pennsylvanie.

Non, je n'avais pas perdu la tête. Pas littéralement, disons.

— Très jolie, Layla, dit Grant pour saluer son ex aux cheveux verts.

Elle le gratifia d'un sourire naturel.

— Pareil, Grant. La vie est sympa pour toi ?

— Plus que tu ne l'es avec lui, murmurai-je dans mon whisky en le vidant d'un trait.

Layla prit Crotte de Nez par la main et la guida jusqu'à la suite de la mariée (à savoir : la chambre d'enfant de Mad). Grant et Julian me poussèrent jusqu'à l'autel installé dans le jardin. Julian était sur mes talons, Grant juste derrière. Dans leur dos se tenaient tous les hommes du quartier que Madison avait épousés pour de faux. Layla avait trouvé que ce serait hilarant de les inviter. Je trouvais le sens de l'humour de Layla à chier, mais j'avais décidé d'être fair-play parce que je savais que l'idée plairait à Mad. Derrière Grant se tenaient donc Jacob Kelly, Taylor Kirschner, Milo Lopez, Aston Giudice, Josh Payne et Luis Hough.

Contrairement à Madison, la seule de mes ex présente était Amber, qui était assise sur l'une des chaises blanches devant l'arche, lunettes de soleil sur le nez, en train de souffler dans son verre de vin pétillant en se plaignant de l'absence de champagne français. Ma martyre de future épouse avait décidé de faire don de notre budget de mariage à la recherche pour soigner le cancer. Ma mère et Katie étaient installées à côté d'Amber, qui n'était là que pour la bonne entente avec les Black. Crotte de Nez ne devait pas souffrir de l'échec entre ses parents. Ethan, qui tenait la main de Katie, m'adressa un signe en levant les deux pouces. Je lui répondis par un bref hochement de tête. Je n'approuvais toujours pas les leggings et les cravates *Dora l'exploratrice*, mais je ne me souciais plus de sa garde-robe.

Katie fréquentait sérieusement Ethan depuis quatre mois à présent. Deux mois après la mort de mon père, Ethan lui avait officiellement proposé de sortir. Jusque-là, il n'était présent pour elle qu'au niveau émotionnel, mais je voyais bien qu'il était terrorisé à l'idée de se faire de nouveau *friendzoner*. En fait, c'était moi qui lui avais conseillé de conclure l'affaire avant qu'elle fasse une croix sur lui.

Ils se préparaient désormais pour leur premier marathon à deux (entier, pas semi.)

Ma mère allait bien, elle aussi, compte tenu des circonstances. Heureusement que Mad et Clementine lui tenaient souvent compagnie, et que Julian ne la quittait plus depuis son divorce, le temps de trouver ses repères après avoir obtenu la garde partagée de Crotte de Nez.

Amber introduisait lentement le père biologique de Clementine dans sa vie. Jusqu'ici, rien de très scabreux, mais quand les choses devenaient trop bizarres, Crotte de Nez nous avait, nous.

Puis il y avait Sven, Francisco et leur petite fille récemment adoptée, Zooey, assis au premier rang. Ils portaient tous des tenues noires assorties et agitaient la main potelée de Zooey dans notre direction avec des sourires enthousiastes. L'adoption avait été finalisée trois mois plus tôt et n'aurait pas pu mieux tomber. Mad et moi, on se chamaillait pour savoir qui allait emménager chez qui. Sven avait souligné qu'il aurait peut-être besoin d'aide pour s'occuper de la petite, et Mad avait donc cédé et emménagé chez moi. Ils s'étaient rapprochés au fil des mois, depuis que Mad s'était battue pour sa Robe idéale et qu'elle était devenue son égale.

Ce petit service m'avait coûté la conception entière de la chambre de Zooey et son ameublement.

Le pasteur à mes côtés commençait à montrer des signes d'impatience et me tira de ma rêverie. Il laissa échapper un petit hoquet et, lorsque je relevai les yeux, je la vis. La femme de mes rêves, qui portait la robe de ses rêves. Les mots ne suffisaient pas à cet instant précis. Je lui souris tandis qu'elle remontait l'allée au bras de son père, que Clementine jetait des fleurs de lune derrière elle et que Layla tenait sa traîne.

Mad s'arrêta à côté de moi et me gratifia de l'un de ses sourires ravageurs.

Un sourire qui arrêta la Terre sur son axe. Je m'apprêtai à lui dire l'une des cinq mille choses qui me vinrent à l'esprit à cet instant. Qu'elle était à se damner dans cette robe, qui avait connu un immense succès pendant la Fashion Week de New York et s'était déjà vendue à une trentaine de milliers d'exemplaires, devenant ainsi la deuxième robe la plus populaire de

Croquis. Je voulais lui dire que je l'aimais. Comme un fou. Mais avant de pouvoir le faire, Mad se retourna, ouvrit la paume et attendit que Layla y dépose son téléphone.

Tous les invités présents dans le jardin de son père hoquetèrent d'un air scandalisé. Elle écrivait un message. *Maintenant.*

Elle rédigea quelque chose avec un petit sourire aux lèvres. Je l'observai, comme le reste de l'assemblée. Le pasteur se racla la gorge, essayant – en vain – d'attirer son attention. Mon téléphone tinta dans ma poche une seconde plus tard.

Je le sortis. J'ouvris le message.

Maddie a retiré un message de la discussion.

Chase : Oh non, tu n'as pas osé.

Maddie : Je me dégonfle.

Chase : Je pourrai toujours te regonfler comme une poupée quand on sera à Ibiza pour notre lune de miel.

Maddie : Le mariage s'éloigne à vue d'œil.

Chase : Crache le morceau. Qu'est-ce que tu as effacé ?

Maddie : Tu me promets que tu ne vas pas paniquer ?

Je relevai les yeux en haussant un sourcil d'un air de dire : « Enchanté, on se connaît ? » Elle baissa les yeux et écrivit.

Maddie : Je suis enceinte.

Chase : Il est de moi ?

Maddie : T'es sérieux ?

Elle se hissa sur la pointe des pieds et me donna une tape sur la nuque. Je ris et la soulevai dans mes bras sous les yeux choqués de nos invités et de notre pasteur. *Et* de son harem « d'époux » de son enfance.

— Alors pourquoi voudrais-tu que je panique ? murmurai-je contre ses lèvres sans plus me préoccuper des convenances.

Elle passa ses bras autour de moi. La foule gloussa.

— On voit votre queue, monsieur le diable.

— Ça, murmurai-je en mordillant sa lèvre inférieure, suffisamment bas pour ne pas être entendu des hôtes, c'est parce que j'ai toujours envie de toi.

1er janvier 2002

Chère Maddie,

Peux-tu rendre un service très bizarre à ta mère ? Le jour venu, épouse un homme qui te fera rire. Tu ne te doutes pas à quel point c'est important, jusqu'à ce que tu traverses une période sombre et que la seule chose qui peut l'égayer, c'est quelqu'un pour mettre un sourire sur ton visage.

Le jour de ton mariage, fais-le transpirer un peu. Assure-toi de lui faire manquer un battement de cœur ou deux. Vois s'il accepte sans sourciller. Si oui, il faut le garder (mais à ce moment-là, tu le sauras déjà. Ha.)

Je t'aime,

Maman

Maddie

Huit mois plus tard

— Je te déteste tellement.

Allongée sur mon lit d'hôpital, j'attrapai mon mari par les revers de sa veste et le secouai. Je ne transpirais plus, je dégoulinais. On aurait dit que je venais de sortir de la douche sans m'être séchée. Sans parler de l'humain que j'étais sur le point d'expulser de mon corps. Oui, j'étais au courant que des femmes du monde entier passaient par là tous les jours, dont nombre sans avoir accès à l'aide médicale occidentale. Mais pour ma défense, aucune de ces femmes n'était mariée à Chase Black.

— Ça veut dire non ? bouda Chase en se redressant.

Il recula avant que je le poignarde avec le premier objet à portée de main.

— Non, je ne veux pas accélérer le processus en couchant avec toi. Ça ne fonctionne pas comme ça. Je suis déjà dilatée de quatre centimètres !

— J'ai au moins vingt centimètres de plus que je peux…

— Ne termine *pas* cette phrase.

Je brandis mon index vers lui. Il leva les paumes d'un geste de reddition et recula encore d'un pas.

Layla surgit dans la chambre. Elle n'avait pas bonne mine.

— Bon, je voulais juste te dire que Daisy est avec sa dame de compagnie… (Elle nous regarda en biais.) Désolée, je n'arrive toujours pas à croire que je doive dire ça avec un visage neutre. Et j'ai arrosé toutes tes plantes, ce qui veut dire qu'elles sont en vie.

Daisy s'en sortait à merveille. Elle ne faisait plus pipi dans aucune chaussure depuis que Chase et moi nous étions remis ensemble. Apparemment, tout ce que j'avais à faire pour la débarrasser de cette dégoûtant habitude, c'était ouvrir la porte à la bonne personne. Je m'apprêtais à répondre, mais Layla me devança.

— Oui, y compris les azalées dans le cellier. Seigneur, dire que cet immense cellier pourrait servir à plein de choses. Comment va le petit Ronan ?

— Toujours à l'intérieur, dis-je en pointant du doigt mon énorme ventre.

— Petit veinard, murmura Chase.

Layla lui donna un coup de coude. Je ris. Les huit derniers mois étaient passés comme dans un rêve. Qui aurait cru que l'homme à la beauté diabolique que j'avais envie de frapper et d'embrasser dans la même seconde serait un mari aussi merveilleux ? Nous avions adopté une confortable routine, remplie de famille, d'amis et de rires. Nous passions beaucoup de temps avec Zooey, Sven et Francisco, ainsi qu'avec Clemmy, qui avait développé une obsession pour sa robe de demoiselle d'honneur, suivait mes traces et avait récemment forcé un camarade de classe à l'épouser au cours d'un goûter. Ronan semblait être l'ajout parfait à une famille déjà grande et aimante.

Une autre contraction survint. C'était comme si quelqu'un mettait le feu au bas de mon dos. Je grimaçai et agrippai les draps jusqu'à en avoir les articulations toutes blanches. L'une de mes infirmières, Tiffany, une rousse d'une cinquantaine d'années, entra dans la chambre, et Layla, qui estima qu'il y avait trop de monde, tira sa révérence. L'infirmière jeta un coup d'œil sous le drap qui recouvrait mes jambes.

— Oui. Il est prêt pour faire son entrée dans le monde. Très bien. Continuez de respirer.

Elle me tapota le genou. Je n'avais jamais vraiment compris cette expression. Est-ce que quiconque s'arrêtait volontairement de respirer ? En particulier au moment de mettre son bébé au monde ?

Tiffany quitta la chambre, appela le médecin et repassa la tête à l'intérieur.

— Comment ça se passe ? Est-ce que papa reste pour assister à la naissance ?

Chase et moi échangeâmes un regard. Nous avions tout planifié dans les moindres détails – le petit sac de voyage qu'on avait préparé quand je n'étais encore qu'à sept mois de grossesse, les cours de préparation à l'accouchement, tout le programme d'allaitement – mais on ne s'était jamais demandé s'il allait assister ou non à la naissance.

— À toi de voir.

Il se racla la gorge. On se regarda dans les yeux un instant. L'espace d'une seconde, je crus qu'on allait sortir nos téléphones et reprendre nos vieilles plaisanteries. Puis mon mari me surprit en me prenant la main.

— S'il te plaît.

Et je sus.

— Oui, répondis-je avec un sourire. Il reste.

Quarante-cinq minutes plus tard, Ronan rejoignait notre monde en hurlant. Il avait les yeux d'un bleu argenté de Chase, mes cheveux châtain-miel, et deux petits poings serrés pourvus d'ongles curieusement longs. On aurait dit un bébé dragon. J'étais entre le rire et les larmes quand Tiffany le posa sur ma poitrine nue. Je savais que c'était un cadeau de ma mère et de Ronan.

En fait, c'était ce que j'avais écrit à bébé Ronan dans la toute première lettre que je lui avais rédigée quand j'avais appris que j'étais enceinte. L'une des nombreuses que j'avais l'intention de lui écrire. Je lui disais qu'il était un cadeau précieux qui n'était pas censé arriver. Que son papa et moi avions pris nos précautions – je prenais la pilule quotidiennement sans oubli. Le jour où le fabricant s'excusa platement pour leurs pilules défectueuses, je m'étais rendu compte que j'avais dix jours de retard. L'idée d'être enceinte ne m'était même pas venue à l'esprit avant ça, alors je n'avais jamais tenu de calendrier.

J'avais fait un test de grossesse. Il était positif.

Chase et moi étions fiancés, bientôt mariés. Mais nous n'avions toujours pas prononcé le mot en *e* (les enfants). Je me souvenais du moment où je l'avais découvert. J'étais assise sur les toilettes chez Croquis, dans la même cabine que celle dans laquelle Chase et moi avions couché ensemble plusieurs mois auparavant, ironie du sort, en train de regarder les deux lignes bleues, puis j'avais relevé les yeux et souri au plafond.

— Touché, Ronan et maman. (J'avais secoué la tête.) Touché.

Aujourd'hui, j'avais un fils. Quelqu'un à aimer. À qui écrire des lettres. À regarder grandir.

J'observais Chase le prendre dans ses bras, tout emmailloté

comme un burrito, avec un petit bonnet à rayures. Mon mari lui sourit et mon cœur se gonfla.

— Comment je l'ai convaincue de me dire oui ? Eh bien, Ronan, c'est une histoire amusante. Je vais te la raconter…

Remerciements

On dit que l'écriture est un métier solitaire, et même si je suis entièrement d'accord avec cette affirmation, il est vraiment gratifiant de voir son nom sur la couverture d'un livre et d'éprouver de la fierté d'être reconnue pour ses efforts.

Ce livre, cela dit, est le fruit du travail de nombreuses femmes formidables, et je voudrais profiter de l'occasion pour les remercier comme il se doit.

Tout d'abord, un immense merci à mon agent, Kimberly Brower. Je voulais faire quelque chose de différent, cette année, et tu l'as rendu possible. Je n'aurais pu rêver de meilleure copilote pour me frayer un chemin dans le monde de l'édition.

Mes éditeurs chez Montlake Publishing, Lindsay Faber et Anh Schluep. Merci infiniment pour votre super travail, votre savoir-faire hallucinant et votre souci du détail. Savoir Chase et Maddie entre de si bonnes mains m'a facilité la tâche.

Un merci tout particulier à mon assistante, Tijuana Turner, et à mes premières lectrices, Sarah Grim Sentz, Vanessa Villegas et Lana Kart. Les filles, vous êtes ma tribu.

À mes meilleures amies autrices, Charleigh Rose, Parker S. Huntington, Ava Harrison et Helena Hunting. Vous m'inspirez. Merci de m'avoir tenu la main tout au long du processus.

À mon équipe de terrain d'enfer et au groupe Facebook des Sassy Sparrows – vous êtes les meilleurs ! Je l'ai déjà dit et je ne cesserai de le répéter : vous me poussez constamment à m'améliorer.

À mon mari et mon fils, qui font preuve d'une patience infinie. Merci pour votre compréhension quand je glisse dans un univers parallèle pour passer du temps avec mes personnages.

Aux blogueurs et bookstagrammeurs, VOUS DÉCHIREZ ! Aucun mot ne suffirait à décrire ma reconnaissance pour le temps et les efforts que vous investissez dans votre passion. Vous êtes de véritables artistes.

Il reste tant de personnes qui ont contribué à ce roman. Yamina Kirky, Marta Bor, Amy Halter, Ratula Roy, et d'autres. Malheureusement, tout le monde sait que je suis nulle pour me souvenir de tous ceux que je voudrais remercier quand j'écris cette partie. Pardonnez-moi si je ne vous ai pas cité alors que je l'aurais dû.

Pour terminer, j'aimerais vous remercier, mes lecteurs. Je loue chaque jour ma bonne étoile de vous avoir. L'écriture est un privilège. Et pouvoir payer ses factures grâce à l'écriture, ce n'est rien de moins qu'un miracle.

Merci.

Avec tout mon amour,

L.J. Shen.

xoxo

Vous avez aimé *Rich Bastard* ?
Découvrez les autres romans de L.J. Shen

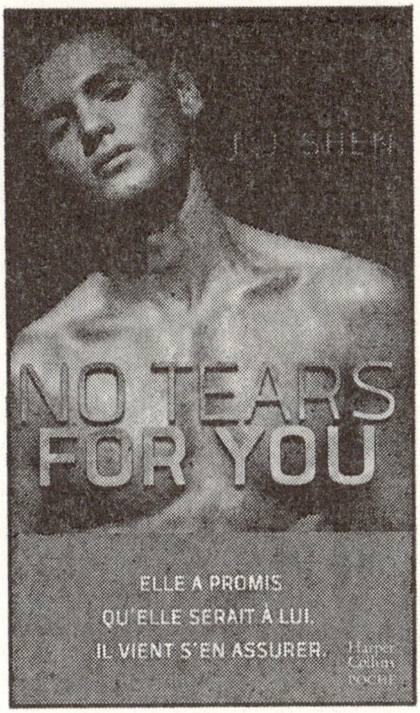

« La plume de L.J. Shen est sombre, percutante, éblouissante »
Au cœur d'une passion

SAGA SINNERS

SAGA ALL SAINTS HIGH

Harper Collins
POCHE

Composé et édité par HarperCollins France.

Achevé d'imprimer en avril 2022.

CPi
FIRMIN-DIDOT

à Mesnil-sur-l'Estrée (Eure)

Dépôt légal : mai 2022.

Pour limiter l'empreinte environnementale de ses livres, HarperCollins France s'engage à n'utiliser que du papier fabriqué à partir de bois provenant de forêts gérées durablement et de manière responsable.

Imprimé en France